DINERO

PODER

AMOR

Joss Sheldon

Traducido por Andrea Martínez Carra

«Permitid que nos hagamos con el control de la moneda de una nación y no nos importará quién haga sus leyes».

«Permitid que nos hagamos con

BASADO EN HECHOS REALES

ESCRITO CON LA LICENCIA DE LO FICTICIO

PRIMER LIBRO

LO ADQUIRIDO Y LO HEREDADO

FIN

> «*Los finales no siempre son malos.*
> *La mayoría de las veces solo son principios disfrazados*».
> **KIM HARRISON**

Imagínate esta escena, si no te importa...

Nuestros tres héroes están sentados en un *pub* británico tradicional. No hacen mucho por llamar la atención. Si pudieras verles, probablemente no le dedicarías una segunda mirada.

El primer hombre le da sorbos a media pinta de cerveza de malta barata. Todavía sigue con su segunda bebida, mientras que los otros dos van ya por su cuarta.

El segundo hombre está bebiendo *whisky* y se estira por encima de la mesa del reservado. Ocupa más espacio que los otros juntos.

El tercer hombre, pensativo, saborea las finas notas de su vaso de clarete mientras gira sobre su dedo índice un anillo con un diamante incrustado.

Estos tres hombres fueron hace un tiempo tres bebés que nacieron en tres camas adyacentes, en apenas tres segundos de diferencia. Sus madres gritaron al unísono al sobrellevar lo que no fue más de tres sets de contracturas. Fue una agonía unificada, una agonía tan inmensa que todas coincidieron en que el dolor había sido tres veces más fuerte que el que ninguna mujer ha llegado a sufrir.

Estos tres hombres fueron una vez tres bebes que andaban a gatas y que vivían en tres casas adyacentes de tres metros cuadrados. Cada casa tenía tres ventanas, pero las tres familias compartían una letrina.

Estos tres hombres fueron una vez tres adolescentes. Fueron tres adultos. Ya te haces a la idea...

Sin embargo estos hombres ya no son bebés, ni adolescentes. La edad les ha marchitado, las líneas de la edad cortan la piel escamosa, el gris ha sustituido el color y la calvicie ha reemplazado el pelo.

Su naturaleza compartida no se ha olvidado. En algunos momentos fue tan fuerte que pudieron sentir las emociones del otro, como si esas emociones fueran las suyas propias. Siempre se han parecido y a menudo han actuado de forma similar.

Lo adquirido ha triunfado sobre lo heredado. A la deriva por caprichos de las circunstancias, nuestros tres héroes han sido moldeados por tres tipos diferentes de hechos y tres tipos diferentes de personas.

Como resultado, se han pasado la vida persiguiendo tres objetivos muy diferentes.

Este hombre de aquí, con los dedos sucios de cerveza caliente se ha pasado la vida persiguiendo el amor. Este hombre, que apura su whisky se ha pasado la vida persiguiendo el poder y este hombre, bueno probablemente ya lo hayas adivinado. El hombre con el anillo de diamantes en la mano se ha pasado la vida persiguiendo el dinero. Terminar la historia aquí no serviría para nada. Así que empecemos por donde todas las buenas historias comienzan, por el principio.

LA CALDERA

«El fuego dentro de mi ardía con más fuerza que el fuego de mi alrededor».
JOSHUA GRAHAM

Nuestra historia comienza tres minutos pasadas las tres de la madrugada en la mañana del tres de marzo en algún momento a finales de los años 70. Todo estaba en llamas, incandescente y lleno de humo. El fuego desprendía demasiado calor como para sentirlo. Las llamas irradiaban demasiada luz como para ver y el humo era demasiado débil como para crear una jaula en el cielo sin luna.

Tres casas adosadas, construidas a partir de un conjunto de ladrillos, fueron las víctimas de una infinidad de llamas. Tres familias de clase social baja estaban a punto de dar sus últimos suspiros.

¿Cómo empezaron las llamas?

Sería fácil culpar al padre de Mayer. Llegaba tarde del *pub*, borracho, con un hambre animal debido al alcohol, metió un pedazo de pan y los restos de una pata de cordero en el horno. Al volverse a buscar más licor, se tropezó con su propio dedo del pie, perdió el equilibrio, cayó y se quedó inconsciente. Así se quedó, acunado en los brazos del ángel Azrael, mientras el pan se convertía en llamas y la carne se convertía en ira que escupía chispas manchadas de carbón por la habitación. Sin embargo, echar toda la culpa a ese hombre sería ignorar el papel que desempeñó el padre de Hugo. Mientras el padre de Mayer tropezaba, borracho en su despensa, el padre de Hugo estaba profundamente dormido, envuelto en una colcha que había heredado de una tía solitaria. Esto no impidió que el movimiento inconsciente de su brazo golpeara la lámpara de gas de la mesita de noche. Tampoco impidió que la lámpara se hiciera añicos contra el suelo, prendiendo la ropa, los palos y los libros de cómputo que habían sido esparcidos durante una noche de sexo frenético. El combustible se espació por de las tablas del suelo y las llamas le dieron caza. Mientras el padre de Mayer se tropezaba y el padre de Hugo se movía en sueños, el padre de Archibald caminaba de un lado a otro. Sin rumbo fijo, vagando de una habitación a otra, lo que no hubiera sido un problema, de no ser por el hecho de que él estaba dormido. En su mente, estaba lavando la ropa de su familia; recogía su ropa interior sucia y la colocaba en un cubo con agua y jabón. En realidad, lo que estaba haciendo era poner esa ropa al fuego. Durante el camino de vuelta a la cama, se le iba cayendo a su paso un rastro de prendas en llamas. Calcetines llamativos se unieron a los puntos entre los puentes llameantes. Las bragas llameantes tocaban las camisas flameantes.

Mientras los tres padres podrían haber sido perfectamente culpados del fuego, el pequeño Hugo no. Dormido en su cama, la mente de Hugo estaba profundamente sumida en sus sueños. Esos sueños que pronto acabaría consumidos por las llamas. Hugo se veía a sí mismo encendiendo luces por todas las habitaciones: lámparas, antorchas, hornos y fogones. El sueño era tan verosímil, tan real, que Hugo estaba convencido de que había sido él, el que había encendido todos esos fuegos.

Su familia cayó inconsciente bajo el dulce brazo del humo tóxico, sonriéndole a la muerta con caras angelicales. Sin embargo, Hugo se levantó de golpe, como golpeado por un sexto sentido, el torso se avalanzó y sus pulmones se pegaron a sus costillas impulsándole contra el suelo, desde donde instintivamente se arrastró hasta la salida.

Achibald y Mayer sintieron ese impulso de igual forma y en el mismo momento. Los dos se despertaron de golpe, con un impulso que salía por las costillas y que les dio fuerza para salir afuera.

Alcanzaron la calle uno detrás de otro con tres segundos de diferencia y por el orden en el que habían nacido.

*****

Para ese momento sus padres y hermanas ya se habían convertido en cenizas y sus casas calcinadasya habían perdido la luminiscencia que otorga el fuego. Nuestros tres héroes estaban rodeados por adultos.

Archibald y Mayer respondieron a todas las preguntas que les hicieron. Como resultado, pronto lograron que se les recolocara; Archibald fue a la casa de sus tíos y Mayer fue adoptado por una persona que casualmente pasaba por allí.

Sin embargo, inundado por el sentimiento de culpabilidad, Hugo se quedó mudo. No importó cuántas veces lo intentaran ninguno logró sacar una palabra de sus labios. Las ofertas de Toffe dulce, normalmente reservado para Navidades, no consiguieron que hablara. Besos, abrazos, palmaditas, frotes de ánimo, lágrimas, sonrisas, bromas y cualquier tipo de súplicas no surgieron efecto. Hugo se negó a sujetar el muñeco de trapo que agarraba con fuerza entre las manos. Se negó a actuar de cualquier manera.

Incapaz de ayudarse a sí mismo, nadie fue capaz de ayudar a Hugo. La multitud se encogió de hombros, lo envió a un hospicio distante y salió de la escena.

*****

Unidos al nacer, nuestros tres héroes habían sido divididos por la tragedia. Sus vidas estaban a punto de dirigirse en tres direcciones muy diferentes...

LAS TORRES DE BUCKINGHAM

> «Hay gente que tiene dinero y hay gente que es rica».
> **COCO CHANEL**

Entonces, ¿qué pasó con Mayer?

Mayer nunca olvidaría el alivio que sintió la primera vez que entró en las Torres de Buckingham, la casa semiadosada de Camden a la que sus padres adoptivos llamaban hogar. Se sentía como un extraterrestre, incapaz de comprender el nuevo planeta al que había llegado.

Sus ojos vagaron de los sofás tapizados hasta los armarios empotrados, de la parafernalia a la gentilidad, del chint indio a la chineria, por los tapetes decorativos y las cortinas.

Para Mayer, las oscuras puertas de roble parecían más viejas que el tiempo y más pesadas que el espacio. El hecho de que cada niño en esa casa tuviera su propio dormitorio le parecía un lujo indecente. Incluso Molly, el gato doméstico, recibía una alimentación mejor que a la que Mayer estaba acostumbrado

Mayer apenas podía comprender lo que estaba viendo.

Con la boca abierta, se dejó llevar dentro. «Gracias» dijo, se frotó los alfileres y las agujas de los pies y se desmayó.

*****

Abe, el padre adoptivo de Mayer, no había nacido entre ese lujo. El hijo de un granjero se había pasado su modesta infancia en compañía de asnos y de estiércol.

Si le hubieras preguntado a Abe por el secreto de su éxito, habría contado que se debe a dos importantes factores. «El primero es el trabajo duro. Nunca se trabaja demasiado duro. El segundo, continuaría es trabajar aún más duro».

Aunque el trabajo duro fue sin duda un factor clave en el ascenso de Abe, la oportunidad jugó un papel aún mayor. Abe nació en el pueblo de Hillmorton; un soñoliento e idílico lugar donde los molinos salpicaban la tierra como narcisos en primavera. En cualquier sitio en el que fuera a vender su trigo a esos molinos, su padre llevaba a Abe sobre sus hombros, lo que hizo el pequeño se hiciera querer. Durante la cosecha, Abe fue enviado para quedarse en Londres con su tía; la esposa de un panadero, que le presentó a los otros panaderos en su gremio. Tan pronto como tuvo la edad suficiente para llevar un rastrillo, Abe comenzó a trabajar con su padre y, cuando no estaba trabajando, pasó su tiempo en compañía de Ole Jim Diamond, un amigo de la familia que tenía una inclinación por contar historias vívidas sobre países que nunca había visitado y batallas en las que nunca había luchado. La vida de Ole Jim había sido de cierta forma un tanto prosaica, un naviero de la armada que se había retirado a Hillmorton para cuidar a su anciana madre. Esto fue lo que le permitió crear una buena conexión. Fue gracias a estos contactos que Abe pudo sacar provecho de la apertura del canal de Londres.

A cambio de ayudarle en su negocio, Abe convenció a Ole Jim Diamond para que le construyera una barcaza. Como conocían a Abe de toda la vida y, por lo tanto, podían confiar en él, los molineros locales se alegraron de venderle harina a crédito. Usando el canal y su barcaza, Abe transportó esa harina a Londres, donde la vendió a los panaderos en el gremio de su tío. Esos hombres estaban dispuestos a comprar toda la harina que pudieran para satisfacer la creciente demanda de pan en esa metrópolis en expansión.

Abe reinvirtió sus ganancias. Para cuando su esposa adoptó a Mayer, él era dueño de una flota completa de barcazas y abastecía a casi todas las panaderías del norte de Londres. Era un comerciante respetado y con una pequeña fortuna por su nombre.

Sin embargo, si no hubiera sido por las conexiones de su padre y su tío, la apertura de un canal y la creciente demanda de pan, Abe habría seguido siendo un humilde agricultor.

No obstante, esa no fue la forma en que lo contó. Según Abe, su ascenso se debió a dos factores, a dos únicos factores: «trabajo duro y trabajo duro».

*****

Mientras Abe construyó imperios en los suburbios, su esposa se convirtió en la reina de casa. Sadie era un monarca fuerte, con muslos robustos y una personalidad robusta. Gobernó de una manera, que incluso Abe no era lo suficientemente valiente o tan estúpido como para desafiar.

Al igual que Abe, Sadie era la hija de un granjero. A diferencia de Abe, ella era muy consciente de su buena fortuna, lo que provocó que hiciera todo lo posible para mantener su nueva posición.

Mientras su mariba trabajaba como otro trabajador más, Sadie vivía una vida aristocrática de lujo ocioso. Ella invirtió en libros con títulos como «Cómo comportarse» y «Consejos de una dama». Leyó cómo actuar en las cenas y en público, cómo estrechar la mano y llevar las conversaciones a su fin, cómo vestirse y adornar su hogar.

Surfeo las páginas de la revista *Sam Beeton's Magazine* para comprar los artículos que ahí anunciaban, porque creía que poseer cosas bonitas impresionaría a sus iguales y beneficiaría su nación:

«Yo digo que esta moderna economía nuestra necesita dos cosas: ¡Oferta y demanda! Los hombres deben trabajar duro para suministrar cosas agradables y las mujeres por su parte deben trabajar más duro aún para exigirlas. Si se lo dejamos a los hombres, nunca se compraría nada. ¿Dónde estaríamos entonces? Te digo que ser un consumidor es un deber patriótico. Es por nosotros que se deben importar telas costosas de la India. ¡Nosotras mantenemos las ruedas del imperio girando!».

Sadie había disfrutado de una conversación similar antes de adoptar a Mayer, cuando su amiga, la señora Winterbottom, había opinado: «Es responsabilidad de los ricos ayudar a quienes tienen menos. Realmente calma la conciencia saber que uno no *solo* se está gastando su dinero en sí mismo».

Sadie asintió en acuerdo.

Cuando su carruaje pasó junto a los restos humeantes de la casa de Mayer, esas palabras resonaron en sus oídos. Sin pensarlo dos veces, desembarcó, se abalanzó sobre Mayer, lo levantó por el cuello de su camisa y lo dejó caer dentro de su carruaje. «Me quedaré con este», dijo, como si seleccionara un cachorro. Y eso, como así se dijo, fue lo que ocurrió.

*****

Sadie se vio reflejada en Mayer cuando era pequeña, indefensa y a falta de buena suerte. Esto tuvo un doble efecto. Una parte de Sadie amaba a Mayer, quería criarlo, igual que le habían criado a ella. Pero una parte de ella lo odiaba; era un constante recuerdo de los orígenes humildes que tanto se había esforzado en olvidar.

Sadie adoptó a Mayer por amor, un deseo de hacer algo bueno de verdad. Le cobijo, le alimentó y le vistió. Tales actos de filantropía formaban un pilar de la existencia de la clase media a la que había trabajado tan duro para abrazar. Sin embargo, los respetables miembros de la clase media no se acercaron *demasiado* a los pobres, por lo que Sadie también mantuvo su distancia. Durante todo el tiempo que convivieron, Sadie no habló una sola vez con Mayer, lo que provocó que Mayer se sintiera como si fuera otro objeto de la colección de Sadie, comprado para mejorar su status, como un piano o un pony. Se sentía como un extraño en la casa de otra familia.

Mientras ellos cenaban en familia utilizando sus cubiertos de plata y dando la buena comida por sentado, Mayer comía con Maggs, el ama de llaves, en la oscuridad funeraria de la despensa. Era Maggs, no Sadie, la que vestía a Mayer como al hijo de un caballero; en un sombrero de castor, una chaqueta surtida y una corbata negra y fue Maggs quien acompañaba a Mayer a la escuela.

Cuando le dijeron a Mayer que iba a recibir una educación, preguntó si asistiría a la misma escuela privada que sus hermanos adoptivos. Sadie respondió con una mirada de condescendencia tan violenta que tambaleaba los cimientos que impedían una guerra abierta. Ella no emitió una respuesta verbal.

Pero a Mayer todavía le gustaba su escuela de la Iglesia. Aunque las lecciones fueron básicas, enseñadas por los alumnos mayores y no por el maestro, Mayer se dio cuenta de que estaba aprendiendo más de lo que habría hecho si hubiera vivido con su familia biológica. Ninguna de sus relaciones de sangre había recibido ninguna educación en absoluto.

A Mayer tampoco le importó el énfasis de la escuela en la religión. De hecho, la religión fue el único lazo que unía a su familia adoptiva. Todas las noches, justo antes de acostarse, se reunían en la sala de noche, corrían las cortinas, encendían una vela y rezaban al unísono. Para Mayer ese era el único momento en el que podía sentirse como un miembro más de la familia. Y para Mayer, eso fue suficiente.

LA CASA LAMBETH MARSH

«La amabilidad es el lenguaje que los sordos pueden oír y los ciegos pueden ver».
MARK TWAIN

Entonces, ¿qué fue Archibald?

Archibald fue adoptado por el tío Raymondo y la tía Ruthie.

Para hablar de este comerciante y se esposa, habría que tener en cuenta dos cosas. En primer lugar, eran viejos. Archibald no podía estar seguro de cuántos años tenían exactamente, de lo que sí estaba seguro de que eran antiguos. El tío Raymondo, con su larga barba blanca y su risa, le recordaban a Archibald todas las imágenes que había visto de Dios. La tía Ruthie olía a lavanda.

La segunda cosa a tener en cuenta fue que a pesar de sus años avanzados nunca habían tenido hijos. No fue por falta de intentarlo. El suyo había sido un amor saludable, pero no fructífero.

Ruthie y Raymondo habían intentado concebir, día y noche, desde que se casaron a los catorce años. Al darse cuenta de su situación, probaron con todos los remedios de manual. Raymondo fue circuncidado. Comió cuajada y carne. La tía Ruthie intentó con vapores vaginales con una mezclas de romero, lavanda, orégano, caléndula, albahaca y rosa. Hicieron el amor en la oscuridad y bajo el resplandor de cien velas, dentro y fuera, en presencia de los vientos del norte y del sur.

Nada funcionó.

Raymondo estaba seguro de que la culpa la tenía Ruthie, la que a su vez estaba segura de que la culpa era de él. Pero ambos, marido y mujer eran demasiado buenos como para culpar a su pareja. De hecho, cada uno admitió la falta para así calmar la conciencia del otro y cada uno creía la confesión de su compañero, lo que confirmaba la creencia en su propia inocencia. Independientemente de quien fuera el culpable, de una cosa estaban seguros y es que nunca engendrarían un hijo. Y entonces, de repente, Archibald llamó a la puerta de su casa. Para Raymondo y Ruthie fue el mayor de los milagros. Sintieron como si Dios finalmente hubiera respondido a sus oraciones. Celebraron con cerveza de malta, que compartieron entre sus vecinos y prodigaron al joven Archibald con todo el amor y el afecto que llevaban guardando durante años.

*****

La infancia de Archibald se desarrolló en tres escenarios: su hogar, la tienda de su tío y el pueblo en el que vivía, Lambeth Marsh. Una aldea soñolienta en la orilla sur del río Támesis. Lambeth Marsh era un mosaico de huertos y zanjas pantanosas, unidas por la tienda de la familia, una iglesia y el pub, «las tres herraduras». Raymondo iba a ese lugar cada noche, sentaba a Archibald en sus rodillas, encendía su pipa y jugaba al *cribbage*. Archibald sostenía las cartas de su tío y los otros aldeanos lo felicitaban cada vez que Raymondo ganaba, y se metían con él cada vez que perdía, como si fuera Archibald y no su tío el que estaba jugando. Mientras que esa tasca era el centro de la vida nocturna, era la tienda de Raymondo la que unía a la comunidad durante el día. Todos se dejaban ver por allí. Iban a coger las cosas que necesitaban, que no podían producir ellos mismos y se quedaban allí hablando sobre la vida del pueblo. Hablaban sobre el clima, la cosecha y los problemas clave del día; sobre cómo Londres se arrastraba hacia ellos, sobre las nuevas fábricas que aparecían y sobre los jardines botánicos, que seguían siendo vistos con sospecha, a pesar de que llevaban abiertos ya unas dos décadas.

Archibald escuchaba esas conversaciones, sentado junto a los pies de su tío, mientras jugaba con su único juguete, una figurita de madera hecha por Bobby Brown, el carpintero del pueblo. Bobby no había pedido nada a cambio, pero Raymondo le dio un crédito para gastar en la tienda y le permitió tomar un paquete de velas la próxima vez que apareció.

Raymondo intentaba convencer a Archibald de que esa figura era un soldado. «¡Bang! ¡Bang!» bromeaba colocando sus dedos de forma que pareciera que sujetaba un arma de fuego. Archibald por su parte estaba convencido de que era una dama. Lo vistió con el primer trozo de tela que pudo encontrar y usando los restos de una vieja fregona le puso pelo largo.

Archibald disfrutaba también jugando con los otros aldeanos de su edad. Nunca fue uno de los brutos y revoltosos, pero pronto se convirtió en uno de los favoritos entre las chicas.

«Eres el típico Casanova», bromeaba Ruthie, cuando no le estaba diciendo lo mucho que le quería y «¿Cuál era el niño favorito de la tía? tú. ¡Sí, ese eres tú!».

La tía Ruthie era una jota de todos los oficios. Trabajaba en la tienda cuando Raymondo estaba ausente, enseñó a Archibald a leer y escribir y mantuvo su pequeño hogar.

Ese lugar tenía todo para satisfacer las necesidades de la vida, pero pocos de sus lujos. Había paredes, pero no estaban empapeladas; suelo, pero sin alfombras; un tejado, pero sin techo; ventanas, pero sin cortinas; estanterías, pero sin despensa; ollas, pero no sartenes. Tío Raymondo poseía una Biblia, pero incluso a eso le faltaban las tapas. Su tintero contenía solo un tipo de tinta: negro. Había una chimenea, que ardía alegremente, un solo cuchillo y una silla solitaria que la familia se turnaba para usar. Aparte de eso, no había un solo átomo de muebles en su hogar. Ruthie había comprado una vez un felpudo, pero había decidido que era demasiado extravagante, y lo había troceado en cuadrados con los que solía fregar el suelo.

****

A Archibald le regalaron un traje hecho con la levita de un viejo traje de

Raymondo, que Ruthie había cortado con el único par de tijeras que tenía y cosió nuevamente con una aguja prestada. Después de pensarlo mucho, se decidieron por comprar a Archibald un nuevo conjunto de ropa interior. La única otra prenda que le dieron fue el sombrero de Raymondo, que era tan grande que le caía sobre los ojos.

A Archibald le gustaban esas prendas, pero no las amaba. Le encantaba usar la única pieza de maquillaje que tenía Ruthie; un delineador de ojos que no había tocado desde hace más de una década. Sin darse cuenta de las convenciones sociales e indiferente a los estereotipos de género, Archibald disfrutó enormemente de usar ese delineador de ojos para verse bien.

Dejó de usarlo tan pronto como Ruthie le dijo:

«Ahora no, mi amor. Los chicos no usan maquillaje».

En lugar de usar ese delineador, Archibald se puso el vestido de domingo de Ruthie. Para él, era un buen trato. Él seguía siendo fiel a sí mismo, explorando su lado femenino, pero también respetaba los deseos de Ruthie. Amaba tanto a Ruthie que habría hecho cualquier cosa por complacerla.

No fue suficiente. Cuando le vio con ese vestido, Ruthie se enfadó tanto que arrojó su única cuchara de madera hacia la única puerta de madera. Luego abrazó a Archibald durante varios minutos, sofocándolo con una abundancia de amor opresivo:

«Oh, lo siento, lo siento muchísimo. Te amo más que nada en el mundo, mi pequeño niño milagroso. ¡Si, lo hago! ¡Oh, sí que lo hago!

Archibald nunca más volvió a llevar ropa de mujer.

*****

Así fue como transcurrió la juventud de Archibald.

Dormía debajo de un escritorio, junto a un montón de brasas, desde donde podía oír el sonido de los gallos cantando y las ruedas girando. Pasó sus mañanas en casa, sus tardes en la tienda y sus noches en el pub. Tenía pocas posesiones, pero era muy querido en el pueblo. Y eso, para Archibald, era suficiente.

ST MARY MAGDALEN'S

Y, ¿qué pasó con Hugo?

Mientras que Mayer fue educado de acuerdo con la cultura del consumismo individualista y Archibald en la vida comunitaria, Hugo simplemente se quedó solo.

Le abandonaron sin ningún tipo de ceremonia a las puertas de la casa de trabajo St Mary Magdalen en Bermondsey, como a Moises en la corriente.

Permaneció en las sombras, mientras las aguas residuales le cercaban los pies.

Cuando, años más tarde, le preguntaban por la época que había pasado en St. Mary Magdale le costará dar detalles específicos. Recordaría la gran cantidad de niños, pero será incapaz de ponerles cara. Recordará el dolor, pero nos los castigos, el cansancio pero no el trabajo. Una cosa, sin embargo se quedaría grabada en su memoria: el hedor incansable de ese lugar. Todavía será capaz de oler los olores que emanaban de los urinarios y el amargo pero dulce de la funeraria. La simple mención a ese lugar hace que a Hugo le entren ganas de vomitar.

Ese olor es la última cosa que recuerda de todos esos años atrás. La primera cosa que notó al llegar allí.

*****

—Bueno, supongo que te tengo que llevar adentro —dijo el instructor. Igual de poco impresionado que lo que sonó.

—Lo siento —dijo Hugo. Soportando la culpa de la pérdida de su familia, se alegraba de haber recibido cualquier tipo de bienvenida.

—¡No esperes que esto vaya a ser un camino de rosas, chico. Aquí todo el mundo tiene que tirar de pala, pequeños como mayores. No se toleran los holgazanes. Aquí no hay sitio para los vagos.

—¡Sí, señor! Estoy agradecido, señor. Sigo sintiéndolo mucho, señor. Yo no me merezco su amabilidad.

—¡Eso es cierto! Mmm... Sí, cierto es —dijo chasqueándo la lengua.

El instructor guió a Hugo a través de un nido de fiebre de una enfermería en la que la tuberculosis, el cólera y el deterioro se abrían paso sobre los cuerpos decrépitos de la gente sin recursos de la capital. Le condujo a través de un grupo de prisiones de gran altura, pasando una inscripción que rezaba «Dios es amor» y por la guardería, en la que rapó la cabeza de Hugo y le lanzó un uniforme hecho a base de fieltro marrón y rugoso.

Las resquebrajadas paredes señalaban con desdén las también agrietadas tarimas.

Bebes que lloraban, infantes que todavía iban a gatas tosían y niños se aferraban gimiendo a las posesiones de sus padres, a la vajilla desportillada, los vestidos descoloridos, los libros mayores, los candelabros y las plumas. A Hugo le condujeron hasta su cama: un catre estrecho y naranja equipado con paja que tendría que compartir con otros dos chicos. El instructor se dio la vuelta y se marchó.

*****

Un día transcurrida de forma bastante similar a otro y una hora se pasaba en el mismo sitio que la anterior: el dormitorio. El orfanato de St. Mary Magdalen's solamente se abandonaba para ir a la capilla. La comida era tan lamentable que dejaba a Hugo temiendo que se acabara comiendo a otro niño; lavarse era usar agua del recipiente de la habitación, algo que era tan ineficaz que lo evitaba si podía; y el trabajo fue tan tedioso que le hacía perder la cabeza.

A los chicos del dormitorio de Hugo les hacían recoger hebras estropajosas de una cuerda. Era un trabajo duro. Estaba pensado para que fuera difícil, para desalentar a las personas de entrar en una casa de trabajo en primer lugar. Pero valió la pena, como el instructor se esforzó por señalar:

—Estáis sirviendo a vuestro condado, de esta manera estáis ayudando a la marina. De la única forma en que un grupo de ratas de alcantarilla como vosotros alguna vez lo hará. Mmm qué cierto es mmm .

*****

A veces, Hugo se enfadaba. Otras, se resignaba.

Se dijo a sí mismo que no se merecía algo mejor, que era un niño despreciable que había asesinado a su familia. Se dijo a sí mismo que no podía esperar nada mejor, que estaba haciendo penitencia por sus crímenes. Y se dijo a sí mismo que si quería algo mejor, tendría que ganárselo. El trabajo era bueno para él. El instructor se preocupaba por él, el suyo era un tipo duro de amor.

—Lo siento —dijo cada vez que se lo decían. Solo *lo siento*, nunca llego a decir algo más.

En su cabeza, él le pedía perdón a la familia que creía que había matado, pero eso nunca llegó a decirlo, porque tenía miedo de que le ahorcaran. Su conducta acabó haciendo creer al instructor que Hugo decía que lo sentía porque trabajaba sin ganas, lo que confirmó su creencia de que Hugo tenía que ser disciplinado.

Cada vez que soltaba la cuerda, le azotaban. Le azotaban cada vez que estornudaba. Cuando Stevie Davidson, el niño torcido con el que compartía cama, le dio un puñetazo les castigaron fregando el suelo de la guardería. Tan pronto como acabaron, el instructor echó dos cubos de carbón y les obligó a empezar de nuevo.

Hugo no se quejó, a los chicos les castigaban por quejarse y Hugo sentía que se merecía ese castigo porque había mojado la cama, y por lo tanto incitó a Stevie para que le pegara.

Hugo creía que merecía todos los castigos que se le presentaban, pero, al mismo tiempo, también sentía un sutil incordio, una voz que le decía que podía hacerlo mejor, que cualquiera podría hacer algo mejor que eso.

Así fue como transcurrió la juventud de Hugo: nació en la culpa y vivió en la confusión.

Para Hugo eso no era suficiente.

BUSCANDO EN EL BARRO

«Por favor, señor, respondió Oliver, quiero un poco más».
CHARLES DICKENS

Hugo levantó su cuenco vacío.

—Por favor, señor, ¿puedo comer algo más?

—¡Por supuesto, querido muchacho! —respondió el instructor.

Hugo esperó, pero no pasó nada.

—Por favor, señor, ¿puedo comer más gachas?

—Por supuesto que puedes, joven escudero. Puedes tener todo lo que quieras: bocadillos con queso crema, un gato sentado en tu regazo por la tarde en el Ritz, caviar y foie gras, porque, milord, me atrevo a decir que podrías rebajarlo con una copa de el champán más fino en la cristiandad. Todo lo que necesitas hacer es ir a buscarlo.

—¿Ir a dónde, señor?

—¡A cualquier sitio! Cualquier lugar excepto aquí. Ya te hemos alimentado lo suficiente y nos ha costado más de lo que tú nunca has llegado a trabajar. Sí, sí ¿Qué eres? ¿Un hombre que se busca la vida? ¿O una planta que espera que se la traigan? ¡Vamos!, haz tus maletas y lárgate. Ve a buscar tu frittata de langosta con salmón ahumado. Venga, vamos.

*****

Hugo fue expulsado de la casa de trabajo de la misma manera en que fue arrojado a ella hace tantos años atrás: desde la vergüenza.

Caminó a trompicones por las calles pavimentadas de Bermondsey.

A su izquierda estaban las curtiderías, aparadores escondidos y los vendedores de pieles cuyas premisas se aferraban a la orilla sur del Támesis. A su derecha había una línea de trabajos químicos y los residuos nocivos que producían.

Había gente, mucha gente. Y había ratas, muchas, muchas ratas. Había del tipo que asustaba a los caballos, del tipo que trataría de morderte y el tipo que realmente iba a morderte. Hugo puso tierra de por medio.

*****

Cansado y hambriento, Hugo necesitaba ayuda. Una ayuda que vino en forma de una pequeña criatura embarrada, con el pelo lleno de barro, la ropa cubierta de barro, barro en los zapatos y barro en los bolsillos. Tal vez a esa chica le hizo gracia la apariencia de Hugo, estaba hecho un despojo de hollín. Puede que quizás simplemente se compadeció de nuestro patético héroe. Nunca lo sabremos.

Lo que era indiscutible, sin embargo, era cómo ella le llamaba:

—Vaya una imagen resplandeciente para unos ojos irritados. Dios mío. ¿Qué te ha pasao'? ¡Bien, bien, pepito grillo!

Pasó su dedo embarrado por la mejilla de Hugo:

—Bueno, ¿entonces? ¿No hablas señor Hugo Crickets?

Hugo le miro a los embarrados ojos e intentó responder. No lo consiguió. Inclinó la cabeza, inhaló y reunió toda la fuerza que pudo encontrar. Finalmente, pudo exhalar seis míseras palabras.

—Lo siento. Soy ah, Hugo ¿Qué eres?

—¿Que qué soy? Pobre de mí ¿Que qué soy yo? ¿Te parezco un *qué*?

—Lo siento.

—Ah, eso sí. ¡Eso sí!

—Bueno, soy un excavadora o una *mudlark*, una recoge barro, como a nosotros nos gusta llamarnos. Nosotros buscamos, eso hacemos. Encontramos a cualquier tesoro que podemos en la marea baja de barro y lo vendemos a quienquiera que pueda comprarlo.

—Ya veo.

—Pero no creo que eso sea lo que debe preocuparte ahora a ti, o ¿sí? Creo que estarás más interesado en algo de comida para tu barriga y algo que te aclare la garganta.

—¿Algo de comida? Sí, lo siento.

—Yo pienso mucho, ¿sabes? Tan pronto como te he visto, me he dicho hay ahí un chico que necesita algo de comida. Muy bien, Pepito, hoy es tu día de suerte. Nos hemos pillao' unas anguilas de gelatina, directas de la parte trasera de la camioneta del señor Ribbett, sí, eso hemos hecho. ¡Tu día de suerte!

Hugo sonrió.

La niña continuó:

—Por cierto, mi nombre es Delilah, pero todos mis amigos me llaman Dizzy —continuó ella —Tú puedes llamarme Delilah.

*****

Hugo devoró entusiasmado sus anguilas de gelatina, que a él le supieron mejor que el caviar y el foie gras. No eran solo cena, eran un regreso familiar.

La casa a la que llegó Hugo era una barcaza abandonada, con sacos que hacían las veces de sábanas y cajas las de camas. Los hierbajos se asomaban por los paneles y los gusanos infestaban las maderas.

La nueva familia de Hugo consistía en Dizzy y dos jóvenes irlandeses, Izzy y Jo, cuyos padres habían sido enviados a Estados Unidos como trabajadores no remunerados.

—Los esclavos blancos —dijo Izzy. —Esclavos de la deuda, así que vamos a ser sinceros y llamémosles lo que son o, al menos, lo que eran. Probablemente ya la hayan palmao'.

Izzy era un buen ejemplo del poder de saber vestirse. Había convertido su chaleco raído y su chaqueta harapienta en un atuendo que casi se parecía a un chaleco y un vestido. Se había peinado su pelo encrespado de tal manera que parecía brillar, como si estuviera moldeado por la cera de abejas y el polvo que rodeaba sus ojos tenía toda la elegancia de un rímel barato.

Desde cierto ángulo, Izzy podría haber pasado como la hija de un noble. Por otra, parecía una mendiga. Como es el caso con los niños abandonados, personas sin pasado, contactos o status, Izzy pudo haber aparecido como miembro de cualquier clase social en cualquier momento.

Jo, por otro lado, parecía un vagabundo normal. Sus pantalones de pana contenían más agujeros que un trozo de queso Emmental, su chaleco se había puesto amarillo por el uso constante y sus calcetines no eran más que una colección de hilos sueltos.

Pero, sea lo que sea que pienses de su apariencia, había calor en los corazones de esos niños. Se derramó de ellos mientras cantaban canciones gitanas: *The Dark Eyed Sailor*, *The Female Cabin Boy* y *Gentle Annie*. Canciones que habían cantado niños abandonados y sin techo a lo largo innumerables generaciones.

Después de que cantaron, hablaron y, después de bastante tiempo, abordaron el tema de robar.

A Hugo no le importó que lo que había comido fuera robado, lo único que le importaba es que ahora tenía la tripa llena, pero estaba decidido a buscarse el pan de forma honesta.

—Sí, todos comenzamos con esos principios —respondió Jo. —Pero llegará una semana en que no comas migajas y eso te hará cambiar de opinión a la velocidad de la luz.

—Ah, déjalo en paz, ¿quieres? —dijo Dizzy divertida. —Si don pepito grillo no quiere robar, que así sea. Por lo menos, es un flacucho, no va a haber hay forma de que él pueda alejarse de los líos.

Todos se rieron excepto Hugo.

—De todas formas —continuó Dizzy. No vamos a estar rebuscando en el barro toda la vida. Yo quiero irme al mar tan pronto como encuentre a un capitán que me quiera llevar, pero al menos esto nos mantiene alimentados por ahora.

El primer día de Hugo en el barro comenzó con el amanecer. Empezó en la suciedad y avanzaba entre los excrementos.

Hugo puso especial cuidado en caminar de puntillas alrededor de las piscinas de aguas residuales sin tratar, que se extendían a las orillas del río Támesis. Dizzy las atravesaba por el medio.

A Hugo casi se le escapó un gritó cuando vio un gato muerto, medio podrido e infestado de moscas. Dizzy se rió, lo levantó y lo tiró a un lado.

—Ay, ay, Pepito Grillo —dijo divertida —¿qué pasa?, ¿te ha comido la lengua el gato?

Ella se echó a reír mientras saltaba hacia adelante.

Hugo la siguió, como un aprendiz sigue a su maestro.

Fue de esta manera, con barro hasta las rodillas, como Dizzy y Hugo llenaron sus bolsas con restos de hierro, lona y grasa. Cada vez que un barquero dejaba caer un trozo de carbón, Hugo se apresuraba para cogerlo. Se escabulló por el barro para recoger la cuerda y el cobre que caía de los botes y, cuando entró la marea, él llenó una cesta con las astillas de madera que se lavaron en la orilla.

Al final del día, sus piernas estaban hechas pedazos, su cuerpo se había dorado y sus brazos se sentían huecos:

—¿Y ahora qué?

—Ahora vamos a trabajar.

—¿A trabajar? Creí que llevábamos trabajando todo el santo día.

—¿Todo el día? El día todavía es muy joven. Aún estás tan verde que la hierba en primavera. ¡Oh, maldita sea! Venga, vamos, tenemos que ponernos manos a la obra.

Caminaron hacia Limehouse, donde vendieron todos los remaches y arandelas que habían limpiado. Los traficantes de marina en esa parte de la ciudad siempre estaban dispuestos a comprar cosas de ese tipo. Luego fueron de puerta en puerta vendiendo carbón y astillas de madera a cualquier familia que necesitara combustible.

Para cuando terminaron, el cielo estaba lleno de estrellas y sus bolsillos llenos de peniques. Se compraron algo de pan y se fueron para pasar una noche llena de canciones y sándwiches.

*****

Fueron los mejores tiempos y los peores momentos.

Días llenos de barro que daban paso a noches llenas de canciones.

Hugo no tenía juguetes y tenía poco tiempo para juegos. Sin embargo, sí recolectó cosas que nunca hubiera podido conservar: copos de nieve, que se derritieron; castañas de indias, que se pudrieron; lirones, que escapaban; y ranas, que huían.

Hugo y sus amigos sobrevivieron. Sus ganancias eran escasas, pero por lo general podían permitirse el lujo de comer y lo que les faltaba en ingresos lo compensaba su independencia. Se tenían unos a otros y lo hicieron mucho mejor que los *mudlark* viejos que también rebuscaban en el barro, pero que eran incapaces de seguir su ritmo.

En el invierno, apenas quedaban diez *mudlarks* en el área. Sin mucha competencia, los tiempos fueron buenos. En el verano, sin embargo, se unieron otros quince más. Llegaron las vacas flacas.

La mayoría de los otros eran hijos de los carboneros: robustos irlandeses que ganaron dinero por arrastrar carbón a las embarcaciones amarradas en el muelle de Newlands Quay. Hugo envidiaba su ropa. Sus pantalones estaban remendados, mientras que el suyo estaba lleno de agujeros. Tenían camisas con cuellos, gorros con visera y jerséis de verdad. Hugo tuvo que aislar su ropa con periódico viejo.

Así era la vida de Hugo.

Aunque era lento a la hora de hablar, pero se le daba bien observar. Observó a los trabajadores como si fueran actores en un escenario. Eran como buques de carga y descarga, con sus músculos abultados, sus espaldas encorvadas y sus cejas empapadas de lodo. Vio cargadores, porteadores, carretilleros, aparejadores, empacadores y prensadores; hombres con la fuerza y la resistencia de un buey, pero con una educación baja. También miró a los ladrones, a los ladrones de carbón, a los contrabandistas que esquivaban los aranceles de importación, a los piratas del río que se escabullían por la noche y a los lancheros que guiaban las naves fuera de rumbo para robarlas.

Hugo aprendió de todas esas triquiñuelas, pero no puso en práctica sus lecciones. Durante el tiempo que tuvo los medios para sobrevivir, no tuvo que planteárselo.

*****

Nadie quiere ser una mala persona, pero no todos tienen la oportunidad de ser buenos.

Eso le pasó a Hugo. Se había pasado ocho días sin comer y el capítulo seis de Proverbios retumbaba en sus oídos:

—La gente no odia a un ladrón si roba para saciar su hambre cuando este se está muriendo de hambre.

«¿De verdad sería tan malo?» se preguntó.» Después de todo, solo soy una sucio rebusca barros; el que encendió el fuego que acabo matando a su familia. ¿Convertirme en un ladrón realmente me haría peor de lo que ya soy? ¿Puedo realmente esperar que ser algo mejor?»

Hugo se moría de hambre. Podía sentir cómo sus músculos se desintegraban y sus latidos de corazón se agitaban. La falta de vitaminas estaba convirtiendo su piel en un tono amarillo pálido, que le dejaba sin aliento y letárgico. Se sintió obligado a actuar mientras todavía le quedaran fuerzas...

*****

Durante el año en que Hugo había sido un *mudlark*, se había dado cuenta de que había un grupo de constructores de naves que al final de cada turno cogían material, como tela o cuerda. Su capataz nunca les dijo nada.

Cuando Hugo investigó, descubrió que a esos hombres no les habían pagado en meses. Se les había otorgado permiso para tomar esos artículos como intereses sobre los salarios que les debían.

Curioso, Hugo siguió observando, ansioso por ver qué hacían. Vio a un carpintero llamado Honest Jim, quien solo cogía los artículos más pequeños; un poco de tela o madera, nunca más. También vio a un carpintero llamado Crafty Chris, que cogía todo lo que podía. Hugo le vio coger bancos, cosas de valor, escaleras y una vela de una barcaza.

Hugo espió a los constructores de naves, imaginando que es lo que hacían con los artículos que tomaron. Fue por sus dotes observadoras que al final se enteró de cómo les pagaban. No fue con monedas. Los centavos, los chelines y las libras contenían metales preciosos como la plata y el oro y escaseaban desde hace tanto tiempo que era difícil recordarlo. Por lo tanto, para llevar un control, usaron clavos de marca como sueldo. Hugo pensó que era una medida extraña, hasta que le explicaron que los establecimientos locales aceptaban esos clavos en lugar de monedas reales. Sabían que serían reembolsados tan pronto como el astillero tuviera el efectivo.

Fue saber esto lo que hizo que Hugo embarcara en el barco de Honest Jim. Con una escoba en una mano y una tela en la otra, se ofreció a barrer la cubierta, como solía hacer cuando los tiempos eran difíciles.

El capataz, como siempre, le dio poca importancia:

—No tengo ni dos monedas. ¿Cómo piensas que voy a pagarle a un gorrón como tú?

El capataz le dio la espalda en un gesto de fingida ofensa y Hugo, aprovechando la oportunidad, agarró un puñado de clavos de su escritorio.

—Eres un malvado viejo —gritó mientras desembarcaba. —Viejo y malo de verdad.

Hugo había actuado sin pensar, lo que probablemente fue lo mejor. Si lo hubiera pensado, podría haberse detenido y haber muerto de hambre.

De esta forma se dirigió directamente hacia Brown's Bakery, donde intercambió esos clavos por tres barras de pan. La Sra. Brown lo miró con el ceño fruncido, que se atenuaba con una sentencia culpable, pero sabía que esos mismos clavos eran tan buenos como monedas, así que decidió que era mejor no hacer ninguna pregunta.

Hugo y sus amigos comieron juntos esa noche.

—Nos estás devolviendo lo de las anguilas —le dijo Dizzy. —Ize sabía que lo harías. Ize lo dijo. ¡Ah, sí, señor Pepito Grillo, tan seguro como que has acabado haciéndolo!

*****

Una vez que había comenzado, Hugo no pudo parar. Robaba cada vez que se pasaba tres días sin comer.

Comenzó en los muelles, donde subió a bordo de los barcos y agarró todo lo que pudo: lana, azúcar y algodón de las colonias; cabeceras, alambres y cadenas de los propios barcos. A veces vendía astillas de madera, aceptando cuerda robada como pago. En otras ocasiones, simplemente cargaba esa cuerda en su camisa.

Abatido por la culpa, Hugo se sintió aún más desgraciado que antes. Se llamaba a sí mismo un 'el que prendió el fuego', 'rata de alcantarilla y 'ladrón'. Susurraba un lo siento cada una de las veces que robó.

Hugo estaba confundido. Dibujó una difusa línea entre el robo y el trapicheo. Nunca estuvo del todo seguro de dónde empezaba una cosa y terminaba la otra:

'¿No estoy robando cuando encuentro cosas en el barro? ¿No estoy trabajando cuando robo? Ambos ponen comida en mi vientre. ¿No es eso lo más importante?

Hugo no podía estar seguro. Lo cierto fue que los hurtos de Hugo se extendieron de la orilla del río a la ciudad y de la ciudad a las casas.

Saliendo en busca de comida, se lanzó a las multitudes en las ejecuciones públicas, golpeó las propiedades de las manos de las personas, las recogió y luego desapareció en el corazón del barullo.

Para robar la ropa seca, saltó sobre las paredes de ladrillo que rodeaban los jardines en Kensal Green, Camden Town y Kensington.

Lo que él podía comer, se lo comió. Lo que no podía comer, lo vendió a un prestamista y lo que no pudo vender a un prestamista, lo vendió en la calle.

Una vez, mientras robaba ropa de una casa en Camden, vio a un niño que le recordó a sí mismo. Como si mirara en el espejo de un hechicero, sintió que estaba viendo una vida que podría haber sido suya.

Ese niño estaba sentado en el alféizar de la ventana, solo, con un libro en la mano, abandonado por el resto de su familia, que se podía ver a través de otra ventana.

Parecía solo.

Hugo sintió su soledad.

Su sangre se convirtió en hielo y sus pies empezaron a correr.

*****

En ciertas sociedades, tanto en Europa como en Medio Oriente, está la cultura de no dañar a nadie con quien una persona haya compartido pan o sal.

A veces, esta costumbre mundana puede conducir a escenarios que rayan en lo absurdo.

Este fue el caso de un ladrón árabe que, habiendo llenado sus bolsas con generosidad, metió su dedo en un frasco para ver si contenía azúcar. Al probarlo, se dio cuenta de que era sal. Habiendo compartido la sal del propietario, se sintió obligado a devolver todos los artículos que había robado.

Como a ese ladrón, sería incorrecto considerar a Hugo amoral, tenía un código ético propio. Hugo solo robó cuando estuvo tres días sin comida. Nunca robó a los pobres, ancianos o sin hogar y nunca robo a otros *mudlarks*, mendigos o ladrones.

Pero de todas las reglas de Hugo, él era especialmente fiel a una. Era fiel al undécimo mandamiento: no dejarse atrapar y, en una situación límite, no confesar.

Ser atrapado era un asunto privado en el Londres georgiano.

Se esperaba que las víctimas y los espectadores capturaran a los ladrones y los pasaran a un 'agente', es decir, un voluntario que los acompañaba hasta un 'justicia de la Paz', un hombre que los procesaba si las víctimas podían probar la culpabilidad del arrestado.

Por otra parte, por la noche, los vigilantes deambulaban por las calles buscando fuegos y/o pequeños delitos. Fue por esta razón que Hugo solo robó mientras estaba oculto bajo la luz del día.

Tal táctica funcionó. De hecho, Hugo solo estuvo cerca de ser atrapado una vez durante sus tres años de robo.

Le vieron deslizando un tornillo en su bolsillo, un marinero hizo dar la alarma:

—¡Detenedle! ¡Ladrón! ¡Alto al ladrón!

Todos se volvieron.

Un barco hizo sonar las alarmas.

Otro barco cubrió el muelle con vapor.

Hugo huyó, y sus pies resonaban sobre la cubierta en *allegro*, tap, tap, tap, mientras tanto sus manos cortaban el aire.

Cuatro hombres intentaron darle caza, cada uno de los cuales más grande que el anterior y cada uno de ellos aún más decidido que el anterior. El primero era el hijo de una madre con sobrepeso, el segundo era dueño de un gato de tres patas y al tercero le faltaban dos dedos del pie.

El cuarto, que llevaba un parche en el ojo, extendió la mano para agarrar a Hugo.

Hugo se zambulló en el Támesis.

Saltando como una rata de río, se estrelló con un casillero que fue arrojado desde la borda por un amante de los empujones. Un peso muerto, que una vez llegó a contener té, un mensaje en una botella, un conjunto completo de dientes de vaca y una punta de lanza anglosajona, la cual no se había tocado durante milenios.

Su perseguidor final saltó al río, con los ojos cerrados y los dedos pellizcando la nariz. Él también se perdió en el barro. El lodo se deslizó por dentro de los rincones más profundos de su entrepierna, el lodo le aprisionaba los muslos y la mucosidad del barro parecía quemarle piel vida.

La esporádica y apagada luz comenzó a retroceder; el río se oscureció y el agua se enfrió.

Por un momento, parecía que iban a atrapar a Hugo.

Cuando los dedos de su perseguidor rozaron su pie, el corazón de Hugo latió con tanta ferocidad que creó ondas en el barro, que alentaron a una rana a saltar a un lado y a una libélula a despertarse de su letargo. La cara de Hugo se volvió de un color rojo intenso y sus manos perdieron todo su color.

Ese momento no duró por mucho tiempo.

Después de años buscando en el barro, Hugo se había acostumbrado a sus formas y era muy capaz de fluir con su ritmo y adaptarse a sus necesidades. Él sacó ventaja a su perseguidor, quien jadeaba tanto que una flema púrpura rezumaba de su boca.

—Lo siento —susurró Hugo mientras desaparecía de su vista, oculto por restos y las figuras de barcazas y de embarcaciones.

—Lo siento —susurró mientras regresaba a su casa.

—Lo siento —susurró mientras dormía.

—Lo siento. Lo siento. Lo siento.

DEJANDO PRESTADO A QUIEN SE LO MERECE

«Los términos financieros se hicieron indistinguibles de los morales».
DAVID GRAEBER

Cuando el tío Raymondo se encogió, Archibald creció en el espacio que dejó vacante, aprendiendo más sobre su tienda cada año. Había dejado de ser aquel niño al que le interesaban más las figuritas de madera que las figuras financieras, descubrió cómo obtenían suministros.

Raymondo presentó a Archibald a sus proveedores cada vez que visitaba los muelles. Juntos, recogieron arroz de la India, whisky de Escocia, tabaco del Caribe y artículos de toda Inglaterra.

Archibald también acompañó a su tío cuando obtenía artículos de productores locales; abasteciendo la miel de la señora Harding, los pasteles de manzana de la señora Hulme y los cordones de las zapatillas de la señorita Herbert.

Las relaciones entre estas personas fueron cordiales; Raymondo rara vez pagaba a los otros aldeanos, y rara vez le pagaban cuando sacaban artículos de su tienda.

Como en los muelles, las monedas escaseaban en Lambeth Marsh; aparecían de vez en cuando, pero no se usaban a diario. En cambio, la gente acumuló deudas. Si había cosecha, una de las partes todavía le debía a otra, esas deudas fueron pagadas. La mayoría de las veces, sin embargo, tales formalidades no eran necesarias.

Fue como Raymondo a menudo lo expresó:

"Ofrecer crédito y asumir deudas es un deber social. Nos mantiene a todos unidos ".

Fue una filosofía que él predicó y practicó.

Raymondo permitió que los jardineros del mercado de Lambeth Marsh aceptaran productos a crédito. Grabó lo que habían tomado, pero solo recibió el pago, ya sea en productos o en efectivo, una vez que se cosechó la cosecha.

Tales arreglos, que habían sido la norma durante siglos, también funcionaron a la inversa. Griggs, que trabajaba a tiempo parcial como jardinero de mercado, reparó el techo de Raymondo, y luego tomó los artículos de la tienda de Raymondo cuando surgió la necesidad. Dicky, que era un albañil a tiempo parcial, fijó las paredes de Raymondo en una base similar. El barbero a tiempo parcial, John Day, cortó el cabello de la familia. Ted, el zapatero, arregló sus zapatos. Incluso en Las tres herraduras había una pestaña a nombre de Raymondo.

Raymondo era un acreedor o un deudor para todos en su pueblo y eso era exactamente lo que le gustaba. Sus deudas y créditos obligaron a sus parientes a mantener buenas relaciones. De hecho, si un aldeano hubiera tratado de pagar con monedas, Raymondo probablemente se hubiera sentido ofendido.

—¿Qué he hecho para molestarte? —podría haberle preguntado. —¿Por qué quieres cortar los lazos que nos unen?"

Solo los sirvientes, los mendigos, las rameras, los ladrones, los adivinos, los juglares y las mujeres de mala reputación eran considerados indignos de crédito. Pero tales personajes eran escasos en Lambeth Marsh.

Los extraños también tenían que pagar con monedas y, a medida que los jardines botánicos crecían en popularidad, esas personas comenzaron a visitar la tienda. Si Raymondo no pudo darles cambio, emitió un pagaré que podrían canjear en una fecha posterior. Esas notas solían gastarse en Las tres herraduras como si fueran monedas, antes de pasar de mano en mano, y terminar en la tienda de Raymondo.

Raymondo usó monedas para pagar sus impuestos y donar a la iglesia. Pero estaba contento de aceptar clavos de marca como pago de los estibadores, ya que podía usarlos para comprar suministros en los muelles, y estaba feliz de establecer pestañas para los trabajadores migrantes que llegaban a Lambeth Marsh para construir una herrería.

Esa fue la razón por la que Raymondo y Ruthie llegaron a discutir.

—¿Quiénes son? —se quejaba Ruthie. —¿Qué están haciendo aquí con sus whatnots y sus cosillas? No, no deberíamos darles crédito. No podemos confiar en todo el mundo.

—¡Sí, tenemos que hacerlo! —protestaba Raymondo. —Debemos abrazarlos y ayudarlos a integrarse. De la misma forma en la que los aldeanos ayudaron a mi abuelo cuando se mudó por primera vez aquí".

—Tu abuelo era solo uno. Un enjambre de personas marcha en Lambeth Marsh en este momento. Es una invasión! Algunos de ellos están destinados al mal, es lógico.

Archibald compartía la opinión de su tía. No le gustaban los nuevos inmigrantes que se burlaban de él día tras día. Raymondo por su parte seguía insistiendo.

—¡No! Así es como mi padre funcionaba las cosas, de la misma forma en la que su padre lo hacía y mientras yo viva será la única forma en la que las cosas funcionen. Este perro es ya demasiado viejo como para aprender nuevos trucos. Vamos a darle la bienvenida a la gente. ¡Haya uno o mil! No voy a dejar que una mujer me diga qué hacer. ¡Dónde se ha visto eso!

Ruthie se desmayó.

Se llevo la mano a la frente, sus rodillas se doblaron, sus piernas perdieron fuerza y su cuerpo se derrumbó, extremidades blandas, en su única chimenea. Su única pila de cenizas se hinchó en el aire. Su único juego de póker se acababa de derrumbar.

'¡Sonido metálico!'

Archibald se quedó sin aliento.

Raymondo ayudó a Ruthie a levantarse y le dio un abrazo que duró varias horas.

*****

Las relaciones de crédito se basaban en la confianza, la confianza se mantenía por la buena voluntad y cuando se trataba de generar buena voluntad, Raymondo tenía su propio movimiento distintivo.

Cada año, el 17 de enero, Raymondo y Ruthie marchaban alrededor de la aldea, dando largos pasos con las piernas rectas, tocando la campana y gritando: "¡Wassail! ¡Wassail! ¡Wassail!

Era una costumbre extraña, que data de tiempos paganos, que el abuelo de Raymondo trajo consigo cuando se mudó de Cornualles; arrastrado a Lambeth Marsh por el latido incesante de su corazón enamorado, y decidido a casarse con la abuela de Raymondo.

"Waes Hael", en inglés antiguo, simplemente significaba "estar bien". Entonces, cuando el tío Raymondo gritó "Wassail", estaba deseando buena salud a sus hermanos. Y, cuando esos aldeanos respondieron, "Drinc hael", que significa "Bebe y sé sano", el tío Raymondo se apresuró a obligar. Fue de puerta en puerta, llenando las jarras de los aldeanos con la cerveza especiada que su familia había preparado.

Archibald estaba ansioso por ayudar; saltando de una casa a otra, sirviendo bebidas y dirigiendo las canciones que estallaron tan pronto como los aldeanos se reunieron en el campo común.

Así fue como se pasó el rayo de Raymondo a Archibald, tal como pasó a Raymondo. Y así fue, que la familia de Archibald se hizo querer por la comunidad; ganando la confianza que necesitaba para sobrevivir.

*****

La familia de Archibald no fue la única que se hizo querer de una manera única.

La señora Hulme dirigió las festividades cada Martes de Carnaval. Antes de la Cuaresma, reunió todo el azúcar, la carne y los productos lácteos en la aldea para cocinarlos en una sartén gigante. El "Día de la tortita", como se lo conocía, se convirtió en un evento regular. Las amas de casa confeccionadas celebraban concursos de cocina sobre la común, los hombres bebían cerveza y los niños corrían con rostros pintados.

En otras ocasiones, los aldeanos organizaron eventos comunitarios juntos. Organizaron un circo ambulante cada junio y se enfrentaron al boxeo dos veces al año. Los espectáculos de marionetas siempre atraían a la multitud, al igual que la feria anual de la aldea.

De todas esas actividades, sin embargo, fue el baile de Morris lo que más entusiasmó a Archibald.

A Archibald le encantaba vestirse con un esmirriado traje blanco que le había prestado un vecino; atando campanas a sus rodillas y pañuelos a sus muñecas. Le encantaba rodear el mayo con alegre abandono. Un escalofrío recorrió su espina dorsal cada vez que rozaba a otro bailarín y su corazón saltó cada vez que fue agarrado por la mano. Nunca fue tan feliz como en medio de un paso lateral o una estocada hacia adelante, una galera o un do-si-do.

Ruthie respondió de tres maneras cada vez que veía bailar a Archibald.

Ella murmuró para sí misma: "Oh Archie, ¿cómo eres?"

Entonces ella gritó: "¡Les muestras mi amor!"

Luego, cuando todo terminó, ella le dijo a Archibald: "Te amo, muchacho. Iluminas mi vida."

Su rutina no cambió hasta que más inmigrantes se mudaron a la aldea.

"Te tengo suerte", se burlaron. "¡Chico amante! ¡Chico amante! "

Entonces: "Ve al chico bailarín, eres tonto".

Entonces: "¡Los hombres de verdad no bailan, pelean!"

Si ella estaba cerca, Ruthie le daría un abrazo a Archibald:

"No te preocupes por ellos, mi amor, todos son boca y no pantalones".

Al principio, sus palabras fueron suficientes para apaciguar a Archibald. Con el tiempo, sin embargo, las burlas de sus matones comenzaron a irritarse. Fue lo último que escuchó cuando se fue a dormir, y lo primero que escuchó cuando despertó.

Archibald intentó hacer las paces. Él reprimió su personalidad. Dejó de bailar, dejó caer el disfraz de bailarín de Morris y reprimió sus pequeños arrebatos de alegría de vivir. Pero incluso esto no fue suficiente para aplacar a sus matones. Sus burlas continuaron.

LOS PALOS DE CÓMPUTO

Sadie apenas reconocía la existencia de Mayer.

—Bueno —le explicó a la señora Winterbottom. –A los niños hay que vigilarles, pero no escucharles.

Sadie veía a su hijo adoptivo regularmente, pero, si en algún momento llego a escucharle, no lo demostró.

La relación con Abe fue algo diferente. Mayer rara vez veía a su padre adoptivo. Este pasaba la mayor parte del tiempo trabajando, cazando zorros y jugando al polo pero, cuando le veía, sin duda le escuchaba.

Abe era un hombre llamativo. Incluso su ropa llamaba la atención. Tenía más de mil chalecos amarillos, cada uno un poco más brillante que el anterior. Llevaba los pantalones por dentro de unos calcetines que le llegaban hasta la rodilla y que eran tan blancos que podían cegar a un hombre. Sus americanas al más puro estilo dandi eran la comidilla de la ciudad.

La moda georgiana se estaba moviendo hacia lo mundano y la mayoría de los hombres se vestían en tonos grisáceos. Aparentemente Abe había hecho oídos sordos al nuevo cambio.

Sin embargo era su voz y no tanto su estilismo lo que realmente llamaba la atención. Las palabras de Abe tenían mucho cuerpo, su discurso se proyectaba sobre todos los que estaban a su alrededor y su risa retumbaba como un trueno volcánico.

Las raras ocasiones que pasó con Mayer fueron ensordecedoras. Pero Mayer apreciaba esos momentos, lo que lo hacía sentir como si tuviera un padre. Aunque Abe lo llamó May, un apodo que Mayer odiaba, apreciaba el afecto con el que Abe se dirigía a él. Apreciaba las palabras de sabiduría paternal de Abe y los dulces hervidos que Abe le pasaba.

Por esa razón, cuando Abe le puso la mano en el hombro y lo condujo afuera, el corazón de Mayer latió con fuerza.

Era una fresca mañana de invierno. Los senderos estaban cubiertos de una ligera capa de nieve y una capa aún más clara de hojas congeladas. Las barandillas negras que rodeaban las plazas de Camden y las lámparas negras que se alineaban en sus calles hacían que ese lugar se sintiera como un país de las maravillas en blanco y negro.

Abe habló con tanta fuerza que alentó a cien pájaros a huir:

—Hoy, hijo mío, te conviertes en un hombre.

—¿En un hombre?

—¡Sí, en un hombre! Te voy a dar el mejor regalo que nunca nadie te podrá dar.

—¿Un millón de libras?

—No, una oportunidad. Una oportunidad para que puedas hacer algo de ti mismo.

—Mira, May, mis otros hijos han recibido una cara educación. Tendrán éxito, pero nunca estarán satisfechos. Siempre querrán más, porque siempre estarán plagados de dudas y se preguntarán a sí mismos si realmente se han ganado lo que tienen.

May, tú nunca tendrás ese problema. Tú no vas a recibir ni caridad, ni limosnas. Tú te ganarás el éxito con sudor y lágrimas. Y te diré algo: no hay nada más satisfactorio que saber que eres un hombre que se ha hecho a sí mismo. Solo mírame, ¡yo soy una prueba viviente! También te diré que es la mejor sensación del mundo. ¡Nunca más volverás a oir lo que los otros opinan de ti!

Mayer no estaba seguro de si le estaba ayudando o insultando.

Caminó penosamente a través de la nieve.

Juntos, Abe y Mayer formaron una silueta de dos dimensiones atrapada en un espacio atemporal y unidos por sus diferencias.

Llegaron a una panadería, donde Abe abrazó al panadero y luego le gritó a Mayer:

—Aquí Zebedee es uno de mis amigos más antiguos. Creo que tenía más o menos tu edad cuando le conocí y estaba tan pálido como tu ahora

Ambos hombres se rieron entre dientes. Abe se rió tan fuerte que hizo que una anciana soltara sus maletas.

Mayer permaneció en silencio, lo que le permitió observar dos cosas sobre Zebedee. El primero era el pecho de Zebedee: su tripa era tan suave como un rollo de brioche, sus pechos sobresalían como panes de la cabaña, y su torso era tan grande que hacía que sus brazos parecieran baguettes, aunque eran bastante resistentes. Zebedee parecía ser más pan que hombre.

Lo segundo que Mayer notó fue lo rojo que era Zebedee. Sería fácil comparar su cara con el color de una langosta cocida, pero eso no le haría justicia. La cara de Zebedee no solo era brillante, sino fluorescente. Sus manos no solo eran floridas, sino que estaban en llamas. El resto de su cuerpo, sin embargo, estaba cubierto por un uniforme blanco, lo que lo hacía parecer el polo de un barbero.

Como si pudiera decir lo que Mayer estaba pensando, Abe fue rápido en continuar:

—Zebedee es un buen hombre. Si haces lo que él dice, prosperarás, así como él me ayudó cuando comencé. Pero, al final del día, eso solo depende de ti. Si quieres tener éxito en la vida, necesitas dos cosas: trabajo duro y más trabajo duro. Nadie te va a regalar el pan.

—Aprovecha esta oportunidad, May. ¡Agárrala por las pelotas!

Zebedee asintió.

Abe se fue.

Mayer comenzó su aprendizaje.

*****

La panadería de Zebedee era una mezcla majestuosa de hornos mecánicos y nubes de polvo, todo de metal, negro y gris. Cada centímetro de espacio estaba repleto de estantes con pan, mesas de masa, líneas de clientes y multitudes de panaderos mal pagados.

—Esta es la única manera —insistió Zebedee. –Sí, sí, sí. Ahora todo el mundo está abriendo panaderías. Panaderías a tutiplé que bajan los precios. ¡Esto es una guerra! Necesitamos mantener bajos nuestros costos costosos o tendremos que cerrar. Pum. Al cuerno! "

Los panaderos de Zebedee a menudo trabajaban turnos de dieciocho horas, expuestos al calor que los dejaba exhaustos y con harina que irritaba sus pulmones. Las enfermedades del corazón y las convulsiones apopléticas no eran raras.

Mayer no era panadero, pero gracias a la relación de Abe con Zebedee, se le había dado un puesto como panadero, para disgusto de sus colegas más experimentados. El papel de Mayer era entregar pan a los clientes de Zebedee y recibir el pago.

A Mayer le hubiera gustado aceptar monedas pero, nacido en otra época, Zebedee sospechaba de ese tipo de cosas:

—¿Dinero? No, no y no. ¿Monedas? Tampoco. ¿Cheques o billetes? Solo son trozos de papel y no sé que más garabateados y, al final, ¿con qué te quedas? ¡¡¡No, no y otra vez no!!! –decía con un gesto de desaprobación y escupiendo.

—Déjame que te cuente sobre esas paparruchas. Mira todos los problemas que hay con las monedas, siempre las están degradando, quitándoles valor y yo que sé qué más. Cuando las aceptas, nunca sabes lo que estás recibiendo. Las monedas de oro que contienen el oro de los tontos, plata que ha sido mezclada con metales comunes y todo tipo de monedas que han recordado y que ahora son más pequeñas de lo que deberían ser. No podemos basarnos en ellas. Desde luego que no.

—¿No has oído hablar de esos acuñadores de monedas que capturaron el otro año? ¿El lote de Halifax?

—Y no me hagas hablar de esos banqueros. Esos bribones de la casa de moneda real! No puedes confiar en ellos tampoco. ¡Tienen números goteando por sus oídos! Dubious skilamalinks la mayoría de ellos. Nunca confíes en un hombre con traje. Bueno, aparte de tu padre, él es un buen tipo; un cabrón ruidoso, pero un buen huevo.

—Sí. ¿Donde estaba? Oh, monedas. No, no aceptes monedas o billetes falsos. No no no no no. Siempre pida un palo viejo y confiable. Ahora sabes dónde estás con una palanca de conteo. Punto de honor

"Siempre pida un tally stick, respaldado por oro real, o por verdadero oro y plata, lo que ha sido verificado por Mr Bronze. Hay un buen muchacho. Ahora ve y haz tu trabajo por trabajo. Espera tiempo y la marea no hombre."

*****

Los palos de conteo eran un retroceso a otro tiempo, pero también lo era Zebedeo. Ni de su edad, ni de su sociedad, era un recordatorio viviente y respirador del camino que una vez viajó.

Ese camino había comenzado, en aldeas frondosas y ciudades fortificadas, muchos siglos antes.

En esos momentos, se crearon los palos de conteo para reconocer la existencia de una deuda. El deudor y el acreedor tomarían un trozo de madera, cortarían muescas para indicar la cantidad que se debía y luego lo dividirían en dos partes que podrían reconectarse como piezas de un rompecabezas.

El acreedor tomó la mitad, conocido como el "Stock", que estaba adornado con el sello del deudor. El acreedor, por lo tanto, era conocido como el "poseedor de acciones".

El deudor tomó la otra mitad, que se conocía como el "Ticket Stub".

Stock y stub actuaron como un contrato; un acuerdo que el poseedor del talón pagaría su deuda al poseedor de la acción; ya sea en oro, plata, bienes o servicios.

Los tally sticks se usaban para pagar los salarios a los trabajadores y los impuestos al estado. La gente los usaba para comprar y vender artículos, como si fueran monedas. Eran, después de todo, un pagaré; una promesa de quien emitió el stock para pagar el oro a quien sea que lo posea. La acción, por lo tanto, tenía un valor en oro, por lo que podría gastarse como si fuera oro real.

Los palos de computo se utilizaron como moneda de facto en toda Europa después de la caída del Imperio Romano. Su popularidad comenzó a disminuir en la década de 1400, cuando el papel se hizo asequible y la alfabetización mejoró. En lugar de utilizar palos, la gente comenzó a escribir contratos de deuda en papel. Al igual que con el conteo, esos contratos fueron rasgados a la mitad, lo que creó notas de crédito; los antepasados del billete moderno.

Pero el declive de los palos de computo fue lento. Incluso a principios de 1800, todavía eran utilizados por la mayoría de los hombres de panaderos. Mayer iba a tener que acostumbrarse a ellos, le gustara o no...

*****

Mayer guardó las cuentas de Zebedeo en una cuerda, que colocó en su cinturón.

Hecho de trozos cortos de avellana o sauce, un sistema estandarizado de cruces y V se cortaron de sus lados para significar diferentes cantidades. Estaban respaldados por una legislación para prevenir el fraude.

Mayer cargó su pan con pan y siguió sus rondas. Cada vez que hacía una entrega, cortaba una muesca en el talón de su cliente y una muesca equivalente en su stock correspondiente. Normalmente, los clientes liquidaban sus deudas una vez que su cuenta se llenaba con muescas; pagar al Sr. Bronze, el joyero de Zebedee, que verificó su plata y oro. Algunos clientes, sin embargo, liquidaron sus deudas de otras maneras.

Davey Boy, que había trabajado en la panadería desde antes de que alguien pudiera recordar, tomó la cuenta del señor Smith como parte de su salario. El señor Smith era el propietario de Davey Boy, y aceptó esas cuentas como parte del pago del alquiler de Davey Boy. Zebedee usó la cuenta del señor Bloodworth para comprar verduras en la verdulería de ese hombre, y la cuenta de Godwin para comprar provisiones en la tienda de ese hombre.

Mayer llegó a conocer a estos hombres. Al igual que Abe antes que él, aprovechó sus circunstancias para establecer una red de conocidos. Y, al igual que Abe, hizo todo lo posible para ganarse su confianza.

Él comenzó mirando a los ojos de la persona. Algo crucial por tres razones. En primer lugar, mostró seguridad. En segundo lugar, mostró humanidad. En tercer lugar, mostró estatura. La mayoría de los panaderos se miraban los pies, una clara señal de inferioridad. Al hacer contacto visual, Mayer se negó a inclinarse. Era como si estuviera diciendo que él algún día, sería igual a las personas a las que servía. Y eso, a su vez, le valió su respeto.

Mientras hacía contacto visual, Mayer le estrechaba la mano a su cliente. Lo hacía de una forma firme, pero no fuerte y protector pero no agresivo. Estrechó la mano de manera entusiasta, lo que hizo que la otra persona sintiera que Mayer estaba realmente emocionada de verlos.

Luego venía el toque maestro de Mayer: su sonrisa.

Si el apretón de manos de Mayer hizo que sus conocidos se sintieran agusto, su sonrisa los hizo sentir positivamente ardiendo. La sonrisa de Mayer era amplia y expresiva, lo que la hacía parecer espontánea y, por lo tanto, genuina, aunque solo fuera parte de su acto. Mayer había pasado horas perfeccionando esa sonrisa, de pie frente a su espejo; haciendo que sus mejillas se estiraran hacia afuera, sus cejas sobresalgan hacia arriba y su cabeza se mueva hacia adelante. Fue una pregunta difícil, al principio parecía un poco payaso, pero su arduo trabajo finalmente dio sus frutos. Su sonrisa tuvo un poderoso efecto en todos los que conoció.

Entonces comenzó la pequeña charla.

Mayer siempre le preguntaba a la otra persona cómo se sentían. Si esto no los hiciera hablar, hablaría sobre el clima o reactivaría una conversación previa:

—¿Qué tal fue la operación?

—¿Aprobó su sobrino el examen?

—¿Ha empezado ya a bajar el precio de la patata?

A Mayer no le importaban esas cosas, pero a sus clientes sí. El hecho de que Mayer mostrara un interés le ganó su respeto. Era un buen oyente, alentaba a sus conocidos a hablar de sí mismos y reaccionaba de una manera que los hacía sentir importantes; asintiendo, levantando las cejas y haciendo más preguntas. Parecía que estaba pendiente de cada una de sus palabras.

De esta manera, Mayer fue ganándose a la confianza de casi todos los que conoció; todos los comerciantes, magistrados y hombres del medio; doctores, distribuidores y surtidos do littles. Algunos de estos personajes honrarán nuestro cuento. Con el tiempo, nos encontraremos con gente como Bear el barbero, Big Bob el portero y Randel, el pícaro limpiabotas. Pero de todos los conocidos que Mayer hizo, dos solos fueron sus favoritos. El señor

Orwell y el señor Bronze tendrían el mayor efecto en su vida.

*****

El señor Orwell, que estaba encogido pero no arrugado, poseía los aromas agridulces del humo de la pipa y la vejez. Él era un maestro retirado. En su mente seguía siendo un maestro, alguien que participó en el diálogo socrático para alentar a sus alumnos a pensar por sí mismos.

—¿Cuánto pan quiere, señor Orwell? —preguntó Mayer cuando se encontraron.

—¿Cuánto crees que me gustaría?

—Hmm. No lo sé.

—¿Y serías tan amable de pensarlo?

—Bueno

—¿Y, bien?

—Todavía no estoy seguro

—¿Puedes mirar alrededor?"

Mayer miró a su alrededor.

—¿Qué ves?

—Una mesa, señor Orwell. Una silla. Una cama. Un plato.

—¿Qué se repite?

—Hay uno de todo

—¿Y qué te dice eso?

—Que le gustaría una barra de pan.

Mayer le entregó al señor Orwell una hogaza pequeña. Una parte de él estaba perturbada por la naturaleza peculiar del discurso de ese hombre. Una parte de él amaba esa misma excentricidad.

Al día siguiente, Mayer volvió a visitar al señor Orwell. Hizo contacto visual, se dio la mano y sonrió con su sonrisa duramente ganada. Luego trató de participar en una pequeña charla:

—¿Cómo está hoy, señor Orwell?

—¿Cómo me veo?

—Cansado.

—¿Por qué me veo cansado?

—Porque tus ojos están oscuros.

—¿Y qué causa los ojos oscuros?

—Quedarse hasta tarde

—¿Ahora por qué me quedaría despierto hasta tarde?

—No lo sé

—¿Te importaría mirar a tu alrededor?

Mayer miró a su alrededor.

—¿Qué ves?

—Uno de todo

—De la mayor parte de las cosas ¿y mucho de qué?

—Un montón de libros

—¿Cuántos libros?

—Cientos

—¿Miles?

—Sí

—¿Y?

—¿Y, Sr. Orwell?

—¿Por qué tengo bolsas debajo de los ojos?

—¿Porque se quedó despierto hasta tarde para leer?

—Entonces, ¿cómo estoy?

—Por un lado cansado pero por otra informado. Feliz pero cansado.

—¡Por Júpiter, creo que lo has entendido! ¡Bien hecho, señor! Ahora, pasemos al tema importante del día. Dime, ¿te gusta leer?

—Sí, señor Orwell, más que nada en el mundo.

—Bueno, entonces, ¿te gustaría tomar prestado un libro?

Mayer sonrió, y esta vez su sonrisa fue genuina.

Los libros habían sido un refugio para Mayer desde que había aprendido a leer. Para él, las novelas ofrecían un portal en una tierra de nunca jamás en la que podía escapar cada vez que se sentía abandonado. Y, viviendo con una familia que apenas reconocía su existencia, esto era algo muy habitual. Mayer pasó incontables horas leyendo, sentado en un alféizar que daba a un jardín lleno de ropa. Imaginaba que los personajes de esos libros eran personas que conocía en la vida real, imaginaba a Sadie como una bruja malvada y Abe como un político romano. Para cuando cumplió diez años, había leído todos los libros en Buckingham Towers. Sin discriminación, incapaz de distinguir lo bueno de lo malo o lo bueno de lo cutre. Para el momento en que cumplió los doce años, había leído esos libros tantas veces que pudo recitar secciones enteras de memoria, para disgusto de los criados que se vieron obligados a escuchar. La oportunidad de tomar prestados libros del señor Orwell se sintió como un regalo del cielo.

—Gracias —dijo mientras pasaba el dedo por una hilera de ediciones encuadernadas en piel. —¿Puedo coger prestado este?

—¿La noche sigue al día?

—Sí, señor Orwell

—¿Entonces?

Mayer asintió, cogió el libro, lo leyó en una sola sesión, regresó al día siguiente y se fue con otro libro.

Entonces continuó.

El señor Orwell era el mejor maestro que Mayer haya tenido.

Mayer era el único amigo que el viejo Orwell había dejado.

*****

Mayer también era aficionado al señor Bronze, el único orfebre en quien Zebedee confiaba para verificar las monedas de sus clientes. Mayer le entregaba diariamente al señor Bronze tres hogazas. Esperaba en la fila, mientras sus ojos se llenaban de codicia, hipnotizado spor el jade egipcio, el ópalo australiano, las reliquias medievales, el lapislázuli con forma de huevo, diamantes del tamaño de ciruelas y una variedad de abalorios dorados que resplandecían tanto que rodeaban a los clientes del señor Bronze.

Pero no era la tienda del señor Bronze lo que le gustaba a Mayer. Era su personalidad.

El señor Bronze tenía un aura que hacía que quisieras creer cada palabra que decía. Todo en él parecía relajado, su cofre siempre estaba abierto y sus brazos siempre colgaban a su lado. Él nunca se ponía nervioso. Le reconocía por ser feliz pero no exuberante, triste pero nunca angustiado. Sus emociones demostraron su humanidad, pero nunca lo abrumación.

Luego estaba su agenda. Podrías configurar tu reloj allí. Cada mañana el señor Bronze tomaba el mismo desayuno a las seis y veintitrés: dos tostadas, una con mermelada y otra con miel. Se afeitó, con el grano, de derecha a izquierda, a las seis y treinta y uno. Se vestía siete minutos después; siempre con una camisa estampada y una pajarita de Bronze. Besaba a su esposa en el mismo lugar, justo encima del pómulo, y se marchaba de casa exactamente a las siete menos seis. Él siempre abría su tienda a las siete en punto; nunca un segundo antes y nunca un segundo más tarde.

Mayer dejó sus cuentas con el señor Bronze, por lo que los clientes de Zebedee podrían pagarle directamente. El señor Bronze verificó su plata y oro, antes de guardarlo en su caja fuerte; un viejo y robusto coloso que había sobrevivido a tres intentos de robo sin sufrir ni siquiera un rasguño.

Cada vez que Zebedee compraba harina a Abe, en lugar de pagarle directamente a Abe, conseguía que el señor Bronze trasladara la cantidad requerida de oro de su bolsa a la de Abe.

El hecho de que Abe también tuviera un saco de oro en esa robusta bóveda, puede explicar por qué Mayer se acercó al señor Bronze. Pero había más que eso. Algo más allá de la razón. Mayer no tenía idea de por qué le gustaba tanto el señor Bronze, simplemente era así.

*****

Estas personas agregaron color a los días de Mayer. Pero su vida, en general, siguió traqueteando con monótona suavidad. Mayer no estaba satisfecho.

Su consistencia física no estaba pensada para el trabajo físico. Aunque su papel fuera menos exigente que el de un panadero, aún requería que Mayer caminara varias millas al día, llegara a la gran altura o arrastrara un carro lleno de pan. Se sentía como una mula. Sus talones se llenaron de ampollas y sus plantas se volvieron duras como la piedra.

Habiendo crecido rodeado de las mejores cosas de la vida, Mayer consideraba que estaba por encima de tales tribulaciones. Su educación lo había alentado a soñar. Sus expectativas se habían disparado.

Aún así, encontró consuelo en el ascenso de su padre adoptivo. Abe había trabajado una vez en los campos de su padre, de la misma manera que Mayer se había visto obligado a trabajar duro. Abe había aprovechado sus oportunidades y había alcanzado una posición elevada. Mayer estaba convencido de que él haría lo mismo.

CRIMEN Y CASTIGO

«¡El hombre se acostumbra a todo, el muy sinvergüenza!»
FYODOR DOSTOYEVSKY

Hugo fue visto robando en otras dos ocasiones más.

En la segunda vez, como en la primera, le pillaron *infraganti*. Pies ligeros, un cambio de dirección y una inclinación por un shimmy conseguía escapar de sus perseguidores. Pero, al meterse en un callejón, no pudo escapar de los brazos de un hombre trajeado.

—Dios mío – rió ese hombre entre dientes y con una voz melodiosa. —Bien bien. ¿Qué tenemos aquí? Un chorizo, veo, y me atrevo a decir que robado, a juzgar por la velocidad de tus pies.

—¡No lo hice! —protestó Hugo con una voz que lo traicionó.

—Ahora ahora. No es necesario que uno cuente pasteles de porky ".

Hugo intentó liberarse.

El hombre trajeado continuó:

—Tienes dos opciones y escapar no me parece que vaya a ser una de ellas. La primera opción es ir al magistrado, quien probablemente te corte la mano. La segunda es asistir a la Escuela Ragged.

Hugo estaba desconcertado:

—¿A la escuela, señor? ¿Qué clase de castigo es ese?

El hombre adecuado se rió entre dientes:

—¿Castigo? No no. ¡Es una oportunidad!

—Lo siento.

—Entonces, ¿qué?

Hugo asintió.

El hombre adecuado condujo a Hugo, agarrando con la mano con la firmeza suficiente para asegurarse de que no huyera, pero lo suficientemente suave como para dar la impresión de afecto. Juntos, marcharon a través de Whitechapel, encerrados en puestos llenos de cacofonía de pinceles, adornos de chimenea, juguetes para niños, joyas comunes, cubiertos de Sheffield y productos enchapados.

Después de ser abofeteados en un sentido y golpear al otro, salieron a la superficie en un pequeño taller de zapateros que olía a papas al horno. El mostrador estaba cubierto de herramientas. El piso estaba cubierto de niños.

—Tengo otro para ti, John Pounds —anunció el hombre del traje.

"Eres el ganso que sigue acostado", respondió Pounds. "¡Una línea de producción regular!"

El hombre adecuado sonrió, alborotó el cabello de Hugo y se fue.

Hugo esperó, aburrido e impaciente, mientras los otros alumnos leían la Biblia, copiaban líneas de la Biblia y acomodaban sus biblias en pilas. Consideró que era un pequeño precio a pagar para salvar su mano.

Cuando terminó la lección, la señora Pounds entró y le ofreció a Hugo una papa asada. Perplejo, tomó la más grande, antes de compartir su salchicha con los otros niños.

Sorprendente incluso a sí mismo, Hugo regresó una semana más tarde. Recibir una comida a cambio de sentarse a una aburrida lección le pareció un buen negocio.

Entonces comenzó la educación de Hugo. No aprendió mucho, pero fue un comienzo, y eso significaba que nunca tuvo que robar un domingo.

*****

La tercera vez que Hugo fue visto robando, no tuvo tanta suerte.

A diferencia de las dos ocasiones anteriores, no fue atrapado en el acto. Apenas hubo ningún acto en absoluto. Hugo simplemente había encontrado un reloj de bolsillo en el suelo, después de una ejecución pública, y lo recogió.

Tales eran las multitudes en esos eventos, los cuerpos empujados contra los cuerpos, y los artículos a menudo caían al suelo. Cuando las personas se dispersaron, dejaron detrás una cornucopia de basura y ricos frutos. Hugo siempre estaba ansioso por buscar tesoros escondidos entre los escombros.

Pero una persona simplemente no puede comerse un reloj de bolsillo, por lo que Hugo fue a visitar al señor Loansmith, su prestamista habitual.

Al abrir la puerta, con el reloj de bolsillo entre los dedos, Hugo sintió una mano en su hombro. Antes de que lo supiera, lo habían hecho girar y lo habían arrastrado a la calle.

La puerta de la casa de empeños crujió sobre sus bisagras; hosco y agrio. Los carruajes impacientes rugieron, el papel de viruta sopló contra las espinillas de Hugo, y una larga sombra lo envolvió. Entonces oyó una voz:

—Bueno, ¿qué tenemos entonces?

—Nada señor

—No pareces nada. Se parece mucho a un reloj de bolsillo, si no me equivoco.

—Bueno, sí señor. Lo siento, señor.

El hombre sombrío dio unos golpecitos a su copia del London Times:

—Ahora dicen que un reloj de bolsillo como ese fue robado en la ejecución de ayer. Dijo que ese reloj pertenecía a cierto señor Toodlepip. Ahora, si su reloj es el artículo en cuestión, tendrá el nombre del señor Toodlepip grabado en su interior. ¿Qué dices si lo abres y ves?

Hugo abrió el reloj.

—¡Ah! Justo como creía. Puedes ver 'es el nombre allí, claro como el día. El señor Jay Kay Toodlepip. Oh sí. Lo que significa que debes ser el culpable de lo que cometió ".

—No, yo me lo encontré, honesto para Dios. No lo hice, señor. ¡Lo juro!"

El hombre consolidó su agarre en el hombro de Hugo:

—Lo encontraste, ¿dices? ¿No lo robaste?

—Eso es, señor. Lo siento, señor. Lo cogí del suelo. Estaba allí entre la basura.

—Lo encontraste en el suelo, ¿dices? Solo estás mintiendo, ¿verdad?

Una excusa común como cualquier otra. No hay magistrado sobre la faz de la tierra que no haya escuchado una historia como la tuya antes y no creo que haya tampoco uno solo que se lo haya creído. ¿Crees que nacimos ayer?

—No, señor.

—Bueno, entonces, no intentes colarmela.

—Pero es la verdad."

—La verdad es que al señor Toodlepip le robaron un reloj y te han pillado con el. No tiene buena pinta, ¿verdad?

Hugo inclinó la cabeza.

—Esto es lo que voy a hacer. Te voy a dar dos opciones. Opción uno: te llevo al magistrado, quien te ahorcará y me dará cuarenta dólares como recompensa.

—¿Colgarme? Pensé que a los ladrones se les cortaban las manos .

—¡Por dios! Pero ¿qué eres, un abogado? Creíste mal. Ahora escúchame, la opción uno es la "soga del ahorcado". En estos días te buscarán cualquier cosa, porque les encantan los ahorcamientos.

—La segunda opción es que me pagues los cuarenta tú mismo.

—Pero yo no tengo cuarenta libras.

—Bueno, entonces tendrías que trabajar para dármelas.

—¿Trabajar para usted, señor? ¿Cómo?"

—Como un ladrón, por supuesto. Eso es lo que eres, ¿o no es así?

Hugo se encogió de hombros.

—¿Eso qué significa? Tu cabeza colgada o mi generoso empleo. Vamos, no tengo todo el día.

Hugo estaba mareado por la confusión. Se sentía como si estuviera en el centro de una pantomima que no tenía principio, ni centro ni fin.

—Está bien —finalmente se atragantó. —Si salva mi vida, robaré para usted.

—¡Una muy buena elección! Eres un buen chico. ¿Cómo te llamas?

—Hugo, señor. ¿Cómo se llama usted?

—Mi nombre es Jonathan Wild. Wild como apellido y salvaje por naturaleza. ¡Soy el caza ladrones más grande que haya habido!

*****

Un "caza ladrones" era un detective privado, contratado por individuos adinerados para reclamar sus propiedades robadas.

En varios casos, esas víctimas optaron por no enjuiciar a los ladrones que les robaron. Unos no querían ser responsables de la muerte de un ser humano. Otros, a los que les habían robado en burdeles y garitos, no querían que los detalles se hicieran públicos.

A veces, sin embargo, los ladrones enviaban ladrones a los tribunales. Así consiguieron respeto de la comunidad y hasta cuarenta libras en efectivo. Obtuvieron recompensas por devolver artículos robados, ganaron comisiones por actuar como mediadores entre ladrones y sus víctimas y ganaron dinero operando su propio equipo de ladrones.

*****

Jonathan Wild era un hombre alto y feo. Su cabeza tenía la forma de un balón pinchado; perfectamente esférico, pero por unos parches aplanados. Su labio hendido arrastraba su boca hacia su nariz.

El hijo de un vendedor de hierbas, comenzó su vida como un hombre honesto. En busca de su fortuna, emigró a Londres donde cayó en tiempos difíciles. Encarcelado por deudas, se convirtió en un soplón de la prisión; un traidor que acusó a sus carceleros de información sobre sus compañeros reclusos, y que acusó a esos presos de protección de sus carceleros. Prestó el dinero que ganaba y cobró intereses por esos préstamos, lo que le valió suficiente dinero para comprar su libertad.

Mientras todavía languidecía en la cárcel, a Wild se le dio "La libertad de la puerta"; una posición que le permitía ir a la ciudad todas las noches para atrapar ladrones. Pasó una pequeña parte de su tiempo dedicado a esa actividad, y una porción mucho mayor de su tiempo en los brazos de una prostituta llamada Mary Milliner.

Fue gracias a Milliner que Wild volvió con su liberación. Un gangster de bajo nivel, ella le enseñó a Wild los trucos de su oficio, y lo presentó a los altos rangos del inframundo.

Wild pronto descartó a Milliner, aunque no antes de cortarle la oreja para marcarla como una ramera. Sin embargo, no descartó las lecciones que Milliner le había enseñado. Se convirtió en una valla, un vendedor de bienes robados, y usó el dinero que ganó para sobornar a los guardias de la prisión; conseguir que liberen ladrones en su empleo.

Wild tenía dos caras:

Para la sociedad, él era un ladrón. Los periódicos diarios lo retrataban como un caballero blanco, el "Ladrón Tomador General", que mantenía a ladrones y degenerados a raya; devolver la propiedad a su legítimo propietario y enviar a más de sesenta ladrones al patíbulo.

Sin embargo, para el inframundo, Wild era un ladrón; un hombre que controlaba a casi todos los ladrones de la ciudad. Protegió a sus ladrones, a cambio de un recorte saludable de sus ganancias, y logró que testificaran contra cualquier ladrón que se negara a caer bajo su mando.

Cada vez que uno de sus ladrones lo irritaba, Wild ponía una cruz por su nombre en su pequeño libro negro. Si ese ladrón volvía a hacer algo que él no viera con buenos ojos, Wild agregaba una segunda cruz. Vendió a la corona a cualquiera que hubiera sido "doblemente crucificado" por ahorcar. De esta manera, se hizo con el control absoluto.

*****

Este es el hombre a quien Hugo le debía la vida.

¿O era?

Desconocido para Hugo, Wild no había estado trabajando para Mr Toodlepip. Probablemente llegó a hacer un señor Toodlepip. Es un nombre bastante curioso.

Ese reloj, una cosa sin valor, había sido dejado entre la basura por uno de los ladrones de Wild; un joven con la inteligencia de un gato callejero y la arrogancia de un caballo en miniatura.

—Mi nombre es Wilkins —dijo al presentarse. Wilkins es mi único nombre. Si lo prefiere, Wilkins Wilkins. Sirve como primer nombre y también vale como apellido. No necesito ningún otro. Si tuviera dos nombres, alguien solo vendría y pellizcaría uno.

—Mi nombre es Hugo.

—¿Hugo qué más?

—Hugo Crickets, supongo. Aunque solo tengo un nombre también. Puedes llamarme Hugo Hugo si quieres.

—No te hagas el listo conmigo. Si Grillo es tu nombre, te llamaré Hugo, y eso será todo.

Wilkins era indefinible. Hubiera sido fácil suponer que era caucásico, pero su piel había sido descolorida por tanta culpa y suciedad que podría haber pasado por un miembro de casi cualquier raza. Su altura sugería que tenía unos trece años, era un poco mayor que Hugo, pero tenía los deditos de un niño de seis años y los ojos muertos de un centurión. Su atuendo era otra cosa. Parecía un caballero que había estado enterrado bajo tierra durante muchos siglos. Su majestuosa chaqueta azul estaba llena de agujeros de gusanos; sus calzones, aunque pulcramente presionados, se habían desvanecido con el polvo; y sus zapatos puntiagudos, que pulió hasta el punto de la obsesión, habían sido cortados desde varios ángulos y marcados con grava y arena.

Wilkins nunca le dijo a Hugo que había plantado el reloj perdido. Nunca le dijo a Hugo que lo había seguido hasta su casa, se había acostado cerca de su barcaza y lo había entregado a Wild a la mañana siguiente. Pensó que era mejor no decir esas cosas.

Wilkins, sin embargo, le presentó a Hugo su nueva vida.

Se mudó a Hugo a una casa de hospedaje detrás del mercado Spitalfields, sin darle la oportunidad de decir "Adiós" a Dizzy, Izzy o a Jo. Luego llevó a Hugo a una habitación que estaba llena de diversos mendigos y ladrones, desnudos y vestidos; extendidos por el piso, y extendidos uno sobre el otro.

Había un método para la locura. Mantener a sus ladrones juntos permitió a Wild administrarlos. También les permitió enseñar unos a otros los trucos de su oficio.

Ese lugar era un centro de sociabilidad. Las tardes se pasaban contando cuentos, y las noches se pasaban empapadas de licor. Hugo pronto se sintió como en casa, aunque se sintió culpable por abandonar a sus amigos.

Miserable susurró para sí mismo mientras dormía. Rata. Ladrón. Asesino. Lo siento.

*****

—Nunca he visto a nadie tan verde —le dijo Wilkins a Hugo su primer día en la calle. –¡Oh, dios mío! ¿Me estás diciendo que solo empujas cosas de las manos de las personas?

Hugo asintió.

—¿Y ellos no se dan cuenta?

Hugo se encogió de hombros.

—Bueno, me dejas de piedra. Nunca vas a conseguir eso conmigo. Ahora escúchame. La primera regla de robar es esta: nunca deje que la ellos sepan que les has robado. Si ellos no lo saben, no armarán un escándalo. Inteligente, ¿eh?

Hugo asintió. Y, como un buen estudiante, escuchó con atención lo que su maestro tenía que decir.

Al final del día, habían perfeccionado su primera rutina. Hugo se acercó a los compradores con las manos ahuecadas, los brazos extendidos y los ojos inundados en lágrimas.

—Por favor, señora —suplicó. —Estoy tan hambriento. Por favor, ahorre un penique por un pedazo de pan ".

Cuando la marca miraba a Hugo, o trataba de rodearlo, su mente se desvió de las compras que sostenían. Wilkins se acercó, sacó un objeto de su bolsa y se alejó sin perder el paso.

La mayoría de las veces la marca era inconsciente. Incluso en las raras ocasiones en que lo notaron, Wilkins siempre se había ido. Nunca se dieron cuenta de que estaba aliado con Hugo.

En su primer día juntos, Hugo y Wilkins usaron esta táctica para robar dos relojes, una tetera de porcelana y un collar de plata. Al día siguiente, robaron diez artículos. Su recorrido creció día a día.

Con el tiempo, cambiaron de roles. Aparecieron en todos los distritos de Londres; en el ajetreo y el bullicio del East End, la pomposidad de Mayfair y las angostas gargantas del Soho; en Dark Entry, Cat's Hole y Pillory Lane.

Cuando terminaron, le pasaron el botín a Wild, quien revisó los diarios para ver si el robo había sido anunciado. Si lo hubiera hecho, devolvió el objeto, se declaró héroe y reclamó su recompensa. Si no fuera así, lo anunciaba en su oficina de objetos perdidos, donde los artículos podían ser reclamados por una tarifa.

—Si continuáis así —se regocijó —¡vais a ser los mejores ladrones que hayan pisado la tierra!

*****

Hugo y Wilkins no fueron los mejores ladrones que alguna vez caminaron por la tierra pero, a medida que los meses se convirtieron en años, comenzaron a ramificarse; creando nuevas estafas, detrás de la espalda de Wild, y manteniendo todo el dinero que hicieron.

Mantienen las cosas frescas.

Una vez, robaron una jaula de pinzones marrones de una tienda de mascotas en Old Kent Road. Usando tinte y maquillaje, que también robaron, hicieron que esas aves parecieran jilgueros; con plumas y colas amarillas diferentes a todo lo que Londres había visto alguna vez. Los vendieron en Regents Street por una suma ordenada.

En otra ocasión, robaron una bolsa de anillos de Bronze incrustados con diamantes falsos, que fingieron encontrar en la calle.

—¡Un anillo de diamantes! —exclamaba Wilkins para llamar la atención de la gente. No lo van a creer, pero ningún joyero me compraría algo precioso como este. Me mirarían de arriba abajo, asumirían que lo he robado y me llevarían al tintineo ".

Ocasionalmente, un transeúnte, ansioso de obtener un beneficio rápido, se ofrecería a comprar el anillo. Hugo y Wilkins estaban muy contentos de tomar su dinero.

Hugo cuestionó sus acciones todos los días, pero Wilkins siempre fue persuasivo:

—Con una cara como esa, podrías robar broches de viejas abuelas en la iglesia y salirte con la tuya. Ese tipo de inocencia angelical no debería desperdiciarse.

Esto dejaba a Hugo en medio de un conflicto. Elegir entre hacer lo correcto por su amigo y hacer lo correcto por sus víctimas; entre satisfacer su hambre y satisfacer su alma. Sus emociones permanecieron borrosas.

A Hugo le gustaba haber encontrado algo en lo que él era bueno. Le llenaba de orgullo, pero la culpa en su conciencia también creció día a día. Sentía empatía con las víctimas y se juzgaba a sí mismo con dureza. Se mordió las uñas hasta que apenas quedaba nada; se estremeció, involuntariamente, varias veces por hora; y él murmuró en una voz que solo él podía escuchar: "Estafador". "Estafador". "Ladrón". "Lo siento. Lo siento. Lo siento."

*****

Hugo y Wilkins fueron atrapados.

Habían estado realizando uno de los trucos más antiguos del libro, "Pig in a Poke"; mostrando un lechón saludable antes de cortejar a la multitud:

—Señoras y señores, nunca ha habido un cerdo como este. Este no es un cerdo promedio. Este pequeño amigo puede ojear como un jabalí. Él puede rugir, rugir, rugir! Puedes decir que va a crecer; te dará chuletas de cerdo, tocino y más. ¡Bueno, no me sorprendería si aprende a limpiar tu propio piso! Señor, señora, este es el trato del siglo; va a bajar en el folclore. Porque no pido un chelín, ni siquiera por ocho peniques, ni siquiera por seis. Señor, señora, ¡le daré este cochinillo por cuatro!

Hugo y Wilkins atrajeron un flujo constante de clientes. Hugo tomó su pago y le pasó el lechón a Wilkins, quien lo cambió por un gato callejero, que puso en un saco y pasó a su marca.

Repitieron este truco catorce veces antes de que Wild lo descubriera.

— Cerdo en un saco –gritaba al mismo tiempo que lanzo una taza. –la maldita estafa del cerdo. ¿Dónde creéis qué estáis? ¿En los malditos setenta?

—Sois unos inútiles, unos auténticos inútiles. ¡Peor que un cero a la izquierda! Estáis los dos fuera.

—¿Creíais que no me iba a enterar? Tengo ojos en cada esquina. ¡Hasta las farolas funcionan para mí! Esta es mi ciudad, mi territorio, ¿me oís? Incluso las ratas saben mi nombre.

—La del cerdo en un saco. He enviado hombres a la horca por menos.

Wild puso su bastón sobre su escritorio.

Wilkins enderezó la espalda e hinchó el pecho.

Hugo mojó los pantalones.

—Debería haceros picadillo.

Wild sacó su pequeño libro negro del bolsillo, encontró la página correcta y garabateó una cruz al lado de los nombres de Wilkins y Hugo.

—¡Os he marcado con una cruz a los dos. Ya sabéis lo que le pasa a la gente que se interpone en mi camino!

—Cerdo en un saco.

Cerdo

en

un

saco

*****

Hugo y Wilkins abandonaron la oficina de Wild y salieron a las calles, que parecían estar llenas de dos tipos de personas; gente borracha y gente sobria. Algunas personas sobrias estaban vertiendo agua sobre algunos de los borrachos, para calmarlos. Los borrachos parecían molestos.

Hugo estaba demasiado alterado para robar, pero Wilkins logró levantar un conjunto de piezas de ajedrez de marfil, una bandeja plateada, un par de candelabros y una bolsa de piel de serpiente.

Ninguno de los dos habló una palabra de lo que había sucedido.

Wilkins tenía una cara valiente y una actitud obstinada. Hugo, por otro lado, tenía una mirada de miedo con ojos de conejo. Él fue vencido por visiones proféticas; del verdugo, envuelto en la capa negra de la muerte; de sí mismo, inclinando la cabeza; de la abertura de la trampilla, su cuerpo cayendo, la multitud vitoreando, abucheando y mirando con lascivia.

Un rubor lo usurpó, una fiebre se apoderó de él, se congeló y luego se quemó. Se le revolvió el estómago, se le doblaron las rodillas, cayó al suelo y se desmayó.

—¡Hugo!, ¡Hugo!, ponte de pie, imbecil. Pareces un auténtico gilipollas.

Hugo se tambaleó lejos de su compañero.

Tropezando y resbalándose, cayó por las puertas de la iglesia de Saint Pancras; ese viejo y robusto bastión de piedad y pretensión. Usando los bancos para arrastrarse hacia adelante, pero luchando por agarrarse de sus espaldas, se estrelló contra los azulejos de piedra. Se arrastró como una lagartija, con los brazos en jarras y el vientre contra el suelo.

Las campanas de la iglesia sonaron: 'Ding dong. Ding dong. Ding Dong.

Hugo se sentó en el altar. Con Jesús encima de él y la losa de los mataderos, juntó la mano para orar.

Y vomitó.

El vicario chilló:

—¡Fuera de aquí, maldito miserable!

Hugo huyó. Se fue de ese lugar de ese lugar, como huyendo de sus pecados. Huyendo de su propia existencia. Salió corriendo a través de las puertas de madera y chocó con un carro de madera.

Los panecillos salieron volando en todas las direcciones. los panes disparaban hacia la izquierda, los bollos rebotaban y las baguettes estallaban en el aire. Mientras esas duras creaciones llenaban el cielo, Hugo se estrelló contra Mayer.

Mayer pudo sentir la angustia, la culpa y el miedo de Hugo como si esas emociones fueran suyas.

—Está bien, hermano, vamos a arreglar esto.

Abrazó a su amigo perdido hace mucho tiempo, abrazándolo con fuerza, hasta que la fina lluvia otoñal se había empapado de sus ropas.

DIVIDE Y VENCE

«El poder absoluto lo corrompe todo, pero la impotencia absoluta hace lo mismo.
No es la pobreza, es la desigualdad con la que vivimos todos los días».
AKALA

Las cosas nunca volverían a ser lo mismo.

Cuando se abrió la ferrería en Lambeth Marsh, las multitudes llamaron a las puertas de la ciudad; atraídos por el atractivo del trabajo, y expulsados de sus tierras por las leyes de clausura.

Durante cientos de años, familias de todo el país habían estado viviendo en pueblo al igual que la familia de Archibald. Como granjeros, eran dueños de una pequeña parcela y eran capaces de producir la mayoría de las cosas que necesitaban. Trabajaban cuando y como querían y tenían muchos días de vacaciones al año. La suya no era una utopía y el clima adverso podría tener un efecto devastador. Sus estilos de vida eran rudimentarios y una buena parte de lo que producían tenían que entregarlo al señor del señorío. Esas personas, sin embargo, controlaban sus destinos. Eran individuos libres y miembros de comunidades fuertes.

Entonces, gracias a cuatro mil actos del parlamento, una sexta parte de la tierra de la nación se arrebató a los pequeños campesinos y se convirtió en grandes granjas. "Cerrado" entre cercas y en las manos de un pequeño número de personas, incluidos muchos de los políticos que habían votado a favor de estas leyes.

La tierra común desapareció. Millones de personas vieron como les arrebataban la base de sus medios de vida independientes y estilos de vida autónomos. Comunidades enteras fueron borradas. A los aldeanos les quedaron dos opciones: seguir trabajando como granjeros a sueldo en la granja de otra persona o trabajar como obreros en la fábrica de otro con una jornada de 15 horas diarias y sin las vacaciones definidas por su cultura.

Un destino como este fue el que le tocó a la familia McDavishes: pelo pelirrojo, un trago de whisky, un lanzamiento de troncos, un trago de gachas, recitar poesía, usar una falda escocesa, un humor seco, una familia bravucona de Aberdeenshire. Todos los miembros de esa familia tenían barba, incluso las mujeres. Todos tenían enormes agallas y pies pisando fuerte.

Con los desplazamientos forzados de las pobaciones de las tierras altas escocesas mediantes a los cuales se convirtieron grandes extensiones de Escocia en reservas de ganado vacuno y ciervos, los McDavishes no tuvieron más remedio que abandonar su hogar. Destinos similares fue también lo ocurrido con los Chapmans de Norfolk, los Reeves del Black Country y los Parker de Dorset.

Otras familias se mudaron a Lambeth Marsh en busca de una vida más metropolitana. A medida que Londres crecía, se tragó la aldea de Archibald, que se metamorfoseó en un suburbio de la ciudad: Lambeth.

Luego estaban los Donaldsons. Procedentes de South Midlands, un área ubicada en el centro sudeste de Inglaterra, muy fáciles de detectar gracias a la torcedura de la derecha en sus narices. Incluso las personas que han estado casadas con la familia tienen una característica facial.

Los Donaldson eran fabricantes de encajes que se habían visto obligados a cerrar sus negocios familiares cuando las fábricas comenzaron a producir encajes baratos. Habían planeado mudarse a Australia, pero se habían enamorado de Lambeth y no tenían señales de seguir adelante.

Del mismo modo, los Rawlinson se mudaron de East Anglia cuando la industria de la lana colapsó, la presión de las fábricas en Lancashire. Familias de alfareros, fabricantes de muebles, cerveceros y molineros siguieron sus pasos.

Los nativos de Lambeth se convirtieron en una franja minoritaria.

*****

El tío Raymondo dio la bienvenida a los nuevos inmigrantes con los brazos abiertos. Amaba sus extrañas peculiaridades culturales; sus acentos aleatorios y dietas excéntricas. Se dio un festín con los platos exóticos que introdujeron; delicias como el caldo de Lancashire, el haggis escocés y el pudín de Yorkshire. Él apreciaba sus negocios; ofreciéndoles crédito como si los hubiera conocido toda su vida.

Archibald, por otro lado, no estaba tan enamorado.

Los migrantes no tenían historia en Lambeth ni reputación ni vínculos con otros aldeanos, y tampoco tenían un estatus en la sociedad local. Entonces, mientras la generación anterior estaba ocupada en el trabajo, sus descendientes se disputaban su posición. Como leones al acecho, se encargaron de mostrar su destreza.

Con demasiada frecuencia, Archibald era su presa.

Mientras los nativos del pueblo habían crecido amando sus idiosincrasias, la personalidad de Archibald le colocaba en el centro de las burlas para los recién llegados. Este chico con una inclinación por los colores brillantes, que saltaba tan a menudo como caminaba, no existía dentro de sus zonas de confort. Y no hay algo que incomode más a la gente con una mente poco abierta que la gente que es diferente a ellos.

Habían llamado marica a Archibald desde que llegaron los primeros inmigrantes. A medida que se unieron nuevos migrantes, los insultos crecieron a proporciones épicas. Cada nuevo proyecto de juventud migrante es una parte importante del proyecto. Archibald, como si fuera un rito de iniciación:

—Mirón
—Sello de cangrejo".
—lame retretes
—dientes de sable
—tío bueno

—¡Aplastador de agua doble!"

—¡Torpe! Todo lo que haces es ocupar espacio.

—¡Jollocks! Se escabullen y se esconden en otro lugar ".

—Me apuesto lo que quieras a que tus genitales lucen como una gamba estrangulada ".

Esto no quiere decir que Archibald no tuviera amigos, los otros nativos vinieron en su defensa, pero también se sintieron perdidos y solos, caminando en la vida aturdidos. Los propietarios de las ferreterías estaban construyendo casas en la parte superior de sus jardines, su forma de vida tradicional se estaba evaporando frente a sus ojos, y su futuro estaba envuelto en incertidumbre.

Los nativos ataron cerraduras a sus puertas, cerraron sus cortinas por la noche, prohibieron a sus bebés jugar en las calles, siguieron un toque de queda informal, dejaron de recoger la basura y cancelaron los eventos comunitarios.

Las Tres Herraduras fueron un refugio para esas personas; una reliquia eterna que hablaba de tiempos pasados. Su cerveza casera, su ginebra casera, su fuego rugiente y su tabla de penachos no habían cambiado en la memoria. Pero The Three Horseshoes fue uno de ellos. Cuando Archibald se retiróa ese lugar, también se retiró a sí mismo.

Archibald tenía una habilidad sobresaliente para asimilar las indignidades, pero incluso él no podía evitar que sus humillaciones ocupen tanto espacio en la bóveda de su personalidad que el resto de su personaje fue exprimido. En su mente, él seguía siendo la misma persona, pero en el mundo real no lo era. Dejó de usar ropas coloridas, perdió la primavera en su paso y dejó de jugar con su figurilla. Hizo todo lo que pudo para encajar; para parecer normal, actuar normal y sonido normal. Pero él apenas habló; fue cortés con sus clientes, pero nunca fue locuaz; él se involucró en una pequeña charla, pero su corazón nunca estuvo en eso. A veces soñaba despierto. A veces no pensaba en nada en absoluto.

*****

El tío Raymondo siguió encogiéndose. Sus brazos se retiraron en sus mangas, sus pantalones colgaron sobre sus tobillos, y tuvo que agregar un nuevo agujero a su cinturón. Solo su barba parecía crecer, hacia arriba y hacia afuera, fusionándose con sus cejas y cabello. Su cabeza se convirtió en una bola gigante de lana gris, perforada solo por dos pupilas diminutas.

Él envió a Archibald en una misión:

—Hijo, ¿has visto al viejo, cómo se llama?"

—¿Cuál es su nombre?

—Ya sabes...¿cómo se llama?

—Me temo que vas a tener que ser más específico.

—¡Oh chismes! Vamos, ya sabes a quién me refiero ".

—Lamento decir que no.

—Ese el

—¿Eh?"

—Un tipo grande. Con una barriga como barrica. Ya sabes, pelirrojo. Siempre tiene avena en su barba. Ah, ya sabes a quién me refiero. El gordito que siempre recita poesía.

—Oh, supongo que podría ser cualquiera de los McDavishes".

—¡Sí, ese digo!"

—¿Cuál?"

—A McDavishes. ¿Le has visto recientemente?

—No, hace al menos un mes que no le veo".

—¿Raro?

—Supongo.

—¿Supones?

—Oh, estaba disfrutando la paz y la tranquilidad.

—En efecto. McDavishes tiene bastante ficha; una libra y un chelín si no me equivoco. Ahora, ¿qué sentido tiene permitir que alguien acumule tal deuda si nunca vienen a visitarla? El objetivo de extender el crédito es mantenerse en los buenos libros de las personas, mantener las relaciones y todo eso. Lo menos que puede hacer es pasar por alto y decir 'Hola' ".

Archibald frunció el ceño.

—Hijo, hazle un favor a un anciano: ve y ve que está bien.

—¿A quién?

—¡A McDavishes! ¿De quién llevamos hablando media hora?

—¿Cuál de los McDavishes?"

—Solo hay uno. Ahora sé un buen muchacho. Venga, vamos.
*****

Asumiendo que Raymondo se había estado refiriendo a Hamish McDavish, el patriarca del clan McDavish, Archibald fue a la ferretería donde trabajaba.

—Lamento molestarte, pero ¿has visto a Hamish? —le preguntó a Donald Donaldson, un niño cuya nariz se doblaba torcida en un ángulo casi imposible.

—Lo siento, pelagatos —respondió Donaldson. —En eso no puedo ayudarte.

—No es mi intención molestarles, pero me preguntaba si habían visto a los McDavishes. Archibald preguntó a los Chapman y Reeves, que solo murmuraron o se encogieron de hombros.

—¡Oye, Griggs! - vitoreó Archibald. —¿Supongo que no has visto a los McDavishes?

—¿Los McDavishes? —respondió el antiguo techador. —Me temo que no. No se les ha visto por aquí desde hace meses. Me parece que se fueron hace ya un tiempo.

—¿Ido? No estoy seguro de si te he entendido bien.

—No hay mucho que entender. No están aquí, así que supongo que se han ido.

Incapaz de creer lo que estaba escuchando, fue a echar un vistazo en la casa de McDavishes. Pronto descubrió que había sido ocupada por una nueva familia de inmigrantes. Archibald se sentía confundido. Había oído hablar de familias que se mudaban a Lambeth, pero nunca de una familia que se marchara. Había oído hablar de personas que construían casas nuevas o se las pasaban a sus hijos, pero nunca de gente que las transmitía a extraños.

En un estado embriagador de incredulidad, preguntó por los McDavishes en los cuatro pubs que se habían abierto recientemente en Lambeth, así como por la nueva oficina de correos, la escuela, la panadería, la carnicería y la verdulería.

Algunas personas dijeron que los McDavishes se habían mudado a Escocia, otros que habían ido a trabajar a otra fábrica. Una persona dijo que pensaban que la familia había emigrado, otra que se habían unido a la marina mercante. Todos hablaban con cariño de los McDavishes, pero a ellos no parecía importarles que se hubieran ido. Los McDavishes no tenían antecedentes en Lambeth, por lo que el hecho de que no tenían futuro no tomó a nadie por sorpresa.

Después de que doce personas diferentes habían hablado de manera similar, Archibald finalmente aceptó la verdad.

—Una libra y un chelín —murmuró. —¡Nos han robado! Desde luego no se a que punto hemos llegado cuando un hombre puede desaparecer dejando sus deudas sin pagar. Malditos migrantes, con sus monedas mugrientas. Creo que todos deberían esforzarse por integrarse.

*****

El hecho de que se hubieran ido hirió enormemente a tío Raymondo.

—No lo entiendo. No es así como se comportan las personas en Lambeth Marsh.

Raymondo se pasó el día entero rascándose la barba, escupiendo y volviendo a escupir. Luego se fue a dormir, se despertó y continuó como si nada hubiera pasado, convencido de que la situación había sido un caso aislado que no volvería a ocurrir.

Paso otra vez.

Mientras los Donaldson renunciaron su plan de emigrar, los Browns hicieron justamente eso. Se fueron dejando sus deudas sin pagar. Más tarde, durante la época de la cosecha, los Davenports dejaron de frecuentar la tienda de Raymondo y empezaron a frecuentar las nuevas tiendas que se habían abierto en Lambeth en lugar de pagar a Raymondo.

Esas tiendas solo aceptan monedas. Los comerciantes y los clientes realizaron transacciones únicas, sin obligación de reunirse nuevamente. Era impersonal, pero salvó a esos tenderos de las deudas impagas. Sus tiendas florecieron, mientras que Raymondo fracasó.

Esta era la situación hasta que las ferreterías establecieron un sistema de camiones. En lugar de pagarles a sus empleados con monedas, los pagaban con fichas que solo podían gastarse en tiendas de fábrica. De la noche a la mañana, Raymondo perdió cientos de clientes, muchos de los cuales no pagaron sus deudas.

Para equilibrar los libros, Ruthie tuvo que vender la única mesa de la familia, una silla y una cortina:

—Si las cosas continúan así, mi amor, ¡tendremos que vender nuestro techo y piso!

Archibald se encogió.

—Oh, no me mires así. Pase lo que pase, siempre nos tendrás a nosotros; siempre te amaremos, mi pequeño niño milagroso.

*****

—Sé un buen muchacho. Ve y coge algunas cosas de esas, tú ya sabes cómo les llamas.

—¿Algunas *cosas de esas*?

—Sí, dos cajas servirán. Ah, y de paso consigue también algunas cosas de las otras y cacharros y chismes. Venga ve.

Archibald asintió.

Él había entendido que *cosas de esas* eran velas, porque Raymondo había asentido en el lugar vacío donde generalmente se guardaban las velas. De la misma manera, dedujo que *cosas de las otras* eran lápices y *cacharro* eran jabón, que podía comprarse en los muelles.

Archibald no sabía lo que eran "esos chimes" pero decidió no preguntar, creyendo que le causaría a su tío más dolor de lo que valía. Raymondo estaba peleando una batalla perdida con el tiempo; quedarse dormido cada hora, a veces a mitad de la frase, y tomarse hasta quince minutos para caminar hasta la tienda.

Archibald se puso su chaqueta de piel de oveja y fue a encontrarse con Jim McCraw en los muelles.

McCraw era un viejo amigo de la familia cuyo whisky era legendario. Su chaqueta, mientras que en el estilo contemporáneo, tenía un solo bolsillo de tartán, como para rendir homenaje a sus raíces escocesas. Su melena gris contenía un único mechón de pelirrojo.

Aye Laddie", le dijo a Archibald. "Tenemos todos tus deseos, y sería un placer poder servirte. Pero por suministros askhr 'pelaje en efectivo, y' sae vamos a necesitar que usted pague por adelantado. Está haciendo ma dinger, pero ¿con qué puedo hacerlo?

Archibald asintió y se dio vuelta para irse.

"Ah, y uno no sea nada", gritó McCraw. "Si pudieras ser un santo y conseguir que tu viejo hombre salde su deuda, eso sería grandioso; mantendría a un viejo mukker en Hoose y en su casa ".

Esta solicitud dejó ciego a Archibald, que nunca había conocido a McCraw para solicitar el pago de esa manera. McCraw y Raymondo siempre habían borrado la pizarra después de la cosecha, con una gran cena familiar y una noche de beber whisky escocés. Pero Archibald no sentía que debería desafiar a McCraw. Él había sido educado para respetar a sus mayores, por lo que simplemente sonrió, asintió y regresó a la tienda.

Cuando llegó, con las manos vacías, le dio un tierno abrazo a su tío. Entonces él le dijo lo que había sucedido.

—Recibiré los suministros mañana", concluyó. "Creo que habrá una manera".

Pero la ligereza de Archibald tuvo poco efecto en su tío.

Los dedos de Raymondo temblaron, una lágrima seca se formó en su ojo, y el resto del color desapareció de su piel. Su discurso fue letárgico:

—McCraw. ¿Mi viejo amigo McCraw? ¿Él quiere cancelar mi deuda? Para romper las relaciones? Santo cielo, ¿por qué todos me han abandonado?

La arteria coronaria de Raymondo se apretó alrededor de su corazón, que sucumbió sin resistencia. Sin la fuerza para agarrar su pecho, su cabeza se inclinó sobre sus rodillas y su cuerpo cayó hacia adelante. Estaba muerto antes de que su cráneo golpeara los azulejos. Él se encogió. ¡Suspiró! Y eso fue todo. La contraportada se cerró de golpe sobre el libro de su vida.

Archibald se congeló.

El tiempo se congeló.

Cuando Ruthie entró y preguntó cuánto tiempo había estado Raymondo en ese estado, Archibald no pudo comprender la pregunta.

—Es viernes, el día trece –respondió, paralizado, incapaz de reaccionar cuando Ruthie agarró una botella de licor blanco, la engulló y se apuñaló en la garganta. Para cuando Archibald escuchó sus últimas palabras, ya estaba cubierto de sangre y Ruthie ya se había derrumbado encima de Raymondo.

Esas palabras se deslizaron en el aire en cámara lenta, antes de sumergirse en el oído de Archibald:

—Te amo, Archie. Yo siempre.

Las campanas de la iglesia sonaron: 'Ding dong. Ding dong. Ding Dong.

Las palabras de Ruthie hicieron eco: 'Te amo. te quiero. Te amo.

Archibald cayó en una estantería y vomitó sobre su chaqueta.

*****

Archibald estaba traumatizado, afligido, inconsolable, angustiado y deprimido.

Sus seres queridos habían muerto, horriblemente, frente a sus propios ojos. Había visto a su comunidad desintegrarse y él mismo había sido intimidado.

Estos eventos tendrían un efecto significativo en Archibald; haciendo que su personalidad se desarrolle de una manera profundamente diferente a la de Hugo y Mayer.

Él nunca sería el mismo otra vez.

*****

De todas las emociones que se agaloparon a Archibald en aquel entonces, dos lo afectaron más que ningún otro: el miedo y la culpa.

Temía por sí mismo.

Había heredado las deudas de Raymondo, sin heredar la buena voluntad que el hombre le había ordenado. Como resultado, sabía que estaba solo a un solo encuentro de ser arrojado a una prisión de deudores.

Las cárceles de deudores eran dignas de miedo. Eran lugares de hacinamiento donde la inanición seguramente te consumiría si la enfermedad no lo hiciera, donde los reclusos tenían que trabajar tanto que colapsaron por agotamiento y donde la liberación era poco más que una fantasía pasajera.

Con esto en mente, Archibald vendió la casa de su familia y casi todo lo que poseían. Se mudó a la tienda; trabajando allí durante el día y durmiendo en el piso por la noche. Él resolvió sus deudas. Pero él permaneció en un estado de náuseas temerosas; preocupado de que los precios aumentaran, sus clientes lo abandonarían y se vería obligado a vender la tienda.

Se sintió culpable por la muerte de Raymondo y Ruthie:

'Debería haber mantenido mi conversación con McCraw en secreto'.

"Debería haber desafiado a McCraw cuando tuve la oportunidad".

"Debería haber evitado que mi tío extendiera el crédito a los de afuera".

Perder un grupo de padres era desafortunado, pero que le hubiera pasado dos veces era una total negligencia.

*****

Debilitado y aislado, Archibald tropezó a través de esos grises días de luto.

Los otros aldeanos trataron de consolarlo, pero Archibald se mostró frío e indiferente a sus palabras. Hizo los movimientos, pero lo hizo sin sentimiento Para él, el mundo había perdido su brillo. Sus pies perdieron su brillo y su piel perdió su brillo.

Archibald todavía visitaba Las Tres Herraduras, donde socializó con los otros nativos. Pero había menos melodía en la burla, menos maldad en la cerveza, menos movimiento en la locura, menos misterio en cada impulso, menos pasión en cada canción, menos lujuria en cada baile, menos calor en cada cuerpo, menos hambre en cada tripa , menos convicción en cada pelea, menos sexo en cada abrazo, menos amor en cada apretón de manos, menos magia en cada beso y menos sal en cada lágrima.

Menos, menos, menos Menos de todo. Menos corazón, menos alma, menos espíritu. Todo parecía aguado. Todo parecía hueco.

Lo único de lo que parecía haber abundancia era del tiempo. Archibald se dedicó a matarlo. Se retiró a su mente, volviéndose tan ajeno al mundo que casi tropezó con un gallo, y en realidad se tropezó con una gitana que estaba leyendo palmas. Su existencia probablemente habría terminado si la vida no le hubiera sido impuesta por un flujo constante de clientes; por la planchadora, la mujer que olía a sardinas, los mendigos que olían a alcantarillas, las monjas que gustaban de cotillear, el organillero que tarareaba mientras dormía, el hombre que recogía botellas vacías y el escalope que buscaba entre sus papeleras . Como si hubiera perdido la capacidad de hablar, Archibald abrió la boca cuando esas personas se acercaban, pero rara vez hacía ruido. Sus pensamientos sonaron tan fuertes que lo hicieron mudo.

*****

Después de varios meses, Archibald sintió la súbita determinación de acabar con su malestar. Cogió el rasposo pez que había comprado para cenar, cogió con firmeza la cola y empezó a golpearse con el cráneo del pez en el lugar en el que se unían sus cejas. Sacudió la cabeza, emitió un sonido de gorjeo, abrió los ojos todo lo que pudo hasta que se le hincharon y volvió a abofetearse

Repitió este proceso hasta que su pez quedó plano y su frente cubierta de agallas.

—¡Ajá! —exclamó. —Sabía que podría hacerlo.

Agarró el abrigo todavía con restos de vómito y se dirigió al lugar donde se realizaban las ejecuciones, con la firme creencia de que no había nada que podía aliviarle mejor que presenciar el sufrimiento de un hombre incluso más desdichado que él.

Con ese estado de ánimo de alegre morbo, Archibald se dirigió a Newgate Street.

La calle ya estaba abarrotada para cuando Archibald llegó. La gente con un estrato social alto estaban sentados en mullidos tronos en pórticos construidos apresuradamente, mientras la masa se apretaba en la calle, un espacio donde la asistencia era gratuita y casi sin aire. Lo primero que Archibald vio cuando llegó fue el cuerpo asfixiado de una solterona pechugona, que estaba siendo arrastrada inconsciente.

Alrededor de esta línea de ataque, los vendedores ambulantes vendían cualquier cosa que se pudiera comer, a casi cualquier persona que pudiera comer. Sus destartalados túmulos rebosaban de ostras heladas y ardientes anguilas; pasteles y budines, bollos y pastillas para la tos, cerveza de jengibre y pan de jengibre; sopa de guisantes, pescado machacado, trotones de oveja, buccinos encurtidos, papas al horno, paletas de hielo, cacao y agua de menta.

Al otro lado de la calle estaba la alta pared de ladrillos de la prisión de Newgate. Delante de esa pared había un alto escenario de ladrillos sobre el cual se erguía la horca. Colgando de esas horcas estaba el cuerpo de Thomas White, un chico de dieciséis años acusado culpable de cometer actos homosexuales. Su cadáver parecía estar haciendo muecas a todos los de la multitud.

Las conversaciones empezaron a llenar el ambiente y las voces comenzaron a escalonarse unas sobre otras. Luego se hizo el silencio, un silencio sepulcral.

Dos grandes ventanas se abrieron de par en par y un hombre con grilletes se tropezó. Andaba con la espalda encorvada, sus piernas apenas conseguían estabilizar el peso de su cuerpo y llevaba el pelo indomable y la cara sucia y sin afeitar.

La multitud gritaba al unísono, absorbiendo hasta la última gota de aire. Un vacío se abrió sobre ellos. El suelo crujió.

'¡chras!'

Los abucheos llegaron como un trueno que repentinamente fragmenta la atmósfera.

¡Escoria! '' ¡Miserable! '' ¡Engendro del Diablo! '' ¡Muere! ¡Muere! ¡Muere! ¡Muere!

En mitad de aquella ebullición, Archibald no pudo evitar unirse y abucheo a tiempo junto con la multitud, guardando las pausas, gritando y silbando cuando silbaban.

El condenado tropezó con el borde del escenario, donde soltó sus últimas palabras:

—Vosotros, sí vosotros, vosotros sois mi pueblo. Al igual que lo es Elizabeth. He aquí el problema y es que todo lo que hice. Todo lo que hice desde el primer día y el segundo día y así sucesivamente. Todo lo que hice fue por vosotros.

'¡Boo!' '¡Malvado!' '¡Malvado!' '¡Muere! ¡Muere! ¡Muere! ¡Muere!

—Podéis abuchear. Abuchead todo lo que queráis. No seré yo el que diga que no lo hagáis. Boohoo! ¡Abuchead! Pero todo lo que hice, lo hice por vosotros.

—Moriré aquí. ¡Adiós! Adiós, amigos, porque moriré como vuestro sirviente más sombrío". Un autentico sirviente, no os he mentido. No os he dado gato por liebre. Soy todo lo que vosotros me hicisteis hacer.

'¡Mentiroso!' '¡Falsante!' '¡Muere! ¡Muere! ¡Muere!

Había melodía en la malicia. Hubo una canción en el regaño. Archibald no cantó tanto al ritmo de la multitud, sino que cantó con su himno macabro.

El condenado fue llevado al andamio.

Archibald le canto una canción.

La soga coronó su cuello.

Archibald armonizó un coro de insultos agridulces.

Las trampillas se abrieron.

Los gritos de Archibald alcanzaron un crescendo épico.

El crujido del cuello del condenado aumentó la culpa y el miedo de Archibald, reemplazando esas emociones espeluznantes con una ola de euforia que le resultó difícil de explicar. Como si surfeara sobre las nubes de polvo de hadas, se sintió ingrávido, hueco y libre. El éxtasis rompió su miseria y la euforia arrebató su malestar.

Mientras el condenado se balanceaba, asfixiado, hinchado y azul, Archibald también se tambaleó, delirante, dominado por un sentimiento compartido de placer.

*****

La euforia de Archibald permaneció de vuelta a Warwick Lane.

No duró mucho más tiempo. Una mano que le agarró por el hombro hizo que aflojara el paso, un puñetazo en la boca del estomago asfixió su orgullo y una bofetada con el revés de la mano le obligó a escupir los últimos restos de placer.

Para cuando se dio cuenta de lo que había sucedido, su cuerpo había sido girado y su espalda había sido presionada contra la pared. Estaba de pie cara a cara, y nariz a nariz torcida con Donald Donaldson; tragando las ostras en el aliento de ese joven; su vientre lleno de carne rancia.

Otros dos jóvenes salieron de las sombras, crujiendose los nudillos y rechinando los dientes. De cada uno de ellos emanaban olores putrefactos.

—Niño huérfano —se burló Donaldson con una voz que era a la vez llorona y vanagloriosa. —¿Has matado a algún padre más esta semana?

Archibald no respondió.

Las uñas de su atacante aprisionaron la garganta de Archibald, le atravesaron la piel y le apretaron la laringe, inflingiéndole un dolor que era tan físico como emocional. Ahogaba su cuello y disipaba de su alma hasta el último resto de alegría:

—Dos pares de padres no son suficientes para ti, ¿eh?

Los otros dos inmigrantes se unieron abucheándole.

¡Sonrisitas!

"¡Asesino de padres!"

Donaldson negó con la cabeza.

Espero que pronto acabes en la horca. Bueno, si no acabamos nosotros contigo primero.

Apretó el estómago de Archibald tan profundamente que los nudillos penetraron en los pulmones y el aire salió disparado de la boca de Archibald. Jadeante y amordazado. Y, mientras amordazaban a Archibald, dos jóvenes entraron en escena.

—Tres contra tres —dijeron con alegre seguridad. —Eso sería una pelea justa. ¿Qué decís?

Donaldson se estremeció.

Archibald entornó los ojos. Miró al primer joven y luego al segundo.

—¿Soy yo? O se parecen a mí. No puede ser. No, simplemente es imposible. ¡A Hugo! ¿Mayer?

TODOS JUNTOS AHORA

«Esa noche un espíritu más fuerte que la guerra se ponía manos a la obra,
Diciembre de 1914, frío, despejado y brillante,
las fronteras de los países estaban fuera de la vista,
Cuando se unieron y decidieron no pelear,
Todos juntos en la tierra de nadie».
THE FARM

Parece que el tiempo y el espacio tienen una relación inversa: a medida que el tiempo se extiende, el espacio parece contraerse.

Al menos ese fue el caso con nuestros tres héroes. Desarraigados de su tierra natal, fueron plantados en tres lugares muy diferentes; separados por unas pocas millas, pero segregados por la inmensidad de Londres; por una multitud de casas y trincheras; caldereros, sastres y tabernas.

La sola idea de que pudieran reunirse parecía ir más allá de lo absurdo.

Sin embargo, a medida que el tiempo se pasó, el espacio que les separaba pareció contraerse. Cuanto más crecían, más pequeño parecía Londres.

Como si se tratara de tres objetos pesados que absorbidos por la fuerza de sus campos gravitacionales estaban destinados a colisionar.

*****

En la casa de hospedaje de Hugo vivía un niño al que todos llamaban "el babero", a causa de cuánto goteaba. Nunca llego a usar un babero, ya que no quería alimentar la burla, pero hubiera sido lo mejor si lo hubiera hecho. Su cuello estaba cubierto por las entrañas de saliva seca, y su cuello estaba cubierto de saliva crujiente.

Lo que a Babero le faltaba en higiene, lo compensó con inocencia. Al igual que Hugo, fue empujado a una vida de ladrones en contra de su voluntad. A diferencia de Hugo, nunca lo había llevado a cabo.

Después de solo tres semanas en el trabajo, Bib había entrado en una tienda, se había ido con un juego de tenedores, se había acercado al dueño de la tienda y había ido directamente a la prisión de Newgate.

A Hugo le llevó bastante tiempo mencionarle esto a Mayer. Cuando se estrelló por primera vez con la carretilla con pan de su amigo, sus pensamientos se mezclaron y su discurso fue borroso:

"¡Mayer! Hugo! Orfanato. Barcaza. Cuerda. Entonces fui atrapado por el general ladrón. Lo siento. Solo comimos gachas en St Mary Magdalen's. Pero los tornillos de Bronze valen más que los hilos sucios. Así que comí una rata una vez. Pero la mayor parte del tiempo estaba cubierto de barro. Y luego llovió, un buen tipo de lluvia. Pero para eso están los amigos ".

—Disminuye la velocidad —respondió Mayer mientras intentaba rescatar el máximo número de panes posible.

—Lo siento.

—No te preocupes, hermano. Mira, tengo que entregar este pan, pero podría hacerme compañía. ¿Por qué no vienes conmigo y me vas contando por el camino?

Hugo asintió, respiró hondo y le contó a Mayer sobre su vida.

*****

—Entonces, ¿qué le pasó al babas? —preguntó Mayer.

—Se fue y nunca más volvió. De todos modos, esta mañana le oí decir a Wild que resulta que habían llevado al Babas al trullo y Wild está tramando algo para sacarle.

—¿Sacarle?

—Sí, no es tan raro. Wild tiene muchos contactos en Newgate y él hace este tipo de cosas como si se tratara de una partida de bolos.

Mayer frunció el ceño:

—¿Cuándo se llevará a cabo esta pausa carcelaria?

—A medianoche.

—Hmm. En ese caso, hermano, reúnete conmigo fuera del Old Bailey a las once y media. Creo que puedo quitarte a este salvaje de encima de una vez por todas.

*****

Hugo se refugió en las sombras tan pronto como vio a las dos personas al lado de Mayer.

A la derecha de Mayer caminaba la esférica figura del señor Justice, un alegre magistrado a que Mayer le entregó el pan. El señor Justice era una buena combinación de obesidad y pomposidad, un brebaje vintage de grasa y refinamiento, que tenía el rango vocal de un cantante de ópera y el paso de un luchador de sumo.

Al escuchar la historia del Babas, el señor Justice insistió en contárselo a un segundo hombre: el señor Strong. Este era un vigilante nocturno que no se andaba por las ramas. Iba cincelado como un chifonier y cubierto con un impermeable negro que se extendía desde sus botas de cuero hasta su barba aceitosa, todo de un negro tan oscuro como una medianoche sin luna.

La reputación del señor Strong le predecía, lo que puede explicar por qué Hugo se ocultó rápidamente.

—Psst —susurró Mayer. —No te preocupes, estamos aquí para ayudar.

Hugo avanzó de puntillas.

—Ven, hermano, donde te necesitamos es aquí.

Hugo emitió una risa nerviosa.

Mayer lo llevó de la mano.

Ocuparon sus posiciones. Mayer con el señor Justice en un extremo de Limeburner Lane y Hugo con el señor Strong en el cruce de Bishop's Court.

Apretujados entre dos edificios, se escondieron en silencio. Hugo tenía miedo de decir algo que le incriminara. Por su parte, el señor Strong no estaba de humor como para conversar con un niño escuálido.

Se escondieron en el aire más seco y se escondieron en la noche estoica; perturbado no por las ratas que se escabullen ni por las hojas crujientes, indiferente a la luz de la lámpara pálida y las estrellas distantes.

Esperaron con los ojos bien atentos, con los pies preparados para la acción y con el corazón acelerado, pero con la respiración controlada

Esperaron con la piel congelada y con los labios agrietados, con los dedos entumecidos, con los ojos secos y el pelo de punta.

Continuaron esperando

Un fantasma cantó una canción de sombrío remordimiento.

Esperaron.

Un gato salió disparado hacia la carretera. Se congeló tan rápido como parecía, escultural; sus ojos fijos en la cuneta; sus piernas listas para saltar.

Esperaron.

Y entraron en acción. Brincaron, saltaron, sus pies repateaban en el suelo, con grandes zancadas y la mirada fija en el objetivo.

Wild y el Babas corrían por Old Bailey, perseguidos por Mayer, con el señor Justice rezagado; sin aliento y jadeando.

Strong y Hugo les cortaron el paso.

El Babas se balanceó hacia un lado y Wild hacia el otro.

Strong y Hugo intervinieron juntos.

El Babas consiguió escaparse.

Wild se volvió, tiró a Mayer hasta al suelo y se alejó. Se preparó para eludir la pesada figura del señor Justice. Al hacerlo, se estancó por el más breve de los momentos. Fue un momento demasiado largo. Strong se zambulló en el aire y atado salvaje al suelo.

Hugo se zambulló encima de ellos.

—¡Allá voy! —gritó el señor Justice, alzando sus brazos y preparado listo para agregar su prodigioso casco al montón de carne que tiene delante.

—¡¡¡Nooooo !!! —ritaron Wild, Strong y Hugo.

El señor Justice parecía realmente molesto.

Hugo y Strong parecían genuinamente aliviados.

Mayer cojeó hacia ellos. Cuando se acercó, vio al señor Strong atar los brazos de Wild y llevársele. Se sintió eufórico.

Hugo se sintió hipnótico.

El señor Justice sintió que sus pulmones estaban a punto de implosionar.

*****

Un arresto no es nada sin el conveniente veredicto de culpabilidad y un veredicto de culpabilidad no es más que incierto cuando uno habla de un hombre con tanta astucia como Jonathan Wild. Cuando llevaron a Wild al frente del Old Bailey, Mayer no descansó en sus laureles. Marchó triunfalmente a esa cámara y exigió presentar un testigo.

Al escuchar la rimbombante petición de un niño tan escuálido, una voz estridente y estridente, los labios del juez se congelaron. Él no pudo responder.

El señor Bronze se adelantó, con el pecho abierto, los labios ligeramente separados y los brazos colgando a su lado.

—He venido a dar un testimonio honesto de que este hombre, quien se hace llamar Jonathan Wild, me devolvió joyas robadas y me pidió una tarifa.

Las joyas en cuestión eran dos rubíes rojos, un diamante tallado y un anillo de oro.

—¿Y por qué, ahum, es esto alarmante? —preguntó el juez. —Este hombre trabaja atrapando ladrones. Es su trabajo devolver los artículos robados.

El señor Bronze esbozó una sonrisa modesta. Sus ojos se abrieron y se cerraron al estilo de un gato siamés y su semblante se sonrojó con modestia monástica. No parecía perplejo ni plácido, nervioso ni plano.

—Porque vi al ladrón que robó estos artículos –dijo midiendo mucho lo que decía. —Y lo vi el día después de que esos artículos fueron devueltos, en la esquina de Stanhope Street, recibiendo un pago de Jonathan Wild.

—¿Por qué no lo aprehendiste allí mismo?

—Ah, Eso hubiera estado bien. Hice sonar la alarma pero, por desgracia, fueron más rápido que un rayo y pronto les perdimos las pista. Un arresto, lamento decirlo, iba más allá de nuestros humildes medios.

El juez asintió.

El señor Bronze se fue en busca de té. Eran las doce y doce minutos, la hora en que el señor Bronze siempre bebía una taza de té.

Wild gritó a su sombra:

—¡Disparates! ¡una enorme falacia! Las palabras de este hombre son como orines de un pene dividido; rocían por todos lados, pero no dejan huella en su objetivo. Vamos a hablar. Pero rezo, no presten atención a 'es perjurio pomposo; esta pirámide de popa; esta abundante pila de perogrulladas sucias ".

Hugo se atragantó.

Mayer se frotó la espalda.

Ambos sabían que el estallido de Wild podría haber sido el final de la historia. Afortunadamente para ellos estaba muy lejos de ser el final de la historia, pero sí fue un momento decisivo. El momento en el que un torrente de testigos se abalanzo con acusaciones.

Sentados en la galería, Hugo y Mayer contemplaron maravillados como esa gente se acercaba al estrado. Había hombres con sombreros de copa y mujeres con pañuelos en la cabeza, gente mayor con bastones y gente de mediana edad con bastones. Había ricos y no tan ricos, gente respetable y otros no tanto respetables, los bellos y francamente repulsivos.

Hablaron de plata y oro robados, de reliquias y de herencias robadas. Hablaron de recuerdos sentimentales y de antigüedades perdidas hace mucho tiempo que habían reaparecido de repente. Hablaron de honorarios, sobornos y cargos.

Concedida inmunidad, los guardias de la prisión hablaron de la duplicidad de Wild, los miembros de pandillas de sus amenazas y los ladrones de su chantaje. Juntos, formaron una cola que se extendía alrededor de la cuadra.

—De acuerdo —concluyó el juez una vez que todos dieron su testimonio. —¡Culpable!

Bajó el martillo sobre su bloque de sonido y luego tosió durante siete minutos completos.

Hugo necesitaba ver la ejecución de Wild con sus propios ojos para poder creer que su libertad era real.

Así fue como empujó a través de la multitud en Newgate Street, con el olor a pescado frito en la nariz, la fricción de miles de cuerpos en su piel y con Mayer a su lado, más bien por un sentido del deber que por cualquier deseo genuino de ver ese evento mórbido.

—No me perdería esto por nada del mundo, mi hermano. ¡Estamos juntos en esto!

Para cuando apareció Wild, ya había intentado quitarse la vida. Su cuerpo había rechazado la mayor parte del láudano que tragó, pero lo suficiente en su sistema para difamar su discurso:

—Moriré aquí. ¡Adiós! Adiós, amigos, porque moriré como vuestro sirviente más sombrío". Un autentico sirviente, no os he mentido. No os he dado gato por liebre. Soy todo lo que vosotros me hicisteis hacer.

'¡Mentiroso!' '¡Falsante!' '¡Muere! ¡Muere! ¡Muere!

Acompañado por estos aullidos sedientos de sangre, llevaron a Wild al andamio. La soga coronó su cuello, las trampillas se abrieron y Wild cayó.

El crujido del cuello de Wild le provocó a Hugo un exquisito tipo de euforia, que le resultó fácil de explicar. Fue la euforia de la liberación. Como si estuviera surfeando sobre nubes de polvo de hadas, se sintió ingrávido, hueco y libre.

En el espíritu del amor fraternal, Mayer experimentó estas mismas emociones, al mismo tiempo. Sintió la euforia de Hugo, como si fuera a él a quien se le había concedido su libertad. Él vitoreó y cantó con Hugo. Se balancearon juntos, vencidos por un sentimiento compartido de deleite.

—¡Gracias! —aclamó Hugo. —Estoy en deuda contigo. Rezo para poder hacer por ti lo que tú has hecho por mí. Sería un honor y un deber .

Mayer sonrió, colocó su brazo sobre el hombro de Hugo y se lo llevó.

En un momento, ambos sintieron un dolor diabólico. Era un dolor físico, que se disparaba a través de sus abdómenes y un dolor emocional que alejó hasta el último resto de alegría de sus almas.

Como impulsados por una fuerza interna, ambos se dirigieron hacia Warwick Lane. Caminaron hacia adelante, sin saber muy bien por qué y también sin saber por qué empezaron a hablar:

—Tres contra tres. Esa sería una pelea justa. ¿Qué decís?

Hugo y Mayer se habían interpuesto entre la víctima y sus tres asaltantes. Miraron a esos jóvenes; a su líder, cuya nariz estaba tan retorcida que no podían creer que fuera real; y a sus dos secuaces, que olían a pescado podrido.

Luego miraron a la víctima:

—¿Es él? Se parece a mí, pero no puede ser él. ¿Archibald? No, no puede ser cierto.

El chico con la nariz torcida golpeó el estómago de Mayer.

Mayer se mantuvo firme:
—¿Mi turno?
Los asaltantes dieron un paso atrás.
Mayer los ahuyentó con un movimiento pomposo de su mano.
—Y no se os ocurra volver a molestarle.
Se giró para mirar a la víctima:
—¿Archibald? ¿Eres tú?
A Archibald se le escapó una sonrisa.
Hugo se rió.
Mayer los abrazó a los dos.

AMOR, AVARICIA Y LUDUS

JUNTOS PODEMOS

«Todos éramos humanos hasta que la raza nos desligó,
la religión nos separó, la política nos dividió y la riqueza nos clasificó».
ANÓNIMO

Los años que siguieron fueron años felices. Años de lucha constante, pero lo más importante es que fueron años de formación. Nuestros tres héroes se hicieron más mayores y más sabios, pero por lo general las cosas progresaron de una manera no demasiado espectacular. Como es el ritmo de la vida, eh. La mayoría de los años tienden a ser réplicas de los anteriores. Estos años se viven y son recordados con cariño, pero no ofrecen muchos puntos decisivos.

Si hubo algo que definió estos años, serían las relaciones que surgieron entre Hugo, Archibald y Mayer quedaban en volverse al menos una vez al mes.

Juntos y después de tanto tiempo separados, dos cosas quedaron claras como el agua: lo parecidos que eran y lo diferentes que se habían vuelto.

Los tres tenían el pelo castaño por la altura de los hombros, los ojos marrones, unos hombros cuadrados, vello en los omoplatos, el pecho más ancho que sus cinturas y unas cejas que casi llegaban a fusionarse. Los tres se inclinaron ligeramente hacia la derecha y tenían fosas nasales asimétricas.

Los tres guardaban un parecido sorprendente con padre de Hugo, aunque ninguno de ellos se dio cuenta de este hecho, porque ninguno de ellos era capaz de recordar a ese hombre.

Aunque las similitudes físicas les unían, su educación les dividió. La relación que cada uno de ellos tuvo con el poder y el dinero provocó que cada uno de ellos eligiera un camino diferente.

Archibald había sido víctima de un gran poder: el poder del gobierno que obligó a la gente a emigrar masivamente y el poder de la industria que transformó a Lambeth Marsh. Nacido en un mundo de relaciones de deuda, el dinero se había impuesto derrumbando a su comunidad. Como resultado, Archibald se había encerrado en su cabeza y se convirtió en una imitación mansa y débil de su antiguo ser.

Hugo también había sido una víctima del poder: el poder del individuo. Preso de los caprichos de un instructor y de un caza ladrones, rara vez había podido dirigir sus pasos. Siempre le había faltado el dinero. Hugo había resucitado. Su opresor se había desvanecido y por el camino Hugo había aprendido a ser tan astuto como Jonathan Wild, tan malvado como su instructor y tan oportunista como Wilkins.

Por último está Mayer. Mayer había experimentado de primera mano lo que es el poder de las circunstancias. Dichas circunstancias le habían elevado a la alta sociedad y le arrojaron de nuevo en su lugar. Le había dotado de una red de contactos que no había hecho nada para ganar y había trabajado duro sin ganar una recompensa. Él había aprendido sobre conteos, monedas y oro.

Había aprendido a jugar el juego, a seguir las reglas sociales, seguir los movimientos y a presentar una cara respetable al mundo.

Entonces, si el dinero y el poder hubiesen dividido a nuestros tres héroes, ¿qué iba a pasar entonces con el amor? El amor los había unido y el amor los uniría...

*****

Amor es una palabra muy vaga. Dependiendo del contexto, puede significar cosas muy diferentes y a veces apenas significa algo en absoluto.

Los griegos lo sabían muy bien. Por eso, en lugar de conformarse con una sola palabra, usaron diferentes palabras para referirse a los diferentes tipos de amor.

Palabras que iremos encontrndo a lo largo de este modesto libro. En este momento de nuestra historia, sería una negligencia mencionar a más de una: *philia*.

Philia es resumiendo un amor de camaradería que surge entre los miembros de una familia y los amigos cercanos. Es un amor que nace en el campo de batalla de la vida y crece a partir de raíces o experiencias compartidas. Se caracteriza por la lealtad, por pensar en los hermanos antes que en uno mismo.

Fue *philia* lo que unió a nuestros tres héroes. Lo que obligó a Mayer a rescatar a Hugo de Jonathan Wild y lo que obligó a ambos a salvar a Archibald de sus acosados. Nacidos en tres camas adyacentes, no solo sus madres compartieron los dolores de parto, ellos también se habían sentido los unos a los otros, unidos por un impulso irresistible de ayudar al hermano que habían perdido hace mucho tiempo.

Philia los había unido y continuará haciéndolo en el futuro. Sera lo que les acercaría y hará que se ayuden recíprocamente.

*****

Mayer ayudó a Hugo.

Después de haberle salvado de llevar una vida de pequeños delitos, Mayer se sintió obligado a ayudar a Hugo a buscar una vida mejor. Afortunadamente, él había establecido una red de contactos que le permitía hacer precisamente eso.

Lo primero que hizo fue presentar a Hugo al señor Orwell.

—¿Qué tenemos aquí? —preguntó el profesor jubilado cuando llegaron.

—Este es Hugo.

—¿Y a qué se debe el placer de contar con la compañía del joven Hugo?

—Esperábamos que tenga la amabilidad de educarle.

—Ya veo. ¿Y por qué se te ha ocurrido esa idea?

—A usted le encanta enseñar y a él le encantaría aprender.

Orwell sonrió. Mayer sonrió. Hugo parecía confundido.

La suya se convertiría en una relación mutuamente beneficiosa. Por una parte, el señor Orwell contaba con la compañía que tanta falta le hacía y Hugo con la educación que necesitaba. Con el tiempo, Hugo se convertiría en un alumno modelo con habilidades antinaturales para las ciencias naturales.

El señor Orwell se negó a aceptar cualquier tipo de dinero. Mayer, sin embargo, sabía lo mucho que lo necesitaba. Sus armarios estaban casi vacios. Mayer le pidió a Zebedee que restara la cuenta del señor Orwell de su salario. Eso es, Mayer intercambio pan por sus lecciones.

Con el cambio Mayer se sentía genial, lo que hizo Hugo se sintiera también genial. La curiosidad del señor Orwell aumentaba por momentos, que hacía miles de preguntas.

Hugo, por su parte, se esforzaba por expresar su gratitud:

—Yo ... yo ... no sé qué decir. Yo... yo... yo...

—No te preocupes por eso —respondió Mayer. —No es nada.

—Lo es todo. Me has rescatado de Wild, nos hemos asegurado de que le colgaran y, ahora, me has conseguido una educación. Estoy en deuda contigo.

—Hmm. Bueno, entonces, tal vez algún día seas tan amable de devolvérmelo.

—Sería un honor. Un deudor tiene el deber de pagar sus deudas.

—Quizás. Pero un acreedor también tiene un deber con su deudor. El deber de asegurarse que su deudor tenga los medios para pagar.

—¿A qué te refieres?

—Ven conmigo. Hay alguien más a quien me gustaría que conocieras.

*****

Las calles de Londres eran un popurrí de todos los estilos de vida que Hugo dejaba atrás. Eran una mezcla heterogénea de espléndida miseria y oportunismo industrioso.

Un niño con harapos marrones ganaba un penique por guardarle los caballos al conductor que aprovechaba el tiempo en comerse el almuerzo. Unos adolescentes con gorras planas vendían periódicos y gritaban: «¡Lea todo sobre esto! ¡Entérese de todo!» Una madre y su hijo recogían excrementos de perro para venderlos en una curtiduría. Una mujer joven estaba recogiendo colillas de cigarros para empaquetarlos y venderlos como nuevos.

Mayer y Hugo pasaron junto a un niño de siete años con la cara pálida y la ropa con más agujeros que tela. Estaba barriendo un camino lleno de arcilla, arena, lluvia y estiércol de caballo que cubría la calle, buscando a cambio centavos.

Los ladrones estaban robando.

Los niños suplicaban, los ancianos mendigaban y las mujeres suplicaban un poco de caridad llevando en brazos a bebés que habían pedido prestados para la jornada. Algunos habían sido cegados, otros mutilados, para maximizar su efecto tanto en las fibras del corazón como en las cuerdas.

Mayer y Hugo pasaron junto a esa gente y entraron en una barbería. Se introdujeron así en lo que sería la nueva vida de Hugo, una vida rodeada de tijeras afiladas y de cuchillos aún más afilados, de recortes de pelo, recortes de uñas y de un barbero con tanto pelo que se parecía más a un oso que a un hombre.

Ese barbero era un coloso, una montaña de músculos y cartílagos. Su cabeza casi tocaba el techo y su sombra casi cubría el suelo. Su melena brillaba luz sepia, sus omóplatos sobresalían de su espalda y su nariz ennegrecida se extendía desde su rostro.

—Este es Bear —dijo Mayer. —Es uno de mis mejores clientes.

—Apuesto a que sí —murmuró Hugo.

—¿Qué?

—Nada.

Bear y Mayer se abrazaron.

La carne de Mayer se escurrió de todos los lugares equivocados.

—Llueve a cántaros.

—Aquí no llueve, diluvia.

Bear se volvió para mirar a Hugo.

—Entonces, ¿tú eres el muchacho que quiere ser mi aprendiz?

—¿Lo soy?

—Lo eres.

—Ya veo.

—Eres tal cual como Mayer dijo que eras.

—Ah, ¿si?

—Así es. Aquí tienes tu contrato. Me garantiza que vas a trabajar para mí durante siete años. A cambio, te daré un techo, te alimentaré y te vestiré. Haré que le pilles el truco. Podrás quedarte tus propinas. ¡Propinas sí! pero yo no te pagaré ni un solo centavo de Bronze. ¿Me oyes, chico?

Hugo asintió, pero físicamente se encogió. Una parte de él pensó que estaba siendo atrapado por otro maestro malicioso. La otra sentía que no merecía nada mejor.

—Está fanfarroneando —le susurró Mayer al oído. —No te preocupes por él, hermano. Es más blando que Winnie de Pooh. Es un perro ladrador pero poco mordedor

Hugo no estaba convencido, pero firmó el contrato de todos modos. Estaba demasiado asustado como para decir que no.

*****

Hugo ayudó a Archibald.

—¡Pégame! —gritó.

Archibald negó con la cabeza.

—¡Dame un puñetazo, blandengüe!

Archibald frunció los labios.

—Dame un puñetazo, cobarde, o te lo daré yo mismo.

Archibald se mantuvo firme.

Hugo le golpeó.

—¡Pégame! ¡Vamos, pégame! Pégame o te pegaré yo tantas veces que o te defiendes o te derrumbarás. Y aunque estés en el suelo seguiré pegándote. ¿Me has oído?

Archibald hizo una mueca. Tomó una respiración tibia y tomó un golpe aún más tibio.

—Otra vez —gritó Hugo. —¡Más fuerte! Venga, imagina que soy un matón. ¡Pégame! Imagina que soy ese de la nariz torcida. ¡Pégame! Imagina que te estoy insultando. ¡Acaba conmigo! ¡Defiéndete! Haz que dejen de reírse de ti, tener una niñera no es suficiente. ¡Consigue que te respeten!

Archibald empluma el torso de Hugo con una serie de golpes de polvo.

—¡Marica! ¡Gallina! ¡Marica!

Archibald encontró su ritmo. Con cuidado de no hacerle daño a Hugo, le dio en el estómago y en el pecho. Su cabeza se balanceó, sus pies saltaron, un escalofrío recorrió su espina dorsal y el color volvió a su rostro.

—Eso es más como eso. ¡Ahora sí estamos hablando el mismo idioma!

Archibald sonrió.

Hugo condujo a Archibald afuera.

—Te llevaré a un gimnasio de lucha libre. Pronto podrás limpiar el suelo con los que te hagan *bullying*. Nadie se atreverá a meterse con Archibald el Grande. ¡Rey Archibald de la ciudad de Lambeth!

*****

Archibald ayudó a Mayer.

—Creo que deberías venir conmigo.

—¿Para qué?

—Oh, solo quiero que conozcas a alguien en el *pub*.

—¿En el *pub*?

—¡Sí!

Archibald llevó a Mayer a las Tres Herraduras, donde le compró una pinta de cerveza espumosa. Con ta solo un 1% de alcohol difícilmente podía ser considerada como una bebida alcohólica, pero la bebían tanto niños como adultos. Era la bebida más popular en la ciudad, debido a que no tenía suciedad, a diferencia de la llamada «agua potable».

Mayer nunca había visto un *pub* como Las tres herraduras. No es que fuera diferente a cualquier otro, la barra estaba hecha de la misma madera pulida y el suelo estaba cubierto con la misma mezcla de asador y serrín y poseía un omnipresente olor a cerveza rancia; sonaba de juerguismo y angustia sin explotar. Pero había algo único en ese lugar; una energía colectiva; una maravillosa sensación de camaradería.

—Este es Sammy —dijo Archibald. —Y este es Mayer.

Mayer estrechó la mano de Sammy de forma entusiasta.

—Aquí Sammy está a cargo de la panadería y si no me equivoco, tiene la última palabra cuando se trata de comprar harina.

Archibald le lanzó a Mayer una mirada penetrante. Mayer no terminó de entender a que se refería.

—Hmm —respondió. –Brindo por eso. ¡Salud!

Al chin, chin, le siguió un trago de cerveza. Mientras bebían juntos, Mayer trató a Sammy de la misma manera que trató a todos sus nuevos conocidos. Primero estableció contacto visual para mostrar seguridad, humanidad y estatura. Luego le regalo una de sus amplias y expresivas sonrisas y tras esto profundizó con su repertorio de *small talk*. Hablaron sobre el *pub*, la cerveza,

Lambeth, la vida en la fábrica, la vida del pueblo, la vida familiar y la vida en general. Mayer habló del tiempo, de que el ambiente era o muy húmedo o muy seco, hacía demasiado calor o demasiado frío, mucho viento o nada de viento. Se interesó por la vida de Sammy.

Sammy era el hijo de la señora Harding, una mujer que suministraba miel a la tienda de Archibald. Su familia había perdido el jardín, así que para conservar sus abejas habían colocado las colmenas en el tejado. El resultadoera una cabaña que desaparecía bajo una nube de abejas cada día al amanecer. Fue todo el espectáculo. Algunas personas hicieron desvíos solo para verlo. Otros se desviaban solo para evitarlo.

Archibald consiguió hablar con Mayer en privado.

—Es solo... que creo que una vez me dijiste que te sentías como un extraño en tu propia casa, ¿no?

—Así es.

—Entonces, supongo que quieres hacer algo para ganarte a tu familia, ¿verdad?

—Cierto.

—Bueno, tu padre vende harina al norte del río. Este chico necesita harina al sur del río. Quizás puedes intervenir. Puede que si ayudas a tu padre, las cosas vayan mejor en casa.

Mayer colocó su mano sobre el hombro de su amigo.

—Sería maravilloso, hermano, pero no es cosa mía interferir en los asuntos de Abe.

Archibald se encogió de hombros.

—Puede que no, pero sí que podría serlo si tú quisieras claro.

EL TIEMPO VUELA

«La nieve y la adolescencia son los únicos problemas
que desaparecen si los ignoras suficiente tiempo».
EARL WILSON

Entonces se ayudaron los unos a los otros. Bien, eso ya lo sabemos. Los años que siguieron no tuvieron nada en especial, eso también lo hemos mencionado antes. Sin embargo, todavía tenemos que descubrir cómo exactamente evolucionaron nuestros tres héroes.

Comencemos haciéndole una visita a Hugo.

Hugo comenzó su aprendizaje de rodillas: fregaba el suelo y barría los recortes. Desde esta humilde posición, con la espalda inclinada y el cuello doblado, se encargó de estudiar a los otros barberos. Vio el espectacular baile de Giovani, cómo ese hombre rodeaba a sus clientes, dando grandes y lentos pasos, con los dedos extendidos sobre sus coronillas. Estudió la ligereza de la mano de Randolph, mientras su espada se deslizaba por el mentón. Escudriñó las florituras de Félix, mientras cambiaba entre pausas dramáticas y frenéticas explosiones de actividad. Estudió la postura de Stuart y el aplomo de Sergio.

Cuando a Hugo le llegó su oportunidad, estaba más que preparado para cogerla. Él dominaba la navaja, el peine, las tijeras y el cepillo. Cortaba, afeitaba y peinaba con un nivel de aplomo que traicionaba su inexperiencia. Antes de darse cuenta contaba ya con una clientela regular, para disgusto de los barberos menos populares.

—Bueno, pues haced mejor vuestro trabajo —contestaba Bear tras cada queja. —¿Qué culpa tengo yo de que seas menos popular que un niño que se ha criado en la calle?

Bear compensaba estos arrebatos abrazando a sus empleados, lo que solo empeoraba las cosas. No hubo una persona que quedara indemne a uno de los abrazos de Bear. Este gran hombre grande nunca le habló duramente a Hugo. De hecho, estaba totalmente embelesado con su joven aprendiz. Por eso, en contra de su buen juicio, introdujo a Hugo en el otro lado del oficio: la cirugía.

La evolución de los barberos a cirujanos fue tan natural como antigua. En posesión de un juego de cuchillos afilados y de la experiencia requerida para usarlos, era natural que los barberos hicieran algo más que cortar el cabello. Se convirtieron en manicuristas, curando uñas encarnadas y padrastros. Luego se diversificaron. Quitaban forúnculos y encías infectadas, sacaban dientes, hasta castraban mascotas y realizaban sangrías y enemas.

Hugo aprendió a realizar estas operaciones, ayudado en gran parte por las lecciones de biología del señor Orwell y una serie de demostraciones que llevó a cabo el excelentísimo gremio de barberos.

A medida que Hugo se volvía más hábil con el bisturí, pasó menos tiempo cortándo el pelo y más tiempo siendo cirujano que barbero. Con el tiempo, se convirtió más en un médico que en cirujano. Trataba de todo desde la disentería a las enfermedades venéreas y desde la varicela a las almorranas.

En el progreso, Hugo se ayudó de una capacidad única de diagnosticar dolencias con los ojos vendados o con un simple soplo a la piel de un paciente. Podía reconocer el fuerte y dulce aroma del óxido nítrico que se pegaba a las personas con asma, el olor a almizcle de la enfermedad de Parkinson, la escrófula que olía a cerveza rancia y fiebre amarilla que olía a carnicería. Inexplicablemente fue un talento que desapareció tan rápido como llegó, pero no antes de que Hugo hubiera acumulado suficiente experiencia para sobrevivir sin él. En este momento, su período de contrato de siete años iba a llegar a su fin. Él ya había implementado un nuevo sistema para llevar registros, se hizo cargo del botiquín y comenzó a insistir en que sus pacientes regresaran para chequeos. Bear había dejado que se mudara a un departamento propio y estaba ganando una cantidad considerable de propinas.

*****

Ahora dediquemos algo de tiempo a visitar a Archibald.

Archibald hizo los cambios que necesitaba para sobrevivir. Abolió las relaciones de deuda y crédito e insistió en que sus clientes pagaran con monedas. Los inmigrantes aún le daban un amplio margen y los empleados de las ferrerías todavía usaban las tiendas de la fábrica, pero los otros nativos frecuentaban su tienda. Sus salidas fueron modestas y así fue capaz de sobrevivir.

Mentalmente, sin embargo, Archibald era un desastre. Debilitado por la desaparición de todo lo que apreciaba, su mente le tenía preso con imágenes de la muerte de Raymondo, el suicidio de Ruthie y las burlas de sus acosadores. Su personalidad no conseguía salir a la luz.

Solo había una cosa que le daba un respiro de su enfermedad mental: la lucha de Cumberland y Westmorland.

En ese deporte, los luchadores toman su posición inicial: pecho con pecho, con la barbilla en los hombros y los brazos entrelazados. Cuando el árbitro grita «lucha» y los participantes empiezan a pelearse entre sí.

A Archibald le encantaba vestirse con un atuendo que acentuaba sus músculos los cuales empezaban ya a tomar forma. Amaba sus calzoncillos largos, que acariciaban sus muslos y su chaleco bordado que le daba un aire extravagante. Le encantaba compararse con sus oponentes. Le encantaba agarrar a esos hombres, agarrar su carne e inhalar su aliento. Le encantaba ser sostenido, maltratado y arrojado al suelo.

Archibald se convirtió en un hábil luchador, al igual que su deporte ganó atractivo masivo. Cientos de personas comenzaron a asistir a eventos en el nuevo teatro de Lambeth, donde Archibald ganó casi tantas veces como perdió. Asistió a eventos en todo el sur de Londres, pero fue el Festival anual de Viernes Santo en Kensington Common, el que llegaría a ser el momento más destacado de su año.

Miles de personas fueron a festejar a ese evento. Llenaban los estrados temporales, en un estado de embriaguez y lascivia. Gritaban, aullaban y ululaban.

La primera vez que Archibald ingresó en la competencia principal fue derrotado en cuestión de segundos. La multitud le arrojó repollos podridos. Imperturbable, regresó al año siguiente, cuando consiguió llegar a la segunda ronda. En su tercera visita, ganó tres peleas. En su cuarto, se fue con cuatro chelines en premios.

Su billetera creció un poco y sus músculos crecieron mucho.

A partir de este momento ya no volvió a sentirse intimidado. Tal vez fue porque Archibald se había vuelto más fuerte que sus torturadores. O, tal vez, era simplemente una cuestión de madurez. Casados ahora con su trabajo, sus agresores ya no tenían tiempo de atormentarle.

Archibald se volvió tan musculoso que, de hecho, en su quinta visita le acusaron de ser demasiado pesado para pelear. Se desnudó, exhibiéndose como Dios le trajo al mundo, pero las básculas aún lo traicionaban. Así que recogió un puñado de abrigos de piel de la multitud, los envolvió alrededor de su torso y corrió durante cinco millas. Cuando regresó, su cuerpo había derramado tanta agua que pudo pasar los requisitos de peso. Ganó ocho de los nueve combates de ese año, lo que le valió la magnífica suma de cinco chelines.

Con su cuerpo se ganó la admiración de las damas, con su diplomacia le ganó un poco de respeto por parte de los hombres y sus éxitos le valieron un poco de dinero para gastar. Esto lo complació, pero solo le complació un poco. Todavía echaba de menos a su tío y a su tía. Todavía se sentía a la deriva y todavía vivía como un prisionero: dentro de su mente e incapaz de ser sincero consigo mismo.

*****

Ahora es el momento de visitar a Mayer.

Después de muchas noches de insomnio y muchos días de inquietud, Mayer finalmente se acercó a Abe. No fue la dura prueba que él se había temido. Abe tomó amablemente sus avances y aprovechó la oportunidad para hacer negocios al sur del río. No supuso tampoco el gran avance que Mayer se había imaginado. Continuaba siendo un ciudadano de segunda clase su casa. Abe, aunque agradecido, nunca estuvo presente para mostrar su gratitud. Sadie, por su parte, estaba siempre al acecho para ponerle en su lugar.

La vida en la panadería de Zebedeo también continuó como antes. Con la ayuda de los conocimientos del señor Orwell, Mayer asumió algunas responsabilidades adicionales. Manejaba los libros, comprobaba el inventario y ordenaba suministros, pero pasó la mayor parte de su tiempo en las calles, repartiendo pan y cortando muescas de los contadores. Aunque disfrutaba del aire fresco y de la oportunidad de darse a conocer, seguía sin sentirse realizado.

Sin embargo, hubo alguien que sí se percató de las hazañas de Mayer: el señor Bronze. Ese joyero vio como engordaba el saco de oro de Abe y no tardó en darse cuenta del papel de Mayer en todo esto.

La de Abe no era la única bolsa que engordaba durante esos años. El señor Bronze estaba acumulando tantas monedas de oro que tuvo que comprar una segunda caja fuerte. Esto despertó el interés de Mayer. Deseoso de descubrir el secreto del éxito de ese hombre, hizo todo lo posible para entablar una amistad con él. Le daba un regalo cada Navidad, le preguntaba por sus hijas y visitaba a su esposa cuando estaba enferma. Nunca pidió nada a cambio, por lo que nunca recibió nada a cambio y su vida continuó como de costumbre.

EL PODER DEL AMOR

Nuestros tres héroes quedaron en el lugar de siempre, en la plaza de Covent Garden. Esta estaba rodeada de pórticos, soportales, puestos de mercado y bohemios de todas las variedades imaginables. Saboreaban sus bebidas, hablaban y miraban a las chicas que estaban sentadas en las mesas de al lado.

Fue a finales de primavera, esa época radiante en la que las chicas florecen, se quitan las capas de invierno y se muestran al sol y a todo tipo de personas.

Tres amigos, nacidos con tres segundos de diferencia, vieron a una de estas chicas con tres segundos de diferencia. Se enamoraron de ella exactamente en el mismo momento, cuando se giró y miró en su dirección. Este gesto fortuito marcó el comienzo de un amor devastador que seguiría causando estragos muchas décadas más tarde.

No se trataba del amor fraternal, de *philia*, el que había unido a nuestros tres héroes. Se trataba de *eros*, pasión y deseo sexual. Un amor ardiente e irracional que se apoderó de ellos y los convertiría en enemigos.

Su amor era uno y el mismo. Lo sentían en los mismos lugares: en la boca del estómago, en las puntas de los pies y en los pulmones. Se sentía igual, les quitaba el aliento y les nublaba la mente. Era inquieto como la limerencia y furioso como la lujuria. Se sentía como un amor desventurado de una persona que vivía en tres cuerpos diferentes.

Tan pronto como la vieron, la amaron. Y tan pronto como la quisieron, sintieron que la conocían.

Pero, ¿qué es exactamente lo que sabían de ella?

Sabían que era la única. Sabían que era la persona especial que habían estado esperando, su alma gemela. Era excepcional, algo fuera de lo común, diferente a otras chicas. Tenía más de ángel que de humana, era un ser divino, más refinado.

No es que solo lo supieran, estaban totalmente seguros. Podían verlo con sus propios ojos.

Entonces, ¿qué podían ver exactamente?

Mayer, cuya educación se había basado en el mundo material, veía su cuerpo, su piel luminosa, unas curvas deliciosas, cejas fastuosas y un cabello exuberante. Vio la forma en que un mechón de su pelo rozaba su hombro y rebotaba. Vio la redondez perfecta de su cara, sus ojos, su nariz, sus pechos y sus nalgas y la sutileza de su vestido ingrávido, que insinuaba secretos ocultos. Vio la gota de humedad que permanecía en su labio y la perla que decoraba su oreja.

Hugo, que había aprendido a mirar más allá de las apariencias externas, creyó poder leer su mente. Por el modo en que entrecerró los ojos, creyó ver sus reflexiones. En el modo en que inclinó la cabeza, creyó ver sus inclinaciones; y en su postura, creía ver toda su personalidad, sus sueños y deseos, alegría y gracia, amabilidad y compasión. Su expresión la traicionó. Su fuerza panteísta y audaz decía alto y claro que ella demandaba lo extraordinario, imploraba lo fantástico y absorbía cada onza de la magnificencia del mundo.

Archibald, que vivía en el mundo de la imaginación de su mente, estaba seguro de haber visto el alma de esa niña, su forma platónica, removida de su ser mortal. Libre de la verdad o la realidad, su amor era metafísico. Como una sacudida en el corazón, fue estremecedor. Absorbió, consumiéndola y sin estar seguro de que era exactamente lo que estaba consumiendo.

*****

Tres hombres jóvenes sintieron el mismo amor al mismo tiempo, pero lo habían visto de tres maneras diferentes y, como resultado, sus respuestas divergieron.

Archibald sintió como si sus almas ya se hubieran unido. Ni sentía la necesidad, ni tenía la capacidad de actuar. Era demasiado débil. No movió un dedo, se quedó allí sentado esperando sin esperanza que su sola presencia fuera suficiente para ganarse su corazón.

Hugo sabía que tenía que hacer algo, pero no tuvo la necesidad de hacerlo de inmediato. Tenía que estudiarle, como si estudiara ciencias y usar su ingenio, como si fuera un ladrón o tuviera que ganarse la vida rebuscando en el barro una vez más. Necesitaba su tiempo para meditar y planear. No creía que pudiera tener posibilidades. Su baja autoestima no le dejaba tener ese tipo de ilusiones, pero se sintió obligado a intentarlo. Esa chica le había robado el corazón y sentía que tenía que hacer lo imposible para intentar robarle el suyo.

Para Mayer, haberla visto, era quererla e ir a buscarla.

A diferencia de Archibald, Mayer sabía que necesitaba actuar y no tenía la mente tan fría como Hugo como para esperar. No pudo controlar la lujuria y la testosterona lo abrumab. Sus emociones le dejaron expuesto y sus piernas lo empujaron hacia la chica.

Se encontró frente a ella, sin estar del todo seguro de cómo había llegado allí.

Sin dejar pasar una oportunidad, Mayer desató toda la fuerza de su repertorio. Le miró a los ojos, casi se ahoga ahí mismo. Trató de estrecharle la mano, pero ella se apartó. Él sonrió, pero se sentía intimidado.

¡Nervios! Mayer nunca había experimentado algo así. Abrió la boca, listo para desatar una maravillosa serie de pequeñas charlas, pero su lengua lo traicionó. Solo pudo articular tres palabras.

—Sé mi novia.

—No —respondió ella sin pensar. Fue una reacción visceral, un escudo en alto ante la flecha de Cupido. —¡Quién te crees que eres! ¿Por qué iba yo a interesarme en un pijo casanova como tú?

—Bueno... —respondió Mayer. —¡Yo tampoco tengo ningún interés en una niñita de papa!

Se volvió teatralmente y regresó con sus amigos.

*****

Desde la distancia, Hugo y Archibald se dieron cuenta de sus intenciones compartidas. No encontraron consuelo en el fracaso de Mayer, compartían su dolor. Se tragaron sus sentimientos e intentaron consolarle.

Archibald envidiaba la valentía de Mayer. Le hubiera gustado haberse acercado a la chica, pero era demasiado tímido. Cuando ella miró hacia ellos, se limito a inclinar la cabeza. Corazón lleno, ojos ciegos, labios mudos y pies inmóviles.

Hugo era un gato callejero. Estaba acostumbrado a las situaciones difíciles. Se había criado en la calle y había aprendido en la escuela de la vida. Era un conspirador, pero también un soñador. Sabía cómo jugar.

—No te preocupes —le dijo a Mayer. –Voy a intentar mejorar un poco la situación. Ya lo intentarás en otro momento. Mírate, ¿cómo se te podría resistir una chica?

Él se rió entre dientes y Mayer le devolvió la sonrisa. Luego se volvió en dirección a la chica, llamó su atención, se quitó la gorra, sonrió y se dirigió hacia ella.

—Es un honor y un placer conocerte.

La chica se sonrojó.

—Por favor, no juzgues a mi amigo duramente, él es tan bueno como los mejores. Estoy seguro de que no tardarías en darte cuenta si fueras tan amable como para darle una oportunidad.

La niña inclinó la cabeza, miró a Mayer y sonrió.

Hugo regresó con sus amigos, les puso las manos en los hombros e hizo un gesto para que se fueran.

—¿*Pub*?

—¡Vamos!

AL PIE DE LA LETRA

«El joven conoce las reglas, pero el viejo las excepciones».
OLIVER WENDELL HOLMES JUNIOR

Solo en su habitación, Mayer pudo pensar en lo que había pasado. Se dio cuenta de que en el amor no podía actuar como lo hacía en los negocios y, sobre todo, no podía volver a sentirse intimidado o mostrar nerviosismo. Tendría que mejorar su táctica y aprender un nuevo conjunto de reglas: las reglas del amor o, para ser más específicos, las reglas de ligue.

Unas reglas que como él pronto descubriría estaban claramente definidas.

Las chicas, conocidas como *debutantes*, buscaban los partidos durante los bailes de verano de Londres. En esos bailes, si un soltero era de un estrato social más bajo, solo podía acercarse a una chica si le invitaba. Si pertenecían al mismo estrato social, él podría intentar ocasionar un acercamiento, pero solo con el permiso de su acompañante. Las *debutantes* se servían de su abanico para señalar sus intenciones. Sujetar el abanico con la mano derecha era saludar a un hombre. La mano izquierda era igual a ignorar. Abrirlo es un signo de interés y cerrarlo era un signo de indiferencia. Abanicándose ágilmente mostraban soltería y hacerlo lentamente mostraba que ya estaba comprometida.

Mayer había visto una entrada para un evento de ese tipo en el bolso de su enamorada. Blanco y en botella. No había duda de que asistiría al baile de apertura en Almack Rooms de St. James.

Mayer tenía todo lo que necesitaba.

Se dirigió a Big Bob, uno de sus clientes, que era botones del vendedor de vinos que abastecía Almack Romms. Él no era, sin embargo, grande. Lejos de eso, Big Bob medía metro cuarenta. Era robusto y, como resultado, era fuerte, pero era fácil mirar por encima de su cabeza y aún más fácil perderle entre la multitud.

Big Bob tenía a Mayer en gran estima. Cuando su mujer enfermó, Mayer le dio crédito y siguió abasteciéndole pan durante dos años enteros antes de solicitar el pago. Cuando su mujer murió, consiguió persuadir a Zebedeo para que ofreciera comida gratis en su velatorio.

Big Bob sintió que le debía un favor a Mayer, así que cuando Mayer le pidió que comprara una entrada, se alegro de poder hacerle un favor.

Mayer solo necesitaba una cosa más: un traje de gala. Hacer que un sastre le costaría un montón de dinero, dinero que no tenía. Tampoco conocía a ningún sastre. Entonces se acercó a Abe, cuyo chaleco amarillo era tan brillante que casi le hizo un agujero en la córnea.

—¿Te importaría prestarme tu chaqueta, por favor?

Abe estuvo apunto de decirle que no. Si Sadie se enteraba de que le había prestado a Mayer ese atuendo, una chaqueta que ella misma había elegido, estaría riñéndole durante semanas. Sin embargo, Mayer había conseguido que él ganara miles de libras y se sintió obligado a devolverle el favor.

Abe hizo una pausa antes de responder. Luego respondió en un tono tan bajo que pilló a Mayer totalmente por sorpresa. Mayer se había acostumbrado tanto a la voz de Abe, suficientemente tan alta como para despertar a un muerto que los susurros de Abe lo hicieron apretar los dientes y temblar.

—Está bien, pero solo si prometes no decírselo a tu madre. Nos cogería por las pelotas si alguna vez llega a enterarse.

Mayer se rió.

—¡Trato hecho!

*****

Nuestra heroína no tuvo que hacer frente a ninguno de estos problemas. No necesitaba pedir prestado un conjunto, ya tenía un montón de vestidos de seda, vestidos de encaje, zapatos de todos los colores y accesorios procedentes de todas partes del mundo. Tampoco necesitaba preocuparse por conseguir una entrada, su agenda estaba repleta de invitaciones a cenas, almuerzos sociales, almuerzos, bailes, conciertos y óperas.

Nuestra heroína llevaba preparándose para este evento desde que empezó a andar. Le habían enseñado a cantar y a bailar. Estaba familiarizada con todas las reglas de etiqueta. Ella estaba bien educada en el arte de la conversación y el arte del silencio. Tenía una gran dote con la que tentar a un pretendiente y un armario aún más grande con el que seducirlo.

Ella solo necesitaba soñar.

Soñaba con escapar del peso de las expectativas de sus padres. Soñaba también con su príncipe azul, con su Romeo. Soñó con Mayer, avivando fantasías de niña. Soñó con Archibald, fue difícil pasar por alto sus abultados músculos.

Fantaseaba mientras se preparaba para el baile, se pintaba sus labios de un seductor color rojo, se echaba de un perfume diseñado para atraer las narices de los hombres o se vestía de una forma con la que esperaba captar su mirada. Su corsé hacía que sus senos parecieran mucho más grandes de lo que realmente eran y su cintura mucho más esbelta. Su sombrero sombreaba su rostro, añadiendo un elemento de misterio como en una obra de pura ficción. Todo era un dulce engaño. Una gran mentira, una telaraña con la que atrapar al hombre perfecto, que a su vez esperaba que ella fuera la más obediente de todas las esposas.

Ella emitió una risita coqueta, tomó la mano de su madre y se subió a su carruaje.

*****

Mayer era el vivo retrato de autoengaño.

Su traje para la cena estaba lejos de lo que solía ser su atuendo habitual. Sugería riqueza y un estatus social mucho más alto del que tenía realmente. Se había pasado varias horas frente al espejo engominándose y reengominándose el pelo, moldeándolo cual casco de lucha. Se había peinado las cejas de forma que no parecieran tan tupidas, usó el maquillaje para disimular la asimetría de sus fosas nasales y se afeitó el pelo de la espalda.

Su fachada era una mentira. Si le hubieras desafiado en ese momento, él habría argumentado que era una mentira honesta. Te habría dicho que los pavos reales acicalan sus plumas, los tucanes elevan sus picos y los camaleones cambian de color cuando tratan de cortejar. Para Mayer, el engaño era lo más natural que existe. Si era un fraude, se trataba de un fraude honesto, jugando según las reglas de la naturaleza.

Tales pensamientos, sin embargo, estaban lejos de su mente cuando se acercó a Almack Rooms. Mayer estaba demasiado nervioso como para pensar en algo. Tenía el estómago revuelto y hasta su corazón daba saltos.

Para compensarlo, se envolvió en un aire de confianza impenetrable. Subió los escalones de dos en dos, le dio su invitación al portero y se paseó por el pasillo.

Su imagen se reflejaba en los cientos de candelabros.

Llegó a la esquina opuesta y se detuvo. Quedarse allí inmóvil hubiera parecido tonto. Así que Mayer siguió más delante, se metió detrás de unas cortinas y entró en una sala de juego, donde desperdició la mitad de la tarde y la mayor parte de su dinero.

Cuando salió, el salón se había llenado de música y bailes country. El aire se había llenado de los aromas de los tulipanes y del olor a sudor de las chicas, el tumultuoso golpeteo de los pies de los solterones y la charla de las negociaciones matrimoniales.

Mayer vio a su amor, hizo contacto visual con su madre y le dedicó una reverencia, esperando que ella lo invite a pasar. No lo hizo.

Luego la miró a ella, esperando a que abriera su abanico. Tampoco lo hizo.

Mayer se retiró al baño para recomponerse, antes de regresar al pasillo. Miró a la madre otra vez, quien volvió a ignorarle. Luego la miró a ella, que cerró su abanico.

Mayer se retiró a la sala de la cena y cogió un trozo de tarta. Luego regresó al vestíbulo, donde comió lo más lento que pudo, espiando a su amor desde la lejanía. Le costó comerse el pastel noventa minutos. Mientras tanto miraba impotente, como por lo menos otros cuatro pretendientes se acercaban a su amor. Mayer se consolaba con el hecho de que a ninguno de ellos les había dedicado mucho tiempo, pero se le aceleró el corazón cuando la vio bailar con uno de ellos. Todo lo que podía hacer era observar desde la distancia a la vez que desmigajaba el trozo de pastel.

Finalmente, la madre de ella salió de la habitación. Cabeza sobre corazón, Mayer corrió a acercarse.

Le faltaba el aire mientras hablaba.

—Mis ojos se han deleitado en tu hermoso rostro y mis brazos serán tu santuario. Perdóname, mi audacia necesita excusas, pero mi deber me obliga a obedecerte siempre.

Ella hecho la cabeza hacia atrás, abrumada por el calor de Mayer.

—¿Qué?

—Ven, estoy de humor navideño y es probable que consienta

—¿De dónde has sacado esas líneas?

—Es Shakespeare.

—No, no lo es, tonto.

—¡Sí lo es! Y tengo más. Voy a bañarte los labios con rosados rocíos de besos. Haré una crónica de tus virtudes. Te pagaré el tributo de mi amor. Déjame perecer en tu presencia. Déjame sellar mi fe en tus labios.

—Huh. ¿Eso es todo?

—¡Puedo seguir!

—Deberías empezar de cero. ¿No tienes una mente propia con la que pensar? ¿O una boca propia con la que hablar?

—Tengo ojos propios para ver tu belleza.

—¡Qué cursi!

—Y tengo oídos propios para escuchar. Dime, ¿cómo te llamas?

—Lola, ¿tú?

—¡Lola! Nunca se he oído un nombre más bello.

—Hablas como si estuvieramos dentro de un libro.

—Soy Mayer.

—Bueno, Mayer, ha sido interesante.

Lola se dio vuelta para alejarse.

—¿Puedo decirte, tus ojos no se parecen en nada a las semillas? ¿Y qué pasa con ese pelo que tienes? ¡Espera! ¿A dónde vas? Vuelve, que esto mejora. ¡Tu cara parece una cara! Escríbeme. Buckingham Towers, Camden. Hmm. Adiós, maldito ángel. ¡Adiós!

La conversación duró en total menos de dos minutos.

Mayer se quedó otros dos bailes.

Lola habló con dos chicos más.

SUFRIENDO EN SILENCIO

«A menudo son las almas más introspectivas las que más han sufrido».
SHANNON L. ALERTA

Tanto la belleza como la fealdad pueden convertirse en obstáculos a la hora de encontrar el amor. La fealdad puede repelerlo y una belleza excesiva puede abrumarlo.

Mayer se había quedado tan abrumado por la belleza de Lola que había actuado de forma apresurada y nerviosa. Archibald, por otro lado, estaba tan abrumado que no pudo actuar en absoluto.

¿Qué podía hacer?, si era demasiado cobarde como para acercarse a ella.

Podía pensar en ella, podía imaginarla.

Veía a Lola en los rostros de los transeúntes, en las formas de nubes y reflejado en los charcos y las ventanas. Independientemente de hacia dónde mirara, allí estaba ella. La veía cada vez que cerraba los ojos. Veía sus bonitas cejas, su cabello exuberante y la perfecta redondez de su cara y su nariz.

Pero al no ver a Lola en persona, la imagen que Archibald guardaba de ella en su cabeza comenzó a desvanecerse. Luchó por recrear el ángulo de su mandíbula y la profundidad en sus ojos, pero no podía recordar la cantidad de los rizos se su pelo o la línea que se formaba donde su cuello se encontraba con sus hombros.

Desesperado por acabar con las lagunas, redibujó la imagen de Lola en su mente y luego la plasmo en un papel. Dibujó miles de imágenes, cada una aún menos realista que la anterior y cada una más angelical. Cubrió una pared con estos bocetos que escondió detrás de una sábana cada vez que abría la tienda.

En este mar de dopamina y testosterona en el que Archibald había perdido la cabeza, ningún pensamiento era demasiado sublime, demasiado desesperado, ni demasiado poderoso ni patético.

Sus pensamientos estaban intoxicados por la dulce ambrosía de los sueños imposibles.

Esos sueños imposibles también trajeron dolor.

Archibald imaginó la personalidad de Lola, en su mente construía palacios para su reina imaginada. Llegó a conocerla, sin conocerla en absoluto. Imaginaba como sería su noviazgo, el día de su boda y una vida junto a ella. Imaginaba sus futuros hijos, una vejez a su lado y hasta su lecho de muerte y la ascensión conjunta al cielo. Era maravilloso. Archibald no cabía en sí de la alegría. Quería gritarlo a los cuatro vientos y saltar por las calles.

Pero, al mismo tiempo, cayó en un pozo de autodesesperación. Se odiaba a sí mismo por no ser capaz de actuar y afrontaba el hecho de que Lola nunca sería suya. La agonía era inimaginable. Sentía como si sus venas estuvieran obstruidas con harina y sus intestinos habían sido atados en mil pequeños nudos.

SALTANDOSE LAS NORMAS

«El impulso por destruir también es un impulso creativo».
MIKHAIL BAKUNIN

Hugo estaba seguro de dos cosas.

En primer lugar, no era digno de una chica como Lola.

En segundo lugar, tenía que conseguirlo sin importar cuánto tiempo le costase.

No creía que se mereciera a alguien como Lola. Era un simple aprendiz sin un duro y sin posición social. Se había buscado la vida rebuscando en el barro, había vivido en ese horrible orfanato y era un ladrón y un asesino de padres. Ella, por otro lado, era de los niveles más altos de la sociedad. No había forma humana de que él pudiera conseguir algo por el método tradicional. Tendría que jugar sucio.

No es que quisiera jugar sucio, tenía que hacerlo. No había otra elección.

Y así se convirtió en alguien que urde planes para conseguir lo que quiere, en alguien tan inteligente como inmoral.

*****

Todo empezó ese día en Covent Garden. Hugo dejo a sus amigos en el *pub* y borracho de cerveza, ginebra y amor regresó al café. Observó a Lola desde lejos. Esperó a que se terminara el té, saludó a un cochero de la ciudad de Hackney y le pidió que siguiera el carruaje de Lola.

Solo podía pensar en Lola. Vio como su imagen se reflejaba en el cristal de un escaparate y vio que hasta su sombra soñaba con ella.

Su carruaje tirado por caballos pasó por delante de cuadras a medio construir, de edificios incompletos, de basura y de escombros, antes de detenerse frente a una casa adosada alta en Hill Street, Mayfair. Construido con piedra de Bath, ese edificio era un majestuoso ejemplo de ostenticidad, con querubines cincelados descansando en varias repisas y patrones dorados que se deslizaban por la fachada de la casa. Pinos en miniatura recortados en conos perfectos, decorados con balcones estrechos. Cada ventana tenía más de ocho pies de altura.

Hugo regresó a la mañana siguiente.

Impulsado por una resolución despiadada de triunfar sobre su ignorancia, esperó. Espió al padre de Lola, que parecía ser un doctor y a su madre, que no parecía ser gran cosa. Espió a sus dos hermanos y a su séquito de sirvientes.

Cuando Lola salía, Hugo la seguía envuelto en la niebla omnipresente de Londres, formada a partir de humo y cenizas. Esa niebla era penetrante, acre, espesa, opaca y gris. Dificultada el ver diez metros más adelante y facilitaba el poder acechar a un objetivo ajeno.

Lola caminaba ajena a todo, preocupada con sus propios pensamientos, más dentro de sí misma que en la realidad. Ella no notó la presencia de esa sombra, ni se percató de nada fuera de lo normal.

Hugo se percató de todo. Jugaba a su propia versión del escondite. La buscaba y se preocupaba de volverse imperceptible. Se escondió detrás de libros, detrás de árboles, al lado de farolas, antes de puentes y cruces; usando un paraguas y una gabardina larga para fundirse en las sombras.

Siempre que podía llegaba a casa de Lola al amanecer. La seguía mientras paseaba por las serpenteosas calles y la observaba cuando se sentaba en su banco favorito, alimentaba a los patos y leía.

Su amor nunca fue tan fuerte como cuando Lola se sentaba en el lago, le sacudido por el temor de que pudiera flotar lejos. Tenía una desconfianza a fuego lento del agua; confundiendo el lejano recuerdo de su captura por Jonathan Wild con su vida anterior a orillas del río Támesis.

Cuando Hugo no podía llegar temprano, rezó para que Lola estuviera en casa por la noche, para poder seguirla a ella y a sus acompañantes en sus escapadas nocturnas a las tiendas, al teatro o al ballet.

De esta forma, Hugo llegó a conocer a Lola de una manera que Archibald y Mayer solo podían imaginar. Él la conocía en la inconsciencia de sus acciones. Por la forma en la que se mantenía de puntillas, sabía que se había entrenado como gimnasta. Por la forma en que saludaba a sus amigos, saltando a sus brazos, descubrió que sabía bailar. Por la forma en que se ponía el pelo detrás de las orejas y se reía descubrió su perversidad. Por la forma en que cruzó las piernas, colgando su zapato del dedo del pie, descubrió que ella era demasiado lujosa como para interesarse por el amor erótico.

Al verla leer, Hugo descubrió su gusto por las novelas románticas, especialmente las obras de Fanny Burney. Una vez, él la vio leer *Una reivindicación de los derechos de la mujer*. Vio como leía libros en inglés, francés y español.

Al ver su bolso, Hugo descubrió su nombre bordado en un pañuelo rosa. Una parte de él se sentía que le había dado esa información de forma intencionada.

Al observarla cuando compraba, descubrió su gracia, la forma en que se dejaba llevar por el tumulto mientras sus amigas se enredaban con otros compradores. La forma en que los vendedores ambulantes con cara de trucha le cantaban una canción, «dulces para tu dulce», «bucles para tu panza», «ven aquí mi amor y gasta tu dinero»; la forma en que se divertía en las salas de juego, curiosa en las tiendas de curiosidades y vencida con una alegría desenfrenada cada vez que veía un sombrero.

El amor de Lola por los sombreros estaba al borde de la adicción.

Parecía que tenía la misión de comprar todos los sombreros en la ciudad. Compró sombreros altos y sombreros anchos, gorras y gorros, con adornos, botones, bordes, cintas, plumas y flores. Era casi una regla que si veía un sombrero lo compraría.

Hubo, sin embargo, una excepción. Hugo vio a Lola detenerse frente a una pequeña tienda cerca de Oxford Street casi todas las noches. Contempló su ventana durante minutos, como en un mundo propio, fascinada por el único sombrero que se exhibía; su material rosa casi translúcido; su borde ondulado tan ancho como una rueda.

Hugo creía que se habría quedado frente a esa tienda por toda la eternidad si hubiera estado allí sola.

*****

Sería fácil juzgar a Hugo. A diferencia de Mayer, él no estaba jugando según las reglas. Se negó a aceptar que existieran tales reglas. Para Hugo en el amor y en la guerra no había límites.

Algunas personas habrían dicho que eso era acoso pero, por una vez en su vida, Hugo no se juzgó tan duramente. En su opinión, sus acciones no fueron más deshonestas que la forma en que personas como Mayer y Lola perfeccionaron sus apariciones. Esas personas se dieron aires falsos y gracias para cortejar a su pareja. Él acechó. Hugo creía que su forma sería más efectiva.

La alternativa de Archibal de ser honesto y discreto no era una opción. Para Hugo significaba un camino seguro hacia el fracaso.

Entonces Hugo no tenía conciencia de culpa. En realidad Hugo culpaba a la propia Lola de sus acciones.

—¿Quién era ella para seducirme así? ¿Quién era ella para robar mi corazón, controlar mis acciones y controlar mis pensamientos? ¿No podía ser como otras chicas? ¿Por qué tenía que hechizarme, hechizarme e incitarme a seguirla?

Hugo creía que estaba sirviendo a Lola a su entera disposición, a cada hora del día; siguiéndola por su bien, no el suyo.

Él no tenía miedo de contradecirse a sí mismo. No tenía miedo de nada en absoluto.

*****

Hugo estaba tan seguro de lo que hacía que, de hecho, cada día que pasaba se acercaba un poco más a Lola. Reconocía los diferentes sonidos que hacía cuando caminaba por baldosas o adoquines. Distinguía su perfume y su presencia sin usar los ojos. Incluso permitió que Lola vislumbrara su reflejo en un charco.

Él no siempre estuvo tan cerca. En una ocasión, perdió a Lola en una multitud. Corriendo para atraparla, tiró una pinta de cerveza de la mano de un constructor ebrio y tuvo que comprarle dos tragos para enmendarla. Cuando regresó, Lola ya no estaba.

En otras ocasiones, cuando la niebla no era tan espesa tenía que contenerse. Pero aún así la tendencia continuó. Hugo reunió más información y con ella ganó más confianza.

Finalmente, aprovechó su oportunidad.

Lola estaba de pie afuera de la tienda cerca de Oxford Street, vestida con un vestido púrpura con lentejuelas fucsias y un sombrero que le cubría la cara. Por primera vez, iba sola. Y, tal como Hugo había predicho, parecía que nunca se iría.

Ella había estado allí durante quince minutos hasta que empezó a llover, de pie con altanería disciplinada, levantó la barbilla y fijó la mirada en el premio. Llevaba allí otros diez minutos cuando un carruaje de caballos le lleno de barro.

Hugo dio un paso adelante, a través de la lluvia horizontal que empapó sus pantalones y la lluvia vertical que empapó la carretera. Llevaba una forma forzada de informalidad que rayaba lo indolente, hombros erguidos e indiferente a la existencia de Lola, miró por encima de su cabeza mientras hablaba.

—¡Qué desgracia!

Lola se cepilló al oir las palabras de Hugo con una inclinación modesta de su cabeza.

—No, no —continuó Hugo. —Eso no sservirá de mucho. Mejor coge esto. Ah... y esto para el viaje a casa— dijo mientras le daba su impermeable y un paraguas.

—De verdad, no puedo aceptarlo.

—Insisto, sino no lo hubiera ofrecido.

—Bueno, en ese caso, prométeme que vendrás a recogerlos.

—Sí, si así lo quieres.

—Así es.

—Así lo haré entonces. Tenga un buen día.

Lola hizo una reverencia.

Hugo se volvió.

—¡Espera!

—¿Sí?

—¿No estás olvidando algo?

—¿Olvidando algo?¿A qué te refieres?

—¿Mi dirección?

—¿Perdón?

—Sí, para que vengas a recoger las cosas.

—Oh, sí, por supuesto.

—Es el 303 de Hill Street.

—Bueno, Lola, te veré en el 303 de Hill Street.

Hugo se volvió, pero Lola gritó de nuevo.

—¡Espérate! ¿Cómo sabes mi nombre?

El corazón de Hugo se encogió. Apenas podía abrir la boca para hablar.

—Eh... en el pañuelo. Vi el nombre en el pañuelo.

—Ah —cantó Lola, como si fuera la cosa más natural del mundo. —¡Qué fantabuloso!

Luego ella se escapó.

*****

Hugo esperó cinco días antes de regresar a Hill Street. No fue por falta de oportunidades, ni por falta de deseo, sino simplemente porque quería jugar bien.

Quizás lo llevó al extremo.

Mientras caminaba por Oxford Street, vio a Lola caminando hacia él. Su rostro se suavizó, más con cordialidad que con amor, pero aún así con cierto grado de calidez.

—Hola —dijo ella.

Hugo no reaccionó. Pasó caminando, con la postura de un cadáver helado y una mirada de indiferencia imperiosa. Estaba tratando de crear un aura de misterio, hacer que Lola le anhelara antes de dar el segundo paso. Fue un juego de poder, claro y llanamente.

Pero, en lugar de esa experiencia, Hugo decidió esperar antes de visitar Hill Street.

Entonces fue cuando se acercó a la casa de Lola a la mañana siguiente. Subió esos escalones ostentosos y golpeó la puerta con el puño. No confiaba en el llamador, parecía demasiado grande, demasiado descarado y demasiado irreal.

Un mayordomo abrió la puerta. También parecía demasiado grande, demasiado corpulento y demasiado irreal. La sola idea de tener un mayordomo hizo que Hugo se sintiera aturdido.

Hugo salió al pasillo, un espacio expansivo más grande que cualquier residencia que alguna vez haya llamado hogar. Se sintió completamente perdido pero, con ganas de encajar, avanzó con confianza y sacudió la mano del padre de Lola, mientras ignoraba a la propia Lola.

El padre de Lola se parecía a Papá Noel. Se reía como Papá Noel. Incluso olía a pasteles de carne picada, vino caliente y cáscara de naranja.

—¡Ah! Debes ser Hugo. Nuestra Lola nos ha hablado mucho de ti.

—Bueno, no sé si hay mucho que contar. Solo soy un humilde cirujano.

—Un cirujano, ¿eh?

—Así es, señor.

—Corrigeme si no es así, pero me atrevo a decir que se supone que los médicos tenemos que odiar a los cirujanos.

—Y los cirujanos a los médicos.

—Eso creo, pero ¿tú?

—¿Yo?

—¿Odias a los médicos?

—No, señor.

—Perfecto entonces.

—¿Y usted?

—¿Yo?

—Sí… ¿odia a los cirujanos?

—Bueno, supongo que eso depende del cirujano.

—Oh.

—¿Qué clase de cirujano eres?

—Uno bueno.

—¡Ho! ¡Ho! ¡Ho! ¿Y qué te hace ser tan buen cirujano?

—Me preocupo por mis pacientes.

—¿Y es eso suficiente?

—A veces.

—¿De Verdad?

—Bueno, tal vez no.

—¡Ho! ¡Ho! ¡Ho! Entonces, ¿qué más haces?

—He salvado vidas señor.

—Eso es un gran reclamo.

—Sí, señor.

—¿Has salvado muchas vidas?

—Tal vez no las suficientes.

—¡Ho! ¡Ho! ¡Ho!

—Me gustaría salvar más.

—Ambicioso, ¿eh?

—No, señor. Quiero decir, sí. Intento dar lo mejor de mí.

—¿Dar lo mejor de tí?

—Bueno, supongo que podría hacerlo mejor. Pero siempre intento mejorar, que es lo que creo que quise decir.

—¡Ho! ¡Ho! ¡Ho! Eres un buen chico. Muchos médicos harían bien en adoptar tu enfoque.

El padre de Lola hizo una pausa, se tocó el labio y condujo a Hugo a la sala de la mañana.

—Ven —dijo. —Hablemos de trabajo.

Se presentó como Nicholas, sirvió dos brandys y le pidió dos vasos de leche al mayordomo. Luego habló sobre la vida, Londres y la medicina.

Hugo observó su entorno.

Se dio cuenta de que las ventanas de la parte trasera de la casa estaban destrabadas, sintió la presencia de la criada que seguía a Lola como una sombra y sintió la presencia de la propia Lola. Estaba escuchando la conversación mientras regaba las plantas.

Había una infinidad de plantas. Cada repisa contenía una maceta y cada esquina contenía una olla. Las plantas de serpientes llenaron los huecos entre las barandas, un filodendro de hoja de corazón se sentó en una mesa, plantas de goma adornaban la chimenea, puertas de aspidistras protegidas, y los alféizares de las ventanas estaban cubiertos de begonias, margaritas, lirios y orquídeas.

Estaba claro por la forma en que ella se preocupaba por esas plantas, que todas ellas pertenecían a Lola. Hugo pensó que podría haber poseído más plantas que sombreros, aunque detestaba admitirlo. Parecía demasiado ridículo para ser verdad.

¿Quién era esta loca?

Hugo encontró sus peculiaridades seductoras. Él los encontró completamente absurdos. Quería distanciarse de Lola, pero no podía hacerlo. Ver la forma en que ella se preocupaba por esas plantas solo lo hacía quererla más. Su locura alimentó su loco amor. Sus obsesiones le obsesionaban aún más y su locura le volvía loco.

Tomó un pétalo de uno de los rosales de Lola, para poder comerlo y así conocer su sabor, le dijo Adiós a Nicholas y luego se fue.

PASO A PASO

«La cosa más difícil de todas es encontrar un gato negro
en una habitación oscura, especialmente si no hay ningún gato».
CONFUNCIO

Mayer estaba en constante movimiento: trabajando, tratando de estudiar y buscando oportunidades para establecer relaciones con personas como el señor Bronze. Siempre trabajando, intentando abrirse camino, sumiso y arrimando el lomo.

Se esforzaba, pero no siempre tenía éxito. Con la mente en Lola, Mayer perdió entregas, se volvió descuidado con los recuentos, llegaba tarde o demasiado temprano. Estaba obsesionado. Si se lo hubieras preguntado, ni se hubiera esforzado en negarlo. Te habría mirado a los ojos y habría dicho tres simples palabras: «amor es obsesión».

Perdido en esta obsesión, Mayer descuidó sus otras obligaciones con tal de tener tiempo para intentar conquistar a Lola.

Se acercó a ella en tres ocasiones diferentes.

*****

Su primer intento fue el Covent Garden. Mayer había comenzado a visitar el café donde la vio por primera con la vaga esperanza de verla allí otra vez.

A primera vista no fue un buen plan. Mayer se pasó incontables horas en ese lugar, bebiendo cientos de tés y observando miles de caras.

Estaba a punto de darse por vencido cuando apareció. Iba con unas medias que le llegaban a las rodillas y un sombrero escarlata que apenas le llegaba a la altura de la frente. De nuevo escoltada por sus acompañantes y de nuevo a Mayer no le importó.

Antes de darse cuenta estaba ya rumbo hacia su mesa.

—Mi amor por ti es como Eolo, el dios griego de los vientos que encarceló a sus hijos en una cueva. Me siento atrapado en una cueva. ¡Tú eres mi Ariadne que ha venido aquí para liberarme!

Las amigas de Lola se rieron.

—Te amo —continuó Mayer.

Lola respondió bruscamente. Otra vez abrumada por la pasión de Mayer.

—Pff…No estoy interesada en promesas de amor y mucho menos en el caso de que fueran reales. De todos modos, creo que has estado imaginando. Tu amor no tiene ningún fundamento, lo has creado tú solito de la nada.

—¡Sí! Es la mejor forma. Nacer de la naturaleza es mundano. Uno nace en un nuevo día cada vez que uno se despierta. Uno nace en una nueva escena cada vez que dobla una esquina. No significada nada. Inventarse es magnífico. No haber existido y luego existir por puro deseo o voluntad. No es dejar que ocurra, sino hacer que suceda.Es el mayor cumplido que me pudiste haber hecho. No tengo miedo de decirlo alto y claro: ¡he creado mi amor por ti!

—¡Pfft! —resopló Lola. –Pues te sugiero que lo deseches. Me produce diabetes.

Mayer agachó la cabeza. Tenía de nuevo la misma sensación de haber hecho el ridículo.

En realidad Lola se había acostumbrado a las tonterías de Mayer. La tozudez de Mayer le halagaba. Estaba encantada con el juego, pero al igual que la anterior vez no supo cómo mostrarlo.

*****

El segundo intento de Mayer fue una mera copia del encuentro anterior. Decir que carecía originalidad no sería cruel.

Mayer se había convencido a sí mismo de que la persistencia era más importante que la creatividad. Su persistencia le demostraría a Lola lo mucho que significaba para él. Eso debería ser suficiente para ganar su corazón. Si no lo era, desgastaría su resistencia. Lasnegativas de Lola, supuso, eran solo parte de un juego.

Al mismo tiempo, Mayer se convencía a sí mismo de que su persistencia era una señal de amor verdadero.

—¿Por qué otra razón sería tan tenaz si no es porque le quiero de verdad?

Así transcurrieron las cosas.

Al igual que la anterior vez, Mayer vio una invitación a un baile en el bolso de Lola. Como la otra vez, consiguió una entrada y le pidió prestado a Abe el traje de la cena.

Una cosa, sin embargo, fue diferente. Esta vez se trataba de un baile de máscaras. Mayer llevaba una máscara azul marino con lentejuelas plateadas y un pico alargado que sobresalía de su nariz. Lola llevaba una delicada máscara púrpura con un adornada en el lateral con plumas artificiales.

Comenzó la farsa.

Mayer siguió a Lola y Lola siguió a Mayer. Se movían en círculos uno al lado de otro, bailando cerca y alejándose. Mayer no creía apropiado acercarse sin la aprobación de la acompañante de Lola. Lola creyó que el hombre debería dar el primer paso.

La música los colocó juntos.

—Hola —dijo Mayer.

. —¿Eres otro pretendiente? —se burló Lola, confusa por la respiración entrecortada de Mayer.

—¿Tantos tienes?

—Es un flujo constante, pero no creo que tenga más que cualquier otra chica.

—¿Alguno de ellos te ha llamado la atención?

—Hay uno que ha despertado mis mariposas.

—Cuenta

—Se llama Mayer.

—Hmm

—Es tan cutre que es fantástico.

—¿Cómo funciona eso?

—Habla con una lengua viperina, se viste como un payaso y huele a pis. Es un autentico cabeza melón. No me acercaría a él ni con un poste de barcazas.

Lola emitió una risita tonta.

Mayer intento reponerse del golpe.

—Conozco a alguien similar.

—¿Si? ¿Quién?

—Se llama Lola. Es igual de tonta.

—¿Ah, si?

—Sí. Se esconde detrás de falsas pretensiones y trata el amor con cruel indiferencia.

—Imagino que te encantaría no volver a verla.

—Quizás.

—¿Quizás?

—¡Quizás!

—¿Consigue que se te acelere el corazón?

—Cada vez que pienso en ella.

—¿Y piensas en ella mucho?

—Cada minuto del día.

—¡Vaya tormento!

—Lo es ¿A ti no te pasa lo mismo?

—Para nada.

—¿No piensas en ese tal Mayer?

—¡Nunca!

—¿No le encuentras atractivo?

—¿Atractivo? No, tonto, preferiría darle un beso a un cerdo.

—Y sin embargo, acabas de hablarme de él.

—Cierto.

—Así que de alguna forma él está en tu cabeza.

—¿Eso es lo que crees?

—Oh, sí.

—¡Interesante!

Lola se rió, se dio la vuelta y se fue. Mayer la siguió. Cada vez que había demasiado espacio entre los dos, Lola se detenía para permitir que Mayer se acercara. Si se acercaba demasiado, ella se alejaba bailando. Cada vez que estaba a punto de hablar, hablaba con otro hombre. Cada vez que se deprimía, ella se apoyaba contra su costado.

Ella era completamente incapaz de mostrarle a Mayer que estaba halagada por sus acercamientos. Cada vez que se acercaba, su presencia la abrumaba por completo.

Mayer siguió a Lola todo el viaje. La siguió una vez que ya se había subido a su carruaje.

—A 303 Hill Street—dijo y luego ella desapareció.

*****

Unos días más tarde, Abe le pidió a Mayer que se reuniera con él en el comedor.

Llevaba un chaleco tan fluorescente que brillaba por toda la habitación y un blazer de seda que resaltaba los patrones de color burdeos contra las lanzas doradas.

Se sentó y comenzó a gritar.

—May, ya eres un hombre.

—Hmm.

—Y un hombre debe pagar sus deudas.

—¿Qué quiere decir eso?

—Que simplemente no puede tener ninguna deuda.

Después de gritar groseramente, Abe se detuvo para respirar. Luego cambió las palabras por acciones; empujando una colección de papeles sobre la mesa.

Enumeraba una serie de artículos con la escritura de Sadie:

Dieciséis años de alojamiento: 320 libras

Dieciséis años de comida= 103 libras, 15 chelines y 10,5 peniques

Préstamo de libros= 1 libra, 2 chelines y 5,5 peniques

Presentación de Zebedee= 3 peniques

Habían apuntado todo. Todo estaba ahí, desde la cantidad de patatas que Mayer había comido, hasta las prendas que había llevado e incluso había una tarifa de alquiler del traje.

En la parte inferior de la última página escribió un precio en grande y con rojo.

Total adeudado= 453 libras, 7 chelines y 9,5 peniques

Mayer miró a Abe.

—Pe... pero...

—No hay peros que valgan. Puedes pagarlo con una tasa de 5 libras al mes.

—¿Y... qué pasa con el dinero que te ayudé a hacer en el sur de Londres?

—Puedes quedarte aquí durante otros dos años más, pero tendrás que mudarte. Ya no eres un niño.

*****

Mayer decidió pagarle a Abe y a Sadie.

—Uno debe pagar las deudas —se dijo a sí mismo. —Es lo que hay que hacer.

Desencadenó dos consecuencias.

Uno: Mayer tenía que ganar más. Al principio, lo consiguió con turnos extra. Con el tiempo, ganaría un aumento salarial.

Dos: Mayer necesitaba gastar menos. Ya no podía permitirse el lujo de tomar té en el Covent Garden. Ya no podía permitirse asistir a los bailes.

No podía ver a Lola, pero tampoco podía dejar de pensar en ella.

—¿Qué pasa si lo dejo demasiado tiempo y ella encuentra a otra persona? ¿Qué pasa si me olvida? ¿Qué pasa si su padre se acerca a otro pretendiente? ¿Qué pasa si otro pretendiente se acerca a su padre? ¿O su madre? ¿O su gato?

Mayer se tiraba de los pelos. Literalmente. Se formaron manchas desnudas formadas a cada lado de su cabeza.

—Pero —se dijo a sí mismo. —La fortuna es para los valientes.

Se puso su traje y se dirigió a Hill Street, listo para una última tirada de dados...

*****

Toc, toc, toc.

Mayer no tuvo ningún problema con el llamador. Tampoco tuvo ningún problema con el mayordomo que abrió la puerta.

—Le ruego a la compañía de su señor –dijo como si fuera la cosa más natural del mundo.

El mayordomo condujo a Mayer al comedor, donde esperó entre una peperomia y una dracaena. Los geranios perfumados se acercaban a sus fosas nasales y las violetas africanas distraían sus ojos.

Después de varios minutos, Nicholas se reunió con él. Mayer se cuadró, hizo contacto visual, se dio la mano con entusiasmo, desencadenó su sonrisa ganadora y trató de hablar en voz baja.

—El ambiente esta raro. Creo que se aecina una tormenta.

Nicholas ignoró las palabras de Mayer.

—¿A quién tenemos aquí entonces?

—Soy Mayer.

—¿Y qué trae a Mayer por aquí?

—Soy un pretendiente.

—¿Un pretendiente?

—¡Sí!

—¡Ho! ¡Ho! ¡Ho!

—No entiendo.

—No paran de aparecer pretendientes estos días. Todos creen que son adecuados, incluso cuando hay muy poco para lo que son realmente adecuados. La mayoría de las personas no valen para nada. Una demanda legal, tal vez, pero poco más.

—Hmm. Sí, eso es muy cierto, pero ese no es mi caso.

—¿Ese no es tu caso? ¡Qué gracia!

—Soy una buena opción.

—¡Ho! ¡Ho! ¡Ho!"

—En serio, sería lo mejor que podría pasar a Lola.

—¿A Lola? ¿A mi Lola?

—Sí, señor.

—¿Estás aquí para cortejar a Lola?

—Así es.

—Te presentas aquí sin avisar, vestido como un comerciante, sin siquiera una referencia, ¿y dices que estás aquí para cortejar a mi Lola?

—Sí...

—¡Qué descortés!

—Pero...

—¡Pero nada! En todos mis años no había visto nada como esto.

—Si solo me diera la oportunidad.

—¡Vete, chico! No puedes presentarte aquí, con ese traje de pobre y postularte como pretendiente. ¡Marchate!

—Pero...

Las protestas de Mayer no le sirvieron para nada. Nicholas ya se había ido. Su risa ya se podía escuchar emanando de otra habitación.

*****

Algo extraño sucedió esa semana. Llegó una carta dirigida a «Señorito Mayer».

Nadie lo notó aparte de Maggs, que sabía que no debía hacer palanca, por lo que Mayer pudo leerlo solo.

¡Era de Lola! ¡Quería que la llevara a cenar!

Mayer no entendía nada. Lo que acababa de pasar desafiaba cualquier explicación racional. Algo parecido a las náuseas se apoderó de él. Era una sensación difícil de explicar. Como si hubiera tragado agua de mar, sentía la garganta salada, la nariz congestionada y la cabeza anestesiada. Casi se atraganta, pero no se quejó.

Donde falló la razón, reinó la fe.

—Mi persistencia ha valido la pena. Sabía que lo conseguiría. ¡Lo sabía!

Mayer alzo los puños enérgicamente al aire en señal de victoria y abrazó su almohada hasta que se quedo dormido.

FUERA DE LA ZONA DE CONFORT

«Creo que el arte proviene de una cierta sensación de incomodidad con el mundo».
YANN MARTEL

La última vez que visitamos a Archibald le dejamos ahogándose en su propia debilidad.

Ahora volvemos para encontrarlo a punto de ahogarse en su debilidad.

Nada ha cambiado. Pero, ¿por qué? Sin acción no hay reacción. El mundo no cambia para una persona que sufre en silencio.

Hagamos un repaso.

El amor que Archibald sentía por Lola iba más allá de la pureza. Era un ideal, no sin tacha de hechos, no disminuido por la verdad y no restringido por la realidad.

Al mismo tiempo, fue paralizante. Se hizo con el control de los pensamientos de Archibald y le sumió en un mundo imaginario que su mente había creado. Allí se quedó incapaz de moverse y como vemos incapaz de concebir una salida.

Archibald no sabía el nombre de Lola ni dónde podría encontrarla. ¿Cómo podría él decirle lo que sentía por ella? No era solo una cuestión de voluntad, sino también una cuestión de medios. Para Archibald, la sola idea de cortejar a Lola parecía absurda.

*****

Archibald se rindió a la omnipotencia de su imaginación y le fue otorgando a Lola cualidades rocambolescas y pasiones fantásticas. Le dio un nombre imaginario: Angela Gabriella. Se quedaba también dormido en los momentos más inoportunos rendido por la fuerza del amor.

Dormir no le brindó un respiro. Todo lo contrario. Lola se le aparecía más en sueños que durante la vigilia. Tomaba formas diferentes. En un momento aparecía como una nativa, luego como una aldeana, una extraña, una conocida, una proveedora o hasta como una clienta. Por esa razón, cuando Lola y su madre entraron a su tienda después de haber visitado los jardines botánicos, Archibald no tenía dudas. Se trataba de un sueño, al igual que otras tantas veces. Se estaba imaginado que Lola estaba frente a él. Las personas que veía no eran de carne y hueso, eran producto de su imaginación.

Lola tampoco podía creer lo que veían sus ojos. Tuvo que frotárselos y parpadear antes de poder procesar la información.

Ahí estaba él, con esa bonita figura masculina que había visto en Covent Garden. No se había olvidado ni de sus fuertes brazos ni de su abuldados pectorales. Esa imagen se había escondido en los rincones de su mente como un fantasma tenaz.

Y allí estaba ella, la mujer de los sueños de Archibald, con su media melena sobresaliendo por sus hombros, la nariz apuntando a la dirección de Archibald y su inclinado sombrero rosado.

Lola y Archibald inmediatamente sintieron la misma punzada de atracción. No se sentía en sus entrañas, eso es un cliché. Se sintió por los brazos que querían agarrar al otro, en el hormigeo de los dedos de los pies y en la electricidad del vello de su cuerpo.

Sus ojos se volvieron vidriosos, sus dientes castañearon y sus fosas nasales se llenaron con el aroma de la canela; ese aroma que, para ellos, era la verdadera esencia del amor verdadero.

La madre de Lola se acercó al mostrador.

—Por favor, dos jarras de tu famosa miel.

Archibald le acercó un tarro de miel.

—¡Dos!

Archibald le pasó otro.

—Cuatro peniques, por favor.

La madre de Lola se dio la vuelta para irse.

Lola sintió que tenía que hacer algo, cualquier cosacon tal de extender ese momento de felicidad. Entonces hizo un gesto hacia la muñeca de Archibald, cuyo sombrero había llamado su atención:

—¿Está en venta la muñeca de esa silla?

—Supongo. La tengo desde que era pequeño, pero si la quieres puedes quedartela.

Lola se rió, inclinó la cabeza, se cubrió la boca y dobló la rodilla.

—No puedes dármela así sin más, tonto.

—¿Cómo que no puedo? Me temo que me he perdido.

—No deberías porque forma parte de tu infancia.

—Oh.

Lola levanto las cejas.

—Podría hacerte una si quieres.

—Eso sería maravilloso.

Archibald sonrió.

Lola aleteó sus párpados.

—¿No estás olvidando algo?

—No estoy seguro.

—¿Mi dirección, quizás?

—¿Tu dirección?

—Así podrías entregarme la muñeca, tonto.

—Oh, sí, por supuesto.

—Es el 303 de la calle Hill Street, Mayfair y mi nombre es Lola.

Archibald se sonrojó.

Lola se sonrojó.

—¿Y?

Archibald alzó las cejas en señal de sorpresa.

—¿Qué debería darte a cambio?

—¿Darme?

—Tengo que pagar algo.

—¿Tienes?

—Sí, claro.

—Bueno.

—Entonces, ¿cuánto te tengo que dar?

—Lo que quieras.

—¿Cuánto, tonto?

—Cualquier cosa me vale.

—Venga, no me tomes el pelo.

—Oh, no era mi intención. Espero que no te haya sentado mal.

—Y bien

—Un centavo o un penique.

—No es suficiente.

—Oh.

—¿Oh?

— "Bueno, podrías darme lo que consideres adecuado.

Lola soltó una risita.

—Aquí tienes –dijo mientras dejaba tres chelines de plata en el mostrador.
—Espero volver a verte.

Lola pestañeó.

Archibald asintió como un perro.

* * * * *

¡Lola!

El sonido de su nombre lo sorprendió.

¡Lola! ¡Lola!

Repitió esa palabra mil veces y se la susurró al viento como si fuera un exquisito secreto.

¡Lola! Lola! ¡Lola!

Para Archibald, era una palabra mágica. Fue la perfección Fue una dicha.

* * * * *

Archibald estaba tan nervioso cuando llegó a 303 Hill Street que dio media vuelta y se fue. Rodeó Berkeley Square Gardens un total de cinco veces antes de regresar. Luego se fue de nuevo. Hizo cinco vueltas más del cuadrado, luego otros cinco, luego cinco más.

La muñeca de Lola palpitó en su mano sobresaltada.

Vestido con el traje de Raymondo. Tenía la cintura muy ancha y el pecho muy estrecho. Archibald había recotado una figura ridícula. Él también lo sabía.

Su determinación le había llevado a llamar a la puerta de Lola, pero su modestia lo hizo huir.

Oculto en una esquina, vio como Lola recogía la muñeca que había colocado en el felpudo y escuchó sus pasos sobre el suelo de piedra e incluso creyó haber olido su perfume, pero eso fue todo. Lola no le vio y Archibald volvió a casa con las manos vacías.

*****

Archibald pateó, abofeteó y maldijo a sí mismo:

«¿Cómo podía ser tan estúpido? ¿Tan flojo? ¿Tan cobarde? Aaargh! ¡Archibald, Archibald, Archibald!»

Decidió hacer las paces consimo mismo por lo que regresó al día siguiente con uno de sus retratos. De nuevo, le costó varios intentos reunir el coraje para llamar a la puerta de Lola. Y de nuevo, se escapó tan pronto como colocó su boceto en la puerta de su casa.

Lo intentó nuevamente al día siguiente y nuevamente sucedió lo mismo. Ocurrió el día después de eso, y el día después de eso.

Decidido no rendirse, Archibald lo intentó dos veces al día siguiente, cuatro veces al día, y muchas más durante los días y semanas siguientes. Visitó la casa de Lola casi cada hora pasando por Berkeley Square Gardens.

Como resultado, Archibald tuvo que cerrar su tienda. Había perdido tanto dinero que se vio obligado a omitir las comidas. A final de mes, Archibald había perdido peso. Había llamado a la puerta de Lola cientos de veces y había dejado todos sus bocetos, pero no había visto a Lola una vez.

*****

Archibald colocó su silla de manera que mirara hacia la casa de Lola, a muchos kilómetros de distancia; a través de tantas calles, lleno de la confusión de tanto sonido; y a través de tantas plazas, que un día se llenarían de árboles.

Se vistió con el traje de Raymondo, adornó sus muñecas con puños con volantes, recogió su pluma y comenzó a escribir:

«Desde que te vi, sabía que estábamos destinados a estar juntos».

Eso fue todo. Archibald ni siquiera lo firmó. Simplemente lo colocó en la puerta de Lola de la misma manera que había dejado sus retratos.

Entonces la rutina se reavivó.

«Somos la esperanza largamente perdida del amor», escribió al día siguiente. «Somos alegría sin ataduras».

Sigió. «Somos semilla y tierra, juntos haremos bosques». «Somos orugas: Juntos seremos mariposas». «Somos polvo de estrellas: Juntos lo haremos para las estrellas».

Como un bebé, deslumbrado por la luz de su primera primavera, Archibald había apuntado a lo lírico y había logrado lo retórico; cada línea era más larga que la anterior y cada nota era incluso más desesperada.

LOS TOQUES FINALES

«El conocimiento sin justicia debería llamarse astucia en lugar de sabiduría».
PLATÓN

Hugo bebía coñac con Nicholas regularmente.

Era una relación que beneficiaba a ambas partes. Hugo estaba ansioso por escuchar y Nicholas por hablar. Hugo estaba ansioso por aprender y Nicholas por enseñar. Para su gran consternación, los hijos de Nicholas se habían convertido en abogados, por lo que llegó a ver a Hugo, un médico profesional como él, como al hijo que nunca tuvo. Hugo por su parte sentía que finalmente había encontrado un padre.

Lola escuchó a hurtadillas sus conversaciones, con los ojos en dirección a sus aspidistras y las orejas hacia Hugo. De esta manera, llegó a conocerle a través de discusiones en las que nunca habló, actos que nunca realizó y camaradería que nunca vio.

Hugo nunca reconoció a Lola, lo que la hizo desear ser reconocida. Quería sonreírle, saltar y saludarle. Ella quería toda su atención.

Ella se regañó por ello. Hugo no era ni tan entusiasta como Mayer, ni tan apuesto como Archibald y mucho más pobre que sus otros pretendientes. Su rostro era claramente mediocre y su olor era demasiado plebeyo para su gusto. Sin embargo, ella todavía lo encontraba atractivo. ¿Por qué? No tiene ningún sentido.

Lola se reprochaba, hacia las paces consigo misma y luego se lo reprochaba a Hugo y le perdonaba. Dudaba de la realidad y se dio cuenta de sus dudas. No podía confiar en nadie, porque realmente no tenía nada que confiar. ¿Qué podría decir ella? ¿Que se sentía atraída por un chico que no era atractivo ni rico y que no parecía interesado en ella?

Pero este había sido el plan de Hugo todo el tiempo. Hugo sabía que era mediocre. También sabía que hasta la mediocridad podía ser irresistible cuando se colocaba fuera de su alcance.

¿Adán fue realmente tentado por la manzana de la serpiente? ¡Claro que no! Había miles de otras manzanas en el Jardín del Edén. Todas igual de jugosas. Pero solo una de esas manzanas estaba prohibida. ¿Cómo resistirse?

Pobre, humilde y corriente, Hugo era una simple manzana en un vasto huerto. Pero él se había convertido a sí mismo en fruta prohibida y Lola no pudo evitar sentirse tentada. Así que escuchó cuando Hugo habló de cirugía y medicina, y escuchó cuando le contó a Nicholas acerca de una niña que había llamado su atención.

—Creo que estoy enamorado.

—¡Oh, chico, eso es increíble!

Hugo se encogió de hombros.

—¿Quién es?

—Una chica… bueno, ya sabe… La cosa es que…

—¿Sí?

—La cosa es que ella está un poco por encima de mis posibilidades.

—¿Qué va? ¡Ho! ¡Ho! ¡Ho! Estoy seguro de que ella estaría encantada de salir contigo.

Hugo sonrió.

—Eso espero, señor.

—Me atrevería a decir que lo sé.

—Me gustaría poder ser tan optimista. Yo soy un don nadie y ella pertenece a la alta sociedad. Señor, del mismo extracto social que usted. Haría todo lo posible porque fuera feliz, pero no creo que sus padres bendecirían nuestra unión.

—¡Madre mía! ¡Ho! ¡Ho! ¡Ho! ¿De verdad puede esa chica ser tan maravillosa?

—Eso no le haría justicia. Señor, ella es la que pone las estrellas en el cielo por la noche. Ella le da al sol un motivo para salir. ¡Es súper inteligente! Es más fuerte que la mayoría de los hombres y más grande que la vida misma.

—¡Ho! ¡Ho! ¡Ho! Bueno si hay algo que pueda hacer, no dudes en decírmelo. Tal vez pueda interceder hablando con su padre, por ejemplo.

—Quizás —se rió Hugo —seguro que usted podría ser de ayuda.

—Cruzo lo dedos por ello. ¡Ho! ¡Ho! ¡Ho! ¡Toco madera!

*****

Hugo se había asegurado de que Lola escuchara esa conversación, pero no estaba seguro de cómo había reaccionado.

«Compito con ella por la atención de su padre, seguro que me guarda rencor. Ella es de buena cuna, seguro que me menosprecia. Pero soy un romántico, debe adorarme. Si soy un excéntrico, se tendría que enamorarse de mí».

El pesimismo bailó con el optimismo. La esperanza bailaba con desesperación.

Hugo sabía que solo era un huérfano, un ladrón y un asesino de padres. Sabía que la posibilidad de que él impresionara a una chica como Lola era minúscula. Sabía que para tener una oportunidad, cualquier oportunidad, iba a tener que subir de nivel.

*****

Lola giró hacia el callejón que comunicaba Farm Street y Hill Street como hacía a diario. Hugo la había seguido hasta allí en más de treinta ocasiones.

Antes de que ella pudiera llegar al final, una figura harapienta salió de la oscuridad. Su atuendo era otra cosa. Su enorme chaqueta azul estaba llena de agujeros de gusano, los pantalones se habían descolorido por el polvo y un pasamontañas le oscurecía el rostro.

Wilkins levantó la palma de su mano.

—Espera, espera ahí mi amor. Primero tienes que pasar el peaje. Si quieres pasar, tendrás que pagar el impuesto del rey. Con ese brazalete de oro sería suficiente, por poner un ejemplo.

Lola dio un paso atrás, mitad como ofrenta y mitad en desconcierto.

—Muy bien—se rió. —En ese caso no pasaré.

Se giró y volvió por donde había venido.

—¡Muy bien! —Se burló Wilkins. –Le deseo que tenga un día espléndido, señorita. Mis mejores deseos.

Tan pronto como terminó de hablar una segunda figura salió frente a Lola. Su cuello estaba cubierto de saliva y su cara estaba cubierta por una bufanda.

—No... no... no tan lejos —tartamudeó Bib. —Verás, hay un peaje que pagar si tú... tú... quieres pasar. Te lo agradezco amablemente. ¡Por favor!

Lola volvió a entrarse con Wilkins, que la había seguido por el callejón.

—Si quieres venir por aquí —repitió. —Tendrás que pagar con esa pulsera de oro.

—Y si quieres ... pasar por aquí —repitió Bib. —Esa pulsera de oro sería ve ... ve ... muy bonita.

Lola entró en pánico.

Hasta ese momento, a pesar del descaro de Wilkins, había mantenido la calma. Por eso, le tomó la sorpresa cuando un súbito temor invadió su cuerpo. Se le aceleró el corazón, su respiración se volvió irregular y sus músculos se encasquillaron. Se quedo allí parada, paralizada e incapaz de procesar la situación.

—Ese brazalete de oro lo hará muy bien.

—Gra... gra... a ese brazalete. ¡Por favor!

—Dejadla en paz —gritó Hugo mientras corría por el callejón. —¿Quién demonios creis que sois? Idos reptando al agujero del que venís.

Wilkins corrió en la dirección opuesta.

Bib se encontró con Hugo.

Hugo lo empujó al suelo.

—No dijiste na... na... nada de pegar —murmuró Bib inaudible. —Esto no formaba parte del trato.

Hugo pateó el estómago de Bib, en un intento de empujarlo.

El Babas se fue cojeando.

Lola se abrazó a Hugo. Ella lo abrazó con más fervor que nunca antes había abrazado a nadie.

—Tranquila, no pasa nada.

—Me alegro tanto de verte.

Hugo se rió.

—Bueno, eso puedes agradecérselo a tu padre. Él es el motivo por el que estaba pasando por aquí.

—Venga, no me tomes el pelo. Ahora eres mi caballero de brillante armadura, de nadie más.

Lola lo creía de verdad. Era completamente ajena al hecho de que Hugo era el autor de ese numerito. Como de costumbre, una luz deslumbrante es a menudo es más engañosa que la oscuridad. La mayoría de la gente preferiere creer una mentira que aceptar una verdad incómoda.

*****

—Ven —le dijo Hugo a Lola. —Te acompañaré a casa.

—Gracias, eres un caballero. ¿Hablarás esta vez conmigo?

—¿Hablar contigo?

—Sí, tonto, nunca me hablas. Cuando vienes a casa, te comportas como si yo no existiera.

—Lo siento, pero no es cómodo para nosotros los mortales hablar con los ángeles.

Lola se sonrojó, le dio la mano a Hugo y caminaron juntos hasta casa de Lola. Y allí, Lola le contó a su padre lo sucedido.

—De verdad, Hugo, puede que pertenezcas a una clase social más baja, pero en lo que se refiere a tu forma de actuar estás muy por encima de nosotros. Estaría orgulloso de llamarte mi hijo.

Hugo se sonrojó.

—Ven, vamos a hablar. Acabo de abrir una botella de brandy añejo y me atrevo a decir que te lo mereces. ¡Ho! ¡Ho! ¡Ho! ¡Cómo nos lo vamos a pasar!

Nicholas condujo a Hugo a la sala de la mañana, donde hablaron durante dos minutos antes de que alguien llamara a la puerta. Después de otros cinco minutos, Nicholas fue a saludar a su visitante.

Hugo esperó durante un tiempo en el que no se oía ni una mosca y otro lleno de ruido.

—Te presentas aquí sin avisar, vestido como un comerciante, sin siquiera una referencia ¿y te atreves a decir que estás aquí para pedirle la mano a mi Lola?

Pausa.

—¡Qué vulgar e inapropiado! Hace falta tener valor.

Pausa.

—Anda márchate. Vete chico. Venir aquí, vestido de esa forma y hacerse pasar por un pretendiente. En mi vida había visto algo así.

*****

Nicholas estaba al borde de la apoplejía. Su rostro había adquirido la complexión de bayas aplastadas y su barba era deforme. Su aroma normal, de pastel de carne, había cedido el paso al hedor de la furia incontenible.

—¡Nunca, nunca!

—¿Qué pasa?

—Que esto me huele mal, eso es lo que pasa. Un sinvergüenza ha venido a cortejar a mi Lola. ¿Puedes creerlo?

—Sí, señor.

—¿Sí?

—Es una señorita por la que merece la pena arriesgarse.

—¡Ho! ¡Ho! ¡Ho!

Lola entró.

—Oh, papá. No seas tan duro, es inofensivo.

—Me atrevo a decir que es tonto.

—Es amable.

—¿Te gusta?

—No me disgusta.

Nicholas arrastró los pies, incómodo, como si estuviera sentado en un puercoespín.

—¿Tú qué opinas, Hugo?

—Supongo que debería ser una decisión de Lola. Ella es una mujer fuerte y las mujeres fuertes siempre consiguen lo que quieren.

—¡Ho! ¡Ho! ¡Ho! Pero él no es el inapropiado para ella, ¿no lo crees?

—Creo que Lola ha dejado de ser una niña y es muy inteligente. Si ese pretendiente no es el adecuado para ella, estoy muy seguro de que se dará cuenta.

Lola sonrió y le lanzó a su padre una mirada de complicidad. Estaba a punto de empezar a hablar, pero se acordó de algo y se volvió hacia Hugo.

—¿No nos hemos visto tú y yo antes?

—Sí he venido aquí en varias ocasiones.

—No, no es eso. ¿No te conozco de otro lado?

—¿La tienda donde te presté mi chaqueta?

—No, no es eso.

—¿El callejón?

—¡No, no, deja de decir tonterias!

—Creo que te refieres a esa vez en el Covent Garden.

—¡Sí, así es! Eres el amigo de Mayer. Le defendiste en ese momento y le vuelves a defender ahora. ¡Oh, realmente eres un buen amigo!

LOS MEJORES PLANES

«El autoengaño es cuando acabas creyendo lo que querías creer desde el principio.

Así es como muchos de nosotros nos enamoramos».
CLANCY MARTIN

Mayer estaba confundido. Nicholas había sido bastante claro: él no era quien para cortejar a Lola y la propia Lola le había rechazado en varias ocasiones. ¿Por qué iban a tener una cita?

Mayer no estaba seguro.

Sin embargo, esta fue la menor de sus preocupaciones. Una cuestión mucho más importante ocupaba su cabeza.

«¿A dónde debería llevarla? ¿Que debería hacer?»

Mayer sabía que solo tendría una oportunidad. ¿Cómo podía sacar el máximo partido?

*****

Desde que se comprometió a saldar la deuda con Abe y Sadie, Mayer se había obligado a comer solo tres trozos de pan durante la comida. Eso es lo que se disponía a hacer cuando se sentó en un banco en St. Martin's Gardens. Colocó un pañuelo en su regazo y comenzó a masticar un currusco.

Dos chicos a los que no reconoció, Wilkins y Bib, se sentaron a su lado y comenzaron a hablar entre ellos.

—¡Hueles a pe... pe... pescado!

—Cierto.

—¿No lo niegas?

—¿Para qué?

—¿Or... or... orgullo?.

—¿*Or... or... orgullo?* ¿Tú me vas a hablas a mí de orgullo? Le insulta el ciego al tuerto.

—¡Eh, cuidado con lo que dices!

—Nada de *eh*. Mañana yo no voy a oler a pescado y tú seguirás siendo saco ambulante de verrugas y flemas.

El Babas sacudió la cabeza.

—Entonces, ¿por qué hueles a pe... pes... pescado?

—Nunca lo adivinarás.

—Oh.

—He estado trasportando marisco.

—Oh.

—Una genialidad, ¿eh?

—En verdad, no.

—No.

—Entonces, ¿por qué has estado llevando pe... pes... pescado?

—Marisco.

—Marisco.

—Estoy currando para el viejo Fish Breath, abajo en los muelles. Me paga por hacer entregas de puerta en puerta. Solo cuando los otros transportistas están ocupados.

—Hay una chica en Mayfair. Lola se llama… es guapísima. Bueno, le encantan las ostras y lo que quiere, lo consigue. Así que he estado transportando paquetes para ella desde diferentes puntos de la ciudad.

—¿Y es por eso hueles?

—Sí, por eso huelo.

—Ah, vale.

—No todo es tan malo. A esta chica también le encantan las plumas y los libros de poesía. He estado llevándole un montón de esas cosas.

—Eso no aa… ape… apesta.

—No.

Mayer sonrió. Sintió como si los astros se estuvieran alineando y esa era la forma en que el universo decía que él y Lola estaban destinados a estar juntos.

Terminó su pan y regresó al trabajo con otro talante.

El Babas y Wilkins fueron en busca de Hugo, quien les pagó por haber tenido esa conversación.

*****

Lola había aceptado ver a Mayer por tres razones:

La primera era fastidiar a su padre. Ella era una mujer fuerte y odiaba que su padre se inmiscuyese en sus asuntos.

La segunda era que se estaba enamorando del encanto de Mayer. De todos sus pretendientes, Mayer era su favorito.

La tercera razón era que pensaba que las cartas que Archibald le enviaba provenían en realidad de Mayer. Él era la única persona que sabía que sería tan insistente.

Cuando Archibald escribió: «Somos semillas y tierra: Juntos haremos bosques». Pensó que era lo más tierno que le había dicho nunca. Además al leerlo a Lola se le escapó la risa.

«*¿Seremos bosques?* ¡Oh, Mayer, cómo eres tan tonto!»

Cualquier hombre que pueda hacer reír a una mujer tiene la mitad del terreno ganado. A Lola le hacían gracia las ocurrencias de Mayer y pensó que incluso podría disfrutar de una velada en su compañía.

*****

Rat-a-tat-tat. Rat-a-tat-tat '.

Lola apartó al mayordomo. Su cuerpo estaba bañado en magenta, su cabeza estaba coronada de plata, y su nariz estaba lista para una cruzada.

—Hola –aplaudió ella.

—Hola —respondió Mayer. —¿No es maravilloso? El sol siempre brilla por ti.

—Oh, compórtate, tonto. Es solo un día normal de invierano.

—Bueno, entonces, debes ser tú lo que brilla.

—¡Pfft! ¿Tienes algodón de azúcar en el cerebro?

Mayer le dio a Lola un ramo de plumas arrancadas de las colas de los faisanes, los hombros de los gansos y las capas de los gallos. Habían sido teñidos de varios tonos de oro y envueltos en un cono.

En total, era una llamativa mezcla de opulencia y ostentación. Para conseguirlo, Mayer se había gastado un dinero que no tenía para causar una impresión que no duraría en una chica que no conocía.

No se arrepintió.

—¿Plumas? —preguntó Lola.

—¡Plumas!

—¡¡Achús!!

—¡Salud!

—Gra... gracias. ¡¡Achús!!

—¿Estás bien?

—De... de maravilla. ¡¡Achús!!

Lola le pasó esas plumas al mayordomo antes de que su reacción alérgica empeorara. Sus fosas nasales ya estaban vibrando y su nariz ya estaba a punto de colapsar.

—Son encantadoras. Ven, vamos. Veo que tienes un carruaje esperando.

Mayer tomó la mano de Lola, la condujo por los escalones, abrió la puerta del carruaje y ayudó a Lola a entrar.

—Bueno, —dijo una vez que se estaban moviendo.

—Bueno —respondió Lola.

Cabalgaron en silencio rozándose con las rodillas, hasta que Mayer reunió el valor necesario para hablar.

—*Camina   bella,   como   la   noche*

De climas despejados y de cielos estrellados,
Y todo lo mejor de la oscuridad y de la luz
Resplandece en su aspecto y en sus ojos...

—¿Qué estás haciendo?

—Recito a Byron.

—Por favor, no.

Lola le dio un suave apretón al muslo de Mayer.

Continuaron su viaje, desembarcaron, entraron en un restaurante, subieron las escaleras y salieron a una terraza apartada en la azotea. Los edificios estaban de pie a ambos lados del centinela, convirtiéndose en niebla y convirtiéndose en piedra. Un dosel de estrellas flotaba sobre ellos. La moción de Londres resonó dentro de ellos. El aire acarició su piel.

Hubo un momento de silencio incómodo y un momento de conversación incómoda. Entonces, un camarero se acercó, sosteniendo una fuente de ostras sobre su cabeza.

—¡La comida de los amantes —anunció Mayer. ¡Ven a comer! Por el amor a la comida y el amor más importante de todos: ¡el nuestro!.

Lola arrugó la nariz y apartó la mirada. Se le había cerrado el estómago.

El olor le estaba ahogando. No había nada que odiara más que el marisco. Solamente de pensarlo le daban ganas de vomitar.

Lola se levantó.

—Yo... yo... no puedo hacer esto. Mira, eres muy tierno y has hecho un gran esfuerzo. De verdad eres encantador. Pensé que podrás ser el indicado pero hoy me he dado cuenta de que me equivocaba. ¿Plumas? ¿Poesía? ¿Ostras? ¡Uf! Claramente no estamos destinados a estar juntos. Somos totalmente opuestos.

Lola robó el silencio de la boca de Mayer:

—Perdóname.

Ella tensó sus mejillas, levantó los hombros y se fue.

Mayer se congeló.

*****

Mayer se vio obligado a aceptar su situación, pero se negó a aceptar la verdad.

Se dio cuenta de que necesitaba dejar de cortejar a Lola, tomarse un descanso y recomponerse, pero se negó a dejar de quererla. Lo consideraba su deber.

Estaba seguro de que Lola era la única.

Nuestro amor es eterno, es decir, ella estuvo de acuerdo en salir conmigo. Estoy seguro de que me quiere. Sí, ella me ama. Solo tengo que confiar en su amor.

EL LAGO DE LOS CISNES

«Cuando tengas dudas, sé ridículo».
SHERWOOD SMITH

Archibald se quería morir.

Sabía que tenía que decirle a Lola lo que sentía. También sabía que en el momento en el que pusiera un pie en su puerta, saldría corriendo. Por esa razón pensó que lo mejor era atraerla a un terreno neutral.

Cogió una de sus notas, la dobló en diagonal, la desdobló y juntó sus esquinas. Dobló y desplegó esa nota hasta que se convirtió en un cisne de origami.

Antes de darse cuenta ya había convertido todas sus notas en cisnes de origami.

Entonces por fin se le ocurrió una idea.

*****

Lola entró en la puerta de su casa. Llevaba un sombrero tan grande que sombreaba cuatro metros cuadrados del suelo. Vio un cisne de papel al lado de sus pies, lo recogió, lo desdobló y leyó el mensaje en el interior.

¡Hoy es el primer día del resto de nuestras vidas!

«Oh Mayer, ¿nunca te rindes?»

En ese momento vio un segundo cisne.

No ignores el amor, por el bien de tu salud. Toma la decisión correcta, gira a la DERECHA.

Lola giró a la derecha, donde encontró un tercer cisne y luego un cuarto. Los cisnes formaban un caminito que le guiaba a través de casas grandes, enormes carruajes, grandiosas personas e inmundicia.

Los árboles crujían, mareados por las premoniciones de la lluvia. Los pájaros revoloteaban, anticipando el aire amistoso. Las ondas bailaban en charcos miasmáticos, el barro se congelaba y la basura se saltaba con un vertiginoso abandono.

Lola se metió en el juego sin preocuparse lo más mínimo y totalmente intrigada.

Un cisne le dijo: *Cruza tu corazón y espera amar. EL CAMINO a tus pies y el cielo sobre tu cabeza.*

Otro: *MIRA ADELANTE, hacia el futuro, olvida el pasado. El tiempo es fugaz, pero lo nuestro no.*

Luego: *Con TENEDOR o con cuchara, nada SOBRA. Nos encontraremos muy pronto.*

Lola continuó por Deanery Street, cruzó Park Lane y pasó por Hyde Park.

Mil millones de briznas de hierba se unieron para formar una alfombra exquisita y un único árbol separado para formar una galaxia de hojas.

Lola saltó por un camino y saltó por otro; seguir a esos cisnes, leerlos, doblarlos y acunarlos en su blusa.

Con las hojas oxidadas acariciándole los tobillos y la pelusa de diente de león en el pelo, llegó a un café que daba al Serpentine.

Un cisne sentado en una de las mesas.

Aquí estamos, esta es nuestra cita. El principio de nuestra historia, ni un segundo demasiado tarde.

Lola observó a la clientela: un anciano y su joven esposa, una chica con un vestido que ya estaba en las últimas, hombres con bigotes y mujeres con ojos salvajes.

«¿Dónde está? No reconozco a nadie aquí».

Ella pidió una infusión de manzanilla. Y luego otra.

Esperó y esperó.

*****

Archibald estaba sentado en una mesa cercana escondido tras un periódico, sin el coraje de mostrar su rostro. Algo le estaba frenando.

No le importaba.

Lola estaba allí, al igual que él. ¡Estaban allí juntos! En la mente de Archibald estaban teniendo una cita. Le palpitaba el corazón, su frente brillaba con sudor imaginario y sus orificios hormigueaban con placer tántrico.

Ese aroma dulzón de canela, que para él era la esencia misma del amor puro, flotaba desde su copa en vapores humeantes.

Lola olió la canela. Jugaba con su nariz..

Lola sonrió.

¡Archibald había hecho sonreír a Lola! ¡Ella se estaba enamorando de él! Él lo sabía, ¡lo sabía!

Sabía que era el comienzo de un para siempre. Dejarían de ser dos almas para convertirse en una sola. Se unirían en matrimonio, en la vida y en el amor. Vivirían juntos, se amarían y harían el amor juntos, tendrían hijos juntos y serían uno, para siempre y por siempre.

Archibald sintió que podía andar por el aire; ligero, libre e invencible. Él no sintió la necesidad de mostrarse a sí mismo. Él no sintió la necesidad de hacer nada en absoluto.

*****

Lola estaba confundida.

«¿Tanto esfuerzo para luego darme calabazas? Pfft! No hay quien entienda a los hombres. Son más extraños que un día de niebla y mucho menos predecibles.

Su té se enfrió.

Esperó, quería esperar. Quería que su estado de ánimo durara. Quería conocer a su pretendiente. Él no se presentó, por lo que pidió la factura con desgana.

La factura nunca llegó.

—Tu factura ya está pagada —le dijo el camarero. —Y esto es para ti.

Le dio un cisne a Lola. Lleno de arrugas y pliegues, carecía de la estética de sus otros cisnes, pero a Lola no le importó. El juego volvía a empezar.

Su corazón cambió el ritmo, sus pies y su cuerpo se electrizaron sin ritmo o razón. Leyó esas palabras garabateadas y se puso en acción.

PROPUESTA INDECENTE

«Es más fácil engañar a la gente que convencerlos de que han sido
engañados».
MARK TWAIN

Amar es arriesgar.

Archibald era demasiado tímido para correr ese riesgo.

Hugo no.

Se escabulló en el jardín de Lola, como si hubiera vuelto al pasado en el
que tenía que ganarse la vida rebuscando en el barro y se deslizó en su casa
a través de una ventana abierta.

No había un alma.

Hugo caminó de puntillas por la sala gigante, subió las escaleras frondosas
y entró en la habitación de Lola: el corazón de su santuario interior. Cuatro
cartas sobre la cama. Cuatro estanterías en cada pared. Cuatro plantas en
cada estante. El dulce y fresco aroma de la magnolia. El aroma de la
virginidad. El olor de la carne.

Hugo violó ese espacio con sus ojos; descubriendo una mesa cubierta de
cosméticos y una pila de bocetos cubiertos de líneas.

Sintió el amor en cada trazo como si fuera el suyo. Su corazón dio un
vuelco y se le revolvió el estómago. Se le contrajo el diafragma y sus
pulmones se expandieron. Su cuerpo se estremeció y le pitaron los oídos. Se
estabilizó. Vio una pila de notas encajadas entre algunas plantas zeezee.

Vio la belleza en su ingenuidad y la humanidad en estado puro, no
adulterada. Ansiedad, debilidad y falta de esperanza. El temblor de la
infatuación fusionado con la esperanza y la desesperación. Sintió como le
hablaba directamente a él, reavivó un sentimiento con el que una vez había
estado familiarizado. La misma sensación la había vivido en sus propias
carnes cuando fue expulsado de St Mary Magdalen y cuando Jonathan Wild
lo atrapó. Un sentimiento simple y complejo: miedo.

Sintió el miedo del autor como si fuera el suyo.

«¿Quién podía escribir tales cosas? ¿Quién podría crear ese tipo de arte?»

Hugo buscó pistas.

Miró las violetas, las rosas y las begonias de Lola. Sintió la suavidad de su
cama y la dureza de sus muebles y se perdió en el papel pintado que se
extendía por todo.

Entonces lo vio entre cuatro cactus. Reconoció aquella muñeca nada más
verla.

«Archibald. Oh, querido, bendito Archibald».

Se lamentó por su amigo, pero sintió que tenía que usurpar su identidad.

Archibald se había convertido en un buen ejemplar gracias a las acciones
del propio Hugo. Hugo estaba seguro que la condición física de Archibald le
favorecería a ojos de Lola. No iba a permitir que eso sucediera. Quería a su

amigo, pero quería más a Lola. *Eros* aplastó *philia*. Hugo estaba decidido a aplastar a sus enemigos.

Tomó un retrato y se fue de puntillas.

*****

Un hombre honesto sigue su corazón. Un hombre sensato sigue a su mujer.

Hugo siguió a Lola y vio a Archibald desplegar sus cisnes.

Él recogió uno.

Camina hacia nuestro futuro, camine recto hacia el frente. Pasa las hojas verdes y las rojas.

Hugo hizo una mueca. Esperó y siguió a Lola hasta un café, donde vio a Archibald.

«Mierda. Llego muy tarde».

Mientras esperaba que Archibald se adelantara, Hugo se pasó las uñas por el borde de un árbol y se mordió la parte superior del labio.

Archibald no se movió.

Hugo no podía creer su suerte. Sacó un papel de su bolso, escribió su propio mensaje y lo dobló, usando el cisne que había elegido como guía.

Basta de té, suficiente pastel. Vamos a alimentar a los cisnes, abajo por el lago.

Hugo pagó la cuenta de Lola, le dio una generosa propina al camarero y le pidió que le diera el cisne a Lola. Luego se dirigió al banco que Lola visitaba cada mañana.

*****

Hugo se levantó y sonrió.

Lola se puso blanca.

—¿Tú? —preguntó ella.

—Yo.

Lola abrió la boca.

Hugo le pasó el boceto que había robado.

—¿Tú?

—Yo.

—Estoy sorprendida.

Lola se estremeció.

En ese mismo momento lo sintió. En sus narices tenía a un caballero que la había salvado de la lluvia y de sus asaltantes. Alguien que había defendido a su amigo antes de hacer un movimiento. Alguien romántico que había escrito sus notas, dibujado sus cuadros y la había enviado a una búsqueda del tesoro. Un hombre respetable, que se había ganado el afecto de su padre, alguien parecido a ella, que se había sentado en su banco favorito.

¿Podría esperar algo más?

—¿Tú?

—¡Yo!

Lola cayó de rodillas.

—Cásate conmigo –le pidió ella.

—No —se rió Hugo. —Lo has entendido todo mal. Así no es como se hace.

—Oh, perdona, tengo muy poca experiencia en estas cosas.

—No pasa nada.

Hugo se arrodilló.

—Cásate conmigo —dijo.

—¿Qué has hecho tú mejor que yo?

—Te lo he pedido yo y es cosa de hombres.

—Bueno, no me importa no hacer lo que se supone que tengo que hacer. Te he preguntado yo primero, así que merezco una respuesta. Ahora, Hugo Crickets, ¿te casarás conmigo?

—¡Sí! —Hugo se rió. —Por su puesto que lo hare. Y ahora, déjame a mí: Lola, ¿te casarías conmigo?

—Lo pensaré.

—Oh.

La conversación se detuvo. Las nubes dejaron de moverse. Un haz de luz rosa resaltó las partículas de polvo en el aire, que también parecían dejar de moverse, como si también estuvieran esperando una respuesta.

—Ya me lo he pensado.

—¿Y?

—Creo que lo probaré, estoy seguro de que será dulce como las fresas con nata, y si no funciona, siempre podemos reírnos con nuestros amigos. Estoy seguro de que no tendrán inconveniente.

—¡Estupendo!

—Pero debes prometerme una cosa.

—Cualquier cosa.

—Nunca me hagas comer ostras.

—Lo prometo.

—Bueno. Ahora llévame a casa.

FINALES FELICES

Nicholas estuvo de acuerdo con la unión.

Una parte de él se inclinaba a rechazarla. Hugo estaba por debajo del estatus social de su familia, tanto en clase como en ingresos, pero le caía bien aquel chico y la reacción de Lola cuando le dio un sombrero rosa gigante le dijo todo lo que necesitaba saber: Lola estaba enamorada. Había empezado a sufrir ataques improvisados de sonrisas, le golpeaban los pies cada vez que se sentaba y sus flores estaban aún más fragantes que antes.

—Tengo que pedirte algo —le dijo Nicholas a Hugo.

—Sí, señor.

—Tienes que prepararte para ser médico. No tendré un humilde cirujano en mi familia.

—Oh.

—¿Oh?

—Lo siento, pero no podría permitirme ir a la universidad.

—Bueno, entonces, supongo que tendré que pagártelo.

—¿Lo hará, señor?

Voy a hacerlo.

Hugo abrazó a Nicholas.

—¡Ho! ¡Ho! ¡Ho! —Nicholas se rió entre dientes. —Tengo tres consejos para ti.

—Sí señor.

—Cásate con una mujer que no te mereces y compra una casa que no puedas pagar. De esa forma, tendrás una razón para ir al trabajo cada mañana y una razón para regresar cada noche.

—Sí, señor.

—O admites que estás equivocado aunque no lo estés o te defiendes y lo admites más tarde.

—Sí, señor.

—Es la intención lo que cuenta. Ayuda mucho que la intención cueste dinero.

—Sí, señor.

—Y recuerda decirle a tu esposa que la quieres todos los días. Asegúrese de que sus hijos oigan.

—Son cuatro cosas.

—Y aquí hay un quinto: No le preguntes a tu suegro.

—Lo siento, señor.

—¡Ho! ¡Ho! ¡Ho!

*****

—Me caso –le dijo Hugo a Archibald y Mayer la próxima vez que quedaron.

Estaban caminando hacia Las Tres Herraduras, después de haber visto a Archibald luchar. Lambeth estaba en un sueño gimiente; el rocío brillaba en la penumbra del crepúsculo y las abejas volvían a sus colmenas.

—¡Felicidades!

—Su nombre es Lola.

Hugo sonrió. No pudo evitar sentirse eufórico.

Archibald y Mayer hicieron una mueca. No pudieron evitar sentirse abatidos.

Hugo sintió su desesperación y ellos sintieron la euforia de Hugo. Todos, por lo tanto, sintieron una bonita ambivalencia. La euforia neutralizó la desesperación, el amor neutralizó el odio y todos fueron al pub donde ahogaron penas y aplaudieron su éxito sin estar del todo seguros de si estaban celebrando o de luto.

—Quiero que los dos seáis mis padrinos —dijo Hugo mientras caminaban —No podría ser de otra manera.

Archibald agarró a Hugo por los hombros y Mayer le acarició el pelo. Esperaron a que se fuera, luego se volvieron a mirar cara a cara, sincronizados, y pronunció las mismas palabras.

—Bebamos para olvidar.

*****

Así que terminó la persecución.

Para Archibald y Mayer, Lola había sido la mujer de sus sueños. Hugo les había dejado al margen. Se había convertido en el hombre de los sueños de Lola.

Mayer había sido persistente, Archibald había sido poético, pero Hugo había triunfado con lo prosaico. Se casó con Lola, se entrenó para convertirse en médico y se mudó con su nueva esposa.

Archibald y Mayer se vieron obligados a seguir adelante con sus vidas.

CONSECUENCIAS

SUPERÁNDOLO

«Lo único que permanece constante es el cambio».
HERACLITO

La vida nos obliga a volver a nacer muchas veces.

Nuestros tres héroes ya habían nacido en tres ocasiones distintas: cuando sus madres les dieron a luz, cuando se separaron y cuando se volvieron a reunir.

Estaban a punto de renacer una vez más.

Estaban a punto de nacer de dinero, poder y amor…

DE PODER

«Todo en la vida está relacionado con el sexo, excepto el sexo.
El sexo es una cuestión de poder».
OSCAR WILDE

Archibald todavía sentía el amor de Hugo por Lola como si fuera el suyo.

Y se odiaba por eso. Odiaba la forma en que había dejado escapar a Lola, sin siquiera tener el coraje de acercarse a ella.

«¿Cómo podría ser tan débil? ¿Tan cobarde? ¿Tan patético?»

Se sentía peor por el hecho de que no era nada nuevo. Al igual que su tío, Archibald siempre había sido débil. Y, al igual que ese hombre, se vio a sí mismo soportando un destino similar, aplastado por sus compañeros, mientras el mundo pisoteaba su cuerpo.

¡Era un marica! Sus matones habían tenido razón todo el tiempo.

Odiaba eso, se odiaba a sí mismo y estaba decidido a hacer algo al respecto.

«¿Qué me hace falta? ¡Poder! ¿Qué necesito? ¡Poder! ¿Qué voy a buscar? ¡Poder! ¡Poder, poder, poder!»

Fue un momento decisivo. Supuso la muerte de su inocencia y el nacimiento de un Archibald nuevo y más beligerante. Decidió que nunca más iba a actuar como si fuera un cobarde, no iba a reprimir sus instintos y no volvería a dejar que nada ni nadie se interpusiera en su camino.

Como un toro que había visto la capa de un torero, pateando el casco, Archibald estaba listo para luchar.

*****

Archibald estaba decidido a ganar poder sobre dos grupos diferentes de personas: hombres y mujeres.

Intentaría dominar a los hombres en el ring, derrotando a todos los que se interponían en su camino. Se iba a convertir en el luchador más fuerte, más respetado y más brutal de Londres.

A las mujeres las dominaría en la cama.

*****

Londres era la capital sexual de Europa. Según una estimación, era el hogar de cincuenta mil prostitutas.

El hambre obligaba a muchas mujeres a vender sus cuerpos. La agresión de los proxenetas y los buscavidas obligó a muchas otras. Algunas mujeres fueron preparadas desde temprana edad. A otras las engañaron con la promesa de un empleo respetable y luego traficaron con ellas desde Francia. A algunas las mantenían hombres con recursos, algunas vivían solas y otras moraban en los burdeles.

Archibald, sin embargo, no tenía dinero para esto. Como un pescador obligado a conformarse con las sardinas cuando no se podía atrapar un eglefino, solo le quedo buscar el amor en los brazos de las trabajadoras sexuales con la clase social más baja de todas: trabajadoras sexuales que vagaban por los parques.

Se escondían en la oscuridad, detrás de arbustos y en bosques. Se cuidaban de no mostrar su apariencia a la luz del día y se sabía que hacían cualquier cosa por un chelín. Nada en absoluto...

*****

Archibald localizó a su presa.

Shabby llevaba una falda sucia, un sombrero ajado y unos zapatos viejos. Estaba hinchada, disipada, borracha por la necesidad y el sufrimiento. Ni era agradable de mirar, ni olía a rosas. Se podía decir que su cuerpo no veía el agua o jabón muy a menudo.

Vieja, incapacitada y harapienta, era exactamente el tipo de mujer que Archibald estaba buscando.

Cuanto más fea fuera ella, más guapo parecería él en comparación. Cuanto menos valiosa parecía, más digna parecía. Cuanto más débil fuera, más fácil sería dominarla.

Esa mujer, Maggie Fletcher, no siempre había estado en esa situación. Hija de un cura había trabajado como institutriz enseñando a dos muchachas jóvenes, antes de fugarse con el hijo de la familia. Cuando su suegro murió, la asignación de su marido se redujo. Él perdió su herencia en un casino parisino, regresó a casa y se voló los sesos. Al día siguiente, Maggie encontró una carta que decía que su matrimonio había sido una farsa.

Maggie podría haber regresado junto a su familia, pero su orgullo no se lo permitiría. En lugar de eso, se enamoró del marido de una amiga, que la cortejó, le prometió casarse con ella y luego la abandonó. Durante diez años, pasó de un hombre a otro, compartiendo su cuerpo con cualquiera que quisiera pedirlo. La enfermedad la devastó, la decrepitud le robó su belleza y la discapacidad le robó la alegría.

Maggie se negó a ir al asilo y era demasiado fea para encontrar trabajo. Debatió si convertirse en monja, pero sintió que había pecado demasiado. Así acabó convirtiéndose en lo que es ahora. Trabajaba cuando necesitaba dinero, y era frugal, por lo que no necesitaba dinero con demasiada frecuencia.

Archibald la arrastró a un arbusto.

—Shhh —dijo cuando ella trató de protestar. —Aquí el que manda soy yo.

Le tapó la boca, se bajó los pantalones, penetró a Maggie, pensó en Lola y de esta forma perdió su virginidad.

Tan pronto como Maggie comenzó a gemir, Archibald la silenció. Tan pronto como comenzó a llegar al clímax, se retiró en un ataque de pánico y arrojó cuatro peniques en la dirección general de Maggie. Casualmente los mismos cuatro peniques que había recibido de la madre de Lola.

Él se dio vuelta para irse.

—¿Nos volveremos a ver? —preguntó Maggie.

—La verdad es que no. *Vini, vidi, venci.* Ahora tengo otras batallas que librar.

—Gracias por el servicio, eres una chica encantadora.
*****

Archibald era un buen luchador, pero no un gran luchador. Vencía a sus oponentes, pero nunca los abatía.

Eso cambió

Archibald estaba lleno de odio hacia sí mismo. Estaba furioso por no confesarle su amor a Lola, por no haber plantado cara a sus agresores y por no haber protegido a Ruthie y a Raymondo.

Liberó esa rabia contra todos sus oponentes. Cuanto entraba en el ring, lo daba todo. Se avalanzaba contra ellos y los agarraba con tanta fuerza que sus dedos se clavaron en su carne. Los levantó tan rápido que sus ojos no pudieron mantener el ritmo y los arrojó tan violentamente que el suelo se estremecía de incomodidad por el impacto.

La multitud lanzaba al unísono un grito ahogado.

Archibald arrasaba con casi todos los luchadores que se interpusieron en su camino. Era emocionante, la adrenalina subió por sus venas. Era algo tóxico que le elevaba más y más alto. Era vivificante, pero no suficiente.

Archibald quería más. Más poder, más control, más recompensas. ¡Más, más, más y más!

Ganaba casi todas las competiciones en las que participaba y en cada victoria recibió una suma de dinero. Seguía durmiendo en el piso de su tienda. Sobrevivió, pero no prosperó.

Y entonces fue cuando sucedió. Un agente de apuestas le abordó. Llevaba la cara escondida tras la sombra de un sombrero inclinado hacia abajo, con el cuello también oculto cubierto y una voz amortiguada por un frío gutural.

—Puedo hacerte rico —gruñó casi en silencio como con un ronroneo.

Archibald frunció el ceño.

—¿Cómo de rico?

—Más rico de lo que eres ahora.

—Eso no es difícil.

—Tampoco te pido que hagas algo difícil.

Archibald miró a ese hombre de arriba abajo.

Todo sobre él estaba endurecido. Sus nudillos eran demasiado huesudos y los huesos sobresalían más de lo normal. La barba de papel de lija le cubría la barbilla, los pliegues irregulares le cubrían los labios, y el pelo delicado le camuflaba las manos. Esto lo hizo parecer duro, a pesar de que era pequeño de estatura y poco ancho. Parecía marchito, mundano incluso, a pesar de nunca haber salido de Londres.

—¿Qué es lo que propones? —preguntó Archibald.

El hombre casi sonrió.

—Quiero que inicies una pelea.

Archibald negó con la cabeza.

—¡Nunca! —escupió. Y tras esto se marchó.
*****

De nuevo, Archibald volvía estar preso de sus pensamientos.

«¿Por qué no debería tomar el dinero? Trabajo duro y lucho bien. Me merezco ese dinero, ¿realmente importa cómo lo obtenga?»

«¿Por qué debería jugar según las reglas? Las personas poderosas no siguen las reglas de otras personas; ellos hacen sus propias reglas y tampoco se limitarían con un premio insignificante. Cogerían cualquier dinero que pudieran obtener».

Al principio, Archibald había desconfiado del aquel hombre con el sombrero. Ni él, ni su dinero, ni su propuesta le habían inspirado confianza. Sin embargo, cuantos más vueltas le daba, más se daba cuenta de que se le estaba ofreciendo la oportunidad de adquirir poder.

Era una oportunidad que se sintió obligado a aceptar...

*****

El hombre de sombrero se dejó ver en la siguiente competición de Archibald.

En la dura mirada de Archibald podía leer que estaba interesado. Sus ojos decían «Déjame en paz», pero también «Vamos, ¿qué te lo impide?»

El hombre se acercó.

—Estás listo.

—¿Tienes el dinero?

—Un chelín si llegas a la final.

—Una libra.

El hombre jugó con su lengua.

—Dos chelines.

—Soy el jefe y establezco el precio: una libra.

El hombre hizo una pausa, miró hacia un lado y luego a Archibald.

—Tres chelines.

—No.

El hombre se encogió de hombros y se alejó.

Archibald hizo carne picada de sus oponentes, navegando por un sendero fácil hacia la final.

El hombre se acercó de nuevo:

—Seis chelines.

—Diez y la próxima vez serán doce.

—Trato hecho.

Se dieron la mano.

Archibald lanzó la pelea.

La multitud aullaba con burla. Sus agudos y fuertes abucheos retumbaron desde las vigas y resonaron profundamente en el pecho de Archibald. No le afectó. Tenía poder sobre esa multitud. Tenía el poder de ganar y perder. Poder para entretener y aburrir, deleitar y decepcionar, sorprender y aturdir.

Lo hacía sentir majestuoso, pero no lo satisfacía. Él todavía quería más.

*****

Por primera vez en su vida, Archibald tuvo un pequeño gasto de dinero. No era mucho, pero era suficiente para él comenzar a frecuentar esas casas de mala reputación donde las trabajadoras sexuales recibían alojamiento y comida a cambio de una gran parte de sus ganancias; donde las excavaciones eran tan baratas, las sábanas solo se cambiaban una vez a la semana; y donde las madams se sentaron atrás y se hicieron ricas, mientras que sus chicas se relajaron y fueron devastadas.

Cuando no tenía dinero, Archibald permitió a los pervertidos mirarlo a través de mirillas en la pared, a cambio de lo cual recibía un descuento. En otras ocasiones, Toms lo miraba a través de esos agujeros sin que él lo supiera. En una ocasión al darse cuenta, Archibald introdujo un dedo a través del agujero. Estuvo tan cerca de cegar a un hombre, que cuando lo retiró, descubrió una lágrima cristalizada en su dedo. En otra ocasión, estaba tan convencido de que la gente estaba mirando, que golpeó la pared con el puño. Le expulsaron por problemático, pero no antes de ver el otro lado de esa partición, donde resultó ser no eran pervertidos, solo una prostituta y su cliente; un misionero flaco cuyos testículos no eran más grandes que dos uvas pasas.

Archibald tropezó de Shadwell a Spitalfields, hipnotizado por la llamada de una flautista de tacones y camas crujientes. Se hizo amigo de Brenda, que robó a todos los hombres aparte de él. Conoció a Ariel, calva desde que su señora vendió su pelo y a Wendy quien conoció a otro hombre, se casó con él el mismo día y cambió de vida para siempre.

Todos los martes Archibald frecuentaba Queens, un verdadero museo lleno de posesiones perdidas desde hace mucho tiempo. Archibald descubrió todo tipo de cosas peculiares en ese lugar: el esqueleto de un lagarto, un sello de cera, una citación judicial, una medalla militar, una pierna falsa, un tupé y un extraño par de llaves. También asistió a un lugar conocido simplemente como The Venue, hasta que se cerró con la evidencia de un hombre que se llevó a sus hijas y montó un burdel. Pero su casa obscena favorita se llamaba Paddy's Goose y su chica favorita se llamaba Peg.

Peg estaba casada. Ella amaba a su marido más que a nada en el mundo, pero este no podía trabajar y entonces Peg tuvo que vender su cuerpo para ganar dinero para los dos. Cada vez que se acostaba con Peg, Archibald esperaba a que su marido pasara a recogerla para poder estrecharle la mano. Era una pequeña muestra del poder que tanto anhelaba.

*****

Este era el mundo de Archibald.

Con una moneda podía tener a la mujer que eligiera, de la forma que quisiera. Podría dominarla, hacer que pretendiera ser Lola e incluso decir que estaba enamorada de él. Podría ser omnipotente mientras durara el dinero.

Dinero. Poder. Amor.

En total, era una gloriosa vorágine de monedas, control y semen: el dinero de Archibald le compraba sexo, el sexo hacía las veces de amor y el conjunto de todo le daba una abrumadora sensación de poder.

¿Fue suficiente? No, Archibald quería más.

No fue suficiente para él encontrar el amor en el abrazo temporal de una prostituta. Quería encontrar el amor en el abrazo permanente de una prostituta. Él quería amor verdadero o al menos, lo que más se le pareciera.

Archibald necesitaba una clase completamente diferente de trabajadora sexual. Se las denominaba como las mujeres de los marineros, porque como habrás adivinado, eran prostitutas que servían a marineros; hombres que regresaron del mar con mucho dinero, pero poco tiempo para gastarlo. Al igual que Archibald, esos hombres querían algo parecido a una relación, una aventura monógama que se extendía más allá del dormitorio. Y, como Archibald, estaban dispuestos a pagar.

*****

Archibald consiguió un sastre para ajustarse al traje de Raymondo, antes de dirigirse a una sala de baile en Ratcliff Highway; un lugar lleno de orquestas y ollas de peltre, valses y polkas, marineros y mujeres.

Esas mujeres eran, en general, de rostro descarado, altas y vestidas con colores chillones. De origen germánico o irlandés, bailaron y piruetas de una manera fantástica; con absoluto decoro y apariencia modesta.

Sus hombres llevaban expresiones vacantes y de cerveza.

Archibald buscó a la mujer del marinero que más se parecía a Lola. Entonces la vio, sola en un rincón; toda la piel luminosa y curvas deliciosas; ojos redondos, senos y nalgas. Ella lo miró con una agalla tan hermética, estaba convencido de que Lola había tomado otra forma para ser suya.

—Lola —susurró. —¿Lola?

Él se acercó hacia ella.

—Yo ... yo... yo...

Archibald fue incapaz de articular algo más.

—¿Tú?

—Yo ... yo... yo...

—¿Te gustaría que fuera tu chica?

Archibald asintió.

—Seis chelines al día y me tratarás como a una dama. Nada de balum rancum, ¿entendido?

Archibald sacudió la cabeza y sonrió.

—¡Vale! Pero aquí mando yo. Yo soy él que pone las reglas.

La mujer se rió.

—¡Bueno! Me encanta jugar a ese juego, mientras sigan llegando centavos.

*****

Su nombre era Úrsula.

A diferencia de la mayoría de las mujeres de los marineros, ella era británica.

Ella no era tan joven, pero como una vez le dijo a Archibald: «Un viejo violín hace la mejor música».

Ella no era tan vieja, pero como una vez le dijo a Archibald: «Soy lo más vieja que he llegado a ser».

Como una estrella que había caído del cielo, brilló con esplendor transitorio y se desvaneció con indiferencia espontánea. Su sonrisa parpadeó y sus mejillas se sonrojaron, pero sus ojos helados siempre reprimieron esos arrebatos de inocencia perdida.

Cuando era niña, Úrsula había explorado la capital en una noche que olía a hogueras y sopa de carne. Se perdió y pidió indicaciones a un hombre apuesto.

—¿No te conozco? –preguntó él.

—Supongo que no. No vengo a menudo a Londres.

—¿Te estás quedando con alguien?

—Mi tia.

—Tu tía, ¿verdad? ¿Cuál es su nombre?

—Lottie. Lottie Smithson.

—Bueno, ¡qué casualidad! Hadme caso, qué suerte has tenido. Estoy más feliz que nunca, porque conozco muy bien a tu tía Lottie. Tu tía y yo hemos sido grandes amigos, aunque hace meses que no la veo. Estuvo enferma, ¿verdad? Bueno, todos nos ponemos enfermos a veces. La gripe, ¿verdad? ¡Qué Dios nos bendiga! Tu casa está muy lejos de aquí, pero puedes pasar la noche en mi casa y mañana te llevaré a casa de tu tía. Estará muy contenta de verme, ella siempre fue muy amiga de sus amigos.

Este discurso tenía sentido para esa versión joven y poco mundana de Úrsula, que siguió al hombre hasta su casa.

—Se sintió incómoda tan pronto como llegaron y pidió un taxi.

El hombre no objetó.

Ten algo de satén blanco mientras esperas. Me gusta estar alegre y ver a los demás felices.

Empujó un vaso de ginebra en dirección a Úrsula.

—Bébetelo entero, cariño. Date el gusto.

Esa bebida fue lo último que Ursula recordó.

Ella se despertó con una resaca adictiva y la inocencia perdida. Lloró durante días y exigió que la mataran. Se sintió incapaz de enfrentar la idea de regresar a su familia en tal estado de desgracia.

Así se convirtió en la mujer de un marinero. Ahogaba sus penas en ginebra, su pasión por lo elegante se convertía en un ansia por el barro y la flor de la juventud en sus mejillas era reemplazada por venenosos cosméticos franceses.

Sin embargo, de vez en cuando, una breve chispa de alegría aparecía en su rostro. Aunque desapareció con velocidad supersónica, Archibald siempre lo vio. Vio a Lola en Úrsula, incluso donde ella no existía.

*****

Archibald trató a Úrsula como si fuera su novia llevándola a bailes y matinés, de viaje y de paseo. Al mismo tiempo, se esforzó por mantener el control. Le dijo a Úrsula dónde encontrarlo, cuándo reunirse con él y qué harían. Él le dijo cómo vestirse; comprándole el tipo de ropa que le gustaba usar a Lola. La llevó de regreso a su tienda, donde la azotó, le dio una palmada, la ató, la vendó con los ojos vendados y la dejó sola durante horas. Entonces hicieron el amor. Llevó a Úrsula al borde del clímax y luego se retiró.

Úrsula agitó los párpados, tomó el brazo de Archibald y luego tomó su dinero. Mientras Archibald pudiera pagar, ella estaba feliz de jugar su juego.

Pero Archibald podía sentir que era él, no ella, quien jugaba. Entonces, en lugar de controlar a Úrsula con crueldad, intentó controlarla con amabilidad. Él excitó cada parte de su cuerpo y le dio orgasmos múltiples. Estaba convencido de que si la colmaba a placer, obtendría el control absoluto; ella volvería a él por más y sería suya todo el tiempo que quisiera.

Archibald estaba tan seguro de haber conquistado a Úrsula que se sintió lo suficientemente cómodo como para abrirse. Le contó sobre el incendio que mató a sus padres, el ascenso de la fábrica, la caída de su pueblo, sus matones, la muerte de Raymondo, la muerte de Ruthie, su amor por Lola y la forma en que había permitido que Lola se escapara. Lloró, sonrió y cayó en los brazos de Úrsula.

Úrsula escuchó con la paciencia de un santo. Frotó la espalda de Archibald, lo abrazó con fuerza y le olió el pelo. Lloró cuando lloró, asintió cuando asintió e inhaló su aliento húmedo.

Al igual que Aquiles en la Ilíada, Archibald se estaba enamorando de su concubina. Incluso soñó con Úrsula cuando estaban separados, tal como había soñado con Lola. Él soñaba con ella como si fuera Lola. Imaginaba su boda, matrimonio, hijos, vejez, lechos de muerte y ascensión conjunta al cielo.

Para Archibald fue maravilloso.

Para Úrsula trabajo.

Su relación duró poco más de tres meses. Luego, cuando la temporada de lucha terminó, los ingresos de Archibald se agotaron y Úrsula le abandonó sin pensarselo dos veces. Para ella, era lo más natural del mundo. Para Archibald fue catastrófico. Maldijo a Úrsula, maldijo al mundo pero, sobre todo, se maldijo a sí mismo.

«¿Dónde está mi poder? No puedo siquiera controlar a una puta. Vamos, Archibald. ¡Tomar el control! ¡Gana un poco de poder maldito!»

DE DINERO

> «El capitalismo es religión. Los bancos son iglesias. Los banqueros son sacerdotes. La riqueza es el cielo. La pobreza es el infierno. Los ricos son santos. Los pobres son pecadores. Los productos son bendiciones. El dinero es Dios»
> **MIGUEL D LEWIS**

Está en la naturaleza de las personas soñar con las cosas que no tienen. Un hombre rico puede codiciar el sentido de comunidad de un hombre pobre. Un hombre pobre puede codiciar la riqueza de un hombre rico.

Con esto en mente, volvamos con Mayer.

Mayer era un hombre pobre, pero se había criado rodeado de una riqueza que estuvo fuera de alcance. Hizo que Mayer lo quisiera aún más.

—¡Dinero!, —cantó para sí mismo. —Quererlo es conocerlo. Conocerlo es amarlo. Amarlo es perseguirlo. Perseguirlo es sucumbir a él. Sucumbir a ello es darle un propósito a la vida.

Mayer estaba convencido de que si tuviera más dinero, Lola se habría casado con él. Si él pudiera acumular más riqueza, puede que ella se interesara en él. No se preocupaba por el pequeño asunto del matrimonio de Lola con Hugo, porque estaba seguro de que Hugo moriría. Estaba seguro de que solo necesitaba esperar su momento.

Al darse cuenta de que había hecho las cosas deprisa y mal, hizo las paces y suspendió sus intentos. Lo llevo al extremo, como de costumbre. No le dio a Lola ningún indicio de que todavía estuviera interesado en ella y esperó con paciencia mortal el momento adecuado para actuar.

Usó ese tiempo para amasar la riqueza que creía que ganaría el corazón de Lola.

****

La lógica de Mayer, a primera vista, puede parecer defectuosa. Después de todo, Lola se iba a casar con un hombre con menos dinero que él. Las personas tenemos una capacidad de contradicción aparentemente ilimitada.

Tal vez fue un caso de disonancia cognitiva. Mayer simplemente se negó a aceptar la realidad, a pesar de que se había dado de bruces contra ella. Su mente estaba llena de ideas de las que no podía deshacerse. O, tal vez, Mayer no estaba tan equivocado después de todo. El caso de Lola, se dijo, era una excepción. Mirando a su alrededor, vio señores de cabello plateado con seductoras amantes jóvenes y millonarios con sobrepeso con harenes de chicas; hombres pobres con esposas feas, y mujeres pobres sin maridos en absoluto. La riqueza, supuso, era un precursor del amor.

Estaba convencido de que el problema no estaba en su táctica. Arrogancia, confianza y valentía fueron herramientas vitales en su arsenal. Estaba seguro de que era su estado social el que tenía la culpa. Que necesitaba ser más como los caballeros que había visto en los bailes de la sociedad.

Estaba decidido a volverse tan rico como Abe y tan respetable como el señor Bronze.

*****

Todo el trabajo duro, la cordialidad y la sociabilidad de Mayer valieron la pena. Las conversaciones amistosas, el interés que mostró en la familia del señor Bronze, la pila de oro en la caja fuerte de Abe y los regalos de Navidad año tras año dieron fruto. Todo ese capital social duramente ganado generó un dividendo gigante: un trabajo mucho mejor.

Mayer dejó la panadería de Zebedee y comenzó a trabajar para el señor Bronze.

*****

Mayer ya sabía que el señor Bronze era una persona en la que se podía confiar, sensata y responsable. También sabía que podía establecer su reloj según su rutina. Mayer estaba familiarizado con el monóculo dorado que el señor Bronze llevaba en la chaqueta, el chip en el incisivo derecho y las cejas desordenadas. Mayer conocía al señor Bronze, pero sabía muy poco de él. Algo que cambió el día en que comenzó a trabajar para ese hombre.

Mayer descubrió la historia del señor Bronze.

El señor Bronze se había mudado a la capital siendo un niño, como Dick Whittington antes que él, en la creencia de que las calles estaban pavimentadas con oro. Había buscado fama y fortuna, pero estaba más preocupado por el último.

El señor Bronze tomó una posición como aprendiz de un orfebre llamado John Silver. Fue el señor Silver quien le enseñó a controlar la pureza de los metales preciosos y las joyas, elaborar oro en forma y hacer una gran variedad de anillos, aretes, pulseras, cadenas y gemelos.

El señor Bronze se veía a sí mismo sobre todo como un artesano y no tanto como comerciante. A pesar de que pasó la mayor parte de su tiempo con sus clientes y comerciando con plata y oro, en el fondo de su corazón todavía era un artista.

Con el tiempo, dejó a su maestro para establecer su propio negocio, con el que se ganó rápidamente una reputación de fiabilidad, calidad e integridad. Se corrió la voz, su negocio floreció, se casó, compró una casa y contrató a dos sirvientes.

Fue este aumento el que inspiró a Mayer. Él anhelaba el dinero y el estatus de su maestro.

Afortunadamente para Mayer, el señor Bronze todavía sentía que tenía una deuda con la sociedad. Creía que debería pasar sus habilidades a la siguiente generación, de igual forma que el señor Silver había hecho con él. Por eso reclutó a Mayer. Esto y el hecho de que Mayer sabía leer y escribir, lo que significaba que podía manejar los libros.

*****

Con su nueva posición, nació una nueva vida.

Mayer dejó Buckingham Towers y se mudó a una habitación en Mornington Palace, un nombre poco apropiado para una casa de huéspedes menos que espléndida. Según la señora Bradbury, la casera, era suciedad barata. Para Mayer se reducía simplemente a sucio.

El patrón de la alfombra se había borrado hacía ya mucho tiempo y sus surcos estaban abigarrados con barro. La repisa de la chimenea estaba cubierta de tierra y las cortinas de calicó eran de color sucio. Todo el lugar apestaba a tabaco rancio. A pesar de ser «suciedad barata», Mayer tuvo que pagar más por el carbón y por la comida, que a menudo parecía, olía y sabía a tierra.

Afuera, la calle sufría de una tranquilidad monótona. En el interior, la casa sufría de un ruido incesante. A Mayer le pareció que no pasaba ni un solo momento en el que las bocas no se movían o los pies no castañeteaban. El sirviente estaba en movimiento perpetuo, corriendo de un lado para otro para entregar la comida o mover muebles;. Los ronquidos de elefante se podían escuchar a través de cada pared.

Aún así, Mayer estaba agusto en el Mornington Palace. La señora Bradbury era simpática y los otros residentes eran amables, aunque un poco distantes. A pesar de todo, Mayer pasaba la mayor parte del tiempo en el trabajo o con sus amigos.

Así visitó a Archibald. Y así fue, que Archibald le presentó a Jim McCraw.

—Jack Frost ha estado de visita —dijo Mayer, mientras le estrechaba la mano con su entusiasmo. –Y es más frio que el hielo.

—Así es, tío —respondió McCraw.

Mayer asintió.

McCraw continuó.

—¿Escuché que trabajas como orfebre?

—Así es, amigo.

—¡Qué maravilla! Podríamos hacerlo con un orfebre.

—¿Cómo?

—Podríamos, sí. ¿No lo has entendido?

—Creo que no

—Yo creo que sí.

Mayer reflexionó con un whisky que McCraw había colado en el pub.

—Entonces, ¿para qué necesitas un orfebre?

—Hemos empezado a importar vino francés, pero la gente lo comprará con monedas británicas y nosotros necesitamos monedas francesas para seguir comprando. Es la pescadilla que se muerde la cola.

—Ya veo.

—¿Entonces? ¿Serías tan amable de hacernos el favor?

Mayer se tocó el labio.

—Déjalo en mis manos, déjamelo a mí.

*****

Mayer tuvo una idea. No sería cierto decir que fue una idea original pero ¿cuántas lo son?

A Mayer se le ocurrió la idea mientras conversaba con McCraw, pero fue inspirada en una conversación previa que tuvo con algunos miembros de su gremio: The Worshipful Company of Goldsmiths.

Esos hombres eran como tíos amistosos para Mayer. Se vieron afectados por la forma en que los admiraba; un huérfano ansioso que necesita figuras paternas. Ese afecto inspiró su propio afecto por él, quid pro quo. Entonces, mientras el señor Bronze enseñaba a Mayer sobre el oro y las joyas, esos hombres lo actualizaron con los aspectos más modernos de su oficio. Entre el conocimiento que impartieron estaba el conocimiento de divisas.

*****

Mayer vio una pila de monedas francesas en la segunda caja fuerte del señor Bronze. Como la mayoría de la plata y el oro en ese coloso, parecía simplemente sentarse allí, como si hubiera sido abandonado.

Después de una investigación superficial, Mayer dedujo que esas monedas pertenecían a cierto señor Harmer; un comerciante de telas de Norfolk.

–Ah, el señor Harmer –suspiró el señor Bronze. –Sí, señor Harmer. Me dijeron que provenía de Norwich. Él es respetable; tejedor, hilanderos y tintoreros de Worstead; peines de lana, jardineros y miembros regulares de la aristocracia del bacalao.

Mayer miró al señor Bronze, como para pedir más.

El señor Bronze miró a Mayer, como para decir que ya no había más.

–¿Y exporta, señor Bronze?

–Ah, bueno, sí. Tenía idea de que la mayor parte de su comercio proviene de Yorkshire, Lancashire, Humberside y otras partes del norte.

–¿Y de Francia?

–No.

–Hmm

–¿Y, ese 'hmm'?

–¡Hmmm!

–¿Debo deducir de ese zumbido que quieres que te lo presente?

–Así es, señor Bronze.

–¿Y a qué se debe, si me permites la pregunta, que quieras disfrutar del placer de su compañía?

–Por el bien de ambos. Puede que él sea el hombre que nos ayude a traer este lugar a la era moderna .

El señor Bronze frunció el ceño, pero no dijo una palabra. Eran las tres y trece minutos, la hora en que el señor Bronze siempre iba a dar un paseo por la tarde. Levantó su bastón y se fue.

*****

–Quieto ahí, muchacho, ¿me estás diciendo dónde vender mi ropa? –espetó el señor Harmer, estirando cada sonido de vocal durante un tiempo improbable. –¿Me estás diciendo que vaya a exportar a Francia? ¡Qué específico! Yoooo chico, haría reír a un pájaro disecado. ¡Qué peculiaridad!

–¡Qué oportunidad! –respondió Mayer.

El señor Bronze se quedó quieto. Un jefe regular podría haber respondido con furia al presenciar tal audacia, pero un jefe regular habría tenido un rango emocional completo. El señor Bronze no.

Entonces, aunque ningún empleado se había acercado nunca antes a un cliente de esa manera, aunque nunca antes se había acercado a un cliente de esa manera, el señor Bronze ni siquiera se inmutó. Él siguió siendo un paradigma de neutralidad; ni furioso ni aturdido, ni seguro ni confundido. Sonrió como un Buda y permitió que el señor Hammer respondiera.

–Oportunidad, ¿dices? Rentable, ¿para quién?

–¡Para todos nosotros, mi querido hombre, para todos nosotros!

–¿Cómo de beneficioso?

–Garantizaremos el intercambio de las monedas que traigas de Francia. Esto protegerá tus intereses en ese mercado.

–¿Proteger? ¿Lucro? Veo que empezamos a hablar el mismo idioma.

Dirigió la mirada hacia el señor Bronze.

–¿De dónde has sacado a este?

–Llegó con un carrito de pan.

–¿Un carrito de pan?

–¡Sí, un carrito de pan!

*****

De esta forma el señor Harmer exportó telas a Francia, donde recibió monedas francesas, que Mayer cambió por monedas británicas. Mayer recogía las monedas francesas del señor Harmer y se las cambió por Jim McCraw.

Usando sus nueva habilidades, Mayer comprobó la plata y el oro en esas monedas y el señor Bronze puso su nombre a las transacciones para darles un aire de respetabilidad. Luego le cobraron a Harmer y a McCraw una comisión.

Pronto se corrió la voz y otros importadores y exportadores se presentaron, intercambiaron monedas y pagaron comisiones.

Esas comisiones se sumaron. Una nueva pila de oro se formó en la segunda caja fuerte. A diferencia de las otras pilas, era solo para ellos. Y, a diferencia de las otras pilas, creció más cada día.

—Ah, me pregunto qué deberíamos hacer con eso —murmuró el señor Bronze, como si hablara solo.

—Hmm —respondió Mayer. –Yo me pregunto lo mismo...

*****

Mayer no perdió el contacto con sus antiguos compañeros de trabajo en la panadería de Zebedee. Él era de la firme creencia de que un conocido, una vez hecho, siempre se debe mantener. Era una creencia que rayaba en lo religioso. Mayer incluso conservó un libro de contabilidad en el que escribió los nombres de todas las personas que había conocido, junto con los detalles que consideraba pertinentes. Repasó ese libro cada año e hizo un esfuerzo por conocer a alguien que no había visto durante los últimos doce meses.

Por eso Mayer llevó a Davey Boy al pub.

–¿Oyes a Billy Wind por ahí? ¡Parece que quiere levantar un vendaval!

–¡Qué grima!

—Ya te digo. ¿Te apetece salir a respirar un poco de aire? Venga, hablemos.

Davey Boy dio unos golpecitos en el borde de una mesa tambaleante, cuya parte superior había sido partida a medias durante una pelea de borrachos y cuyas piernas se habían desgastado por el uso constante.

—¿Puedo preguntarte algo?

—¿Es que necesitas permiso?

—¿Tienes que responder siempre con otra pregunta?

—¿Tú sí?

—¡*Touché*!

—¡*En garde*!

Rieron, brindaron y bebieron un poco de cerveza.

—Un centavo por tus pensamientos, amigo. Dime que es lo que se te pasa por la cabeza.

—Estoy harto.

—¿Harto?

—Sí, harto. He dado mi vida a ese lugar. Por ejemplo, me dejo el lomo trabajando para Zebedee, pero no me ha llevado a ninguna parte.

—¿No?

—No.

Mayer asintió con simpatía.

—Trabajo dieciocho horas al día. El calor es agotador y la harina irrita mi piel. Observo como un flujo constante de panaderos sufre enfermedades y convulsiones y me da miedo ser el siguiente.

Mayer asintió.

—Estuve tirado en la cama semanas durante San Thomas, justo en un tiempo como el que tenemos ahora.

Mayer asintió de nuevo.

—Estoy bien. Yo... solo es que siento que merezco algo más. Me gusta, trabajo duro, obtengo resultados, pero no me veo recompensado. ¿Me entiendes?

—Claro, quieres reconocimiento.

—No quiero crédito, quiero una recompensa.

—Ya veo.

—¿En serio?

—No, amigo, me temo que no.

—¿Eh?

—Bueno, entiendo tu problema, pero no entiendo lo que me estás preguntando.

La cara de Davey Boy se suavizó.

—Te estoy pidiendo que me eches una mano, que intentes ayudar a un viejo compañero. ¿Qué dices?

—¿Cómo?

—No será mucho. Solo necesito lo suficiente para comprar una tienda, acondicionarla y cubrir los salarios durante un mes o dos. Obtendré beneficios antes de que puedas decir 'Abracadabra'.

—¿Vas a?

—Quiero hacerlo. ¡Venga! Ya sabes cómo soy, nos conocemos como uña y carne.

—Eso es cierto, querido amigo.

—Entonces, ¿qué dices?

—¿A qué?

—Prestarme un poco de dinero.

—No tengo el dinero.

—¿No? Yo pensé que eras orfebre.

—Y lo soy.

—¿Entonces?, los orfebres son ricos.

—Solo los jefes.

—Oh… Supongo que no podrías pedirle prestado a tu jefe. Obviamente se lo devolvería.

—Por supuesto.

—¿Qué significa eso?

—Tenemos el dinero.

—¿Pero…?

—Tendríamos que cobrarte unos intereses para asegurar tu préstamo.

—¿Esto un trato?

—Tengo que mirar lo que puedo hacer.

Davey abrazó a Mayer con tanta fuerza que se atragantó.

—Eres un as de diamantes, Mayer. ¡Un jefazo!

Mayer jadeó en busca de aire.

*****

Mayer insistió en no trabajar nunca más de cuarenta horas a la semana. Él creía que cuando se trataba de trabajo, la calidad importaba más que la cantidad.

Esto diferenciaba a Mayer de gente como Archibald, el tipo de personas que trabajaron todas las horas que Dios les dio, en una tienda o un gimnasio, creyendo que el injerto duro era, en sí mismo, de alguna manera virtuoso.

Mayer no trabajó duro. Cualquier mendigo industrioso podría trabajar duro. Para Mayer, esa era una filosofía del dolor, no una filosofía de ganancia. Mayer sabía que el camino hacia la riqueza no radicaba en trabajar duro, sino en hacer que otras personas trabajaran duro para él.

Mayer no vendió telas a los franceses, ni importó vino francés. Esto se lo dejó a McCraw y a Harmer, el se sentó y esperó a recoger sus comisiones.

Mayer no eligió el local para la panadería de Davey Boy, ni la compró. Ni se dedicó a almacenar pan, ni buscó personal o lo administro, no vendió una sola barra de pan y no se preocupó por atraer nuevos clientes. Simplemente se dedicó a animar al señor Bronze a prestarle a Davey Boy algunas de las monedas que se habían ganado mientras intercambiaban dinero y le dejó a Davey Boy hacer el resto.

Davey Boy siguió trabajando tan duro como había hecho hasta ese momento. Mayer cobró los pagos de intereses de su préstamo y el saco de oro de Bronze creció aún más. Era como si Mayer estuviera creando dinero de la nada. No lo entendía. Una parte de él lo consideraba engaño, pero a una gran parte de él no le importaba.

Mayer llevaba toda la vida haciendo las cosas como se supone que hay que hacerlas, ¡y mira lo había conseguido! Cuando intentó ganarse a Lola, le dijo abierta y honestamente, que le gustaba y que quería estar con ella. ¿Dio sus frutos? No, Lola lo rechazó, abandonó su cita y se casó con Hugo. ¿A dónde le llevo todo el esfuerzo y todo lo que hizo para conseguirlo? A ninguna parte. ¿Qué había logrado? Nada. ¿Qué le había costado? Su inocencia Mayer llegó a ver la honestidad como una carga y la franqueza como un vicio.

Fue este cambio de mentalidad lo que alentó a Mayer a involucrarse en el cambio de dinero y la usura.

Fue este cambio de mentalidad lo que animó a Mayer a ajustar su apariencia, a ponerse un traje de sastre y unir una cadena de oro a un orificio de botón. Llevaba zapatos hechos de piel de cocodrilo, un sombrero de copa forrado con satén rojo y un par de lentes de lectura que no necesitaba. Se dejo crecer una barba al estilo de Dalí, se enceraba la punta del bigote y se salpicó con un desodorante que olía a virutas de madera. Esto lo hizo parecer veinte años mayor, dándole veinte años más de respeto de lo que se merecía.

Y fue este cambio de mentalidad fue lo que guio las acciones de Mayer en el amor.

*****

Las mujeres a menudo parecen más atractivas que otras mujeres más bellas, simplemente por el hecho de que sonríen. Una sonrisa puede hacer que una mujer sencilla se vea bonita y que una mujer bonita se vea espectacular.

Cuando Mayer escuchó a Ruby cantar, mientras caminaba a través de Hampstead Heath, su voz tuvo un efecto similar.

Ruby era realmente hermosa cuando se la veía con ciertos ojos. Existía cierto tipo de perfección en sus imperfecciones; el nudo en su nariz la poseía con una sensación de sensualidad y la asimetría de sus ojos le daba un atractivo irracional. Aún así, ella no era bonita. Estaba vestida con una curiosa serie de colores, y su rostro tenía un tono untuoso, como si hubiera sido frotado con una capa de grasa. La mayoría de los hombres no se hubiera fijado en ella.

Pero Mayer no fue uno de ellos. La voz de Ruby lo seducía, su ritmo calentaba su alma y su tono lo hacía temblar. Hizo que Ruby pareciera más hermosa de lo que realmente era e hizo que Mayer creyera que la quería más de lo que en realidad lo hacía.

Se acercó, se detuvo, se quitó el sombrero, se inclinó y rodeó con su mano el aire.

—Es un placer conocerte.

Ruby se sonrojó.

—Por favor, permíteme que me presente. Soy un hombre rico y con gusto.

Ruby se llevó la cabeza al hombro.

Mayer salpicó con un poco de barro la pierna de Ruby.

—Soy un banquero orfebre, uno de los mejores. En unos años, me haré famoso.

Ruby levantó la vista.

—Pero hoy, solo deseo servirte. Tienes el vestido un poco sucio y la verdad es que no me gustaría dejar que una chica como tú vaya así.

—Oh, de verdad, yo no soy tan fina.

Mayer se rió.

—¡Así funciona el mundo! El problema de los hombres es que siempre creen que son atractivos, independientemente de que no lo sean. El problema de las mujeres es que nunca creen que sean bellas, aunque lo sean.

—Puedo asegurarte de que eres deslumbrante. Déjame que te preste mi abrigo, y por favor, dame permiso para vernos una segunda vez.

Ruby sonrió.

—Permiso concedido.

*****

Sin que Mayer se diera cuenta, sus acciones se parecían mucho a las estrategias que una vez usó Hugo. Las similitudes no terminaron allí. Observó a Ruby, lo que le dio la información que necesitaba para conquistarla y le robó el corazón de una manera poco limpia.

Por su parte, Ruby no consiguió robarle el corazón a Mayer. Mayer todavía amaba a Lola, todavía sentía el amor de Hugo por Lola y aún creía que podía conseguir a Lola. Estaba convencido de que Lola era su alma gemela y por eso sentía que era deshonesto amar o casarse con alguien más.

—¿Te casarás conmigo? —le preguntó a Ruby después de tres meses.

—Sí —grito. —Sí, cariño, sí. Por favor, ¡qué emoción!

*****

Mayer se había comprometido, pero no tenía ninguna intención de casarse con Ruby. Lo había hecho `puramente por los beneficios que el compromiso le ofrecía. En la sociedad georgiana, estaba aceptado socialmente verse en público con el novio, caminar de la mano a mano e ir sin acompañante. Las parejas prometidas podían intercambiar un beso fugaz o visitarse en casa.

Habiéndose comprometido, por lo tanto, Mayer pudo llevar a Ruby a un restaurante, donde le sirvió vino tinto.

—Creo que ya he bebido suficiente —dijo. —Estoy empezando a sentirme mareada.

—Tonterías, cariño, solo necesitas beber un poco de esto. Toma un poco más.

Mayer sirvió a Ruby otra copa de vino. Luego le sirvió otra. Para cuando se marcharon, estaba tan ebria que Mayer tuvo que ayudarle a andar. Llamó a un taxi, la llevó de vuelta al Mornington Palace, escaleras arriba, la acostó en su cama y la desvistió.

Era la primera vez que Mayer veía a una mujer desnuda. La imagen le excitaba y asustaba al mismo tiempo. La feminidad de Ruby lo abrumó, su humanidad lo humilló y su carnalidad le disgustó.

Ruby se desmayó.

Los ojos de Mayer pasaron de la tierna curva de su cara interna del muslo, a su montículo púbico, a sus costillas, y a sus pechos.

Él descendió sobre su cuerpo inconsciente.

En ese momento se detuvo.

«¡Mayer! ¿Pero en qué te has convertido? Eres mejor que esto. Ten algo de decencia común. Mayer, maldito Mayer, apártate de ella!»

Se maldijo a sí mismo. Se maldijo a sí mismo y se regañó, se pellizcó y se abofeteó. Luego cubrió el cuerpo de Ruby, apagó la vela y se durmió.

Cuando despertó a la mañana siguiente, Ruby estaba segura de haber perdido su virginidad.

—Por Dios, cariño, será mejor que te cases conmigo ahora.

Besó a Mayer, se subió encima de él y lo montó como un caballo.

*****

Ruby había querido acostarse con Mayer tanto como Mayer había querido acostarse con ella. Odiaba la convención social que decía que las mujeres tenían que esperar hasta el matrimonio y no consideraba inmoral dormir con el que iba a ser su futuro esposo. Así que ella pasó a hacerlo regularmente.

Ruby y Mayer a menudo hablaban sobre el matrimonio, pero nunca hicieron ningún plan. Mayer estaba mucho más preocupado por ganar dinero que por hacer votos. Ganó mucho dinero para el señor Bronze y mantuvo una pequeña comisión para él. Todo iba bien, hasta que el señor Harmer irrumpió en la tienda con la cara roja, con ojos inyectados en sangre, castañeando los dientes, con pelos de loco y la camisa desabrochada. Apartó a los demás clientes y comenzó a gritar.

—Atracaron a mi hombre cuando regresaba de Francia. Dijiste que ibas a proteger nuestros intereses en ese mercado.

—En realidad —comenzó Bronze.

Mayer lo detuvo en seco.

—No, no. Prometimos proteger al señor Harmer y eso haremos.

—¿Eso haremos?

—¿Lo haréis?

—¡Lo haremos, mi querido amigo, lo haremos!

—Ah.

—Hmm. Ahora dinos ¿cuánto has perdido?

—Siete libras, doce chelines y cinco peniques.

—Pagaremos todo.

—¿Ah sí?, ¿lo haremos?

—Era vuestra promesa.

—Y la mantendremos.

—Y un penique

—¡Y un penique!

—Bueno, entonces, continuaremos haciendo negocios juntos.

—Será un placer.

—Les diré a nuestros clientes que se puede confiar en ustedes.

—Eso sería maravilloso, mi querido hombre.

—Tenga un buen día

—Usted también, señor Harmer.

Con eso, el señor Harmer se dio vuelta para irse. Y, con eso, el señor Bronze se volvió hacia Mayer.

—¿A qué crees que estás jugando?

—Estoy llevando las cosas al siguiente nivel.

—¿Qué siguiente nivel?

—Sí, señor Bronze, he tenido una idea.

*****

Desarrollar esa idea le ocuparía muchos años, le daría a Bronze una gran cantidad de dinero y alentaría a Mayer a soñar con abrir su propia tienda de orfebrería.

Inspirado en los hombres de su gremio que ya habían recorrido el camino por el que viajaba, Mayer viajó a Francia, donde estableció relaciones con una red de orfebres. Todas esas horas pasadas a solas en su habitación, ignoradas por su familia, leyendo sobre finanzas, comercio y francés, finalmente comenzaron a dar sus frutos. Mayer se estaba convirtiendo en un hombre.

Pero fue el viejo Mayer quien realmente brilló. Su apretón de manos ansioso y su sonrisa ganadora tuvieron tanto efecto en el otro lado del canal como lo habían hecho en casa. El hecho de que llevara referencias de algunos de los orfebres más respetados en su gremio solo fomentó su causa.

Mayer regresó a Londres, donde conoció a Jim McCraw en la tienda del señor Bronze.

—Has atrapado el sol.

—Sí, muchacho, lo hice.

—¡Estás espectacular! Pero esa no es la razón por la que quería verte. Querido amigo, tengo una proposición: cuando intercambies monedas británicas por francesas, para que puedas comprar vino en Francia, las continuaremos intercambiando. Pero luego, en lugar de entregarte las monedas francesas, te daremos la opción de ponerlas en nuestra caja fuerte. Por una pequeña tarifa, emitiremos un pagaré, un documento oficial, un poco como un recibo en el que pondrá tu nombre y la cantidad que has depositado.

—Puedes verlo como un testigo. Su pagaré será como las acciones de un recuento, representando su crédito con nosotros. Mantendremos un registro de nuestra deuda con usted, el oro en nuestra caja fuerte, que será como el talón de una cuenta.

McCraw negó con la cabeza.

—No lo entiendo. ¿Por qué iba a pagar por un poco de papel? ¿Cuándo puedo decir algo y no puedo pagar nada?

Mayer sonrió.

—Así evitarías que te roben en la ruta.

—Pero, chico, me podrían robar los pagarés en la ruta.

—Es cierto, pero en el caso de que eso pasara, solo tendrías que decirnoslo. Los reemplazaríamos y cancelaríamos los originales. Después de todo, solo es papel.

—Sí, eso es verdad.

—Así es.

—Lo que no se puede reemplazar es el dinero.

—No, no se puede.

—¿Pero de qué sirve un pagaré en Francia? Mis mercaderes allí quieren dinero y no papel.

—Cierto

—¿En ese caso?

—¡En ese caso dales oro, querido amigo, dales oro!

—¿Cómo? Mayer, estamos dándole vueltas a lo mismo. Deja de esquivar el tema

Mayer se rió.

—Creo que es parte de mi encanto.

—No lo es.

—Sin embargo, estás sonriendo.

—Estoy sonriendo por no gritar. ¡Explícate chico! ¿De qué sirve un pagaré en Francia?

—Es bueno para el oro.

—¿En qué sentido?

—Sí. Hemos establecido una red de orfebres que honrarán nuestras notas. Los cambiarán por las monedas francesas que deposites en nuestra caja fuerte.

—¿Con una tarifa?

—Naturalmente.

McCraw se rió.

—Está bien, chico. Los robos van en aumento, así que le daré vueltas y ya veremos adónde nos lleva.

—Creo que te vas a sorprender.

—Es solo porque confió en ti. Sois unos vagos, pero confió en ti..

McCraw y Mayer sonrieron.

El señor Bronze se golpeó el pie. Eran las cuatro en punto, y el señor Bronze siempre tocaba el pie a las cuatro en punto.

*****

Si esto se hubiera quedado así, los orfebres en Francia pronto se habrían quedado sin oro. Aquí es donde los exportadores como el señor Harmer ayudaron a equilibrar los libros. Mayer convenció a esos hombres de que tomaran el oro que recibían cuando vendían productos en Francia y lo depositaron en sus orfebres franceses. A cambio, recibieron los pagarés que McCraw había dejado atrás.

Esto ayudó a los orfebres franceses a reponer su oro, mientras ganaba otra comisión. Se aseguró de que los exportadores como el señor Harmer pudieran regresar a Londres sin temor a que les robaran su oro en el camino. Y, por supuesto, significaba que Mayer podría cobrar otra tarifa cuando esos exportadores llegaran a cobrar sus pagarés.

Al igual que los otros orfebres en su gremio, Mayer había establecido un sistema elaborado en el que ofrecía servicios adicionales y cobraba tarifas adicionales y todo esto sin hacer mucho trabajo extra.

No se detuvo allí.

Después de establecer una red en Francia, estableció una red en los Países Bajos. Después de haber pasado el negocio de orfebres en esas naciones, le devolvieron el favor; enviando comerciantes franceses y holandeses de esta manera.

Mayer cobró a esos hombres por sus servicios, ganó más dinero, prestó ese dinero, cobró intereses por esos préstamos y ganó aún más dinero. La mayor parte de ese dinero se reinvirtió, pero Bronze mantuvo una participación y Mayer mantuvo una pequeña comisión.

DE AMOR

«Puede que algunos de nosotros tengamos que atravesar caminos oscuros y tortuosos antes de que podamos encontrar el río de la paz».

JOSEPH CAMPBELL

Tres amigos, unidos por la naturaleza, divididos por la crianza, estaban destinados a perseguir tres objetivos muy diferentes. Hemos visto a Archibald perseguir el poder y a Mayer perseguir la riqueza. Quedan Hugo y el amor.

¿Pero qué amor persiguió Hugo?

Ya se había movido impulsado por *philia*, el amor por sus amigos, también por *eros* y su lujuria por Lola. Después de casarse con ella, entraron en pantalla dos nuevos tipos de amor.

Empecemos por el primero: *Philautia*.

Philautia es, en pocas palabras, el amor de uno mismo. *Grosso modo* puede parecer un amor egoísta y si se lleva al extremo puede ser desastroso. Puede que nos recuerde a la historia de Narciso, ese cazador griego que se enamoró de su propio reflejo y que al darse cuenta de que su amor nunca sería correspondo cogió su espada y se cortó la garganta.

El amor propio puede llevarnos a buscar el placer, la fama, la admiración, el respeto, la riqueza y devoción de forma egoísta. Incluso aún sabiendo que tales cosas podrían hacernos daño.

Pero, ¿todo es malo?

Pregúntate a ti mismo: ¿De verdad puede alguien amar a otra persona si primero no se quiere a sí mismo? ¿Qué tipo de amor podría ofrecer una persona que odia a sí mismo?

El amor propio puede ser el precursor de otras formas más grandiosas de amor.

Y este fue el caso de Hugo.

Hugo llevaba odiándose a sí mismo desde el mismo día del incendio en que su casa se quemó. Desde ese momento llevaba culpándose a sí mismo por las muertes de su familia y consideraba que todas las dificultades que había afrontado eran el karma que tenía que equilibrar. Creía que se había merecido que le abandonaran en aquella casa de trabajo y que cuando lo echaran de allí, se quedara sin hogar y que Jonathan Wild lo atrapara. Se culpaba a sí mismo por su pobreza, se despreciaba a sí mismo por haberse convertido en un ladrón y se compadecía por haber necesitado la ayuda de Mayer. Estos sentimientos provocaron que Hugo se convirtiera en una sombra oscura de su yo original, un niño que le robaba a la vida y que engañó en el amor.

Él carecía de philautia.

Hasta que se casó con Lola.

****

Lola amaba a Hugo, pero su amor era el más simple de todos los amores: un amor sin la debida diligencia. No le conocía en absoluto, así que lo acompañó al trabajo para conocerlo un poco mejor.

Lola observaba como hipnotizada como Hugo quitaba una uña encarnada en un indoloro chasquido.

—Eso ha sido increíble.

—¿Eso crees?

—Sí, maridito, eres un artista. ¡Una auténtica autoridad en este oficio!

Hugo estaba perplejo. Nadie nunca había dicho que su trabajo era *increíble*. Los halagos le hacían sentir extraño, pero era una especie de extrañeza agradable. Era reconfortante, pero a la vez incómodo.

Hugo sonrió y continuó con su trabajo: diagnosticar dolencias, realizar cirugías, prescribir y preparar curas.

—Eres un intelectual —dijo Lola. —Me gustaría ser tan inteligente como tú.

—¿Lo dices en serio?

—Totalmente.

Hugo no podía creerse que una mujer como Lola, educada en una de las mejores escuelas de la tierra, pudiera codiciar su conocimiento. Su cara ardía de vergüenza y sus orejas se clavaron en su cráneo.

Lola se sonrojó.

—Tú haces una gran diferencia.

—Ah, ¿sí?

—¡Sí, tonto! Solo mira a toda la gente que has ayudado.

Hugo miró a su alrededor y vio a un niño que había venido a decir «gracias» porque Hugo había salvado a su madre. Vio a una niña que había venido a que la salvaran y a una pareja de ancianos para quienes Hugo era su última esperanza también a dos recién casados para quienes era su única esperanza. Una prostituta miró a Hugo con agradecimiento en lo ojos porque sabía que sin la ayuda de Hugo estaría lisiada y un huérfano le miraba con afecto, inspirado por su camino hacia el éxito.

—¿Ves?

Hugo reflexionó un momento.

—Sí, creo que tienes razón.

—Lo sé. Eres un superhéroe de la vida real, Hugo Crickets.

—Bueno, yo no diría que es para tanto.

—¡Yo sí! Eres un héroe y no quiero que pienses lo contrario. Ahora, si me disculpas, voy a ir a comer un poco.

*****

Su casita de campo era modesta en comparación con las casas anteriores en las que había vivido Lola pero un palacio en comparación con las de Hugo. La habían comprado con el dote de Lola y tenía dos dormitorios en el piso de arriba y un salón y una cocina en la planta baja. En el sótano había una habitación para el servicio. Una roca estaba apoyada en la repisa de la chimenea, Hugo se sentó en un sillón y Lola se sentó encima de Hugo.

—¿Lola?

—Dime.

—¿Puedo contarte algo?

Lola asintió. Ella había notado que Hugo hablaba en serio. Hablaba con un tono pensativo, casi tímido. Sus ojos parecían pedir compasión, suplicar comprensión y despreciar la idea de la compasión.

El olor a canela llegó desde la cocina. Un olor que le recordaba a Lola al amor. Le recordó a Hugo los panecillos de canela.

Lola agarró la rodilla de Hugo.

—Es algo malo –dijo Hugo.

—Te perdonaré.

—No lo harás.

—Me he casado contigo, Hugo Crickets, con tus cosas buenas, pero también con las malas.

—Pero estoy muy lejos de ser bueno.

—Son nuestras imperfecciones las que nos hacen lo que somos.

—Sí, pero...

—Son nuestras imperfecciones las que nos hacen humanos.

—Supongo, pero...

—Te voy a seguir queriendo, maridito. Siempre vas a ser lo que yo más quiero.

—Bueno, la cosa es. La cosa es... Lo que pasó fue... La situación...

Lola acarició la pierna de Hugo.

Hugo respiró profundamente.

—El caso es... Yo... yo... maté a mis padres y a mis hermanos.

Lola abrió la boca, miró a su marido, frunció el ceño y contuvo una risa. Se enderezó y levantó los hombros. Luego se relajó, inhaló, exhaló, fue a hablar, hizo una pausa y le dio a Hugo el tiempo que necesitaba.

—Tenía tres años en ese momento, o tal vez cuatro. Está un poco borroso, pero estoy seguro de que lo hice.

—¿Qué hiciste?

—Quemé mi casa y a mi familia. Ellos... Ellos... Todos murieron.

Los ojos de Lola se abrieron de par en par.

—¡Qué tragedia! ¿Cómo pudo un niño de tres años incendiar una casa?

—No lo sé.

—¿No lo sabes?

—No.

—¡No lo sabes, porque no lo hiciste, tonto!

—Yo tuve la culpa.

—No la tienes.

—¿Por qué?

—Lo que dices no tiene sentido.

—¡Sí lo tiene! Tiene sentido para mí.

—Y las tonterías tienen sentido para los tontos.

—¿Qué? ¿Me estás llamando tonto?

—Sí, te estoy llamando tonto.

—¡Eh!

Lola se rió.

—Venga entonces, explícate.

—¿Perdona?

—¿Cómo lo hiciste?

—Encendí el fuego en la despensa. Encendí todas las lámparas, las antorchas, los hornos y las estufas.

—¿Cuando tenías tres años?

—Sí.

—¿Por la noche?

—Sí.

—Con tres años tu cama seguramente tendría barrotes ¿Cómo conseguiste salir?

—No lo sé.

—¿Cómo comenzaste esos incendios?

Hugo se encogió de hombros.

—¿Por qué nadie te detuvo?

Lola miró a Hugo.

—Yo... yo...

—Vamos, tonto

—Yo ... yo ... solo sé que lo hice.

—Y sin embargo no lo hiciste.

—¿No lo hice?

—No, no tiene ningún sentido. Te has culpado erróneamente.

—Oh.

—Ahora, si ya lo hemos arreglado, me voy. Tengo un antojo de huevos escoceses que exige ser satisfecho. Hugo levantó la vista sorprendido.

Lola le abrazó.

*****

Estas dos escenas transformaron a Hugo. Dejó de disculparse por todo, dejó de compararse con los demás y pensar en pensamientos negativos. Su odio a sí mismo dio paso al amor propio.

Lola no intentó cambiar a Hugo en otro hombre, tales esfuerzos generalmente terminan en un desastre. Lola dejó que el verdadero Hugo oculto durante tantos años floreciera.

Hugo tenía una capacidad ilimitada para renacer. Esto, entonces, no era nada nuevo. Y, sin embargo, fue porque, por primera vez en su vida, Hugo renació por amor.

*****

Capaz de amarse a sí mismo, Hugo pudo amar a los demás.

Con el tiempo, llegaría a amar de verdad a su esposa. Pero primero, tenía que llegar a conocerla. A pesar de haberla acosado, Hugo nunca había llegado a descubrir a la verdadera Lola. En sus primeros días, no habían querido romper la magia conociéndose demasiado bien.

Una vez que se casaron, sin embargo, no quisieron poner en peligro su relación dejando piedra sin remover. Por eso, Lola acompañaba a Hugo al trabajo cada mañana y hablaban todas las noches.

Hugo observó como Lola convertía su pequeño jardín en un paraíso urbano moviendo rocas a su casa y reemplazándolas con plantas.

—Las plantas son como las personas —explicó. —Si tienen una buena base, crecerán. Si los crías, te amarán.

Con este comentario Lola traicionó un fuerte instinto maternal del que nunca habló. Es imposible decir por qué guardó silencio sobre el tema. Como la mayoría de las mujeres, tenía sus pequeñas peculiaridades. Sin embargo esta fue una excepción, no la regla. Lola era más que locuaz con todo lo demás. A veces decía cosas que hicieron que Hugo se detuviera y se maravillara.

—Sabía que algo no iba bien. Las uñas de los pies no me han crecido en absoluto esta mañana.

—¡No puedo ir de verde, maridito! La gente dice que me hace ver como una tortuga.

—Ya es suficiente malo ser una niña cuando te gustan los pasatiempos infantiles y la educación recreativa. Nunca superaré el no haber nacido chico. Ahora es peor que nunca. Me muero por ir a cazar con papá, pero tengo que quedarme en casa como una muñequita rancia.

Se podría haber considerado a Lola una feminista si por aquel entonces la palabra hubiera existido.

Nicholas la llamaba «mi hijo» y lo decía con toda la seriedad del mundo. Lola, por su parte, lo aceptó como un cumplido. Ella era el hijo de su padre, así mismo lo decía también ella. A menudo adoptaba como propios alguno de los puntos de vista de su padre.

Hugo notó esto.

Se fijó en la manera en la que Lola tocaba el piano. Como a veces ocurre con la música dejaba al descubierto una parte de su alma. Las notas apresuradas revelaron su temperamento ardiente y la ligereza reveló parte de su gracia. Se fijo en la forma de comer de Lola. En cómo golpeaba la mesa cada vez que tenía una nueva idea. En que siempre se comía la carne antes de probar las patatas. En que siempre iba a buscar comida cuando quería dejar de hablar de algo y en que nunca engordaba a pesar de todo lo que comía. Sabía la forma en la que Lola sonreía cuando dormía, el chirrido que hacía al levantarse y el temblor al vestirse. Sabía que Lola se ponía sus camisas para estar por casa. A Hugo le gustaba la forma en que acariciaban sus muslos, insinuando curvas misteriosas y dejando el resto a la imaginación. Esas camisas mostraban la feminidad de Lola y su masculinidad. Lola era una contradicción y Hugo no lo habría hecho de otra manera.

Cuanto más se acercaron, más fuerte fue su amor.

Esto no era *philia*, ni *eros* ni *philautia*, sino *pragma*.

Pragma es pragmático. *Pragma* es el amor permanente, el que se desarrolla cuando dos personas que se quieren se conocen aceptándose el uno al otro con todo. No es amar a una persona a pesar de sus defectos, sino amándola por sus defectos y viendo la perfección en sus imperfecciones.

Pragma se basa en la comprensión, la tolerancia, el trabajo y la paciencia. No se trata de «enamorarse», sino de «continuar enamorado».

Hugo y Lola se quedaron en *pragma*. A medida que la furia del enamoramiento romántico comenzó a desvanecerse, los restos de su *eros* fueron empujados a las sombras por algo aún más bello, la compatibilidad real.

Era como si hubiesen salvado todos los obstáculos y hubieran llegado al mismísimo corazón del amor, capaces de disfrutar el silencio del otro, de leer sus pensamientos y predecir sus palabras. Tal vez, a pesar de toda la lujuria y las mentiras, eran almas gemelas de verdad. O tal vez, simplemente se habían conocido en una época en la que sus personalidades eran lo suficientemente maleables como para adaptarse a las necesidades del otro.

*****

Hugo cambió. Pasó de cirujano a doctor, de comerciante a profesional, de clase trabajadora a clase media, de seductor a amante, de soltero a marido, de niño a hombre.

Le gustaba la persona en la que se había convertido. Se había forjado por el fuego de la desgracia, moldeado por la ligereza del toque de una mujer y refrescado por la gélida sociedad georgiana.

¿Estaba viviendo una mentira?

Hugo se hizo esta pregunta de forma regular. Una parte de él decía que sí. Se sentía más deshonesto que cuando acechaba a Lola. La otra parte de él sabía que no. Se trataba de una parte natural del crecimiento.

De lo que Hugo estaba seguro era del amor que sentía por su esposa.

Ese amor le hizo querer convertirse en una mejor persona, en una persona digna de Lola.

Como muchas personas, Hugo tenía rachas solitarias en las que le gustaba estar a solar y valoraba el tiempo que pasaba solo. Se podría decir que lo valoró demasiado. Antes de casarse, había acosado a Lola solo, estudió solo y pasó incontables noches solo en su apartamento.

Lola quería que fuera más social.

—Vamonos a bailar, maridito. Quiero salir a mover el esqueleto.

—Bueno, cariño, eso de bailar no es lo mío.

Estaban sentados en el salón, Hugo en el sillón y Lola en su regazo. Dos rocas descansaban sobre el armario de las bebidas y dos bebidas en sus manos.

—¿Hugo?

Hugo no respondió.

Lola hizo lo que siempre hacía cuando su esposo era terco: arrugó la nariz con condescendencia y sonrió con los ojos. Hugo rara vez fue capaz de resistir esta mezcla de amenaza y mansedumbre, azúcar y especias.

—Te ves radiante esta noche —dijo.

Lola arqueó las cejas.

—Te ves impresionante cuando no usas maquillaje y también cuando lo haces.

Lola se apretó la rodilla.

—Te amo.

Lola casi sonrió.

—De acuerdo. Voy a buscar mi abrigo.

Lola sonrió.

Hugo le cogió de la mano, la condujo por delante de un montón de piedras, le abrió la puerta, saludó a un carruaje y la ayudó a entrar.

Llegaron al salón de baile, entraron y comenzaron a bailar.

Hugo se sintió tan perdido como Mayer cuando entró por primera vez en el Almack Rooms. Lola se sintió igual de cómoda. Ella bailó de la manera más ridícula, arrastrando los pies y patinando con la gracia de un perro de tres patas. Se sentía genial, liberada por el amor y libre de cualquier deseo de causar una buena impresión.

Hugo amaba el abandono despreocupado de Lola. Ni siquiera se paró a pensar en cómo bailaba Lola. No tenía ni idea y para él eran los demás y no Lola los que bailaban mal con esos pasos pretenciosos y movimientos rígidos.

Para Hugo, la forma de bailar de Lola estaba por encima de lo humano. Cada paso fuera de lugar y el brillo inoportuno eran un destello de alegría. Cada movimiento de sus caderas poseía una elegancia natural fuera de lugar en la alta sociedad, pero a la vez con una naturaleza superior.

Cuanto más se salía del guión, más líneas escribía Lola en el corazón de Hugo. Su desdén por el estilo contemporáneo reflejaba el desprecio de Hugo por esa función. Los unió. Y entonces Hugo salió de su caparazónél Bailaba como Lola, y se veía tan tonto.

*****

Hugo, que nunca había bailado antes, empezó a ir a bailar de forma regular. Lola lo llevó a obras de teatro, conciertos, ballets y banquetes. Con el tiempo, aprendió a disfrutar de este tipo de eventos, a excepción de la ópera. Nunca llego a entenderla.

Nació un nuevo Hugo, esta vez de la alta sociedad. Él estaba renaciendo de forma constante.

Lola presentó a su marido a sus amigos, le mostró un nuevo círculo social. Hugo escondió a Lola de personas como Bib o Wilkins. No fue difícil. Bib y Wilkins no tendían a frecuentar el ballet o la opera. Solo en una ocasión, Hugo reconoció a alguien. Estaba en un baile, cuando vio a Mayer bailando con Ruby.

Hugo sintió el orgullo de Mayer y Mayer la incomodidad de Hugo.

La incomodidad de Hugo nació de la culpa que sentía por haber traicionado a su amigo. Por una parte sentía que en aquel momento sus acciones habían sido justificadas, por otra parte la conciencia se lo recriminaba constantemente. Mayer sintió la incomodidad de Hugo. Imaginó que se trataba por el baile, no por él.

El orgullo de Mayer nació por el sentimiento de control sobre Ruby. Para Mayer era un trofeo. Hugo sintió el orgullo de Mayer. Imaginó que era amor, no vanidad.

Con todo ello, Hugo y Mayer se alegraron de encontrarse. Sintieron la felicidad del otro. Se abrazaron, hablaron durante horas y bailaron juntos. Los dos volvieron a casa de buen humor.

Cuando Mayer llevó a Ruby a la cama esa noche, vio la cara de Lola en su cuerpo.

Cuando Lola se fue a la cama esa noche, pasó horas pensando en lo que podría haber sido.

*****

Hugo se dio cuenta de dos cosas.

La primera era que realmente amaba a Lola.

La segunda era que su casa estaba llena de rocas.

La cosa sucedió así.

Tan pronto como se comprometieron, Lola dejó de comprar sombreros. Tan pronto como se mudaron juntos, se despojó de todos ellos. La primera vez que Hugo entró en su nuevo hogar conjunto se sintió abrumado por el peso de su ausencia.

Lola había encontrado una nueva salida para su personalidad adictiva.

A partir de ese día empezó acumular rocas. Rocas pequeñas. Rocas grandes. Rocas redondas. Rocas cuadradas. Rocas de todo tipo y variedad empezaron a aparecer a razón de aproximadamente una por día. Ocuparon el lugar de los sombreros que les habían precedido.

Hugo estaba tan preocupado con el trabajo y el estudio y tan concentrado en la propia Lola que no notó esas rocas hasta que fue imposible no hacerlo. Estaban en todas partes.

Sintió que tenían que hablar.

—¿Por qué tenemos todas estas rocas?

—Coleccionar rocas es súper divertido. Todas tienen una forma y tamaño diferente.

—¿Pero por qué?

—Las rocas son como las personas.

—¿Lo son, cariño?

—Sí, todas tienen personalidad diferente.

—¿Pero para qué tantas? Apenas puedo moverme.

—Supongo que no puedo evitarlo. No sé qué roca es cuál y ya he empezado a olvidarme de sus nombres, pero quiero a todas y a cada una de ellas.

—¿Podemos sacar alguna afuera?

—No lo creo. Mis rocas son como niños para mí y uno no deja a los hijos afuera. Ahora tendrás que disculparme. Quiero comer un poco de kitchiri.

Lola fue a la cocina, donde empujó su boca llena de arroz, crema y pescado ahumado.

Hugo miró las rocas entre sus pies, su sillón, el rodapié y la mesa de café. Le parecía que cada centímetro de su casa había sido ocupado por una roca o una planta.

Sonrió y se dijo a sí mismo.
«Mi esposa es perfecta. Absolutamente y completamente perfecta».

DELIRIOS DE GRANDEZA

«Son muy pocas las personas que se miran en el espejo y piensan que la persona que tienen en frente es un monstruo. En lugar de eso tienden a formar una historia que justifica sus acciones».
NOAM CHOMSKY

Archibald estaba completamente roto por dentro. Simplemente no podía creer la forma en que había sucumbido a Úrsula.

«¿Cómo puedo ser tan débil? ¿Es que no he aprendido nada?»

Se sentía como el boxeador que sobre las cuerdas aguanta golpe tras golpe, encogido, agachado, pero casi de pie. Necesitaba la fuerza que no tenía y la energía que ya había gastado.

Tomó un respiro profundo y se preguntó a sí mismo.

«¿Qué es lo que me hace falta? ¡Poder! ¿Qué necesito? ¡Poder! ¿Qué es lo que voy a buscar? Poder. Poder. ¡Poder!»

*****

Cualquier persona del montón puede creerse una verdad. Se necesita a alguien especialmente iluso para creer una mentira.

Archibald pertenecía a ese grupo de tontos. Volvió sobre sus pasos diciéndose a sí mismo que tenía que ser persistente, que tenía que seguir intentándolo y que no podía rendirse. Creía que las cosas mejorarían.

Las cosas sigieron igual.

Archibald siguió buscando sexo en los parques. Le daba ese subidón de poder que tanto ansiaba, pero que terminaba sumiéndole en la autocompasión. Cuando comenzó la temporada de lucha libre, se llenó los bolsillos y se mudó a una clase mejor de prostitutas. Volvía a quedarse en la estacada y con menos dinero que antes.

A veces se iba con mujeres que vendían sus cuerpos en la calle, con chicas que harían cualquier cosa para ayudar a una compañera y cualquier cosa para satisfacer a un hombre. Llegó a reconocerlas con los ojos cerrados, simplemente por su perfume.

Visitó las casas bajas de las calles de Whitechapel, Wapping y Ratcliffe Highway. Estaban dirigidas por empresarios judíos que cobraban de más a sus inquilinos. Estaban llenas de prostitutas que rara vez pagaban alquiler. Archibald escuchó como llamaban a sus propietarios «asesinos de Cristo» y «herejes» a modo de justificación.

Archibald frecuentó estas casas de noche en las que se ofrecía el licor de los licores y en las que los porteros estaban siempre pendientes del vigilante de turno.

Archibald simpre buscaba prostitutas que se parecieran a Lola. Rara vez se acostaba con ellas. Normalmente terminaba con lo chicas más voluminosas. Eran mujeres musculosas con axilas peludas, muslos tan fuertes que podían aplastar a un hombre y un sudor sabía a caldo de pollo.

Archibald nunca aceptó que encontrara a esas mujeres más atractivas que a otras más afeminadas. Se decía que estaba convencido de que eran las mejores amantes. Creía que por su apariencia se sentían más comprometidas a satisfacer a los hombres. Las mujeres más hermosas solían ser más pasivas y actuaban como si el mundo les debiera vivir.

Pasó por las chicas de todas las edades y de todas las razas. Una vez sintió la tentación de dormir con un hombre. Trazó ahí su línea.

«Necesito ponerme algún tipo de límite»

Y con esto salió furioso, encontró a una mujer musculosa, la llevó a la cama e imaginó que era Lola.

*****

Archibald todavía sentía el amor de Hugo por Lola como si fuera el suyo. Lo sintió cuando Lola liberó a Hugo de su odio hacia sí mismo, cuando Hugo miraba bailar a Lola y cada vez que Lola hacía sonreír a Hugo.

Esta forma extrema de empatía inspiró una forma extrema de enamoramiento.

Archibald imaginó lo que Lola podría estar haciendo y cómo. Imaginó cómo su matrimonio debía estar desmoronándose por momento y cómo abandonaría a Hugo y correría a sus brazos.

Continuó dibujando la imagen de Lola. Raspaba el lápiz con tanta intensidad que hizo que los perros callejeros aullaran y que los gatos maullaran y que los pájaros se alzaran en vuelo oscureciendo el sol.

Empezó a escribir cuatro inofensivas letras: L-O-L-A. Sobre las hojas de otoño, en la espuma de su cerveza y en los pliegues de sus palmas. Lo hizo sin pensar, inconsciente de quién podría estar mirando o cómo podrían reaccionar.

Continuó soñando con Lola. Cada vez que dormía, entraba en un reino alternativo en el que él y Lola se casaban.

*****

Sería fácil juzgar a Archibald con dureza por la forma en que trataba a las mujeres. El propio Archibald lo hacía. Hay que tener en cuenta que él nunca engañó a una virgen inocente en la forma en que Hugo engañó a Lola o en la que Mayer engañó a Ruby. Tenía una especie de código moral. Siempre era abierto y honesto con sus intenciones. Siempre pagaba un precio justo por el sexo. No se acostaba con menores de dieciocho años y nunca usaba la fuerza o mentía para llevar a una mujer a la cama.

El sexo no le dio a Archibald el poder que ansiaba. Todo lo contrario, el sexo de había apoderado de él. Su deseo sexual era ya una adicción que nacía de la necesidad de escapar de la realidad y entrar en otro mundo.

Las cosas empeoraron.

Los juegos que una vez jugó con Úrsula ya no le satisfacían. Despreciar a las mujeres ya no le satisfacía. Satisfacerlas ya no le satisfacía.

Archibald inventó mundos de irrealidad. Consiguió convencer a las prostitutas de que fingieran ser sus acosadores de la infancia. Les vencía en la batalla. Les callaba y les penetraba. Alzaba los brazos y se dejaba caer en el abandono. En ese momento vencía a sus maltratadores. En ese momento, tenía el control.

Nunca duró.

Archibald consiguió que las mujeres con las que se acostaba fingieran ser las dueñas de las fábricas que arruinaron su pueblo, los comerciantes cuyas solicitudes llevaron a la muerte de Raymondo y los lugareños que no lograron salvar a su familia de las llamas. Él inmovilizó a esas mujeres, se levantó, se adoró a sí mismo y luego se derrumbó.

No tenía límite. Trataba a esas mujeres como objetos que satisfacían sus necesidades. Temía que se subordinaran, así que fingía ser poderoso. Le daba miedo la intimidad y la reemplazó con intensidad. Tenía miedo de la soledad y se acostó con una mujer diferente cada noche.

Incapaz de controlar sus emociones, se sintió avergonzado, como un explotador, sombrío, sin alegría u honestidad, abatido y deprimido. Enmascaró esas emociones negándolas.

Mareado en su propio vértigo moral, negó que esa acciones salieran de su persona. Eran más bien acciones compulsivas desconectadas de su ser real.

Archibald se había convertido en un adicto al sexo.

Como cualquier adicto, anhelaba el siguiente golpe.

Como cualquier adicto, lo arriesgó todo: sus relaciones personales, el negocio y la lucha.

Como cualquier adicto, nunca lograba quedaba satisfecho. La siguiente vez tenía que ser más intensa que la anterior. Fue efímero. Una ilusión de amor, de ternura y de pertenencia. Camuflaba el dolor, pero no lo atacaba de raíz.

Archibald se balanceó de una euforia temporal a un malestar permanente.

Para Archiblad el sexo ni siquiera era placentero. No le gustaba acostarse con mujeres. El sexo era una forma de escapar de la vergüenza. Una forma de recuperar el amor que se le habían robado.

Finalmente, aceptó la realidad.

«Soy un adicto al sexo».

No podía desahogarse con nadie.

«¿Qué dirán de mí? La gente entiende el alcoholismo y la adicción al juego. Pero ¿la adicción al sexo? Estoy seguro de que dirían que todos somos adictos al sexo y luego se reirán de mí a mis espaldas».

*****

La mente de Archibald no podía dejar de pensar en sexo. Trabajaba, pero solo de cuerpo presente. Los clientes iban y venían sin registrarse en su conciencia. Luchaba, pero no podía dar el 100 %. Su cuerpo, fatigado por las conquistas sexuales, se negó a hacer las cosas que una vez encontró tan fáciles. Su mente tardó en reaccionar.

Las pérdidas comenzaron a aumentar, el poder de Archibald se le escapó de las manos y el hombre de sombrero dejó de pagar para perder.

El agente de apuestas que había ganado miles de libras con las peleas de Archibald, desapareció tan pronto como la gente dejó de apostar por Archibald. Fue entonces cuando Archibald se dio cuenta de que no sabía nada de ese hombre, porque el vacío que creaba su ausencia se podía medir en libras y peniques, pero nada más.

Aún así, fue un gran vacío. Archibald había perdido su principal fuente de ingresos.

*****

La adicción de Archibald al sexo le había costado su dinero, su cordura y sus amigos. Descuidó regularmente sus compromisos sociales para tener relaciones sexuales. Sus cambios de humor rozaban lo insoportable.

No podía evitarlo.

Así fue como comenzó a visitar Soldiers Women, prostitutas de tan bajo estatus que le daban mala fama a su profesión. Se acostaban, como habrás adivinado, con soldados, pero como los soldados solo ganaban un chelín por día, tenían que acostarse con varios hombres cada noche. El resultado era sífilis y cuerpos amoratados.

Con una de estas pobres mujeres paso Archiblad esa fría noche de verano. Su aspecto era repugnante, cubierta con harapos y la piel llena de erupciones. Archibald estaba agradecido por su falta de vergüenza.

Se retiraron a su habitación, una vieja caja desvencijada que compartía con otras dos mujeres. Todo parecía estar hecho de madera, incluidas las ventanas, las paredes y el techo. El único artículo que no estaba hecho de madera era un sucio lavabo que goteaba agua nociva en el suelo podrido.

El hedor de la humedad se mezcló con el olor a ginebra del aliento de Archibald.

—Vamos, mi amor —dijo la mujer. —Seré tu matón o lo que te venga bien.

Agazapadas en una esquina, otras dos prostitutas rieron disimuladamente.

Archibald recogió a su mujer, la inmovilizó, la pellizcó, la apretó, la empujó y tiró de ella. Él gritó de alegría y luego se desahogo en su fláccida figura.

Cuando levantó la vista, las otras dos mujeres se habían ido con su ropa y su dinero. Archibald tenía una expresión vidriosa, consternado pero indiferente. Su vida había ido tan mal que no le sorprendió cuando las cosas empeoraron. En todo caso, se sintió agradecido de que no le hubieran robado antes. Parecía un milagro, si pensaba en ello.

—Te traeré algo de ropa —dijo la mujer, como si fuera la cosa más natural del mundo.

Archibald apretó los dientes.

*****

Aquella mujer no regresó.

Un enano lo hizo.

Todo sobre ese hombre parecía aspirar a aires más altos. Unos zapatos con plataforma le elevaban cuatro pulgadas del suelo y su pelo rizado y su camisa rosa parecían gritar. «¡Mírame! ¡Mírame!»

Entoces comenzó a gritar.

—¡Mírate! ¡Mírate!

Hasta su tono era agudo

—Ooh, eres un chico fuerte. El tipo de hombre que estábamos buscando con músculos fuertes y la espalda ancha. ¡Apuesto a que podrías batir tu peso en gatos salvajes!

—¿Eh?

—Bastante el espécimen. Todo el espécimen. Apuesto a que podrías ser un boxeador.

—Toda la razón. Soy un luchador.

—Oh, aún mejor. ¡Aún mejor! Amo a un hombre que puede lidiar.

—Err, si. ¿Quién eres tú?

—Yo, joven luchador, soy lo que ellos llaman un ganso. ¡Me llaman «el ganso»!

—¿Hay un eco aquí?

—¡Eco! ¡Eco! No, no lo creo.

Archibald alzó las cejas.

The Ganso colocó una pila de ropa en la cama.

—Puedes quedarte esto gratis.

—Te lo agradezco.

—Nada en la vida es gratis.

—¿Cómo?

—Dije que podrías tener estos gratis.

—Gracias.

—Pero hay un precio que pagar.

—¿Qué?

—Para la ropa. Puedes quedártela, es un regalo. Sin embargo, estaría bien que nos devolvieras el favor con tus servicios.

—¿Mis servicios?

—¡Tus servicios! Tu servicio … Sí. Proteger y servir. Sirve a tu país Tu país te necesita. Por el rey y el país. Dios salve al rey. Envíalo victorioso, feliz y glorioso. Haz ese sacrificio. Sé valiente. Toma la espada de la justicia. Conviértete en la mejor versión de ti mismo. Se lo mejor que puedas ser. Se todo lo que puedas ser. ¡Ve al ejército! ¡Alístate ahora!

— Entonces estás diciendo…

—Por la virgen, creo que lo ha pillado. ¡Dale una pistola al chico!

—No, no, me he perdido.

—Bueno, has encontrado al hombre correcto. Pronto te pondremos en vereda.

—¿Ponerme en vereda?

—Te doy todo lo que siempre has querido: entrenamiento, dinero, chicas y poder.

—¿Poder?

—¡Mucho poder!

—¡Me apunto!

—Ese es mi chico.

*****

El Ganso era un reclutador, un ciudadano privado que se ganaba la vida reclutando para el ejército. Crimps tenía una reputación de trapacería, astucia y coacción absoluta. Era una reputación que se merecía completamente. Se sabía que Crimps secuestraba hombres, los arrojaba a una celda, los desnudaba, los vestía con un uniforme del ejército, los arrastraba a un barco y los enviaba a la guerra.

El Ganso no era tan violento.

Independientemente de un truco o dos, estaba más a favor de un enfoque más amistoso o amable. Su artimaña más característica consistía en navegar un barco de vapor por el Támesis, invitar a hombres a bordo, servirles alcohol y hablarles dulcemente hasta que sucumbieran a su encanto.

Era uno de los favoritos entre los altos mandos del ejército.

Había convencido a Archibald ofreciéndole a nuestro todo lo que quería; sexo, poder y dinero.

—Te convertirás en un rico *nabab*, un miembro de la alta sociedad, como Robert Clive. Le daremos una comisión sobre el dinero que gane. Viajarás por el mundo. ¡El mundo! Te acostarás con el tipo de mujeres que nunca podrías imaginar. ¡Y solo piensa en el poder! Serás como un rey. Con músculos como los tuyos, nadie se atreverá a acercarse a ti.

Archibald sonrió. No tenía dinero, mujeres ni poder, pero tenía esta oportunidad y estaba decidido a aceptarla. Se inscribió para un período de diez años y fue a despedirse.

Mayer se puso de pie para saludarlo.

—¿Puedes creer esta lluvia que hemos estado teniendo?

Archibald se encogió de hombros.

—Es Inglaterra, ¿qué esperabas?

—¡Un día lluvia y al otro también!

—Bueno, he venido a decir que me he alistado en el ejército.

—¿Qué? ¿El ejercito? ¡Podrían matarte!

—Una pequeña muerte nunca hizo daño a nadie.

—¿Estás seguro de lo que vas a hacer?

—¡Absolutamente! La muerte es pan comido. Es la vida lo que es jodidamente duro.

—Bueno, en ese caso, tengo que desearte buena suerte. Estoy seguro de que serás una honra para el país.

Bebieron un poco de cerveza. Hugo dijo su opinión.

—Esto ha salido de la nada.

—¿De la nada? No, ha salido de ti.

—¿De mi?

—¿No te acuerdas? Una vez me dijiste cómo te ganaste a Lola al salvarla de algunos asaltantes. Bueno, ahora es mi turno de ser ese tipo de persona, el caballero de brillante armadura que siempre se lleva a la chica.

Archibald creyó lo que estaba diciendo. Creía que si demostraba que estaba en el extranjero, podría regresar con la cabeza en alto y ganar a la chica de sus sueños. Él se estaba convirtiendo en un soldado para Lola. Él no creía que su matrimonio duraría y estaba decidido a ser digno de ella cuando volviera al mercado.

Pensando que Lola en realidad podría ser suya, Archibald fue superado por una súbita oleada de confianza, lo que hizo que su abdomen se sintiera deliciosamente cálido. En un espíritu de amor fraternal, Hugo y Mayer también sintieron esta calidez, lo que les tranquilizó.

Todavía sentían las emociones del otro porque, en el fondo, seguían siendo la misma persona. Una persona que acaba de pasar a tener tres cuerpos separados. Mientras que su educación los había separado, seguían unidos unidos por algo más fuerte que la sangre, una naturaleza compartida. Se consolaban por la forma en que lucían lo mismo, como el padre de Hugo y se consolaron en sus comienzos compartidos. Sintieron que volvían a una vida perdida cada vez que estaban juntos. Hugo y Mayer miraron a Archibald y tuvieron el mismo pensamiento.

«Así hubiera sido yo, si hubiera vivido lo que Archibald pasó de pequeño».

Archibald bebió de su cerveza.

«Nunca voy a ser débil de nuevo. La guerra me ayudará. ¡Seré sádico! Voy a hacer llover una plaga de furia sobre cualquiera que tenga la suerte de ponerse en mi camino!»

Mayer agarró el muslo de Hugo.

—Solo asegúrate de ser fiel a ti mismo. Siempre estaremos aquí si nos necesitas –dijo Hugo.

Archibald empujó a Hugo de su silla.

—Eres un sensiblón. ¡Nunca os volveré a necesitar!

*****

Archibald vendió su tienda a la ferrería, gastó cada centavo que recibió en prostitutas, hizo las maletas y se fue al mar.

EL DINERO CRECE DE LOS ÁRBOLES

«El proceso por el cual los bancos crean dinero es tan simple que la mente lo repele».
JOHN KENNETH GALBRAITH

Mayer vio a Hugo y a Lola en varias ocasiones. muriéndose de la risa con el espectáculo de marionetas «Punch y Judy» en el Covent Garden. Engullendo anguilas en gelatina y con la cara sucia en St Katherine Docks. En un espectáculo en Regents Park dados de la mano mientras miraban boquiabiertos a las mujeres barbudas. En un carruaje con la cabeza apoyada en el hombro del otro. Paseando con fluidez perfecta y la gracia de los tigres salvajes.

Cada vez que Lola veía a Mayer, actuaba con tanta serenidad que parecía que no se había registrado en su conciencia. Sus saludos rayaban la indiferencia, no había el más mínimo gesto que podría permitirle a Mayer sospechar que ella recordaba lo ocurrido entre ambos.

Cada vez que Mayer veía a Lola, sentía el amor de Hugo. Cada vez que lo sentía, el irrazonable latir de su corazón le convenció de que era suyo. El amor de Hugo todavía era incipiente y crecía día a día. Mayer por su parte estaba seguro de que era su amor por Lola lo que crecía y seguiría creciendo siempre.

La imagen de Lola quedó grabada a fuego en la mente de Mayer. Su olor se instaló en su nariz y escuchó el timbre de su voz en cada sonido.

Ruby parecía ser de segunda categoría en comparación. Su cuello no era tan fino. Su postura era menos delicada. Su pelo era no brillaba tanto. Su piel era menos lisa y su paso menos ágil.

—Te amo —le dijo Hugo a Ruby.

—Yo también te amo.

Le dio a Ruby un par de pendientes.

Ella se sonrojó.

—Por dios, cariño, no te merezco.

Mayer se encogió de hombros y se puso a trabajar.

*****

Clarky tenía un corte extraño. Su frente era tan ancha y el mentón tan estrecho que su cara parecía un triángulo., Sus pies eran demasiado grandes en comparación con sus piernas. Por si fuera poco, sus delgadas pantorrillas y sus gruesos muslos recordaban a los de un anfibio.

Su apariencia, sin embargo, nunca había sido motivo de preocupación. Todo lo contrario. El problema era que Clarky parecía tan poco amenazador que hasta inspiraba confianza. Por eso, cuando Mayer se encontró a Ruby hablando con él, no le costó creer que había sido Clarky el que se había acercado.

Estaban en un baile, música en directo y parejas planeadas.

—No —protestó Ruby. —¡Fue él el que se acercó a mí!

—¿Clarky? No parece de ese tipo de personas.

La cara de Ruby se puso roja.

—Pero cariño, ¡simplemente tienes que creerme!

Clarky puso sus manos en el aire y retrocedió.

—Por supuesto que te creo —respondió Mayer. —Cualquier hombre con dos ojos en la cara querría hablar contigo.

Ruby se arrojó a los brazos de Mayer y lo acribilló de besos.

—¡Gracias! ¡Gracias! ¡Gracias!

—Solo prométeme una cosa. Nunca vuelvas a hablar con él. No quiero que estés coqueteando con solteros. Es algo que no creo que pudiera perdonar.

Ruby negó con la cabeza.

—¡Nunca! Cariño, tienes mi palabra.

*****

Un par de semanas más tarde Mayer volvió a ver a Ruby con Clarky. Ella sostenía un anillo de diamantes que Clarky acababa de empuñar en su mano.

—¡Ruby! —Mayer gritó. —¿Cuánto tiempo lleva pasando esto a mis espaldas?

—Pero cariño, no es lo que parece. Este hombre...

—Es exactamente lo que parece. ¿Te crees que estoy ciego?

—Bueno...

—Te prohibí expresamente que hablaras con él.

—Ya, pero...

—Y aquí estás, hablando con él.

—Pero tienes que escucharme...

—Te dije que no podría perdonar algo así... y, no, no puedo. Hemos terminado. Prepara tus maletas y vete.

—¡Pero cariño!

—Pero nada.

—Yo...

Ruby fue directamente a un convento donde prometió nunca volver a confiar en un hombre.

Vivió sus días como monja, sin darse cuenta de la realidad. Clarky era cliente de Mayer y se había retrasado en sus pagos. Mayer le había pedido que se acercara a Ruby como un gesto de buena voluntad, a cambio de lo cual ajustó los términos del préstamo de Clarky.

*****

Mayer había pasado su veintena enriqueciendo al señor Bronze. Los días transcurrían igual que el anterior. Ampliar la red de contactos. Intercambiar monedas. Emitir pagarés. Hacer nuevos préstamos. Cobrar intereses.

Pasó poco a poco, pero pasó.

Mayer se dio cuenta de que la mayoría de los pagarés estaban sin cobrar.

La cantidad de monedas de oro y plata que la gente depositaba en las cajas fuertes del señor Bronze cada vez era mayor. El señor Bronze tuvo que comprar una tercera caja fuerte. Se llenó de oro. Se compró una cuarta caja fuerte y luego una quinta.

Después de mucha angustia mental y varias noches de insomnio, Mayer decidió realizar un experimento a espaldas del señor Bronze.

Puso una parte del oro en un saco con el dibujo de un cerdo alado y se lo prestó a Damian Black, un hombre meticulosamente solemne que deseaba convertirse en empresario de cajas fúnebres. Un mes después, ese mismo saco volvió a las manos de Mayer, pero esta vez por medio del señor Grim, un empresario de cajas fúnebres jubilado que había vendido su negocio a Damian Black. Mayer le dio al señor Grim un pagaré a cambio de su depósito.

Mayer prestó el saco de oro por segunda vez, esta vez a Baxter, un carnicero que quería abrir su propio local. Un mes después, el mismo saco de oro fue depositado por el señor Scrooge, un terrateniente que había vendido a Baxter el terreno que necesitaba. Mayer le emitió al señor Scrooge un pagaré.

Mayer volvió a prestar el saco una tercera vez, esta vez a Claud, un recién casado que quería comprar una casa matrimonial. Un mes después, la señora Feather depositó el mismo saco de oro; una viuda que había vendido a Claude su casa. Mayer le dio a la señora Feather un pagaré.

Mayer había creado tres nuevos préstamos con sus respectivos intereses. Ahora tenía tres nuevos acreedores que preferían tener pagarés en lugar de oro y el oro original, en caso de que alguno de esos acreedores deseara retirarlo.

De alguna manera, había creado tres nuevas deudas y tres créditos nuevos; tres nuevos conjuntos de dinero.

Sintiendo que ya había hecho suficiente, Mayer detuvo el experimento. Consideró prudente contenerse y ver qué es lo que pasaría después.

*****

—Sesenta y cinco libras, dos chelines, ocho peniques —dijo Mayer.

La reacción de Abe fue tan fuerte que tiro el té sobre el mantel favorito de Sadie.

—Eso es más de lo normal.

—Hmm.

Abe le lanzó a Mayer una mirada inquisidora.

—Estoy devolviendo mi deuda en su totalidad.

—Oh, bueno, sí. Espera May, déjame revisar mi libro de contabilidad.

Abe se fue.

Regresó, vistiendo un chaleco amarillo que era un poco más brillante que el que había estado usando antes.

Él comenzó a gritar.

—¡Tienes razón! Qué bien. Venga descorchemos el champán.

Mayer tensó sus mejillas.

—No, gracias.

—¿No gracias?

—No tengo ningún motivo para quedarme.

—¿Necesitas una razón?

—Sí.

—Bueno... quédate porque soy tu padre.

—No, no lo eres.

—Bueno, no, pero...

—Hemos saldado nuestras cuentas, ¿no?

—Sí y...

—Así que ya no es necesario que me ofrezcas champán y yo ya no tengo la obligación de aceptarlo.

—Supongo que no, pero la mayoría de los muchachos...

—La mayoría de los muchachos sienten una deuda de gratitud con las personas que los criaron. Es natural que intenten pagar esa deuda manteniendo una relación y ayudando a sus padres en tiempos de necesidad. Yo, sin embargo, he pagado mi deuda en su totalidad. No te debo nada y no tengo ninguna razón para mantener una relación.

—¡May!

—Gracias por los servicios que me brindasteís durante mi infancia. Ha sido un placer hacer negocios con usted. Adiós.

Abe tenía una expresión vacía.

Mayer agarró su mano y la sacudió con entusiasmo. Esta sería la última vez que ponía un pie en Buckingham Towers.

*****

Mayer se había librado de Ruby y de Abe. Ahora tenía dinero, pero eso era todo. Tenía pocas posesiones y ninguna familia. Tenía muchos amigos y conocidos, pero tras la despedida de Archibald hasta eso había cambiado.

Para llenar el vacío de su vida, Mayer adquirió un gusto por las mujeres. No por sus amantes. No, Mayer adquirió el gusto por las amantes de otras personas.

«Si no puedo estar con una chica respetable como Lola. Tendré que estar con la chica de un hombre respetable».

Mayer sentía una causa común con esas mujeres. Como él, venían de la clase trabajadora. Había salido adelante sin la ayuda de una educación formal pero con astucia y cada onza de belleza a su disposición. Habían ganado respetabilidad y un lugar en la buena sociedad.

Era el mismo recorrido que Mayer había hecho con mucha astucia, pero no con tanta belleza.

La primera amante de Mayer se hizo llamar Sal. Era una chica algo corpulenta. A treinta pasos de distancia, parecía un pomelo entre mandarinas. A veinte pasos de distancia, parecía un guerrero de los de antaño, pero a diez pasos, parecía una diosa. Ella tenía un magnetismo que llamaba la atención. Mayer no pudo evitar explorar sus contornos y curvas.

Sal, hija de un comerciante, siempre había soñado con escapar de la monotonía de la tienda de su padre. Como ella misma expresó.

—Mis padres son estúpidos, pasivos y extremadamente poco interesantes para mí. Me gusta la moda, también el teatro y en el pueblo en el que me crié me sentía vacia.

Sin mucha resistencia sucumbió a los deseos de un hombre local y se mudó con él a Londres. Cuando su relación terminó, se convirtió en la amante de un caballero llamado Raph.

A ella le gustaba su vida.

—Tengo todo lo que quiero y mis todos mis amigos me adoran.

Raph colocó a Sal en una casa adosada cerca de Regents Parks. Allí tenía un guardarropa, criadas, sirvientes y olor a hierba recién cortada. Le concedieron una asignación anual de quinientas libras que gastó en caballos, un anfiteatro en el teatro, joyas y zapatos.

A diferencia de Mayer, Sal no pensaba en el futuro. Al igual que él, tenía fobia al matrimonio y un hambre sexual insaciable. Compartían la creencia de que el mundo estaba dividido en dos grupos de personas: hijos de puta y reprimidos.

Tal vez por eso Sal sucumbió a Mayer.

—Estoy seguro de que todas las mujeres presentes en esta sala me desean —le dijo nada más conocerse en un baile. —Yo solo te deseo a ti.

Sal avivó su rostro.

—¿Me amas?

—Sí.

—Entonces ámame.

—¿Amarte?

—Hazme el amor toda la noche.

Fue así de simple.

Mayer visitó a Sal cada vez que Raph estaba con su esposa. Se comieron su comida y retozaron en su cama sin el menor remordimiento. Estaban seguros de que lo suyo nunca duraría. De que Sal dejaría plantado a Mayer en cualquier momento y de que Mayer haría lo mismo.

*****

Mayer finalmente vio a Jim McCraw.

—Hola, querido amigo –dijo animado. —¡Cuánto tiempo sin verte!

—Sí, muchacho, eso no puedo discutírtelo.

—El clima ha sido muy gris.

—Sí, así es aquí.

Mayer intercambió algunas monedas, escribió cinco pagarés y le preguntó a McCraw sobre su familia.

—Todo sigue como de costumbre —respondió antes de darse la vuelta para irse.

—Una cosa más –le llamó Mayer.

McCraw dio un paso atrás hacia el mostrador.

—¿Sí?

—Tus pagarés, ¿los estás cobrando en Francia?

—No.

—¿No?

—No, hijo, no hay necesidad. Los proveedores los llevan aceptado muchos años.

—¿Ah, sí?

—¡Sí! Saben que pueden cobrarlos en cualquier momento.

—¿Entonces los cambian por oro ellos mismos?

—No.

—¿No?

—Los gastan.

—¿Gastarlos?

—Sí. Un guiño es tan bueno como un guiño a un caballo ciego. Se los gastan, como si fueran dinero, sin siquiera hacerlos efectivo.

Mayer asintió.

—Hmm. Sí, lo sabía.

AMA A TU VECINO

«Cuando ves a un hombre ahogándose, tienes que salvarle aunque no sepas nadar».

IRENE SENDLER

Hugo se tituló como médico y comenzó a trabajar para Nicholas. No era suficiente para Lola.

—No vale con ser solo un simple médico. Tienes que ser una persona.

Hugo alzó las cejas.

—No es suficiente.

—¿No lo es, cariño?

—Te estoy diciendo que no. Ahora si me disculpas, me voy a comer un poco de *bubble*, plato típico inglés a base de verduras fritas y coliflor.

Lola se fue a la cocina y empezó a comer caracolillos.

Hugo miró una de las muñecas de Lola, hasta que sus ojos se encontraron con la Biblia abierta sobre la mesa.

«La gente no desprecia a un ladrón si roba para satisfacer su hambre cuando está hambriento».

Fue el verso lo que resonó en la cabeza de Hugo la primera vez que robó.

Siguió leyendo.

«Pero si le encuentran, debe pagar su deuda siete veces. Tendrádonar toda la riqueza de su casa».

Así había sido Lola desde el principio. Parecía saber lo que Hugo estaba pensando, incluso antes de lo hiciera. Siempre iba un paso por delante y le motivó para ayudar a su mente a ponerse al día.

En ese momento, Hugo tomó consciencia. No se sentía culpable por su robo. Los días de sentirse culpable eran ya parte del pasado. El deber de compensar su deuda con la sociedad, no.

Esperó a que Lola volviera, sonrió y le dijo.

—Voy a devolver algo.

Lola le besó la mejilla.

—Sí, mi amor. Así es.

*****

Este es el momento en el que Hugo innoble de nacimiento, se volvió noble por acción.

Se dirigió a la panadería Brown. Allí cambió unos centavos por la cantidad de clavos equivalente a los que una vez había depositado. La expresión de sorpresa en el rostro de la señora Brown era algo digno de ver. Su frente avanzó hacia un territorio que anteriormente solo tenía su cráneo y sus hicieron lo mismo.

—Y veintiún barras de pan.

—¿Veintiuna?

—Sí, por favor.

—Eso es mucho pan.

—Es siete veces la cantidad que compré con estos clavos.

Hugo arrojó un saco de arpillera lleno de pan por encima del hombro y se dirigió a los muelles, donde empezó a buscar a Honest Jim. La mayoría de las personas lo ignoraron, unos se rieron y otros suspiraron. Finalmente, un anciano jorobado respondió a sus llamadas.

—Honest Jim, ¿dices? Sí, sí le conocí. No era tan honestos, después de todo ni siquiera estoy seguro de que su nombre fuera Jim. Ni siquiera puedo decir que realmente lo conocí. De hecho, no estoy seguro de que alguien conociera a Honest Jim de verdad. Bueno, ¿por dónde iba?

—Estaba buscando a Honest Jim.

—Ah sí, Honest Jim. No era tan honestos después de todo, ni siquiera estoy seguro de que su nombre fuera Jim.

—¿Dónde está?

—Nadando con los peces. Le dimos una tumba salada. Una buena tumba salada a ese marinero de agua dulce.

—Él no era un marinero.

—No, no lo era. Ni siquiera estoy seguro de que su nombre fuera Jim.

Hugo jadeó.

—¿Dónde está su tripulación?

—Serán esos de allá.

—¡Gracias! Ha sido usted muy amable.

—Sí, sí que lo soy. ¡Eh!, ¿a dónde vas con tanta prisa? ¿Qué te parecería darle un poco de pan a un pobre viejo?

Hugo se giró y le arrojó al hombre una barra de pan y continuó su camino. Le devolvió los clavos a la tripulación de Honest Jim y antes de pasar por East End, le dio pan a una madre sin techo, a un veterano lisiado, a algunos carteristas que no se parecían en nada a Hugo y a algunos huérfanos que eran su viva imagen.

Cuando llegó al Old Bailey solo le quedaba una barra de pan.

La sombra que proyectaba la prisión de Newgate era grande.

Le susurró en una voz que le transportó a otra época.

—Hugo...

Hugo se paró en seco.

—Hugo...

Negó con la cabeza. Era imposible.

—Hugo...

Se dio la vuelta.

—¡Psst! Señor Crickett, por aquí.

Hugo miró en todas direcciones.

—¿Dizzy?

—¡Pepito grillo! Llevo sin verte desde que...

—¿Dizzy? Fizzy Dizzy? ¿Qué te ha pasado?

—Estoy muy jodida, ¿verdad?

—No te muevas.

—De acuerdo.

—¿Por qué?

—No sé.

—¿No lo sabes?

—No.

—¿De verdad?

—Bueno, un viejo me dijo que era para vender mi cuerpo. Pero no sé. Al menos, es mi cuerpo o así es como yo lo veo.

Hugo asintió.

—¿Puedo ayudarte?

—¿Tienes comida? Estoy tan hambrienta que me comería cualquier cosa. Estoy a medio camino de desaparecer.

Hugo cogió la última barra de pan, la partió en pedazos y se la pasó por los barrotes.

—Quiero decir, ¿puedo hacer algo para sacarte de aquí?

—Nah, esperaré a que se hayan cansado de mí para que me saquen. Dicen que me pudriré aquí, pero es un farol. Pero si pudieras regresar cada noche con un poco de pan. buah sería grandioso.

Hugo guiñó un ojo.

—Puedes contar con ello. Después de todo somos hermanos.

*****

Hugo corrió a los brazos de Lola.

—Lo hice. ¡Simplemente fui y lo hice!

—¡Maravilloso!

—Te amo, bollito.

—Yo también te amo.

—Pagué a la señora Brown, di pan a los pobres y ayudé a mi vieja amiga Dizzy. ¡Fue increíble! Fue más placentero que la más dulce de todas las mermeladas.

Lola sonrió.

—Hay placer en hacer el bien.

Hugo hizo una pausa. En ese momento, el amor por su esposa le abrumó. Un segundo más tarde fueron tres muñecas. Una con grueso cabello rubio estaba sentada en las escaleras. Las otras, una pecoso y otra sin ojos, estaban de pie junto a la puerta.

*****

Como había aprendido a amarse a sí mismo, Hugo había podido amar a otra persona: Lola. Ahora, empezaba a amar a todos los demás.

Hugo había descubierto *ágape*.

Ágape es amor benevolente, basado en la buena voluntad para con toda la humanidad. Conocido como «bondad de amor» por los budistas y «caridad» por los latinos es un tipo radical de amor.

Cuanto más cómodo se sentía Hugo en compañía de Lola, menor era la necesidad de impresionarla. Seguía diciéndole que la amaba, seguía regalándole flores, le preparaba pasteles, le abría la puerta y le dijo a todos lo maravillosa que era. Ya no sentía la necesidad de acecharla, engañarla, vestirse con ropas de lujo o presumir. Ahora podía destinar toda esa energía a realizar actos benevolentes, a sabiendas de que Lola estaría con él. Ella era su mayor animadora y su crítica más dura. Ella era la roca sobre la que construyó su amor.

*****

Cada año, Lola le pregunta a Hugo qué le gustaría para Navidad. Y cada año, él pidió doce lápices.

Esto dejó a Lola un poco insatisfecha. Le hubiera gustado haberle dado a Hugo algo más grandioso. Respetó sus deseos y nunca le compró nada más.

Hugo usó esos lápices, uno por cada mes, hasta que solo quedó el final de los lápices. Guardó esos talones en una caja. Dijo que cada uno poseía un alma hecha de las historias que habían contado y que sería un error deshacerse de ellos.

Por esta época, Hugo comenzó a usar esos lápices para documentar los problemas en el East End de Londres. Un lugar en el todo se fusionó y se transformó. Los ricos empujaron a los pobres y los inmigrantes, a los locales.

Hugo vio las semillas del bien y del mal. Los frutos del trabajo duro y el desperdició del potencial no aprovechado. Hizo una nota de todos los niños que vio abandonados en las puertas o abandonados en hostales. Él documentó a estafadores, pecadores, ladrones, estafadores, prostitutas y proxenetas.

Su corazón se hinchó, su mente se enfureció y su cuerpo siguió adelante gracias a dos fuerzas: la ira contra la injusticia y la esperanza por un mundo mejor.

Después del trabajo recorría las calles cosía, vacunaba, medicaba y curaba a los pobres. Daba pan a los hambrientos, abrazos a los no amados y compañía a los solitarios. Luego abría su libreta, buscaba a la persona a la que había ayudado y marcó su nombre.

Era una batalla perdida. Vio tanto sufrimiento que llenaba sus cuadernos con nombres a un ritmo mucho más rápido de lo que podía tacharlos. Sufrió por no hacer lo suficiente. Quería hacer más. Mucho, mucho más.

*****

Hugo sentía el deber, sobre todo, de ayudar a las personas que le habían ayudado.

Visitó a Dizzy en la prisión cada noche. Cada noche le pasaba una gran cantidad de golosinas a través de los barrotes, mientras los otros reclusos lo colmaban de blasfemias y elogios. Cuando por fin salío, Hugo llevó a Dizzy a cada muelle de la ciudad. No paró hasta que encontraron con un capitán que dispuesto a reclutarla. Consiguió irse al mar, tal y como había soñado desde pequeña.

Hugo llevó a Izzy al señor Orwell para que aprendiera a leer y escribir y luego la contrató como recepcionista. Alquiló a Jo en un puesto en el mercado de pescado de Billingsgate y convenció a Bear de que fuera el aprendiz de Wilkins. Le compró a Bib un carro lleno de manzanas para que pudiera convertirse en un vendedor ambulante. Luego se dirigió a los muelles.

En la época en la que Hugo se buscaba la vida rebuscando en el barro, el Almirantazgo Real debía a los jornaleros de Deptford Docks un salario de doce meses. A esos hombres se les permitió tomar los restos que pudieron. Hugo había visto a personas como Crafty Chris coger restos de tela, trozos de madera, arandelas, escobas, cáñamo, lienzo, pernos, bacalao y, por supuesto, esas ubicuas uñas de hierro.

Cuando el gobierno comenzó a pagar a los estibadores a tiempo, mancharon el acuerdo anterior y lo denominaron «robo en el lugar de trabajo». Establecieron un estado policial y espiaban a los trabajadores gracias a una torre de vigilancia gigante y castigaron a cualquiera que se hubiera ido con propiedad del estado. A algunos estibadores les azotaron frente a sus compañeros de trabajo. A otros les encarcelaron.

Sobre todo lo demás, Hugo sentía especial gratitud con aquellos estibadores. Sin ellos, no habría tenido nada que recoger en el barro. Podría haber muerto de hambre.

Al enterarse de la situación, Hugo no pudo no hacer nada. Llevaba comida a cualquier estibador que se encontraba en la cárcel, cuidaba a sus familias y les cosía las heridas. Él les ayudó, pero también se benefició a sí mismo. Cada vez que miraba a los ojos de un obturador, vislumbraba brevemente a su niño interior mudo, silenciado por la vanidad, pero capaz de hablar un lenguaje melifluo que estaba goteando de emoción.

El amor que sentía le trajo a Hugo cierto tipo de paz. Aún no era suficiente. Sus cuadernos seguían creciendo y seguía teniendo ganas de hacer algo más.

*****

Hugo se encontró cara a cara con un ejército de muñecas de porcelana. Miró sus rostros antinaturales, libres de calor, con ojos saltones, cabello despeinado, labios fruncidos y mejillas abultadas. Observó sus extremidades rígidas, sus cuerpos deformes y ropas cansadas.

—Tus rocas se han marchado.

—Sí, tonto.

—Gracias, cariño. Te amo más de lo que las palabras pueden expresar .

—Yo también te amo.

—¿Pero qué pasa con todas estas muñecas?

—Me gustan las muñecas, supongo. Me hacen feliz. Puedes vestirlas con faldas pantalón y sombreros, vestidos y sombreros. He tenido muñecas desde que era bebé.

—Pero eres una mujer madura.

—Sí, supongo que sí.

—Entonces, ¿por qué tenemos ahora tantas muñecas?

Lola arrugó la nariz con condescendencia y sonrió con los ojos. Esto resultó ser un brebaje irresistible para Hugo, quien habló sin darse cuenta de lo que estaba diciendo.

—Deberíamos tener un bebé.

Lola asintió.

—Sí, deberíamos. Y ahora, mi esposo, me gustaría comer una tarta de melaza.

—Nos hemos quedado sin tarta de melaza.

—Bueno, entonces una galletas con fresas y nata harán el apaño.

Lola se dirigió a la cocina. Comió Eton Mess. Volvió. Cogió a Hugo de la mano, lo llevó a la cama y se quedaron allí hasta que Lola se quedó embarazada.

*****

Así era pues la vida de Hugo.

En los siguientes nueve meses, Hugo ayudó a noventa personas más y Lola compró novecientas muñecas más. Los ojos de las bulbosas muñecas espiaban a Hugo desde cada rincón y grieta. Dondequiera que miraba, veía bocas sin dientes, pies sin dedos y narices sin orificios nasales.

Tal vez por eso Hugo pasó más tiempo en la ciudad. Quizás esto, a su vez, fue la razón por la cual la piel de Hugo se volvió áspera y los primeros mechones grises aparecieron en su cabello. O quizás, tal vez fue el proceso natural de envejecimiento.

Lola dio a luz a una niña. Se llamó Emma, en honor a la madre de Hugo. En ese instante, el cabello de Hugo se volvió completamente gris.

Emma salió del útero riendo. Estornudó, hipó y eructó.

Los ruidos no cesaron.

Incluso cuando dormía, Emma roncaba, chasqueaba los labios o soplaba burbujas espumosas. Ella era una máquina de ruido. Siempre emitía sonido, a veces cosas nuevas que ni Hugo ni Lola habían escuchado antes.

Para ellos, era mágico. Su propio genio estaba inventando un lenguaje completamente nuevo. Para todos los demás, era insoportable. Aun así, a Hugo y Lola no les importaba lo que pensaran los demás. Tenían una boca nueva para alimentar, un nuevo cuerpo para abrazar y una nueva persona para amar.

¿QUÉ HACEMOS CON UN MARINERO SOBRIO?

«Aquellos que sean capaces de hacerte creer estupideces,
pueden hacerte cometer atrocidades».
VOLTAIRE

Hubo muchos nuevos reclutas en la nave de Archibald. Muchos de ellos contrajeron enfermedades tropicales. Algunos ni siquiera estaban interesados en convertirse en soldados. Biggins, un chico corpulento, admitió abiertamente que esperaba que le rechazaran por motivos físicos tan pronto como llegaran a la India. Quería una nueva vida y se había inscrito para tener un viaje gratis.

No todos en ese barco eran nuevos reclutas. Esa nave, de hecho, era un barco mercante. Simplemente estaba lleno de soldados y protegido por más cañones que un barco de guerra promedio. Cuando volviera de la India estaría lleno de algodón y seda. Las líneas entre el comercio y la conquista, el dinero y el poder se habían desdibujado hacía tiempo.

Además de soldados, ese barco transportaba empleados, armadores y monjas. Los cocineros habían venido a cocinar, las enfermeras a amamantar y los comerciantes a comerciar. Un vicario con dientes pequeños había venido a aliviar las conciencias de las personas. Decía a cualquiera que quisiera escucharle que podían hacer lo que quisieran siempre que sirvieran al imperio, porque el imperio servía a Dios.

Archibald intentó hablar con todas esas personas. Sin demasiado éxito.

Trató de adaptarse a la vida en el barco. De nuevo sin éxito. A menudo le podías ver con los brazos extendidos vomitando por la borda.

Archibald, sin embargo, hizo suyo el uniforme. Cada vez que se lo ponía, sentía la misma emoción que sentía cuando usaba su disfraz de baile de Morris cepillando ese minúsculo traje blanco y atando campanas a sus rodillas. Esa misma emoción que sentía cuando se vestía para ir luchar con esos calzones largos que acariciaban sus muslos y ese chaleco que añadía el toque extravagante.

Se enorgullecía de su larga chaqueta roja, sus ajustados pantalones blancos y su alto sombrero negro. Limpiaba y planchaba ese uniforme todos los días. Le encantaba la forma en la que abrazaba su piel. Le encantaba ponérselo y deslizarse por la cubierta cual modelo por una pasarela con un perfume que olía a betún, peluquería y grasa.

Hubo otro soldado que también se enorgullecía de llevar uniforme. Se llamaba Delaney y ese hombre también caminó y habló como Archibald. Las similitudes, sin embargo, terminaron allí. Los músculos de Delaney, aunque firmes, no eran tan grandes como los de Archibald. Su pelo, aunque marrón, no era tan largo. Él no venía de Londres, ni hablaba tan grave, ni luchaba o bailaba. Nunca había perdido a un padre, no trabajaba en una tienda o se había acostado con una prostituta.

Sus similitudes los unieron. Las diferencias también. Hablaron durante incontables horas y cada vez que atracaron, bajaron a tierra juntos y cogidos de la mano.

No pasó mucho tiempo antes de que Archibald buscara el burdel más cercano.

Lleno de mujeres nativas que habían sido expulsadas de sus tierras y se fueron sin nada excepto sus cuerpos. Esos lugares introdujeron a Archibald a un tipo de sexo que nunca antes había conocido. Era animal, pasional y rayaba lo violento. Archibald tenía orgasmos más fuertes que nunca y tan pronto como acababan, le corrompían aún más.

Delaney nunca entró en esos burdeles. Él esperaba a Archibald afuera.

—Estoy esperando a la persona adecuada —explicó.

Archibald asintió. Creía que las palabras de Delaney eran tan bellas como ingenuas.

—¿Qué pasa si nunca la encuentras?

—Me preocupa más encontrarla.

Archibald le dedico a Delaney una mirada de incomprensión.

—Y —continuó Delaney —no ser correspondido.

Archibald tensó sus mejillas y pensó en Lola.

«¿Y si ella nunca me ama de nuevo?»

Sacudió la cabeza, cerró los ojos, vio a Lola, puso su mano en el muslo de Delaney y le dio un suave apretón.

*****

Todos hasta los más feos tienen un ángulo desde el que parecen dioses del Olimpo. Ya verás, mírales brevemente desde el lugar correcto, con la luz adecuada y creerás haber visto un ángel. Luego se girarán, te moverás o la luz cambiará y creerás haber visto una ilusión. Esa imagen, esa pequeña visión del cielo, puede grabarse en tu mente. Si lo permites, la resonancia de esa belleza oculta puede quedarse en tu memoria para siempre.

Delaney tenía un bonito ángulo. Desde atrás y desde abajo, en la penumbra del crepúsculo, la cara de Delaney parecía tan suave, tan nítida y sensual que parecía un error compararlo con otras. Ni el David de Michelangelo o la Mona Lisa de da Vinci poseen tal encanto.

Sin embargo, visto desde cualquier otro ángulo, Delaney pertenecía a la media. Sería igual de falso decir que era guapo como que era feo. No se acercaba a ninguno de los extremos. No había nada de malo en su rostro, pero tampoco había nada maravilloso.

Sería más fácil describir la cara de Delaney hablando de lo que faltaba. No tenía manchas, marcas o cicatrices. Su nariz no era curvada. Sus labios no estaban torcidos. Era casi imposible encontrar defectos en sus rasgos faciales. Sin embargo, su rostro carecía de carácter. No hubo líneas marchitas, peculiaridades, misterios, imperfecciones o heridas de batalla. La cara de Delaney, en pocas palabras, era solo una cara. Su cuerpo era solo un cuerpo. Él tenía un hermoso ángulo, como todos pero eso es todo.

Para Archibald, sin embargo, esto fue una cualidad. El anonimato de Delaney era reconfortante. Sintió que podía abrirse.

—Tengo un problema.

Delaney asintió.

—Soy un adicto al sexo.

Delaney apretó el muslo de Archibald.

—Me estoy volviendo loco. No puedo dejar de pensar con el rabo. Tengo que aprender a controlar mis impulsos.

Fue más fácil decirlo que hacerlo.

Archibald seguía acostándose con prostitutas cada vez que atracaban, pero ya no lo hacía con tantas. Sabía que necesitaba abstenerse por completo del sexo. Como el alcohólico que se vuelve abstemio. Necesitaba encontrar una alternativa.

Intentó salir a correr. Eso requería demasiado esfuerzo. Intentó comer los chiles más picantes que encontró. Leyó. Jugó a las cartas. Se flageló. Escribió sobre sus experiencias y habló con Delaney. Después decidió que igual había desechado la idea de correr demasiado rápico. Corrió por la cubierta. Subió corriendo las escaleras. Trepó por la red y trepó al mástil.

Tirado en el suelo y sin aliento, se acordó de porqué había desechado la idea antes. Correr era muy duro.

Decidió masturbarse. Era más fácil. No tenía que salir de la habitación. Fue más efectivo. Eliminó el deseo sexual.

Pensó en Lola cada vez que se masturbaba. Se dijo a sí mismo que si quería paz, tenía que ser leal a Lola, acostarse con otra persona sería una traición. Luego habló con Delaney.

Archibald habló con Delaney sobre todo lo que se le pasaba por la mente. Ese hombre se había convertido en su pilar. Él era también su mejor animador y su compañero más leal. Su abstinencia actuó como ejemplo para Archibald. Con el tiempo, Archibald siguió sus pasos. Consiguió dejar el sexo.

*****

Para llegar a la India había que atravesar unos pocos miles de millas en el mar. Esto le dio a Archibald tiempo para pensar.

Durante este tiempo Hugo ayudó a sus amigos. Cada vez que hacía una buena obra, se llenaba de amor por Lola. Archibald sintió ese amor como si fuera el suyo. Abrió su cuaderno y abrió su corazón. Escribió ese tipo de cartas de amor que era incapaz de escribir cuando podrían haber hecho una diferencia. Se envenenó con el humo de su lámpara. Aguantaba despierto toda la noche. Hizo sus cartas confeti y las esparció por el mar.

El mar brillaba como un espejo del sol.

Archibald estaba viviendo una mentira. Negó lo desesperado de su situación con Lola. Negó su debilidad y sus impulsos sexuales reprimidos. Todos los nuevos reclutas del barco estaban viviendo la misma mentira. Todos habían escuchado los sermones del oficial de reclutamiento. Un hombre locuaz con nalgas altas, piel de mantecosa y un aura miscelánea. Todos habían permitido que ese hombre les convenciera de que estaban sirviendo a una causa superior, al rey y al país y que estarían actuando con un heroísmo y un honor incalculables.

En el fondo, sabían que estaban allí por sus propias ambiciones egoístas. Ver nuevos países. Vivir aventuras. Ganar poder. Echar un polvo. Encontrar los medios para establecerse y luego vivir una vida cómoda. Aún así, la idea de luchar por un bien mayor les ayudó a unirse.

Para cuando llegaron a la India, Archibald y sus camaradas se habían dejado convencer de que estaban en una cruzada moral, sirviendo a la humanidad y creían que encontrarían la gloria en el campo de batalla. Estaban listos para «no tomar prisioneros», «no ceder» y «neutralizar la amenaza».

*****

A Archibald le golpearon tres cosas al pisar suelo indio.

En primer lugar el olor. Era tan contradictorio… a la vez enfermizo y agrio, caliente y húmedo, miserable y digno de dioses. En segundo lugar por el lenguaje. A Archibald le pareció que los lugareños hablaban con fluidez dos idiomas distintos: inglés y Gobbledegook. Él prefería hablar inglés, ellos Gobbledegook.

En tercer lugar los deslumbrantes colores y las magníficas sombras. Majestuosos amarillos, rojos y verdes. Brillantes plateados y dorados.

La India estaba lejos del remanso incivilizado que Archibald se había imaginado. Daba igual donde posara la mirada, veía casas palaciegas, majestuosos templos y túnicas multicolores. También había mucha pobreza. No más que en Londres.

Archibald no lo sabía, pero la India había sido una de las naciones más ricas de la tierra durante muchos siglos. Cuando los británicos llegaron allí por primera vez, en 1608, el Imperio mogol había producido el 20 % de la riqueza del mundo. Gran Bretaña, un 2 %. Los nativos miraban perplejos. Su nación estaba siendo poco a poco conquistada por un pueblo de un pobre remanso europeo, que casualmente tenía muchos cánones.

*****

Durante las semanas y meses que siguieron, Archibald se convirtió en una máquina de matar. Disfrutó del proceso. Le recordó a cuando se había entrenado para convertirse en luchador.

Pero Archibald no vivió para ese entrenamiento. Vivió para sus paseos con Delaney.

Todas las noches se abrían paso entre las laberínticas calles que rodeaban su campamente. Pasaron los dedos por las paredes de las chozas de barro y los palacios pintados. Inhalaron los aromas de jazmín, pachulí, jengibre, ajo y estiércol. Visitaron los templos hindúes, se postraron en el suelo y rezaron al Dios cristiano. Saltaron cogidos de la mano. Hacían muecas a los niños pequeños y esquivaron a las vacas que se paseaban como las reinas del lugar. Comieron samosas y pakoras. Se ahogaron en el mar de especias. Los nativos se rieron de ellos. Luego les daban una paliza jugando a las cartas, al ajedrez o a las damas.

*****

Tan pronto como el Imperio Mughal comenzó a caer, a principios de 1700, los Gobernadores Generales británicos comenzaron a recoger las piezas. Lenta pero con paso firme, reunieron al imperio creando una nueva nación propia.

Si era necesario, se llevaron a cabo sangrientas guerras. Donde fue posible, formaron alianzas diplomáticas y exigieron el derecho de recaudar impuestos y administrar el comercio exterior.

Los ejércitos de Gran Bretaña se fortalecieron con miles de soldados, en su mayoría nativos y con miles de oficiales, en su mayoría británicos. Vestidos con abrigos rojos, solo su imagen era ya desalentadora. Armados hasta los dientes y con el apoyo naval, inspiraron temor y asombro dondequiera que fueran. Los nativos hablaban de su destreza mágica. Algunos dijeron que poseían poderes demoníacos. Otros los comparaban con dioses caídos.

La mayoría de los nativos sucumbió. Otros opusieron resistencia.

En ese momento Archibald estaba en Delhi. Había ayudado a conquistar varias aldeas pequeñas, pero aún no había invadido una ciudad.

Inhaló la metrópolis.

Mezquitas abovedadas se alzaban sobre un mar de chozas desvencijadas. Los vendedores ambulantes arrastrados por las palomas paseaban por las calles polvorientas. El Fuerte Rojo, de pie en negrita en el corazón de la ciudad, parecía empujar todo lo demás a un lado.

—¡Fe! —gritaron los lugareños.

Los comandantes franceses y los soldados locales despreocupados se lanzaron hacia adelante, empuñando espadas antiguas, lanzas y pistolas de cerillas:

—¡Morid, infieles, morid! ¡Desterremos a estos matones que mastican puerco para siempre!

Los gritos arrastradas por el viento y rebotando en cada superficie hicieron eco en el infinito.

¡Morid!

¡Morid!

¡Morid! canturrearon como si se tratara de una dulce canción de cuna que habría mecido a un bebé llorando hasta el sueño.

Los pies bailaron en el campo de batalla. Las espadas repicaban en el aire. Las flechas suspendidas en el cielo inmenso. ¡Y los gritos! Esos gritos...

—¡Morid, infieles, morid!

Los nervios de Archibald se tensaron, sus labios temblaron, sus cejas se llenaron de electricidad y una gota solitaria de sudor se formó sobre su sien. El pelo se le volvió completamente gris.

Un nativo se precipitó hacia él. Sus costillas sobresalían, la cabeza por delante y los músculos palpitantes.

El polvo se hizo a un lado. Cenizas con luz levitaban en el ambiente goteando luz en un millón de tonos de negro y oro.

Archibland notaba el retumbar de los pies del hombre a cámara lenta, como un tambor amortiguado.

Bom. Pausa. Bom. Pausa. Bom.

El corazón de Archibald latía al mismo compás.

Bom. Pausa. Bom. Pausa. Bom.

Su enemigo sostenía una lanza. Rodillas flexionadas mientras corría a la deriva a través del aire. Listo, furioso, equilibrado. Saltó alto, alzó su lanza aún más alto antes de empujarla hacia el pecho de Archibald.

Archibald se congeló.

Sin ningún tipo de remordimiento la punta de la lanza buscaba su piel. El metal estaba listo para perforar. La vida estaba para dar paso a la muerte. El suelo estaba listo para recoger el impacto. El polvo se hizo añicos y la tierra se partió.

¡Bom! Sin pensarlo, de forma instintiva, Archiblad levantó el codo y desvió la trayectoria de la lanza y la de su enemigo que aterrizó más allá del hombro de Archibald.

Archibald estaba encima de ese hombre con las piernas abiertas y la bayoneta levantada sobre su cabeza. Hizo una leve pausa, casi al borde de la duda. En ese momento las palabras del Oficial de Reclutamiento resonaron en su mente. Valentía. Heroísmo. Olvida las dudas y sigue tu instinto.

Archibald observó como su bayoneta se perforaba el pecho de su enemigo y encontraba un hogar en la acogedora calidez de su cuerpo.

Su corazón latía al ritmo que el de su enemigo.

Bom. Pausa. Bom. Pausa. Bom.

Sintió como la sangre circulaba por las venas de ese hombre como si fluyera por las suyas. Sus emociones sacudieron cada átomo de su cuerpo, como una eyaculación de pura fantasía y hedonismo. Un orgasmo aullador que le proporciono el placer que nunca tuvo con el sexo o la lucha.

Estaba parado sobre su enemigo. Él, dueño de la vida y de la muerte, con poder para decidir el destino de otros. Abrazo ese momento eterno que fue más allá de los límites de su humanidad y estalló a través de las limitaciones de su forma física.

«¡Aleluya! ¡Alabado sea el Señor!»

Su bayoneta giró dentro de la carne de su enemigo; dentro y fuera, dentro y fuera, dentro y fuera.

Se sentía bien.

*****

Archibald permaneció en el campo de batalla apuñalando ese cadáver durante lo que podrían haber sido horas, meses o incluso años. Había perdido la noción del tiempo. Su mente estaba consumida por Lola. Sintió que de esa forma cumplía con los deseos de Lola. Se estaba convirtiéndose en su principie azul listo para salvarla de Hugo.

El cuerpo de su víctima se desintegró, pero sus ojos permanecieron enteros. Ya no les quedaba vida, solo el dolor de la muerte.

Horas. Dias. Semanas. Meses. Años.

Un abrazo se acercó por detrás.

—Ya está —susurró Delaney. –Tranquilo, no te preocupes. Estoy aquí. Estoy aquí.

EL ALQUIMISTA DE PAPEL

«Los antiguos alquimistas tradicionales buscaban convertir el plomo en oro. En la economía moderna, el papel se convierte en dinero».

JENS WEIDMANN

Puede que recuerdes que Mayer sacó muchas de sus ideas de los otros banqueros de su gremio: La compañía venerable de orfebres. Estas personas colmaron a Mayer de afecto y consejos.

Entre ellos había dos hombres que le dieron un brillo especial al joven Mayer. El primero, Bumble Blumstein, era un hombre peludo. El segundo, Timothy Tyrrell, era un hombre sin pelo. Bumble tenía pelo donde no te esperarías encontrarlo. En el fondo de sus orejas, en la parte inferior de sus muñecas y en las plantas de sus pies. Timothy ni siquiera tenía cejas.

Ambos eran banqueros orfebres. Pero ambos tenían puestos muy diferentes.

Bumble comenzó su carrera en Goldsmiths Hall. Allí empezó inspeccionando metales preciosos y a los que añadía un sello distintivo si pasaban la prueba. Por estos sellos, se le conocía como «el sellador». Bumble pronto dejó este puesto para abrir su propio banco.

Timothy, por otro lado, fue banquero hasta 1793 cuando se convirtió en el *city remembrancer*. La labor de los *remembrancers* es sentarse en el parlamento y alentar a los políticos a aprobar leyes que sirvan a los intereses de las instituciones financieras de la nación.

A pesar de sus diferentes apariencias y antecedentes, se sabía que Bumble y Timothy coincidían en la misma afirmación.

«Lo que no sé sobre la banca no vale la pena saberlo. Lo que el público sabe sobre la banca no vale nada».

*****

Cada vez que Mayer llegaba a las reuniones de su gremio, hacía un esfuerzo consciente por evitar a Bumble y Timothy y hablar primero con los otros banqueros. Sabía que una vez que les viera, era poco probable que tuviera tiempo para nadie más.

Después de dos copas de champaña, finalmente se acercó a ellos.

—¡Hace un día maravilloso! Ni una nube en el cielo.

Sonrieron, asintieron, bebieron y volvieron a la conversación.

—Estábamos hablando del Banco —explicó Bumble.

—Del Banco de Inglaterra —corrigió Timothy.

—Sí bueno del Banco de Inglaterra... se formó en 1694, cuando un consorcio de comerciantes le prestó al rey Guillermo casi millón y medio de libras para financiar la guerra contra Francia.

—Y para financiar sus idas y venidas sentimentales.

—Ya, bueno. En verdad el auténtico mujeriego fue Carlos II. Tenía varias amantes y tuvo catorce hijos ilegítimos. Guillermo asumió las deudas de

Carlos, razón por la que necesitó dinero para mujeres y también para la guerra.

—Amor y poder.

—En efecto, amor y poder. A cambio, el consorcio de comerciantes consiguió el derecho de emitir pagarés oficiales por valor de ese dinero prestado.

—Y el derecho de cobrarle al rey un 8 % de interés anual.

—Sí, pero lo más importante fueron los pagarés. Eran notas promisorias, como las nuestras. Rezaban «prometo pagar al portador la suma de x libras».

—Se aprobaron leyes que castigaban con la muerte la falsificación de estos billetes y se aprobaron otras leyes que validaban estos pagarés para el pago de impuestos. Por esta razón, las personas los aceptaban durante la compraventa. Circulaban como dinero, como lo habían hecho los palos de cómputo anteriormente.

Mayer levantó la mano.

—Entonces, ¿este sistema de pagarés del Banco de Inglaterra se parece mucho a lo que nosotros hacemos? ¿Como los palos de cómputo?

—Sí.

—¿Y el Banco de Inglaterra es propiedad de comerciantes? ¿Es un banco privado como el nuestro?

—Sí.

Mayer hizo una pausa. Dirigió su mirada hacia las copas de champán, parecía que flotaban sobre sus cabezas. Miró los canapés, los candelabros y la luz cristalina. Miró a los hombres con esmoquin. Parecían enormes pingüinos.

—Por supuesto, chico, pero fueron los chinos los primeros en emitir billetes.

—En el 806.

—Sí, en el 806. Al igual que nosotros, emitieron pagarés a comerciantes preocupados por viajar con lingotes.

Pero no fue hasta el siglo XII cuando el dinero apareció en Europa.

—En Venecia, exactamente.

—En Venecia, cuando el gobierno veneciano emitió bonos para financiar una guerra.

—Dinero por poder.

—Esos bonos también comenzaron a circular como dinero, por lo que no fuimos los primeros en hacerlo.

—Pero fuimos los mejores.

—Sí, los británicos siempre saben ponerle la guinda al pastel. Nosotros estamos emitiendo pagarés hasta sin recibir el oro.

—Pero son pagarés no asegurados.

—En efecto.

Mayer levantó la mano.

—¿Qué pasaría si a la gente le diera por intercambiarlos?

Timothy y Bumble sonrieron.

—¡No tendríamos suficiente oro para devolvérselo a todo el mundo! El estado tendría que rescatarnos, supongo. Se intercambiaría poder por dinero.

—Pero esto es un caso hipotético. ¡Jajaja! No es algo que vaya a suceder.

—No, nunca. La gente parece feliz dejando su oro en nuestras cajas fuertes y comerciando con estos papelitos. Dime, chico, ¿la gente recoge el oro?

Mayer negó con la cabeza.

—¡Por supuesto que no! Chico, estamos brindándole un servicio a esta nación. Canalizamos riqueza desde los ricos ociosos hasta los pobres trabajadores. Somos demócratas que ayudamos a engrasar las ruedas de la industria. Y, si tenemos la posibilidad de impulsar la industria emitiendo notas, entonces tenemos el deber de hacerlo. ¡Un deber, te digo! ¡Estamos en una batalla justa!

—Es una bella causa.

—¡Sí, sí, que lo es!

*****

Mayer le dio vueltas a su experimento. Pensó en cómo le había prestado oro a Damian Black, a Baxter y a Claude. También pensó en cómo ese mismo oro había vuelto a la tienda del señor Bronze.

Tuvo otra idea.

«¿Por qué no prestamos notas en lugar de oro? La gente parece feliz usándolas como si fuera dinero. McCraw así mismo lo dijo. Si la gente insiste en depositar el oro que prestamos y luego coger nuestras notas, por qué no prestar billetes en lugar de oro desde el principio?»

Su conversación con Bumble y Timothy había llenado su cabeza de cosas como estas. Como la mayoría de los hombres, Mayer pensaba con dos cerebros. Y, como la mayoría de los hombres, era el cerebro en sus pantalones el que controlaba la mayoría de sus acciones.

Mayer llevó a Sal al teatro Haymarket. Estaban de pie afuera, entre dos pilares, cuando Raph se acercó.

Sal tomó la iniciativa.

—¡Mi amor! —gritó ella mientras se arrojaba a los brazos de Raph. —Mira, te presento a mi primo Mayer.

Raph tenía una expresión a medio camino entre la sospecha y la sorpresa.

—¡Me alegro de conocerte!

Mayer le dedico una de sus famosas sonrisas.

Raph tomó la palabra antes de que Mayer tuviera la oportunidad de abrir la boca.

—Bueno, parece que os lo estáis pasando muy bien. Yo me tengo que ir.

Con eso se fue. Y, con eso, el pelo de Mayer se volvió completamente gris.

En las siguientes semanas, Raph contrató un equipo espías. Cada uno de estos sorprendió a Sal besando a Mayer en diferentes partes de Londres. Raph abandonó a Sal. Le dio quinientas libras y la echó de su casa.

Mayer también echó a Sal de su vida.

*****

Así comenzó un período en el que Mayer pasaba de una mujer a otra. A todas las quiso, pero de la forma más superficial.

Se convirtió en un habitual en los comedores de la señora Hamilton. Era un lugar lleno de chicas con aires de superioridad, divas que buscaban atraer a hombres vanidosos. Los precios de la señora Hamilton mantuvieron a raya a la chusma. Mayer tenía que pagar cinco libras solo por entrar. Eso sí, siempre salía acompañado. Usaba el mismo encanto que usaba con los clientes. Tenía un radar especial para las mujeres, pero una figura modesta en parte por su anticuado atuendo. A menudo se acostaban con él por lástima.

Mayer cambió de local. Fue a Introducing Houses, un lugar satinado donde el personal juntaba a hombres y mujeres. Era un arreglo cordial. En raras ocasiones salía de allí una pareja. Muchas mujeres vendieron su virginidad y ellos consumaron sus deseos libidinosos con una copa de champán en una mano y una teta en la otra.

Volvió a cambiar de lugar. En Female Operatives las mujeres ocasionalmente pedían dinero a cambio de sexo. La mayoría lo hacían por propio placer. Mayer se acostó con fabricantes de sombreros de paja, peleteras, zapateras y sedadoras. De lejos sus favoritas eran las bailarinas, mujeres con bajos ingresos, gastos importantes y una inclinación natural por la lujuria. Se acostó con ellas en todos los rincones que pudo y también en los que no podía.

Una mujer insistió en que la escuchara tocar el acordeón antes de besarla y otra le amenazó con cortarle el pelo mientras dormía. Una le arrancó los botones de la camisa y otra le hizo ponerse un babero. Una insistió en que su perro les mirara mientras se quitaban la ropa y otra cantaba mientras hacían el amor. Tararear, recitar poesía, llorar o silbar, nada era imposible.

En una ocasión, Mayer trepó por la ventana de una mujer en la oscuridad. Cuando se despertaron y se dio cuenta de que Mayer no era su prometido, gritó tan fuerte que Mayer saltó directamente de la cama y a través de la ventana.

En otra ocasión, una mujer que llevaba una guirnalda de ortigas le dijo: «probablemente deberías saber que estoy loca». Mayer pensó que estaba exagerando y nunca descubrió que había escapado del manicomio Bedlam solo una hora antes.

Una vez, Mayer se despertó de una siesta en un banco del parque. Inmediatamente le declaró su amor a la mujer que lo despertó, antes de llevarla de vuelta al Palacio de Mornington.

—No me dejaré —soltó una risita, mientras Mayer le besaba el cuello.

—No me dejaré —jadeó, mientras caminaban por el parque.

—No me dejaré —gimió, mientras Mayer le besaba los labios.

—No me dejaré —jadeó, mientras tomaban un taxi.

—No me dejaré —gimió, mientras yacía desnuda en la cama. —¡Nunca! ¡No! ¡No! ¡No! ¡Sí!

*****

El amor de Mayer por Lola se hizo más intenso a medida que se deslizaba más lejos de su alcance. Acabó convirtiéndose en un Don Juan. Se dijo a sí mismo que si no podía amar intensamente como Hugo, tendría que amar mucho. Reemplazó el amor abstracto con la pasión carnal.

No quería amar mucho, sentía que el amor había que hacerlo.

—Por culpa de Lola me he vuelto así. Si se hubiera casado conmigo, me habría convertido en un hombre leal y cariñoso como Hugo. Hubiera sido él el que hubiera acabado durmiendo con medio Londres. En esta situación ¿qué otra opción me queda?

*****

Mayer era todo para todos y nada en absoluto. Sumiso para los audaces y seguro para los tímidos, joven para los mayores y experimentada para los jóvenes, sensual para los sensibles y arriesgado para los libertinos.

Se convirtió en un amante competente, pero fue una mera casualidad. Nunca se dignó a dar amor y tampoco lo recibió. Se decía que amar a otra mujer significaría ser infiel a Lola. Así pudo concentrarse en dar y recibir placer haciendo lo que fuera necesario para complacer a sus mujeres.

Si le hubieras podido preguntar a Mayer, contestaría con una de sus frases hechas: «Me gustan los hombres que tienen dinero y las mujeres que no».

Su frase se alejaba un poco de la realidad. A Mayer le gustaban todas las mujeres, independientemente de su riqueza. Solo dio la casualidad de que a las mujeres con dinero no les gustaba Mayer.

Mayer sedujo sin discriminación. Encontró deslumbrante belleza en cada mujer que vio independientemente de su apariencia. Los prodigó con atención, reflejó sus personalidades, persiguió sus cuerpos y declaró amor a sus corazones.

Para Mayer el sexo era una batalla. Era una cuestión de poder: el poder de seducir y conquistar. Mayer no encontró satisfacción. Le perseguía un deseo insaciable de lanzar una nueva misión tan pronto como la resistencia fue aplastada. Poseer a una mujer nunca fue suficiente, Mayer quería dominar a toda la humanidad.

*****

Su libido no le daba espacio a pensar en otra cosa. Es lo único que puede explicar que después de la conversación con Bumble y Timothy no hiciera nada. Tuvo que tener una segunda conversación para ponerse manos a la obra.

Estaba en el pub con Hugo cuando un marinero borracho comenzó a discutir con la camarera.

—Esto en China no pasaría.

—Una lástima que no estemos en China.

—¿Esto no es China?

—No, no lo es.

—En China podría escribirte una nota como esta y sería suficiente.

—No estás en China. Aquí tienes que pagar con dinero real.

—¡Eeees real!

Mayer intercedió tirando del marinero a un lado, inhalando su cabello musculoso y apoyando sus piernas cansadas.

—Te pagaré la cerveza si me cuentas tu historia.

—¿Por qué iba a hacer eso? Seré lo que tú quieras, pero no una fulana.

—Solo quiero escuchar tu historia. Los marineros como usted son valiosos para la nación. Es mi deber apoyarles.

—¡Bien, amigo, ven aquí!

El marinero agarró la cabeza de Mayer y pasó la lengua por la mejilla de Mayer.

—Hmm. La verad es que eso no era necesario —dijo Mayer mientras se alejaba.

—No... no... insisto.

—Solo quiero que me cuentes cosas de China.

—La comida apesta.

—Cuéntame cómo pagabas las cervezas.

—Pagamos la cuenta añadiendo notas a la parte posterior de los recibos emitidos por el banco de Inglaterra. Esas notas pasaron una y otra vez. Una vez tuve mi propia nota que me pasó con treinta nombres en la parte posterior.

—¿Treinta nombres?

—¡Treinta!

—Entonces, ¿escribir tu propio dinero en papel? ¿Así de simple?

—Así de simple. A, b, c , d... ¿Y tú de quién eres? ¿Quién es tu tía?

—Hmm. Has sido de gran ayuda. Tómate otra a mi salud.

Mayer pagó la cerveza del marinero.

El marinero lamió la mejilla de Mayer.

*****

Esa conversación volvió a poner en marcha el cerebro de Mayer.

Se dio cuenta de que si un soldado borracho podía ganar dinero de la nada por el simple hecho de añadir una firma al giro bancario, cualquiera podía ganar dinero con la nada. Él también. Podría ser más rico de lo que nunca soñó y sin producir nada en absoluto.

Se abrió paso a empujones entre la muchedumbre, dio vueltas alrededor de los deslumbrantes chorros de gas y saltó los múltiples restos de vida insalubre.

Irrumpió en la tienda del señor Bronze.

—¡Lo tengo! ¡Por todos los santos, lo tengo!

—¿Tener el qué?

—La idea que nos hará ganar una fortuna.

—Pero si ya amasamos una fortuna: oro puro, diamantes y joyas.

—Somos solo una migaja. Alimento para pollos cuando ¡podríamos ser gigantes!

El señor Bronze cerró lentamente los ojos. Como siempre, él era el epítome de la modestia, ni enérgico ni letárgico, ni estresado ni plácido.

—Cuéntame tu idea —dijo.

—Creemos dinero de la nada.

—¿De la nada?

—¡De la nada!

—Nunca.

—¿Por qué?

—El hombre nunca ha tenido la capacidad de crear cosas de la nada.

—Por eso nos vamos a ayudar l papel.

—¿Papel?

—Sí, papel. Vamos a publicar notas. Exactamente igual que lo que hicimos con los pagarés, solo que esta vez no pediremos oro.

—¿Sin oro?

—No va a ser algo arriesgado. Le prestaremos notas a la gente para que se gasten en negocios y casas. Con la condición de que nos lo devuelvan ya sea con nuestras notas o con monedas de oro. Y, por supuesto, les cobraremos intereses. No habrá suficientes notas en circulación para cubrir el interés, por lo que la gente tendrá que pagar con monedas que contengan plata u oro real.

El señor Bronze negó con la cabeza.

—No puedes simplemente crear dinero de la nada.

—Sí se puede.

—No, el dinero no crece en un árbol de dinero mágico.

—Sí lo es y nosotros somos los jardineros.

—No lo creo. Uno no puede convertir pollos en vacas.

—Pero sí que se podría intercambiarlos.

El señor Bronze negó con la cabeza otra vez.

—Ah, pero las personas que toman nuestras notas los usarán para comprar negocios y hogares. Entonces las personas que los recibieron vendrán aquí y demandarán oro. Pero no tendremos el oro, si no lo recibimos al emitir la nota. Le debemos más de lo que poseemos.

—Sí tenemos oro. Nuestras cajas fuertes están llenas.

—Ah, pero ¿y si la gente lo pidiera? ¿Qué pasaría si pidieran más de lo que tenemos?

—No lo harán.

—Podría pasar.

Fue el turno de Mayer de sacudir la cabeza.

—Confíe en mí. La gente ha dejado su oro en nuestras cajas fuertes. Intacto, durante años. ¿Por qué iban a reclamarlo ahora? Las monedas que contienen oro son una tombola. La gente puede dudar de su peso y pureza. Es fácil perderlas o que te las roben. La gente prefiere usar nuestras notas que llevar oro. Solo necesitamos hacer que las denominaciones sean lo suficientemente pequeñas como para circular. El Banco de Inglaterra solo emite grandes cantidades. Nosotros jugaríamos con ventaja si emitimos pequeños.

El señor Bronze arqueó las cejas.

—Piénselo —continuó Mayer. —¿Cuánto oro ha depositado Abe aquí?

—Trescientas libras, más o menos.

—¿Cuándo fue la última vez que tuvo menos de doscientas libras?

—No sé si eso llegó a pasar.

—¿Y Zebedeo?

—Tenía ochenta libras la última vez que revisé.

—¿Y ha tenido alguna vez menos de sesenta?

—No que yo pueda recordar.

—¿El señor Harmer?

—Al menos cien.

—Eso hace quinientas diez libras aquí mismo. Podríamos mantener ese dinero en nuestras notas de emisión seguras y ver qué pasa. Si las notas se cobran, podemos pagarlas utilizando el oro de Abe y Harmer. Oro que parecen haber olvidado. Sin embargo, hay muchas posibilidades de que no se cobren y de que circularán como dinero real.

—Entonces nuestros deudores nos pagarán y nos pagarán intereses, ya sea utilizando nuestras propias notas o oro real. Es como la gallina de huevos dorados que no se acaba.

El señor Bronze sonrió como iluminado y luego frunció el ceño con inseguridad. Asintió como si estuviera de acuerdo y luego negó con la cabeza con incredulidad.

—Estarías haciendo dinero de la nada, dando recibos y tomando oro.

—¡Exactamente! ¿Qué podría ser mejor que hacer dinero con nada? Es mucho más productivo que hacer dinero con algo. El mundo está lleno de personas que hacen cosas de otras cosas, es algo humano. ¿Pero crear cosas de la nada? Eso es sobrehumano. ¡Nos diferenciará!

El señor Bronze miró a Mayer con curiosidad.

Mayer continuó.

—Todo se reduce a la confianza. Si las personas confían en nuestras notas, las usarán. Si creen que serán aceptados en otro lado, los aceptarán ellos mismos. Es lo mismo que con las monedas de oro. La gente acepta esas monedas porque creen que podrán usarlas para comprar cosas, no porque tengan un valor intrínseco, que no tienen. El oro es solo un metal simple.

—Todo se reduce a la confianza. Si la gente cree que puede cobrar sus billetes por oro, que los honrará, los aceptará como moneda y nunca los cobrará.

Mayer continuó.

—Todo se reduce a la confianza. ¿Y quién es más digno de confianza que usted, señor Bronze? ¡Hasta viejo Zebedeo confía en usted y no confiaría ni en su propia madre.

El señor Bronze se rió entre dientes, Mayer se rió entre dientes, se abrazaron y el señor Bronze tosió. Eran las seis y veinte y el señor Bronze siempre tosía a las seis y veinte. Podrías configurar tu reloj allí.

*****

Mayer vio un futuro. Si podía convertir la tienda del señor Bronze en un gran banco, sería capaz de crear un gran banco propio. Él se estaba preparando para su futuro, para la prosperidad y la fama

Mayer se sintió genial. No se limitó a caminar a la tienda de la impresora, se saltó positivamente. Saltó por un revoltijo de callejones sin aire, sin luz rodeado de edificios que habían sido remendados, cosidos, divididos, subdivididos y repletos de más personas de las que cabían dentro. Los cuerpos colgaban de las ventanas y la ropa colgaba de los cuerpos.

Saltó a través de un panal de viviendas temporales, casuchas y chozas. Tiendas pasadas hechas de ladrillos desmoronados y madera nudosa bajo pesados letreros azotados por el viento que parecía que iban a caerse en cualquier momento.

Abrió las fosas nasales y absorbió el jarabe londinense compuesto por aguas residuales sin tratar en desagües abiertos —enfermizas, dulces y nauseabundas— el olor a perro y caballo mojado, la basura a punto de pudrirse, las maltratadas ratas, los orines y las entrañas arrojadas de las carnicerías. Estiércol, suciedad, polvo y desechos humanos.

¡Adoraba ese olor fétido!

En el momento en el piso un pie en la tienda de la impresora amaba todo lo que existía.

*****

Mayer dejó las impresoras con una bolsa llena de notas frescas. ¡Qué placer! Pasó sus dedos sobre su superficie texturizada. Ese fibra que parecía papel, pero olía a éxito.

Se podía leer Banco de Bronze con letras ceremoniosas. En la esquina superior había una imagen de un cerdo de Bronze alado y en la parte inferior un espacio vacío donde se podía agregar una fecha.

Esas notas iban de todos los tamaños: grandes, más grandes y enormes. Algunos valían diez libras, otras un chelín. Todas prometían lo mismo.

«El Banco de Bronze promete pagar al portador de esta nota».

Era una importante cambio con respecto a los pagarés que siempre iban dirigidos a un individuo.

«Recibo de £ ___ depositado por ___ en Bronze's Goldsmiths».

La línea más importante fue la más modesta. Breve y con la fuente más simple iba al meollo del asunto.

«En Dios confiamos».

*****

Mayer prestó esas notas a cualquier persona con un plan de negocios, una reputación o cuatro dedos de frente. Prestó dinero a los hijos de Abe para que se pudieran mudar con sus parejas. A Randel, el pícaro limpiabotas, para que pudiera abrir una tienda de zapatos. A personas en Camden Town, Kentish Town y Hampstead Heath. A jóvenes y viejos. A inventores, empresarios y especuladores.

Las notas de Mayer pasaron de una mano a otra: las personas que las tomaron las usaron para comprar cosas de otras personas que a su vez las usaron para comprar otras cosas. Los hombres de negocios los usaron para pagar a sus trabajadores que las usaron para comprar cosas de los hombres de negocios. Hasta el propio Mayer las usó. Alquiló una casa adosada con dos cocineros, dos sirvientas y un mayordomo. Ocasionalmente, esas notas volvían a la tienda del señor Bronze, bien por personas que pagaban sus préstamos, bien por personas que querían oro. Nunca fue un problema, ya que se continuaba recibiendo más oro de lo que tenía que devolver. Sí fue un problema para Mayer. Hasta ese momento, cada uno de los pagarés tenía su correspondiente depósito de oro. Ya no era el caso. No había ningún tipo de equilibrio y Mayer empezó a cuestionar sus acciones, su sistema y hasta su existencia. «No cuadra. Está destinado a fallar y cuando eso pase mi reputación caerá por los suelos. Nunca podré abrir mi propio banco». Este tipo de dudas circulaban por la cabeza de Mayer. No confiaba en su sistema y buscó la confianza de otros.

*****

«El desafío en la banca» se dijo Mayer, «es convencer a otras personas de que su dinero es real. El desafío en la vida es convencerlos de que tu amor no lo es».

No tuvo problema en ocultar su único amor, que no era el amor al dinero como suponían muchos, sino el amor a Lola. Encerró su amor en lo más profundo de su corazón y tiró la llave. Convencer en que confiaran en su dinero requirió más esfuerzo. Tenía que asegurarse de ser agradable y respetable, competente pero también humano. Para parecer competente, persuadió al señor Bronze para que se mudara a un local mejor con puertas altas, mostradores pulidos, barandas de Bronze, cajeros y un vestíbulo abierto. Ese lugar hablaba de respetabilidad, decoro y gracia. Mayer adornó las paredes con referencias de la sociedad de Londres. Encargó pinturas que representaban negocios que el banco había financiado y colocó una estatua del señor Bronze afuera. Comenzó a usar ropa con la que parecía aún más viejo que antes, colocó un alfiler de corbata a su corbata, gemelos a sus puños y botones en los cuellos de su camisa. Caminaba con un bastón de marfil que suponía más una molestia que una ayuda. Con todo esto se dio un aire enrarecido de la antigüedad. Para parecer humano Mayer cometió pequeños errores deliberados. Dejó caer su pluma, derramó tinta o tropezó con el borde de una alfombra. Él tarareaba y hacía bromas terribles.

«Los banqueros nunca mueren. Simplemente perdemos interés».

«Mi chaqueta no tiene bolsillos. Bueno, ¿quién oyó hablar de un banquero con las manos en los bolsillos?»

«Durante un robo, di órdenes de bloquear las salidas. ¡Los ladrones escaparon! Le pregunté a mi personal qué pasó. Dijeron que los ladrones habían salido por la entrada».

De esta manera, los nuevos clientes de Mayer vieron por primera vez su competencia, luego vieron su humanidad y luego aprendieron a confiar en él. Sus arcas se llenaron más y más cada día.

*****

Siempre que Mayer ayudaba a sus clientes sentía el mismo «lujo en hacer el bien» que Hugo sentía al ayudar a Dizzy y el mismo éxtasis que sentía Archibald en el campo de batalla. En el instante en que la bayoneta de Archibald atravesó la carne de su enemigo, Mayer destruyó los sueños de un joven rechazando su solicitud de un préstamo. Al igual que Archibald, sintió una emoción que electrizo a cada átomo de su ser. En el mismo instante en que Hugo ayudó por primera vez a un estibador, Mayer ayudó a un hombre de negocios que había pasado por tiempos difíciles. Al igual que Hugo, sintió cierto tipo de alegría. Al igual que sus amigos, experimentó una pequeña cantidad de felicidad. Pero al igual que pasaba con Archibald o con Hugo, nunca era suficiente. Recordó cuando salvó a Hugo de Jonathan Wild y Archibald de sus matones. Anhelaba ser ese niño desinteresado e inocente una vez más. Él quería más. Mucho, mucho más.

EL QUE HACE EL BIEN

«No has vivido hoy hasta que no hayas hecho algo
por alguien que nunca te podrá pagar».
JOHN BUNYAN

Una fragancia es una fuerza que puede atravesar la más fuerte de las armaduras. El aroma de Lola poseía tal fuerza.

Un olor a agua de rosas, dulce y fresco que meció a Hugo a un suave trance. Las notas amaderadas le acunaban y los dulces aromáticos le rodeaban con el dedo meñique de Lola.

—Creo que deberíamos abrir una organización benéfica –dijo Lola.

Estaban haciéndose carantoñas en el sofá. Emma yacía en sus regazos, eructando y balbuceando. Era tan ligera que parecía desafiar la gravedad.

—Ah, ¿sí?

—Estoy pensando en cortarme el pelo.

—¿También?

—Cariño, una obra de caridad. Estaría bien que hiciéramos algo juntos como marido y mujer, ¿no crees?

—Sí, claro, pero ¿y tu pelo? Tu pelo está bien como está. Es tan maravilloso como tú.

—Una obra de caridad... pero no lo que tú haces a diario. Tenemos que soñar a lo grande. Volvernos más locos que los propios locos. Ridículamente locos. Hacer algo que sea tan increíble, que la gente no tenga más remedio que creerlo por temor a parecer absurdo.

*****

Cómo es el mundo. Los que hacen el bien se juzgan con dureza, mientras que los que hacen el mal se consideran justos.

Esta misma situación se dio con Hugo. Hugo ya estaba haciendo más bien que la mayoría, pero cuanto más ayudaba, más sufrimiento veía. Cuánto más luz intentaba proyectar, más grande era la sombra. Hugo estaba convencido de que no estaba haciendo lo suficiente. Por eso, pensó que lo de la organización benéfica era una buena idea.

Era como si Lola le leyera la mente. Quizás era ella la que pensaba por él. No sabía dónde terminaba su mente y comenzaba la de Lola.

Hugo siempre había sido así. Se dejaba arrastrar por la influencia huracanada de otras personas. Era como un molde. El instructor del orfanato le quito la poca autoestima que le quedaba. Dizzy le enseñó a sobrevivir buscando en el barro. Wild le convirtió en un ladrón. Mayer le ofreció una nueva vida. De Bear aprendió su oficio. Nicholas le financió los estudios y sus profesores que le hicieron doctor.

En malas manos, Hugo acababa maltratado. En las manos correctas, había sido levantado.

A lo largo de su vida, Hugo nunca llego a mostrar su yo real. Sin embargo, en cierto sentido, Lola le ayudaba a ser él mismo. Es totalmente contradictorio, pero así es la humanidad. Y Hugo ante todo era bastante humano.

*****

La caridad estaba de moda. Para ser un miembro de buena fe en la alta sociedad, uno simplemente tenía que tener el pie en una institución benéfica o dos.

Las obras de caridad crecían como amapolas en un campo silvestre. Las grandes mansiones se convertían en hospitales, hogares o refugios. Los bienhechores cuidaban a los que no tenían nada.

Si un cuerpo yacía moribundo en la calle y su pulso vital disminuía a un ritmo escalofriante, nubes de tormenta se formarían en lo alto. Un caballero rico acudiría a salvar a esa alma sin nombre. La alta sociedad aplaudiría y las buenas nuevas serían regadas con brandy.

—Ra, ra, ra —cantaba la nobleza.

Así era como Hugo se lo imaginaba. Por eso, cuando salió de casa en busca de benefactores, se sintió seguro. Era lo más natural. Iba a ser pan comido encontrar unos cuantos que quisieran unirse a la causa pensó.

Sin embargo, como suele ser el caso, la realidad no es tan bonita. Hugo buscó en ayuda en terratenientes y comerciantes prósperos y se encontró rechazo en dondequiera que se acercara.

—Pago mis impuestos.

—La caridad comienza en casa.

—No quiero que el dinero que tanto me ha costado conseguir vaya a los bolsillos de gente que no lo merece.

Una parte de Hugo moría con cada comentario. Cuando eso pasaba, Lola lo consolaba y Emma hacía una pedorreta y así Hugo se recuperaba.

Bajo recomendación de Mayer se acercó a la mansión de un tal Rudolph Reginald Ruben Roland Reynolds. Esperó, rodeado de begonias que se suavizaron al contacto de las moscas sin peso antes de que Reynolds finalmente abriera la puerta. Se le conocía simplemente como «R». Ese hombre estaba intoxicado. Una mezcla de aguardiente de manzana casero y licor blanco corría por sus venas. Su ropa era llamativa, pero no bien vestido. Llevaba una camisa untada con vinagre de jerez, arrugada con ceniza de cigarro y acartonada por lágrimas evaporadas hace mucho tiempo. Su rostro le recordaba al de un cadáver que una vez había disecado mientras estudiaba medicina. Su cara hinchada y fantasmal estaba llena de historias.

R condujo a Hugo adentro. Hugo intentó defender su causa.

R respondió como si no hubiera escuchado ni una sola palabra de lo que Hugo le había contado.

—Mi Richard murió recientemente.

—Me duele escuchar eso.

—Era un auténtico romántico ¡como los de antes! Un verdadero bribón. Entusiasta, resuelto e imprudente hasta el final. ¡Ay! Ahora descansa, reposa, se retira, reposiciona. Listo para elevarse a los rugidos extasiados de los confines del más allá. ¡Ay! Removido de este reino. ¡Ay! Maldigo los errores que nos atormentan. ¡Ay! Mundo miserable y cruel.

—Mmm —balbuceó Hugo. –Acabo de darme cuenta de que... tenía que hacer algo y tengo que marcharme ya.

R miró a Hugo con una expresión cansada y circunspecta. Sus cejas estaban hinchadas con un voluminoso abandono y su piel parecía derretirse.

—No no. Me niego a rechazar su solicitud. ¡Ay! Las regalías deben ser reinvertidas. ¡Ay! La raza de ratas no descansa. ¡ni para la realeza ni para la chusma!

Así fue como R se embarcó en un monólogo en el que usó setecientas sesenta palabras que empezaban por la letra «R» y dijo «Ay» en no menos de ochenta y cuatro ocasiones. Con un brillo en los ojos, le dijo a Hugo que su querido amigo Richard había sido un hombre de riqueza —«rico», «refinado» y «rodeado de millones»—. Un hombre generoso —«respetuoso», «receptivo» y «que responde»—. R dijo que Richard había puesto su fortuna en un fondo fiduciario y el interés se debía dar a buenas causas. R, como ejecutor de los bienes de Richard, sería el principal fideicomisario.

Hugo explicó sus planes al detalle.

—¡Correcto! –gritó R. —Si te fijas en los resultados, y si eres tan de confianza como Mayer, algo que me reconoceras, tendremos una relación gratificante. ¡Tengo todas las razones para estar seguro de que las ramificaciones serán maravillosas! ¡Resplandeciente!

*****

Hugo abrió los cuadernos y no pudo evitar inhalar un olor a grasa. Poco a poco las páginas se desmoronaban en polvo. Ordenó entradas olvidadas y luego concluyó en que deberían abrir un hospital en el East End de Londres. East End era un semillero de suciedad y vicio, donde las casas podridas de la chimenea a la bodega arrojaban sombras negras sobre carreteras más negras aún, pegajosas con la baba de combustible y atormentadas por la descomposición. Por allí pasaban las piadosas matronas para la supresión del vicio e ignoraban a vagabundos y a adolescentes embarazadas. Allí las misiones religiosas compitieron con garras descubiertas y con más malevolencia que cualquier negocio privado.

Hugo dio un paso al frente. Detrás de él tenía el dinero de R y delante yacía un futuro cegado por la esperanza.

Consiguió hacerse con un edificio abandonado en Stepney Causeway. Era perfecto en todos los sentidos. No tenía techo, las paredes se caían a pedazos y el suelo estaba agrietado por las raíces de un roble que se erguía imperiosamente en el centro del patio donde había cubierto esa ruina en un océano de hojas.

Convertir el edificio en un espacio funcional requirió un esfuerzo importante. Hugo, Lola y un equipo de constructores trabajaron día y noche. Mientras tanto Emma estaba en su cunita riendo, parloteando y llorando.

Cuando terminaron, sus cuerpos eran más livianos. Las ventanas con cortinas miraban hacia afuera, hacia el roble, y hacia adentro, hacia las habitaciones que Lola llenaba de plantas.

Todo lo que necesitaban eran niños. Hugo se fue con los cuadernos en la mano a buscarles en sus refugios. Los llevó a Saint Nick's, nombre en honor a su suegro. En Saint Nick's se les proporcionó todo lo que pudieran necesitar: comida, alojamiento, ropa, salud, educación y aprendizaje.

A medida que pasaron los años, los dormitorios se llenaron a capacidad. Había tantos bebés abandonados en tierra de nadie que Hugo tuvo a rechazar a los niños mayores.

A uno de esos niños se le conocía como Carrot. La enfermedad había desfigurado sus cara, tenía expresión hambrienta, los ojos inyectados en sangre y el pelo del color de los albaricoques secos.

A Carrot le denegó la entrada en una nevada tarde de diciembre. Durmió solo y expuesto a los escalofríos del norte.

Cuando la mañana siguiente se inclinó para tocar su frente, vio que se había congelado. Carrot habían muerto.

Hugo no pudo con la vergüenza y colocó un letrero sobre la puerta de Saint Nick's, que rezaba: «No se negará la admisión a ningún niño». Envió a Lola a buscar nuevos patrocinadores.

*****

Aunque Lola recaudó más dinero de lo que esperó en un principio. Aún así no le bastó.

—Cariño, he decidido que voy a convertirme en médico.

—Nada me haría más feliz —respondió Hugo. —Pero sabes tan bien como yo que las mujeres no pueden.

—En ese caso, me convertiré en un hombre.

—¿En un hombre?¿Cómo?

—Sí, un hombre. No pretendo echarme flores, pero si tú y papá habéis podido, yo también puedo. Somos una sociedad y eso es un matrimonio y huelga decir que cualquier mujer que se precie debe ser capaz de hacer cualquier cosa que su marido pueda. Ahora, voy a devorar un plato enorme de pudín de tapioca.

Con eso, Lola se fue en busca de comida.

Ella nunca llegó a conseguirlo, pero sí se convirtió en una enfermera competente, una recaudadora de fondos excepcional y una madre cariñosa. Ella tuvo dos hijas más. Luego dio a luz a un hijo muerto y un hijo que murió en la infancia. Luego tuvo dos hijas más.

Cada vez que dio a luz, se formó una línea adicional en el estómago de Lola. Le gustaban esas líneas, le recordaban a sus hijas. Las líneas de su cara no le gustaban tanto. En su rostro, las líneas de risa que se burlaban de sus ojos y las grietas le cortaban los labios. Pero lo aceptó y envejeció con una gracia digna.

Se mudaron a una casa adosada, que se llenó de niñas casi de la misma manera que se llenó de muñecas. Dondequiera que miraba Hugo, había bocas sin dientes, pies sin calcetines y narices con más mocos de lo que parecía posible.

Esto no era un problema para Hugo. Aún se consideraba un niño y creía que conseguiría alargar ese estado de Peter Pan mientras mantuviera la compañía de niños reales. Prefería a los bebés que a los adultos. Decían lo que querían decir y los adultos podían ser dolorosamente engañosos.

El amor de Hugo por sus hijas era una nueva clase de amor: *storge*. Era un amor tierno, basado en la devoción y el respeto, que une a padres e hijos.

A Hugo y a Lola les rebosaba *storge* por todos sus poros. Como dijo una vez Lola, mientras abrazaba a Maddie en sus brazos: «¡Te amo tanto que podría matarte!»

Lola nunca saturó a sus hijas. Nunca las agobió con falsos elogios. Las elogió cuando fueron amables, pero no cuando eran listos. Nunca se excedió en afecto o golosinas. Solo se aseguró de que supieran quiénes eran. No quería mimarlas o que en un futuro pudieran caer en la trampa de la vanidad. Lola nunca habló de su aspecto y les dejo espacio para que crecieran. Nunca les compró juguetes. Les animó a crear los suyos.

Lo que sí que les compró fueron libros. Tantos libros que ocuparon el hueco de los cuadernos de Hugo de sus que acabaron apilados en los lugares más improbables como en macetas, cajones, el cubo de pan o en el cesto de la ropa. Lola leía a sus hijas cada noche usando voces estrafalarias y poniendo caras. Luego los llevó a Saint Nick's, donde los leyó a los huérfanos.

*****

Lola parecía estar acumulando perfume.

Una vez, Hugo le dijo a Lola que lo bien que se veía sin maquillaje. Lo tomó como un cumplido, pero no dejo de usarlo. Por eso, aunque Hugo había pensado en decirle que le gustaba más cómo olía sin perfume, guardó silencio porque sabía que no dejaría de usarlo.

Lola siguió usando perfume.

Coleccionó perfumes en todos los aromas conocidos por la nariz humana y los guardó en frasquitos de todas las formas imaginables. Los usó para todos los propósitos imaginables: señalar autoridad a sus empleados, parecer de una clase social más alta, atraer a Hugo a su cama y hacer que los hombres ricos se desprendan de su dinero.

Lola tenía un talento natural.

Fue de puerta en puerta y estableció una red de suscriptores alrededor de su hogar en Fitzrovia. Se acercó a nuevos donantes en banquetes y bailes y dio la bienvenida a una gran variedad de posibles benefactores en una gala con fuegos artificiales que organizó.

Hugo y Lola pudieron construir otro piso encima de Saint Nick's, agregar seis dormitorios más, instalar un comedor de beneficencia y establecer una escuela destartalada que sirviera patatas a cada alumno.

*****

A diferencia de Archibald y Mayer que utilizaban la ropa para impresionar y proyectaban identidades falsas para ganarse un verdadero respeto, Hugo llevaba la ropa que le parecía más cómoda.

Le costó.

Cuando la gente le veía aparecer con la camisa abierta caían inmediatamente en los prejuicios. Sus pantalones arrugados hicieron que un posible donante se alejara antes de intercambiar una palabra. Sus chalecos mal ajustados y calcetines extraños provocaron que Hugo perdiera el respeto que sus acciones proyectaban.

Lola se sintió obligada a actuar. Tomó el control reemplazando la ropa que no le gustaba y asegurándose de que todo estaba planchado. Vistió a Hugo todas las mañanas silbando mientras le ponía los pantalones y los calcetines, se abotonaba la camisa y se cepillaba el pecho. Ella terminó esta actuación besando la mejilla de Hugo.

Hugo disfrutó de este ritual, pero su nuevo atuendo lo hizo sentir como un fraude. Al igual que Archibald y Mayer, también había pedido prestada una identidad para impresionar a los amigos prestados.

*****

Hugo desconfiaba de los perfumes de Lola.

No fue sin razón, recordó cómo Lola también usaba cientos de aromas cuando era una debutante. Era parte de su encanto, llamaba la atención de las narices de sus pretendientes y enviando escalofríos por sus espinas.

«¿A quién estará intentando cortejar ahora?» se preguntaba. «¿Soy yo? ¿Pero para qué? Si yo ya soy de ella. ¿Le habrá echado el ojo a otro hombre? ¡Puede que ya lo tenga! ¿Me estará engañando? ¿Llegaré a saberlo alguna vez?

Lo volvía loco.

Se sintió aliviado cuando ella se sentó en su regazo, libre de cualquier aroma.

—Los adultos nunca se divierten. Todo es trabajo sin gracia, ropa tonta, arrugas molestas y papeleo.

Le hizo una mueca a la bebé Sylvia, estirando los labios y moviendo la lengua.

Emma ya tenía seis años y corrió por la habitación fingiendo ser un caballo.

—¡Yiha! ¡Arre! ¡Arre! Yee-hah!

Hugo sonrió a Lola.

—Me siento tan débil como el agua. Es como si hubiera hecho eso el año pasado por nada. Bueno, de todos modos, he estado revisando nuestras cuentas y recibimos donaciones anónimas.

—¿En serio? ¡Eso es maravilloso!

Lola arrugó la nariz y sonrió con los ojos.

Hugo respondió sin pensar.

—Buscaré un segundo local.

Lola le apretó la rodilla de su marido.

—Bueno, mi vida, me encantaría quedarme y charlar, pero hay un turwich que lleva mi nombre.

*****

En el fondo, Hugo seguía siendo el mismo niño pequeño que fue expulsado de St. Mary Magdalen. Seguía sin saber qué dirección tomar, qué hacer o qué decir. No se sentía como un adulto. Se miró en el espejo y se preguntó a sí mismo: «¿Cómo puedo continuar con esta mentira?»

Hugo se sentía seguro como el hombre de la casa, jefe de una organización benéfica, médico y padre: pero era por Lola. Ella era su andamio.

Lola sintió lo mismo. Ella también se sentía como un niño pretendiendo ser adulto. Ella también sobrevivió gracias a Hugo.

Esta disposición pareció funcionar. Al menos, la mayor parte del tiempo. Entonces Emma dejó de hablar. Esa pequeña bola de ruido dejó de estornudar, de hipar, eructar, toser y aplaudir.

Lola y Hugo le hicieron preguntas, le leyeron historias, hicieron ruidos tontos, tosieron, chasquearon y aplaudieron. Pero no importó lo mucho que lo intentaron, no lograron que Emma hablara.

A Hugo le gustaba la paz y la tranquilidad.

Lola rezaba para que el ruido volviera.

EL HÉROE

«Los mayores crímenes en el mundo no los cometen personas que violan las reglas, sino personas que siguen las reglas. Son personas que siguen órdenes que lanzan bombas y masacran aldeas».
BANKSY

Archibald había saboreado el poder, pero no había logrado satisfacer sus ansias. Solo lo había conseguido que Archibald quisiera más. La adicción a la violencia le controló.

Siempre que llegaba a sus oídos que se estaba librando una batalla, Archibald solicitaba permiso para ir al frente. Al principio, Delaney y él fueron contra los marathas. Este imperio era lo único que se interponía entre Gran Bretaña y la dominación total del subcontinente Indio. Archibald mató a un segundo hombre en Asirgarh Fort, a un tercero en Laswari y a un cuarto en Adgaon. Le dijeron que era un «héroe» y que era «valiente y temerario». Le hicieron saber que así estaba «protegiendo a Gran Bretaña y sirviendo a los británicos».

Sin embargo fue en Vellore, una ciudad al sur de la India, donde la estrella de Archibald realmente se elevó.

A los soldados hindúes se les había prohibido llevar marcas religiosas en la frente y a los musulmanes les habían obligado afeitarse la barba. Cuando protestaron, fueron azotados.

Lucharon, lucharon esperando que su rebelión llevara a la liberación de su patria. Mataron a catorce soldados británicos, tomaron el fuerte y levantaron la bandera del sultanato de Mysore.

Pero un oficial británico escapó y encontró a la tropa de Archibald, que acudió al rescate cabalgando a través del polvo y formando un halo de luz crepitante sobre sus cabezas.

Acelerando delante de su tropa, Archibald y Delaney llegaron junto con otros dieciocho hombres. Enlazaron cuerdas a las murallas y ayudaron a sus camaradas a levantarse.

Sin ser visto y sin ser escuchado, Archibald lideró una carga de bayoneta, atrapando a todos los rebeldes en su camino. La sangre roció desde los torsos, formando un monzón exótico, una fuente celestial de lluvia de clarete.

—¡Te tengo! –gritó mientras apuñalaba a un cipayo con ojos de gacela.

—¡Toma esta! –gritó mientras apuñalaba a un joven con la nariz chata.

—¡Por Gran Bretaña! —gimió, mientras dejaba sin aliento a insurrectos inexpertos y descontentos canosos, diminutos y desgarbados, descalzos y con los ojos ennegrecidos.

La sangre caía como la lluvia, los gritos rugían como truenos y las bayonetas se disparaban eléctricas.

Archibald se sintió como un dios.

Con el pecho al descubierto, el ceño fruncido, soñó que Lola lo animaba. Apuñaló, acuchilló y se desvió hacia ella. No le importaba que pudiera morir. Pensó que morir por Lola habría sido la máxima expresión de amor.

—¡Morid, demonios, morid!

—¡Infieles ingratos, morid!

—¡Salvajes desagradecidos, morid! Os hemos civilizado. ¿Cómo os atrevéis a pagárnoslo así?

*****

Para cuando llegaron los dragones, soldados que combatían como caballería, Archibald había dibujado un camino de sangre hacia las puertas.

La caballería cargó, golpeando a todos en su camino, antes de arrastrar a todos los demás afuera.

Cuando se marcharon, Archibald hizo que un amotinado lamiera la sangre de su hija y que otro le diera patadas a un camarada moribundo. Dejó cadáveres en el sol del mediodía, doblado en ángulos nauseabundos, frunciendo el ceño con los labios torcidos; atrayendo moscas, gusanos y gusanos.

Era imposible discernir el olor a ajo de Vellore bajo los vapores apasionados de la muerte.

Archibald desfilaba por un campo, donde la hierba se postraba avergonzada y las hojas huían de las alas de una brisa tímida.

Después de una serie de juicios simulados, Archibald y Delaney ayudaron a atar a los rebeldes a los cañones antes de disparar uno ellos mismos.

¡Boom!

Mil pajaritos huyeron de un árbol.

Un millar de pequeñas partes del cuerpo volaron en mil pedazos. Los fragmentos del cráneo volaron hacia arriba, los fragmentos de las piernas se dispararon hacia abajo y los pedazos del brazo volaron a la izquierda, a la derecha y al centro. No quedaba ni un solo vestigio de vida por enterrar.

Para cada musulmán e hindú, el mensaje era claro: sin un cuerpo no se podía celebrar un entierro y sin entierro no podría haber vida después de la muerte. El castigo duraría para siempre. Los británicos habían conseguido el control supremo.

Para Archibald fue algo increíble. Tenía el poder que anhelaba. Poder sobre la vida, la muerte y la vida futura. Poder sobre cada astilla destrozada de la existencia humana.

El viejo Archibald había muerto. El nuevo Archibald se había convertido en un hombre.

El nuevo Archibald no dejaría morir a sus seres queridos, no permitiría que sus matones lo llamaran marica o dejaría escapar a una chica como Lola. El nuevo Archibald mataría, insultaría y no permitiría que nadie se le escapara.

Ese día mató a cientos de personas.

Su orgullo alcanzó proporciones épicas.

*****

Como es el camino del mundo, aquellos que hacen el bien se juzgan con dureza, mientras que aquellos que hacen el mal se consideran justos.

Lo mismo sucedió con Archibald. Estaba convencido de que obraba con justicia. Todos le decían que era un «héroe», que «servía a su país» y que «enorgullecía a su nación». Delaney le dio una palmada en la espalda. Sus superiores lo convirtieron en un oficial.

—Bueno, actuaste como un brigadier en Vellore. ¡No creas que los altos mandos no se dieron cuenta! Lo menos que podemos hacer es convertirte en Rupert.

Sin embargo, Archibald seguía sin estar satisfecho, aún deseaba más, por lo que se alegró cuando lo enviaron a recaudar impuestos.

*****

Los británicos heredaron del Imperio Mongol un sistema impositivo y luego lo modificaron. Introdujeron un impuesto a la tierra que equivalía a dos tercios de los ingresos de un campesino con la creencia de que esto los alentaría a trabajar más y ser más productivos.

Incluso a plena capacidad, el cultivo de arroz y de cereales no podría generar suficientes ingresos para pagar ese impuesto. Por eso los granjeros se vieron obligados a cambiar la producción. Empezaron a cultivar productos que generaran más ingresos, productos para la exportación como añil y algodón, en lugar de cultivar alimentos para sí mismos. El grano que producían a menudo se incautaba por la fuerza. Se aplicaron gravámenes a la sal, dejando a los pobres vulnerables a la deshidratación y al cólera.

Las consecuencias fueron trágicas. Cuando llegó la sequía en 1769 quedaba tan poca tierra para producir alimentos que diez millones de personas murieron de hambre. Si no hubiera dado el cambio en la producción causado por el impuesto a la tierra, la mayoría de ellos habría sobrevivido.

Irónicamente en lugar de reducir su impuesto, los británicos lo aumentaron para compensar sus pérdidas. Tomaron tierras de los agricultores que no pagaron, obligándolos a peonaje por deudas y otorgaron derechos de tierras a los agricultores que pagaban, con lo que ganaron su lealtad.

*****

Archibald ayudó a mantener este sistema. Fue de casa en cabaña, recaudando impuestos y golpeando a cualquiera que se negara a pagar.

Con el tiempo, se le dio una segunda responsabilidad: manejar el comercio textil que Gran Bretaña estaba en el proceso de monopolizar.

Fue ahí cuando enviaron a Archibald a ajustar cuentas con un tejedor de pelo malva que le vendió ropa a un comerciante indio.

Incluso muchas décadas más tarde, Archibald seguiría recordaría el vacío que sintió cuando echó abajo la puerta de la cabaña suburbana de ese hombre. Todavía podía saborear el rico y estimulante jengibre en el interior de su garganta, el vapor de cebollas picadas que dilataron sus fosas nasales y las burbujas de la saliva de un bebé, que resonaban alegremente en sus oídos.

Archibald aún recordaría como él y Delaney arrastraron a esa familia al sol salvaje, cómo hicieron que permanecieran allí durante varias horas con la espalda doblada y los pies enterrados en la arena y cómo colocaron piedras calientes sobre sus espinas dorsales, mientras que sus hombres se sentaron a la sombra, mordisqueando nueces de macadamia y bebiendo la leche del tejedor.

Esa imagen quedó grabada en la memoria de Archibald. Como pintado por un gran artista, vio la carne quemada y con pus en la espalda de una niña. Vio como asomaban las venas en la piel de su madre y vio la angustia en aquellos ojos inyectados en sangre.

Cada vez que aplicaba una nueva forma de disciplina, recordaba esa escena con vivo detalle, los colores parecían más brillantes, el dolor parece picante y cada sonido más estridente. Sin embargo, siempre que repitiera ese castigo, lo olvidaría de inmediato. Esos eventos, de los cuales había demasiados para mencionar, se confundieron en uno.

La primera vez que Archibald frotó chiles en los ojos de un tejedor deshonesto, la escena se quemó en su memoria. Él no pudo escapar de la imagen; la córnea se volvió marrón, los párpados se inflamaron, las pestañas se entrelazaron. Al final, sin embargo, Archibald frotó los chiles en tantos ojos que se convirtió en algo habitual. No pudo distinguir uno del otro.

La primera vez que vio a sus hombres fastidiar a un indio anciano, Archibald hizo una mueca. La segunda vez que sucedió, simplemente se encogió de hombros. El sospechoso confesó un crimen que no había cometido, por lo que Archibald estaba feliz de creer que los fines habían justificado los medios.

Sus hombres ataron sospechosos a las ramas, con los brazos extendidos por encima de sus cabezas; sujetaron los pezones de las mujeres con púas y confiscaron propiedades y posesiones.

Archibald se encogió de hombros.

*****

Este período en la vida de Archibald duró casi una década.

Aunque nunca acumuló mucha riqueza. Su salario era tan escaso que nunca lo hubieras creído. Mientras que sus hombres robaron cualquier cosa que fuera lo suficientemente liviana como para transportarla, Archibald solo robó ropa. Él cortó una figura extravagante; usando una pluma robada de plumas de águila, un medallón de oro robado y una capa de terciopelo robado. Delaney hizo lo mismo; adornado con una pluma de plumas de canario, un medallón de plata y una capa de algodón.

Pero la pieza de resistencia de Archibald era su collar, que usaba día y noche, incluso cuando todavía llevaba el uniforme. Hecho con pulgares de tejedores deshonestos para evitar que siguieran tejiendo, le valió a Archibald un nuevo título: se hizo conocido como el «extractor de pulgares».

*****

Mientras Archibald florecía, India fracasó. Se transformó de una nación rica y autosuficiente a un estado subordinado; produciendo materias primas de bajo valor en lugar de productos procesados de alto valor.

La industria textil india fue aplastada. Los indios se vieron obligados a exportar su algodón a Gran Bretaña por un precio bajo y comprar tela británica por un precio elevado. Los productores textiles británicos prosperaron, pero los tejedores indios no lo hicieron. Sus despensas se vaciaron, sus vientres se redujeron y sus esqueletos blanquearon las llanuras. Archibald pisó sus huesos desmoronados, como quien pisa conchas marinas. La población de Dhaka cayó a una séptima parte de su tamaño anterior.

Dominado por la culpa, Archibald fue a hablar con el gobernador.

El gobernador era un hombre distinguido y arrogante, con un pico de lechuza infatigable y contornos esculpidos que se mantenían rígidos por la rigidez de la enfermedad del hombre. Vivió a merced de sus prejuicios, lo que puede explicar su respuesta.

—Si vamos a crear un país moderno y civilizado, tenemos que aceptar el dolor y el coste que ese crecimiento conlleva. Una pequeña fuerza puede justificarse en nombre del bien mayor. Y, de todos modos, si no estuviéramos aquí, estos borrachuzos abusarían los unos de los otros. Estamos manteniendo sus malditas costumbres indiacas después de todo.

Archibald tenía una expresión en blanco, como para pedir más.

El Gobernador se vió obligado a continuar.

—Es como dijo una vez Martin Lutero: «Los cristianos son algo raro en este mundo. Por lo tanto, necesitamos un gobierno estricto que obligue y domine a los malvados para que el mundo no se convierta en un desierto, la paz no perezca y el comercio no pueda ser destruido. Que es lo que sucedería si tuviéramos que gobernar de acuerdo con los Evangelios».

Estas palabras limpiaron la conciencia de Archibald.

«Tengo poder» se dijo a sí mismo. «¿Quién soy yo para quejarme? ¿Quién soy yo para dejar que mis egoístas dudas morales se interpongan en el camino del bien común?»

*****

Los chinos creían que tenían el mandato celestial de difundir la justicia y la armonía en todo el mundo, los romanos creían que estaban dotando a los bárbaros de paz y refinamiento, y los babilonios creían que eran responsables del bienestar de las personas que conquistaron. Entonces llegó a ser con los británicos. Ellos también creían que estaban en una conquista moral, difundiendo el cristianismo y el libre comercio.

Archibald se recordó a sí mismo cada vez que estaba plagado de culpa. Luego fue a la iglesia, donde escuchó a su vicario; un hombre cuya piel era del color del bacalao crudo, y que sufría de repentinos ataques de rubor.

—¡Sé humilde, sé manso, sé amable! Librate de la tentación y sigue los pasos de Cristo. ¡Ama a tu prójimo, ama a tu enemigo y pon la otra mejilla!

Escuchar estos sermones hizo que Archibald se sintiera aún más culpable que antes.

«¿No debería poner la otra mejilla cuando un campesino no puede pagar sus impuestos? ¿No debería amar a los tejedores indios? ¿No debería tratarlos como quisiera que me traten?»

Dudas como estas atormentaban a Archibald cada vez que hablaba con su vicario. Siempre salía de la iglesia pensativo, antes de ponerse la capa de seda, deleitarse con carne asada y beber grandes cantidades de licor. Mientras hablaba sobre la caballerosidad, el orgullo y el honor, las palabras del vicario desaparecerían de su mente.

—Estamos sirviendo a Dios —le diría a Delaney. —¡Somos sus nobles y sangrientos secuaces!

Caerían en un sueño ebrio, despertarían resaca y partirían para hacer cumplir la ley. Pasaría una semana y este ciclo se volvería a repetir una vez más.

*****

Durante diez años, Archibald cobró impuestos, persiguió a tejedores sin escrúpulos e impartió justicia. Las cosas, en general, seguían un curso constante: Archibald trabajó durante la semana, dudaba de sí mismo en la iglesia y luego se emborrachaba. Cada vez que se sentía culpable, hablaba con sus superiores, quienes le aseguraban que era un «héroe», que hacía «la obra de Dios». Cuando no estaba convencido, culpaba a Lola.

«Por su culpa estoy así. Si se hubiera casado conmigo, me habría convertido en un hombre leal y cariñoso, como Hugo, y él sería el que estaría ahora en el ejército.

Una cosa, sin embargo, cambió en el transcurso de estos años: los sueños de Archibald.

Cambiaron en dos cosas.

Durante el transcurso de sus primeros cinco años en la India, la imagen de Lola que visitaba a Archibald cada noche evolucionó. Los rasgos de su rostro se endurecieron, tomando el contorno de granito de la mejilla de Delaney; su nariz tomó la forma de la de Delaney.

Sus hombros se ensancharon y sus pechos se endurecieron. Su aura, tan indisciplinada como el viento, se escapó de los sueños de Archibald y también de sus retratos. Con el tiempo, esos empezaron a parecerse más a Delaney que a Lola. En una ocasión, Delaney vio por casualidad uno de esos bocetos y exclamó: «¡Qué amable por su parte dibujarme!» Archibald estaba tan conmocionado que no comió durante días. En el transcurso de los próximos cinco años, los rostros de las víctimas de Archibald comenzaron a aparecer en sus sueños. Vislumbraron y desaparecieron de la vista, pero nunca afectaron su matrimonio imaginario con Lola. En su décimo año en la India, esos personajes aparecían con creciente regularidad. Había un tejedor, cuyo brazo dislocado colgaba de su cuenca, desconcertado, como desconcertado y confundido; un granjero, cuya frente tenía cañones llenos de sangre; y un bebé muerto, cuya cara era una imagen de inocencia perdida. Lento pero seguro, esas figuras pasaron a primer plano. Uno sonrió. Uno habló. Archibald se disparó hacia arriba; despierto, alerta y más que consciente de que sus demonios estaban lanzando un ataque. «¿Dónde está mi poder? ¿Por qué no puedo controlar mis sueños? Necesito más poder. Dame más poder!

¡Necesito controlar mi mente!»

MUCHO, MUCHO MAS

«El dinero a menudo cuesta demasiado».
RALPH WALDO EMERSON

El rey fue declarado loco.

Un banquero en bancarrota asesinó al primer ministro.

Mayer se llenó los bolsillos.

Justo en el momento en el que Hugo sintió una exquisita emoción al encontrar su segundo local y Archibald sentía la misma emoción al expulsar a un granjero de su casa, Mayer estaba ganando miles de libras.

Tres franceses con uniformes borbónicos le abordaron pare decirle que Napoleón había sido asesinado. Inmediatamente invirtió en valores del gobierno, cuyo valor se disparó. Pero tuvo dudas y por eso vendió esas acciones por una suma ordenada.

Todo había sido un engaño: el «Gran Fraude de la Bolsa de Valores». Mayer había hecho bien en vender cuando lo hizo, lo que hizo que se sintiera mejor de lo que las palabras podían expresar.

*****

Mayer se volvía más rico cada día. Creaba más billetes y reclamaba más interés ganando un aumento salarial y comisiones más altas todavía.

Logró su objetivo de tener más que Abe y Sadie. Se compró una casa con una habitación más, una sala más y un comedor más que Buckingham Towers. Llenó ese lugar con más cocineros, doncellas, caballos, carruajes, chintz, chinoiserie, tapetes y cortinas de los que Abe y Sadie habían llegado a tener alguna vez.

Se sentía bien, pero no estaba completo. Feliz en los negocios, Mayer estaba triste de amor. Se acostaba con todas las mujeres que le apeteciera, aprovechándose para ello de su dinero. Incluso alojó a dos chicas, como Raph lo había hecho con Sal. Sin embargo, ahora en la treintena, se consideraba demasiado viejo para el estilo de vida de soltero. Sentía que habían dejado de jugar y que ahora jugaban con él.

Mayer quería envejecer con gracia junto a su único amor verdadero a su lado. Pero había un problema: su único amor verdadero, Lola, estaba felizmente casada.

—¡Vamos Hugo! —murmuraba en voz baja. —¿No puedes darte un poco de prisa y morirte?

Su situación era desesperada, pero aún tenía esperanza.

«Escóndete donde quieras» le dijo a Lola durante una conversación imaginaria. «Ve a los confines de la tierra. Todavía seré tuyo. Cásate con quien quieras. Cásate con cien hombres. Seguirás siendo mío Ámame o odiame, bendíceme o maldíceme, vive o muere, duerme o despierta, habla o permanece en silencio. Seguiré siendo tuyo y tú seguirás siendo mía».

Mayer estaba convencido de que Lola era su alma gemela. La otra mitad de su naranja. El lugar al que su hilo rojo del destino le llevaba y por eso estaba seguro de que algún díase unirían.

El universo tenía el poder de acercar a Mayer a las personas adecuadas en el momento correcto. Le trajo a Abe, a través de quien conoció a Zebedee y al señor Bronze, y le trajo a Archibald, a través de quien conoció a Sammy y McCraw. Estas personas le hicieron rico.

Mayer estaba seguro de que el universo volvería a triunfar una vez más y echaría a Lola en sus brazos cuando fuera el momento adecuado. Solo necesitaba esperar pacientemente y todo encajaría en su lugar.

*****

Como Archibald, Mayer consideró el celibato. A diferencia de Archibald, Mayer decidió que solo empeoraría las cosas.

«Al menos puedo fingir estar con Lola cuando estoy con otra persona. La ilusión de amor es mejor que nada».

Mayer dejo sus días de mujeriego, se separó con una amante y se mantuvo fiel a la otra: Nicola.

—¡Nicola! —cantó en voz alta. —Incluso su nombre suena como 'Lola'. Nico-Lola. Mi Lola.

Al igual que Mayer, Nicola era un naufragio desconsolado. Varios años mayor que Mayer y más comprensiva en varios grados, había encontrado el amor verdadero para perderlo a manos de la escarlatina.

La casa que Mayer alquiló a Nicola estaba llena de las baratijas que su marido le había comprado. Creía que tenía que darle algo nuevo todos los días para mantener vivo su amor —placas decorativas, muñecas rusas cubrían varias estanterías y máscaras africanas hechas a mano ocupaban al menos dos armarios—. Nicola cocinaba para su marido todas las noches, por si acaso volvía de la muerte. Ella abrazaba las camisas de su marido y animó a Mayer a usar su ropa. Imaginaba que Mayer era su esposo muerto, mientras que Mayer fingía que era Lola. Ella no quería hablar de él y Mayer no quería hablar de Lola. Encontraron entendimiento mutuo en su silencio compartido. Su relación no necesitaba palabras, porque trascendía los límites del habla humana.

Su silencio tenía su propio sabor, un sabor sutil, más vainilla que chocolate, pero un sabor no obstante. Mayer inhaló ese silencio, lo envolvió en su paladar y lo dejó caer por su garganta.

Nicola y Mayer encontraron refugio en los brazos del otro.

A veces, uno de ellos pensaría algo gracioso. La otra persona se reiría. Entonces ambos se reirían juntos. Mayer se reiría tanto que acabaría riendose por la nariz. Nicola se reiría tanto que se tiraría un pedo. Luego se cubriría la cara con una almohada para ocultar su vergüenza. Entonces ella se reiría aún más fuerte que antes.

A veces, uno de ellos se frotaba la espalda justo cuando necesitaban sentir un toque empático. A veces alguno de los dos se iría, justo en el momento en que la otra persona necesitaba algo de espacio. Se sentaron con los dedos entrelazados, mirando puestas de sol lacrimosas. Se abrazaron por los

hechizos atemporales apaciguados por un amor que nunca podría nacer.
*****

Así fue como pasaron los años: en el abrazo silencioso de un cónyuge. Mayer se hizo rico, pero permaneció pobre en el amor. Se sentía joven, pero parecía viejo. Esperaba con la obstinación de una estatua a que muriera Hugo y que Lola se casara con él.

RADICALIZANDOSE

«Aquí entra Satanás; el eterno rebelde, librepensador original y emancipador de mundos. Él hace que el hombre se avergüence de su bestial ignorancia y obediencia; él lo emancipa, instándolo a comer del árbol del conocimiento».
MIKHAIL BAKUNIN

Hugo se encontró con un castor de peluche, lo rodeó y fue al salón. Hace mucho tiempo aprendió que era mejor actuar con naturalidad, incluso en las situaciones más antinaturales.

Besó a Lola.

Ella habló.

—Hay tantos Lolas diferentes en mí: hay una madre, hija, esposa, recaudadora de fondos, coleccionista de libros, jardinera, mujer y niña. Soy una verdadera *emprendemadre*. Imagino que si dentro de mí solo hubiera una única Lola, las cosas serían más simples, pero supongo que también más aburridas.

Después de expresar todo lo que necesitaba decir, Lola miró a Hugo.

—Algo va mal.

Efectivamente había algo que no iba bien. Independientemente de todo lo que Hugo hacía para ayudar a los necesitados, no se sentía satisfecho. Le quedaba tanto amor que no sabía cómo usarlo.

Fue en esta época que Hugo leyó sobre la revolución haitiana. La población de esclavos negros en esa isla había aumentado considerablemente y estos habían masacrando a sus superiores antes de tomar el control de la isla. Sublevaciones del estilo se daban también en sus colonias y por eso los británicos acabaron aboliendo la trata de esclavos a través del Atlántico. Las acciones de unos pocos rebeldes mejoraron las vidas de millones de personas para siempre.

Hugo se dio cuenta de que había arreglado los síntomas de la pobreza: falta de vivienda, desnudez, inanición, enfermedad y analfabetismo, pero él no había arreglado la causa raíz. Se dio cuenta de que necesitaba tomar una página del libro de haitianos y desafiar al sistema en sí. Él necesitaba hacer más.

—Tienes que hacer más —le contestó Lola. —Tienes que desafiar al sistema.

Hugo frunció el ceño.

—Puede que deba pero también puede que no.

Hugo tenía miedo, porque era consciente de que deportaban a los rebeldes a Australia.

Lola no tenía miedo.

—Deja de ser una gallina nerviosa y escúchame.

—¿Qué? Así no es cómo funciona.

—Así no es como funcionan la mayoría de los matrimonios, pero este no es un matrimonio normal. La mayoría de las mujeres sirven a sus maridos, pero la mayoría de los maridos dan un estatus a sus mujeres. Eso nunca pasó con nosotros. Te levanté de la cuneta y te di un puesto en la sociedad. En este matrimonio, yo soy el marido y tú eres la esposa.

—Oh.

—Así que haz lo que digo.

—Sí, pan de miel.

—Ahora actúa como un hombre y llévame a la cama. Me apetece chupar nata de tu pecho.

*****

Como no quería ser demasiado radical, Hugo recurrió a la caridad radical. Se unió a la junta directiva de Needlewomen's Institution, promovió la Metropolitan Early Closing Association y dio clases en la Metropolitan Evening School.

No fue suficiente. Hugo todavía sentía ganas de hacer más y entonces se convirtió en un ludita. El ludismo era un movimiento que protestaba en contra de las máquinas que destruían el empleo.

*****

Las cosas habían funcionado bien el tiempo que duraron las vacas gordas. Los tejedores expertos habían sido sus propios jefes, estaban orgullosos de su trabajo, producían telas de calidad y a cambio recibían una justa remuneración. Ellos habían complementado sus ingresos cultivando su propia comida.

Entonces se cerco la tierra, lo que les impidió cultivar.

Luego aparecieron las fábricas que producían telas de baja calidad a precios bajos que desplazo a los tejedores fuera del negocio y les obligó a encontrar empleo en las fábricas. Trabajaron más horas, con menos integridad artística, menos libertad y menos ingresos.

Al mismo tiempo los cultivos se destinaron a alimentar las guerras del gobierno. La comida se volvió escasa y costosa.

Siguiendo la doctrina económica de *laissez faire* (dejar hacer), el gobierno ignoró las peticiones de la gente y cuando la cosecha se perdió, los campesinos sintieron que ya no tenían nada que perder. Los disturbios se extendieron por todo el territorio. Los trabajadores prostestaron exigiendo salarios más altos e irrumpieron en las fábricas y destruyeron los telares. De esta forma surgió un movimiento nacional, dirigido por Ned Ludd famoso que al igual que Robin Hood vivía en el bosque Sherwood. Era un temido líder de ejércitos invisibles con la cara fantasmalmente blanca y de existencia dudosa.

Carecía de importancia, porque el mito significaba más que el hombre.

El mito inspiró a bandas de rebeldes organizadas desde abajo, a que actuaran bajo el anonimato de disfraces y máscaras se disfrazaran. Al igual que los rebeldes en Haiti, cantaron canciones revolucionarias, escribieron cartas amenazantes, se burlaron del establecimiento, atacaron a los propietarios de las fábricas y a comerciantes.

El estado ordenó reprimir a los luditas y decretó el destrozo de las máquinas como una ofensa capital. Diecisiete rebeldes fueron ahorcados en un solo año, pero miles escaparon protegidos por la ayuda mutua de sus hermanos.

*****

Este era por ese entonces el mundo en el que Hugo pisó.

Después de viajar por toda la nación, llegó a un molino cerca de Manchester. La gente con la que se encontraba sospechaba de él, porque los lugareños opinaban que parecía un espía.

Ese molino tenía una cara triste; todos los ladrillos rojos y ventanas altas, tristeza y escarcha.

Dos mil manifestantes tenían caras dementes; todas las frentes cinceladas y las barbillas de granito.

Una chimenea solitaria apuñaló el cielo.

Cinco ventanas se abrieron, instantáneamente; deslizándose al unísono, exactamente a la misma velocidad, y haciendo un solo "clic" al llegar a la parte superior de sus marcos. Entonces una sexta ventana se abrió arrastrando los pies, forcejeando y chirriando, empujándose de un lado a otro.

Hugo hizo una mueca.

Seis rifles pasaron; revoloteando en el aire, como si estuvieran en manos de fantasmas.

Hugo dejó de reírse.

La multitud dejó de animar. Superado por un silencio omnipotente, los ojos se miraron hacia adentro y los pies se movieron hacia atrás.

Bang.

Fue tan simple como eso. No hubo ningún aviso, ninguna llamada al orden, ni negociaciones, ni simpatía, ni una pulgada, ni ninguna expectativa.

Seis balas volaron como una sola.

Bang.

Seis balas más besaron el aire.

Bang.

Una ronda de disparos acompañó a la siguiente.

Hugo se mantuvo firme. Manchado de sangre, manchado de barro, temeroso y fiel; se puso a trabajar, saltando entre los restos; cosiendo cortes, colocando huesos, eliminando balas, atando heridas y amputando piernas.

Insufló vida a dieciocho cuerpos heridos. Tres personas murieron.

Regresó al día siguiente y salvó otras veinte vidas. Cinco personas murieron.

Una parte de Hugo sentía que debería haber hecho más, una parte de él sentía que había hecho lo suficiente, pero una cosa era cierta: ya no sospechaban de Hugo. Se había convertido en un verdadero ludita.

*****

En los días siguientes, los luditas respondieron matando al dueño de ese molino. En las semanas siguientes, las protestas encontraron extremos sangrientos en todo el país.

Hugo siempre estuvo a mano para recoger las piezas...

Cuidó a los manifestantes en los Disturbios de Alimentos, en los cuales murieron cincuenta personas. Salvó varias vidas en Corn Law Riots, una protesta contra los aranceles sobre el grano, que estaban matando de hambre al campesinado. Ayudó en el Alboroto de Littleport, donde los manifestantes pidieron alivio y un salario mínimo. Asistió a los disturbios de Spa Field, donde los manifestantes exigieron una reforma electoral. Y trató las heridas en la Marcha Blanket, donde los tejedores exigieron mantener sus derechos legales.

Cada vez que las personas se pronuncian por la justicia, Hugo les defendía. Era el médico de una generación de manifestantes; el yang al yin de Archibald, listo para irse por el impulso del momento, con un frasco en las manos y panfletos radicales cosidos en el forro de su chaqueta. Solo regresó una vez que quedó claro que ya no era necesario, lo que significaba que a menudo pasaba meses lejos.

Esto puso tensión en el matrimonio de Hugo y Lola.

A veces, cuando no había visto a Hugo durante semanas, Lola comenzó a dudar del amor de Hugo. Era como si necesitara a Hugo a su lado, para recordarle que era adorada.

En esos momentos, Lola cuestionó su elección de cónyuge: «No habría sido mejor casarme con un hombre rico o poderoso; un Archibald o un Mayer?»

Recordó los músculos de Archibald, la muñeca que dejó en la puerta de su casa y la forma en que la había mirado con un amor tan tímido. Ella imaginó el héroe en el que se había convertido; un verdadero caballero de brillante armadura.

Recordó como Mayer había intentado ligar con ella con nostalgia fantasmal. Se rió de su idiotez inocente y de sus ojos de cachorrito.

Se recordó a sí misma cómo podría haberse casado con él, si su cita no hubiera sido un desastre. Pensó en las veces que lo había visto, solo y solo, como si quisiera estar a su lado. Ella pensó en su dinero y todas las cosas que podría comprar.

Luego pensó en Hugo; ni heroico ni rico, incapaz de defenderla en la batalla o comprarle el mundo. La hizo enojar. Perdió el apetito, habló con sarcasmo, se contradijo a sí misma, rompió las páginas de sus libros y se paseó como un tigre enjaulado; sus garras desnudas y sus ojos llenos de odio.

Cuanto más pensaba en Archibald, Mayer y Hugo, más enfadada se volvía.

Entonces Hugo regresaría, y la ira de Lola desaparecería. La presencia de su esposo la hizo tan feliz, que Hugo nunca se dio cuenta de que había estado triste.

Había algo más que Hugo no notó: la última adicción de Lola. Ella había convertido su casa en una cueva de animales de peluche de Aladino.

Hugo no se dio cuenta de que el zorro muerto parecía dispararse bajo sus pies mientras cruzaba el pasillo, y tampoco notó la garra extendida de un oso pardo, que le cortó la mejilla al caer. Aterrizó con un ruido sordo, lo que hizo que un jabalí se quedara sin equilibrio. Balanceándose en una dirección, antes de tambalear a la otra, se estrelló contra su espalda.

¡Plash!

–¡Ay! –chilló Hugo. –¡Ya vale! ¡Es suficiente! Esto es una casa, no una jungla.

–¿Hay alguna diferencia?

–Una gran diferencia.

–Pero, ¿es necesaria?

–¿Qué quieres decir?

–Quiero un jaguarlope relleno.

–¿Un qué?

–Y un tibupulpo. Y un cebramono. Creo que deberíamos mudarnos a África.

–¿Tibupulpo? ¿Cebramono? ¿África? ¡Estás peor que una jaula de grillos!

–Es lo más probable, pero la locura es una virtud. La verdadera locura está más cerca de la devoción que de la locura. Así que venga, vámonos a África. He oído que allí los mangos son la repera. Hablando de fruta, vamos a comer algo de fruta.

Lola se fue a la cocina, donde comió un poco de morcilla.

Hugo se quedó en el suelo, sacudiendo la cabeza con frustración.

*****

Algo había cambiado, sin que se hubiera cometido un cambio en absoluto.

Lola aún masajeaba los pies de Hugo cada vez que regresaba a casa. Hugo seguía abrazando a Lola por detrás cada vez que se lavaba los dientes. Lola seguía afeitando a Hugo y este seguía cepillándole el pelo a Lola. Todavía se querían, pero el suyo era un tipo de amor sensato, basado en la rutina más que en el pensamiento.

Incluso sus conversaciones siguieron una esquema fijo. Hugo habló, luego Lola habló. Hugo sonrió, y luego Lola se fue a comer.

Siempre hablaban sobre las mismas cosas: sus hijas, amigos y hogar.

Fue una gran sorpresa, entonces, cuando Lola dijo que sus fondos habían disminuido:

–Las dotaciones de R han desaparecido y las donaciones anónimas se han detenido.

Hugo se incorporó, como si le tiraran de la corbata:

–¿Qué?

–Dije las dotaciones de R...

–Sí, cariño, lo escuché. Qué absoluta decepción.

–Sí, mi esposo.

–Me pregunto qué deberíamos hacer.

–Deberías hablar con R.

–Debería hablar con R.

–Sí. Ahora, me apetece un poco de *Toad in the hole*, plato tradicional británico a base de salchicas en rebozado de budín de Yorkshire. Estoy bastante triste.

*****

–Las dotaciones se han perdido –dijo Hugo a R.

Estaban sentados en mecedoras en la sala de lectura de R.

–¡Ay! Estás en lo correcto.

Hugo asintió con simpatía.

–Bueno, como estoy seguro de que puedes entender, esto está lejos de ser ideal. Es un tema delicado, lo sé, pero la organización ha estado haciendo un trabajo magistral, como usted mismo ha querido señalar, y no podrá continuar con su generoso apoyo.

Cara de R ruborizada y roja.

–Estás en lo correcto. Repetidas, recurrentes y reiterativas; cierto, cierto, cierto. Yo reverencio tus justos remedios, y les pido que los recompense de verdad.

–¿Pero?

–Darse cuenta de esto: busco por ti, realmente lo hago, pero solo soy un representante de la base. ¡Ay! Tengo rivales notables cuyos brazos larguiruchos van más allá del mío.

–¿Rivales?

–Derecha. ¡Rivales! Rivales que están maduros y listos para revelar los informes que necesita. Te recomiendo que hagas rap con ellos.

–¿Con quien?

–El tesorero.

–¿El tesorero?

–Así es.

–¿Y dónde puedo encontrar al tesorero?

–En sus habitaciones cerca del registro en Regent's Row".

Hugo hizo una pausa, sonrió, estrechó la mano de R, terminó su rosado, bebió un poco de ron, reflexionó sobre los problemas del mundo y luego se fue.

Nunca se había encontrado con el tesorero, y siempre lo había considerado una figura bastante oscura; personaje más ficticio que alma viviente y respirando. Así que vaciló antes de partir hacia Regent's Row. Luego corrió allí tan rápido como sus pies lo permitieron.

EL LARGO CAMINO DE VUELTA AL HOGAR

«La duda es una enfermedad que proviene del conocimiento y conduce a la locura».

GUSTAVE FLAUBERT

Archibald sintió una oleada temporal de euforia cada vez que lastimaba a un indio. Esa posición le dio la sensación de poder que anhelaba, pero, como hemos visto, su alegría estaba contaminada. Cada vez que iba a la iglesia cuestionó sus acciones y conforma pasaba el tiempo sus pesadillas se volvieron más entrevesadas.

En lugar de solo aparecer con caras amenazantes, los personajes en sus sueños comenzaron a actuar. El bebé muerto hizo señas a Archibald para que entrara en su tumba, la niña con cicatrices cubiertas de pus arrojó llamas hacia su cuerpo y el hombre de ojos enredados se frotó los chiles en la cara. Su visión se oscureció con sangre.

Lo que más horrorizaba a Archibald, no fueron las amenazas de esta gente sino el hecho de que cuanto más soñara con ellos, menos tiempo podía dedicarle a Lola. Cuanto más tiempo permanecían, menos tiempo pasaba Archibald con su esposa imaginaria. Para cuando aparecían esas figuras en cada escena, Lola había desaparecido por completo y su abrumadora presencia había creado un vacío abrumador.

Archibald no había visto a Lola en sus sueños durante varios meses cuando reapareció su fantasma, elevándose desde el piso de su subconsciente; remoto, pero aún alerta. Miró a las víctimas de Archibald, y luego se volvió hacia Archibald.

En ese momento, Archibald se dio cuenta de que no se había convertido en un caballero de brillante armadura que podía salvar a Lola de Hugo, sino a un villano de quien Lola necesitaba ser salvada.

Se despertó con una sacudida, sintiendo que sería su último día en la tierra.

*****

Sucedió en un callejón acre, en una ciudad fragante.

Sus dedos apretaron los hombros de un tejedor deshonesto, cuya camisa rota estaba oscurecida por el trabajo duro, y cuya piel rota estaba carbonizada por el sol. Un uppercut en el abdomen de ese tejedor lo hizo asfixiarse con su paan. Una bofetada con el revés le hizo rodar jugo de betel de la boca.

Antes de que el tejedor supiera lo que había pasado, su cuerpo se había vuelto y su espalda había sido presionada contra una pared. Se encontró cara a cara con Archibald, respirando el aliento de Archibald que sabía a carne; su vientre lleno de carne rancia.

Otros cuatro soldados salieron de las sombras, chasqueando los nudillos y rechinando los dientes. Cada uno tenía olores pútridos propios.

–¡Curry negro! –se burló Archibald en una voz que era a la vez llorona y melancólica. –¿Cuántas leyes has roto esta semana?

El tejedor no respondió.

Las uñas de Archibald que sujetaron la garganta del tejedor, le atravesaron la piel y le apretaron la laringe infligiendo un tipo diabólico de dolor que era tanto físico como emocional.

–La civilización y el cristianismo no son lo suficientemente buenos para ti, ¿eh?

Los otros soldados se unieron.

–¡Patán de tela!

–¡Olor a hongos!

–¡Chusma!–¡Mierdecilla!

Archibald negó con la cabeza.

–Te ejecutaran por tu traición, si no terminamos contigo primero.

Apretó el estómago del tejedor tan profundamente que los nudillos penetraron en los pulmones y el tabaco salió disparado de la boca del tejedor. Sin aliento y con el tejedor amordazado mientras Archibald le ataba , la visión de Archibald se volvió borrosa.

En su imaginación, estaba de vuelta en Warwick Lane, algunos minutos después del ahorcamiento de Jonathan Wild. Se había convertido en su propio torturador, Donald Donaldson, y se estaba intimidando a sí mismo; infligiendo el mismo dolor al tejedor que Donaldson le había infligido. Solo dolió más, en ese momento, que nunca antes había herido. La garganta de Archibald se apretó con tanta fuerza que apenas pudo respirar. Su columna vertebral gritó, como si se estuviera desmoronando, como si su misma alma estuviera a punto de pudrirse.

En esta escena, sin embargo, Hugo y Mayer no vinieron al rescate. En esta escena, ese deber recayó en Archibald, quien se volvió y levantó la mano.

Delaney se movió a su lado.

–Tres contra tres. Esa sería una pelea justa. ¿Qué decís ratas de alcantarilla?

Los subordinados de Archibald fruncieron el ceño.

Archibald los hizo pasar con un gesto de su mano.

–Marchaos, con el rabo entre las piernas ¡y nunca vuelvas a molestar a este hombre!

Archibald se volvió para mirar al tejedor, cuya cara era una extraña mezcla de gratitud y horror.

–No te preocupes. ¡Todo va a ir bien!

El tejedor se tomo un tiempo para recomponerse antes de responder.

–Por favor, quedaos a cenar esta noche. Sería un privilegio hospedarlos en mi hogar. ¡Por favor! El biriyani de mi esposa es famoso; es la comidilla de la aldea.

*****

Esto dejó a Archibald en un dilema. Su culpa lo dejó sintiéndose impotente, a pesar de todo el poder que tenía; el poder de mandar soldados, impartir justicia y decidir los destinos de los hombres. Su culpabilidad sangró en la duda, que sangró en la desesperación. Sus visiones de pesadilla aparecieron durante el día, y comenzó a sentir el dolor de sus víctimas como si fuera propio.

La noticia llegó a sus superiores, quienes dejaron a Archibald a un lado. Habían planeado disciplinarlo, pero una mirada en sus ojos les dijo todo lo que necesitaban saber: Archibald era un hombre roto.

Lo enviaron a casa.

Archibald abordó su barco, con Delaney a su lado, feliz de creer que tenía un gran dividendo esperando su regreso.

–Dirígete a Regent's Row –le dijeron. –Puedes reclamar tu comisión allí.

VOLVAMOS JUNTOS OTRA VEZ

«Todo se repite».
UMBERTO ECO

La entrada al edificio en Regent's Row daba a una sala de espera, con una recepcionista sentada entre dos puertas; una roja y otra negra. Los sofás rojos flanqueaban un lado de la habitación y los sofás negros flanqueaban el otro.

Bajo de forma Hugo llegó casi sin aliento. Le costo un poco enfocar por eso cuando vio a Archibald, pensó que estaba loco.

–¿Archie? ¡Dios! ¡Dios mío! ¡Aaagh!. ¡Imposible! ¡No me puedo creer que seas tú! No es cierto. ¿Qué haces aquí y por qué llevas puesta la piel de mi amigo?

Archibald estaba igual de sorprendido que Hugo.

–¿Hugo? ¿Eres tú?

Hugo abrió la boca, pero no surgieron palabras.

La recepcionista rompió el silencio.

–Señor, es su turno

A Archibald le señalo la puerta negra y a Hugo le hizo un gesto para que se sentara en uno de los sofás rojos.

*****

Lo primero que notó Archibald cuando entró en esa oficina fue lo grande que era. Era más grande que cualquier apartamento que alguna vez había llamado hogar.

Lo segundo que notó fue lo grande que era el escritorio. Era más grande que cualquier escritorio que hubiera visto alguna vez. El escritoio en sí era ya más grande que la mayoría de las habitaciones en las que había estado.

La tercera cosa que Archibald notó fue el hombre detrás de ese escritorio: Mayer.

–¿Eh? –exclamó Archibald.

–¿Archibald?

Archibald asintió.

–No te imaginas lo que me alegro de verte. Por favor, siéntate. Ponte cómodo. ¡Cómo si estuvieras en tu casa!

Archibald se sentó.

–¿Has visto que nieve hemos tenido estos últimos días? Has tenido que notar un cambio enorme de aquí a la India.

Archibald se quedó boquiabierto.

–Once años. India. Dinero.

Mayer sonrió, sirvió dos brandys y abrió un enorme libro de contabilidad.

Una mota de polvo saltó de la página dañada por el agua.

–Hmm. Aquí estás. Oficial Archibald. Sí. Dieciocho chelines y nueve peniques. Muy bien, haré que alguien te lo desembolse de inmediato.

–Dieciocho... Dieciocho chelines ... Dieciocho chelines y nueve peniques, ¿por once años de servicio? ¡Tiene que haber un error! Mi dividendo debería ser de ciento treinta libras. Ya hice las matemáticas.

Mayer asintió.

–Ciento cuarenta y tres libras, quince chelines y trece peniques.

–¡Sí, algo así!

–Menos doce libras y tres chelines por el viaje a la India.

–Oh.

–Eso hace ciento treinta y una libras, doce chelines y trece peniques. Menos diecisiete libras y seis chelines por el viaje de vuelta. Lo que hacen...

–¡Espera un minuto! ¿Por qué el viaje de vuelta es más caro?

–Tenías la cabaña de un oficial.

–¡Soy un oficial!

–Oh sí, eso he visto. ¡Enhorabuena por ti! ¡Hip-hip-hurra!

Archibald hinchó el pecho.

–No, ahora en serio, hermano, tengo que reconocer que eres un auténtico héroe. Has protegido a tu nación y has servido a tu país y a tu rey. ¡Bravo!

–Ahora... ¿por dónde iba? Hmm. sí... menos cuarenta y tres libras, dieciséis chelines y cuatro peniques por la comida. Lo que hacen...

–¡Espera, espera! ¿Por la comida? ¿Me están cobrando también por la comida?

–Comiste, ¿no?

–Por supuesto que comí, pero...

–¿Pero qué? ¿Pensaste que la comida era gratis? ¿Qué creías? ¿que crece en los árboles? ¿que podrías simplemente cogerla, y ya está?

–Ciertamente no. No me trates como a un tonto.

–Luego está la pequeña cuestión de doce libras para armas y municiones, treinta y dos libras por el alojamiento, seis libras y doce chelines por la atención médica y diecinueve libras de los caballos.

Archibald esperó por más.

No hubo nada más.

–Y eso hace unos...

–Eso deja dieciocho chelines y nueve peniques.

–Dieciocho chelines y nueve peniques. Estoy horrorizado.

–Deberías estar agradecido.

–¿Agradecido?

–Sí, la mayoría de los hombres vuelven con una deuda. Lo has hecho maravillosamente bien para mantener la cabeza fuera del agua.

–¿Bien? He hecho el tonto, pero no es momento de hablar de eso aquí. Estamos aquí para hablar de mi dinero.

–Hmm. Sí, pero hay muy poco dinero del que hablar.

–No, no hay.

–No hay dinero para ti, solo para los ricos y poderosos.

–Escucha aquí y escuchame bien: yo soy poderoso. ¡Soy un un maldito jefe!

–No, no eres lo suficientemente rico como para ser poderoso.

–¿No soy lo suficientemente rico como para ser poderoso? Bueno, independientemente de lo que quieras decir, estás más muy equivocado.

–Te lo explicaré.

Mayer sirvió a Archibald otro coñac, le dio una palmadita en la espalda, se frotó la espalda, se masajeó la espalda, sonrió y luego le contó sobre la Compañía Británica de las Indias Orientales...

*****

La compañía fue fundada en 1600, cuando un grupo de comerciantes, decididos a ganar dinero, recibieron una carta real de la reina Isabel, la que detentaba el *poder*. Se les otorgó un monopolio de quince años sobre el comercio en el este, así como el derecho de llevar el territorio a la guerra.

A este acuerdo se le conoce como «Imperialismo Mercantil» y está dirigido por comerciantes en lugar de por reyes y se financió por medio de inversiones en lugar de por impuestos.

Los comerciantes de tela hicieron inversiones que financiaron espediciones y que a su vez ayudaron a fundar nuevas colonias, que producían algodón, que los comerciantes de telas convirtieron en tela, que vendieron por dinero, que usaron para hacer nuevas inversiones.

Con el tiempo, se emitieron opciones de acciones conjuntas para ayudar a los inversores a distribuir el riesgo entre varias pequeñas inversiones. Así se crearon los primeros mercados bursátiles para que esas acciones pudieran negociarse.

Mayer tenía influencia sobre comerciantes de telas como el señor Harmer, este administraba sus inversiones a través del banco de Mayer, y decidió sacar provecho. Compró acciones en la Compañía Británica de las Indias Orientales e utilizó su posición para asegurar algunas de las cuentas de la compañía.

*****

Las cosas fueron bien para la Compañía Británica de las Indias Orientales hasta que la hambruna azotó la región de Bengala. Se había perdido un tercio de la mano de obra y las deudas de la Compañía de la Indias Orientales se agaloparon. Tras la incapacidad de esta para pagar sus impuestos, tuvo que pedir al gobierno que la rescatara.

El gobierno accedió a este rescate por dos razones. En primer lugar, era demasiado grande como para fallar. En segundo lugar, este *dinero* le había comprado *poder*.

A lo largo del siglo XVIII, los miembros de la compañía habían comprado políticos y escaños parlamentarios, especialmente en los *Rotten Boroughs* o burgos podridos circunscripciones electorales con muy poca población pero con tantos cargos en el parlamento como otras con una población visiblemente superior. La compañía había hecho donaciones al tesoro cada vez que el estado se enfrentaba a la bancarrota y, en 1767, había acordado pagar al tesoro 400,000 libras al año.

A cambio, el gobierno respaldaba a la empresa con barcos y soldados estatales, mantenía su derecho a gobernar la India y extendía su monopolio sobre el comercio.

Este negocio privado se había fusionado con el estado.

Para cuando Archibald se unió a sus filas, la Compañía Británica de las Indias Orientales se había convertido en el gobierno de facto de la India. La recaudación de impuestos y no el comercio era su principal preocupación. Empleaba a más soldados que mercaderes, tenía más arsenales que almacenes y más tiradas de impuestos que libros de contabilidad.

*****

–Así que ya ves –continuó Mayer. –Los ejércitos sirven a un único dios: el dinero. Las guerras solo se luchan por la posibilidad de abrir nuevos mercados, controlar recursos y acumular riqueza. Todas las guerras son guerras de los banqueros.

Archibald frunció el ceño.

–Si la guerra es tan rentable, la compañía debería poder pagar a sus soldados.

Mayer sonrió, negó con la cabeza, tomó un sorbo de brandy, sirvió otros dos brandy más, golpeó su escritorio y suspiró.

–La compañía necesita reinvertir sus ganancias para mantener su poder. Solo piensa en todos los sobres regalo con los que compran a los ministros, señores, jueces y banqueros. ¡Eso no es barato!

–La compañía una vez enriqueció a sus empleados. Los *nawobs*, los vireyes del Imperio mongol, solían volver a casa bañados en oro. ¡Pero esos días ya han pasado a mejor vida! Después de pagar al gobierno para mantener su monopolio y pagar dividendos a sus accionistas, no queda nada para nadie más.

Archibald contuvo el aliento intentando encontrar las palabras correctas.

–¿Nada? ¿Ni una triste migaja? Sigo siendo un soldado. ¡Un héroe de guerra! Tengo poder sobre la vida y la muerte. Tengo dignidad, honor y valentía.

–El honor no existe y la dignidad y la valentía tampoco son reales.

–¿Y crees que tu dinero sí es real?

–Sé que no es así.

–¿En ese caso?

–No importa. Mi dinero, real o no, me otorga poder.

–¿Qué?

–Nosotros los banqueros podemos crear todo el dinero que queramos, la gente siempre tendrá que depositarla en nuestros bancos, por lo que nuestros libros siempre mantendrán un equilibrio. Tú, por otro lado, estás sujeto a nuestros caprichos, atado con el dinero que tú mismo no puedes crear y encadenado a las deudas que creamos en su nombre. En resumen, hermano, trabajas para nosotros. A pesar de tus armas, tu posición o de la gente que tengas como subordinados, somos nosotros simplemente con nuestras plumas de escribir los que de verdad ostentamos el poder.

—Puedes tirarte todo el día diciendo estupideces sobre el tema, pero, al final , no eres más que alguien que está detrás de un escritorio, mientras que yo soy un hombre de acción.

—Lo eres, hermano, lo eres y tus acciones son de verdad admirables.

—¡Tengo honor!

Mayer negó con la cabeza.

Archibald lleno de dudas. Dudó de su poder, de su dignidad, de su honor y de todo. Incluso dudó de su amor por Lola.

«¿Será el amor real o será un simple truco de la mente?»

Dejó que la idea se desvaneciera. Con el paso de los años había llegado a confiar en su amor por Lola como ninguna otra cosa. Era su dios y su religión, una cuestión de fe inquebrantable. Aún así se sentía inquieto.

—¿Cómo es posible que exista dinero sin poder? ¡Por Dios! Necesitas soldados para protegerte.

Mayer se rió.

—¡Nunca se ha dicho algo más cierto!

—Necesitas soldados.

—Así es.

—¿Entonces?

—Te compramos. Es un servicio que compramos. Somos los dueños de acciones en su empresa.

Nosotros pagamos tu salario. Es así de simple.

—Pero…

—Pero nada. Mira, te amo, hermano, me has hecho llegar a dónde estoy hoy. Si no me hubieras presentado a Sammy, Abe no se hubiera expandido al sur de Londres. El señor Bronze no habría oído hablar de mi participación y no me habría tomado como orfebre. Si no me hubieras presentado a McCraw, no habría comenzado a intercambiar dinero, no me habría convertido en banquero y no sería rico.

—Sin ti, no sería nada. Me duele verte de esta manera. Así que déjame hacerte una oferta: corta tus pérdidas y cambia de bando. Conviértete en un banquero. Te dará el poder que obviamente anhelas.

Las mejillas de Archibald se inflaron, sus ojos se hincharon, y su piel cambió de blanco a beige, a magenta, rosa, carmesí y rojo.

–¡De ninguna manera! ¡Bajo ningún concepto! No hay honor en estafar y robar. La banca fue concebida en la iniquidad y nació en el pecado. A diferencia de ti, tengo estándares morales.

Mayer se rió a carcajadas.

–Quizás. Puede que tengas razón. Hmm. Pero nosotros los banqueros somos dueños de la tierra. Elimínalo de nosotros, y con un trazo de pluma crearemos suficiente dinero para comprarlo de nuevo. ¡Piensa en el poder!

–El poder sin honor no vale la pena.

–Nada en el mundo merece tanto la pena.

–Estupideces.

Mayer acabó su copa.

–Hmm. Por favor, vamos a volver a vernos, pero esta vez en el bar. Esta conversación, bueno, no se está convirtiendo en hermanos. Allí podremos hablar como dios manda y a los dos nos queda mucho por decir.

–Totalmente.

Archibald salió de la habitación.

Mayer negó con la cabeza.

«En toda la historia humanidad no ha habido nada tan peligroso como hombres simples con buenas intenciones».

*****

Archibald vio a Hugo en la sala de espera.

–Tenemos que ponernos al día.

–No podría estar más de acuerdo.

–¿Vamos al bar?

–¡Venga!

La recepcionista interrumpió.

–Señor Crickets, el tesorero está listo para verlo.

Hugo sonrió a Delaney, estrechó la mano de Archibald, cruzó la puerta roja y entró en la oficina de Mayer.

–¿Hu?¡Hugo! ¿Qué te trae por aquí?

–¿Mayer?

–Hermano, no te imaginas lo que me alegro de verte. Por favor, siéntate.

Hugo se sentó.

–¿Qué le pasa al tiempo ultimamente? ¿No es horrible?

Hugo no pudo esconder su sorpresa.

–¿Tú? ¿Tú eres el tesorero?

Mayer sonrió, asintió y sirvió dos brandies.

–Supongo que sí.

–¿Y las donaciones anónimas?

–Acusado y culpable.

–¿Qué? ¿Pero por qué no dijiste nada? ¡Esas donaciones fueron maravillosas!

Mayer inclinó la cabeza, cerró los ojos, soltó una modesta sonrisa, abrió los ojos, miró a Hugo y asintió.

–La verdadera caridad debe ser anónima. La mano izquierda no debería saber qué hace la derecha.

–¿Pero a ti te importa la caridad? Quiero decir... eres un banquero.

–Sí, soy banquero.

–A ti te importa el dinero.

–Me importa

–¿Entonces?

–También soy humano.

*****

Todo comenzó cuando Mayer pensó en cómo había salvado a Hugo de Jonathan Wild y a Archibald de sus matones. Anhelaba volver a ser ese niño desinteresado y recordó que el mismo se había beneficiado de la caridad cuando le adoptaron.

–Es responsabilidad de los ricos ayudar a los que tienen menos –opinó la amiga de Sadie. –Realmente tranquiliza la conciencia saber que no solo se está gastando su dinero en uno mismo.

Mayer quiso calmar su conciencia. Se sentía culpable sin comparación.

Se sentía culpable por ganar tanto, mientras que otros ganaban muy poco. Se sintió culpable por rechazar solicitudes de préstamo, por su usura y por tratar mal a las mujeres. Se sentía culpable por casi todo lo que hacía.

Decidió hacer las paces consigo mismo.

Cuando Hugo le dijo que las dificultades que estaban teniendo para obtener fondos para Saint Nick's, Mayer vio una oportunidad. Envió a Hugo a encontrarse con R, su cliente en el banco y cuando R acordó financiar a Hugo, se convirtió en el tesorero de su caridad. R no lo hubiera hecho de otra manera.

–Le solicito reiteradamente que regule los informes y registros de la organización benéfica. ¡Ay! Todas las demás realidades realizables son redundantes.

Entonces Mayer se familiarizó con Saint Nick's y cuando vio que se había convertido en un éxito, estuvo más que feliz de donar él mismo.

Mayer se bañó en la gloria reflejada de la bondad de Hugo. Limpió su alma ennegrecida y alivió un poco de carga de la culpa de sus hombros; dándole la tranquilidad que anhelaba y dándole cierto poder sobre Hugo. Mayer se convirtió en un titiritero, capaz de detener sus donaciones en cualquier momento y enviar a Hugo corriendo hacia él en busca de ayuda.

*****

Hugo tomó un sorbo de brandy.

–¿Desde cuándo te importa la caridad?

–No me importa –respondió Mayer. –Encuentro aburridas a las personas que buscan complacer a los demás. Las personas que buscan complacerse a sí mismas son mucho más interesantes, ya que son ellos quienes revelan su verdadero carácter.

–¿Eh? Entonces, ¿por qué hicistes las donaciones?

–Para complacerme a mí mismo. En una época donde la pobreza y la abundancia se codean, los ricos deben hacer todo lo posible para proteger sus intereses.

–Eso es egoísta.

–No te lo niego.

Hugo lo miró.

Mayer se rió entre dientes.

–Hermano, solo un artista sueña con actos desinteresados. Alguien realista sabe que las grandes cosas son siempre un poco egoístas.

–¿Qué?

–Necesitamos de la caridad. Ayuda a compensar los peores excesos del capitalismo, sin desafiar al sistema mismo. Es una inversión que ofrece dividendos y protege el capital de los disturbios civiles.

–¿Por eso hiciste donaciones en Saint Nick's?

–Sí y es por eso que paré mis donaciones y convencí a R para que hiciera lo mismo.

–¿Qué quieres decir?

–Tu comportamiento se fue un poco de las manos.

–¿Qué?

–Sí, hermano, en lugar de compensar los peores aspectos del sistema, a través de Saint Nick's, lo que hiciste fue desafiar al sistema en sí.

–He sido activista muchos años.

–Lo sé.

Hugo hizo una pausa, frunció los ojos, arrugo la nariz e hizo un gesto a Mayer para que continuara.

–Nos gustó que te opusieras a los aranceles sobre el grano. Mis clientes querían que bajaran los precios de los alimentos, para que pudieran salirse con la suya pagando menos a sus trabajadores. Pero fuiste demasiado lejos. Estás ayudando a personas que están destruyendo las inversiones de mis clientes. ¡Mis inversiones! Me encantaría apoyarte, pero esto tiene que parar.

–Pero…

–Pero nada. Todo lo que has logrado ha sido por la filantropía de personas como yo; la clase capitalista. No puedes atacarnos y esperar que te ayudemos. ¿Crees que estamos tan locos?

–Creo que me necesitas tanto como yo te necesito. No eres más que un prestamista. ¡Un usurero! Jesús volcó las mesas en el templo para salvarnos de tu género. ¡Estás traicionando al Señor!

Mayer se rió a carcajadas.

–Quizás… puede que tengas razón. Puede que necesite de la caridad para salvar mi alma. Dios lo sabe, tú lo sabes y yo lo sé. Pero hay muchas otras obras de caridad que podría apoyar. ¡Eso te lo puedo asegurar!

Mayer hizo una pausa.

–La elección es simple: o cortas con el alboroto o perderás tu financiación.

–No lo haré.

–Piensa en los niños.

–¿De qué sirve salvar a unos pocos hoy, sino puedo desafiar al sistema que empobrecerá a miles mañana?

Mayer sonrió.

–Admiro tu arrogancia.

Hugo le devolvió la mirada con rabia, que se suavizó con enojo, luego desdén, aversión, indiferencia, calidez, afecto y, finalmente, amor. Mirando a los ojos de Mayer, recordó cómo ese hombre lo había salvado de Jonathan Wild, lo presentó al señor Orwell y le consiguió su aprendizaje con Bear. Reconoció que sin la presentación de Mayer a R, o sus donaciones anónimas, Saint Nick's nunca se habría abierto.

–Creo que tendremos que estar de acuerdo en estar en desacuerdo.

–Así lo haremos.

–Pero no veo el por qué de que las donaciones de R se detengan.

–Hmm.

Mayer apuró su vaso.

–Dejame que te lo cuente en el bar.

–Está bien.

*****

El bar olía a rancio. El sudor de Londres se había aderido a la ropa, las motas de serrín se ahogaban en la cerveza derramada y el aroma del carbón quemado se colaba por las grietas de las ventanas.

Todo parecía más pequeño, más melancólico y más blanco que la última vez que estuvieron allí. Ellos también parecían más pequeños, más nostálgicos e incluso más blancos. Los golpeó al mismo tiempo y de la misma manera: como Hugo había dejado de decir «Lo siento», como Mayer había empezado a usar arropa arcaica y como los ojos de Archibald se habían vuelto huecos, como habían mermado tras la gravedad de la edad y la forma en que todos se parecían.

La resonancia de sus raíces compartidas todavía repercutía dentro de ellos. Todavía se sentían como si acabaran de escarpar del fuego que se llevo a sus familias. Todavía se sentían como se reencontraran con una vida perdida cada vez que se estaban juntos.

Todavía sentían las emociones del otro porque, en el fondo, seguían siendo la misma persona; una persona que acaba de pasar a tener tres cuerpos diferentes.

Cuando miraban al otro el mismo pensamiento abordaba su mente.

«Este podría haber sido yo».

Ver a sus compañeros de infancia los hizo sentir viejos.

Para contrarrestar esta incomodidad, hablaron del tiempo que habían pasado separados. Parecían felices el uno para el otro; brindaban y pies estampados. A simple vista, su conversación tenía todas las características de una feliz reunión.

En el interior, sin embargo, Hugo y Archibald estan resentidos con Mayer por el control que ejercía sobre sus vidas. Archibald y Mayer seguían molestos con Hugo por haberse casado con Lola. Archibald se había aferrado a la esperanza de que el matrimonio de Hugo fracasaría y Mayer a la esperanza de que Hugo muriera, pero esa esperanza había pasado de ser un sueño a una fantasía a un completo engaño. Al verlo, solo frotó sal en sus heridas.

Sin embargo nadie estaba molesto con Archibald. Él nunca había hecho daño a Mayer o a Hugo. Su amor por ese hombre mantuvo viva su amistad.

Rieron, alzaron la voz, brindaron, bebieron demasiado y luego volvieron a casa.

*****

Hugo regresó con su esposa y sus cinco hijas.

Emma estaba en silencio. No había pronunciado una palabra en seis años. Maddie solo habló cuando le hablaron, Sylvia solo habló cuando no le hablaron, Peta respondió preguntas que no eran para ella, y Natalie cuestionó todo.

−Tienes los ojos marrones, ¿significa eso que ves todo de color marrón?

−En el mundo, ¿hay más hojas o briznas de hierba?

−¿Por qué las arañas se van corriendo so me tiro un pedo?

Hugo le contó a Lola sobre su conversación con Mayer.

Lola murmuró.

−Nunca confíes en que un hombre haga el trabajo de una mujer.

−¿Has dicho algo, pan de miel?

−Oh, nada, cariño. Ya lo arreglaré. Ahora, vamos a comer algunas almondigas.

*****

El corazón de Mayer dio un vuelco cuando Lola entró en su oficina.

−¡Lola! Qué agradable sorpresa. Por favor, sientate.

Lola se sentó.

−Hace un día horrible, ¿no crees?

−Esto parece el apocalipsis, un rato lloviendo y al otro también.

Mayer se rió.

Lola aleteó sus párpados.

−¿Qué tal te va, cielo?

−Bueno, ya me conoces, me las apaño.

–Lo veo, lo veo.

Lola cruzó las piernas, descruzó las piernas, giró el cabello, hizo un mohín con los labios y arqueó la espalda.

–Antes había química entre tú y yo.

–¿A si?

–Sí. Todavía me acuerdo de cuando me llevaste a cenar. ¡Qué dulce que pasaras todo eso por mi!

–Hmm. Gracias. Te fuiste durante el primer plato.

–Sí, quería disculparme por eso.

–Las disculpas son para los feos. Tú no tienes nada que lamentar.

–Quizás no, pero a menudo me pregunto cómo hubieran sido las cosas.

–¿De verdad?

–Sí, tonto, podríamos haber tenido algo bonito.

Mayer sonrió. Por primera vez en años, creía que en realidad podría tener una oportunidad con Lola. Regresó a su estado adolescente lleno, una vez más, entusiasmo y una esperanza sin fundamento.

«Solo necesito darle lo que ella quiere».

–Solo venía a decirte que me gustaría que siguieras donando. Esas donaciones fueron tan valiosas para la organización. Al enterarme de que eran tuyas, sentí que te amaba, bueno... que podría haberte amado si lo hubiera sabido. No estoy tan seguro de que te amo ahora que las donaciones se han detenido.

«Solo necesito darle lo que ella quiere. ¡Vamos, Mayer! ¡No lo estropees!»

Él se encogió de hombros.

–Tu Hugo ha estado saboteando mis inversiones.

Lola sonrió, miró a Mayer a los ojos y le tocó la mano.

–No te estoy pidiendo que se las des a Hugo. Te pido que hagas una donación a Saint Nick's.

Ella hizo una pausa.

–No lo hagas por Hugo. Hazlo por mí.

Una lágrima solitaria se formó en el ojo de Mayer.

–Está bien –dijo, sin creer lo que estaba diciendo. –Lo haré.

Lola sonrió.

–Oh Mayer, eso sería tan fantabuloso. Eres mi caballero de brillante armadura.

La lágrima corrió por la mejilla de Mayer.

–Solo te pido una cosa a cambio.

Lola frunció el ceño.

–Cada vez que recibas una donación, quiero que pienses en mí.

Lola soltó una risita.

–¡Lo haré! Tienes mi palabra.

Se levantaron y se abrazaron.

Mayer pasó su dedo por la columna vertebral de Lola, como si fuera su amante. Lola le dio unas palmaditas en la espalda a Mayer, como si él fuera su tonto. Sin embargo, en una pequeña parte de ella prendió una chispa en ese momento. Cuando ella se fue, fue su corazón, no el de Mayer, el que se saltó un latido.

ADIÓS A LOS PALOS DE CÓMPUTO

«Debo terminar lo que comencé, incluso si, inevitablemente, lo que termino resulta no ser lo que comencé».
SALMAN RUSHDIE

A medida que los banqueros como Mayer producían más billetes, los palos de cómputo desaparecían.

En 1782, una ley del parlamento declaró que el Banco de Inglaterra los destruiría tan pronto como sus dos chambelanes se retiraran. Se mantuvieron en posición durante décadas. Cuando el último de ellos colgó su pluma, una gran sala, necesaria para una corte de bancarrota, se llenó con esos palos de madera.
Las órdenes fueron emitidas para que sean destruidas.

Dos hombres se pusieron a trabajar antes del amanecer, un claro día de octubre. Transportaban esas cuentas al otro lado de la ciudad, antes de quemarlas en estufas de hierro debajo del Palacio de Westminster.

Salió el sol y se puso el sol, pero la pila de cuentas seguía siendo alta. Cada vez más impacientes, los obreros echaron la precaución al viento y arrojaron puñados de tallos a las llamas. El calor se hizo tan intenso que se podía sentir a través de las alfombras de arriba. En una hora, esas alfombras se habían incendiado. En cuestión de minutos, la Cámara de los Comunes estaba en llamas.

Fue un espectáculo para la vista.

El horizonte fue usurpado por una bola de fuego gigante; coronado por humo tenue y hollín neblinoso.

El Támesis brillaba carmesí y dorado. Las multitudes se reunieron en el puente de Westminster; huzzaing y hurrahing, cuando los bomberos lucharon con las llamas sanguinarias.

Los palos de cómputo, por lo tanto, no murión dócilmente. Tampoco lo hicieron solos. Después de años de lucha feudal contra la muerte, Zebedeo también murió esa noche; eligiendo morir con su dignidad intacta, en lugar de vivir en una sociedad que él creía había caído en el fuego del infierno.

LIBRO CUATRO

Y ASÍ PASA EL TIEMPO

JUNTOS

«Puede que un día consiga tener una reunión conmigo mismo».
SEBASTIAN BACH

Nuestros amigos se habían reunido. Pero pronto estarían divididos, tal era el flujo y reflujo de sus vidas.

Mientras tanto, todos se pusieron calvos, tres segundos después del otro, mientras hacían exactamente lo mismo: filetear pescado.

Cuando las entrañas y las carcasas se desprendieron, se les cayeron los cabellos y se les vinieron los pensamientos a la cabeza. Archibald se dio cuenta de que no podía tener poder sin dinero. Mayer se dio cuenta de que no podía tener dinero sin poder, y ambos se dieron cuenta de que ni el poder ni el dinero valían tanto sin amor.

Hugo tenía amor y así se sentía satisfecho, aunque no se hubiera negado a tener un poco más de dinero.

*****

A los tres les salió la primera arruga justo encima del ojo izquierdo y los tres tuvieron que empezar a llevar gafas, para lo que fueron a St Peter's Fields, Manchester, aunque cada uno de ellos por diferentes razones.

Hugo, como lo había hecho durante años, fue a proteger a un grupo de manifestantes; Archibald, considerando un trabajo en la infantería local, fue a proteger la ciudad; y Mayer fue a proteger sus inversiones.

*****

La belleza de una persona es la vulgaridad de otra.

Hugo vio la belleza. Vio almas múltiples, vestidas con sus mejores galas de domingo, rostros diversos, envueltos en sonrisas; y multitudes de personas, unidas como una sola.

Archibald vio vulgaridad. Vio las filas y filas del enemigo, luchando por una posición en el campo de batalla; sus líderes encima de ellos en un carro; y edificios encima de ellos, proyectando una larga sombra sobre los procedimientos.

Mayer vio potencial; la oportunidad de obtener ganancias, teñidas por el riesgo de pérdida.

El aire se llenó con el sonido de trompetas, trombones, tambores, aplausos, gritos, vítores y canticos.

«¿Qué queremos? Salarios de vida! ¿Cuándo los queremos? ¡Ahora!»

«¡Abajo los barrios podridos! ¡Abajo los aranceles sobre el grano!»

«¡Votos para todos! Votos para todos! Votos para todos!»

Un político de piel pálida, pelo erizado y extravagantemente vestido, conocido simplemente como el "Orador", subió al estrado. Arqueándose la espalda, se detuvo para apreciar la escena, antes de dar vida a los lemas que adornaban un mar de pancartas caseras.

«Amor». «Sufragio universal». «Representación igual».

En el frente, las palabras del Orador fueron bien recibidas. Más atrás, sin embargo, se perdieron al viento. Los muros gimieron, los postigos resonaron y ochenta mil manifestantes no oyeron ni una palabra de lo que dijo.

Tampoco oyeron la voz ronca de un magistrado con cara de perro. Con la mano de Mayer sobre su hombro, ese hombre se asomó a través de una ventana y leyó la Ley de alboroto:

«Nuestro señor soberano el Rey carga y ordena a todas las personas, reunidas, que se dispersen inmediatamente».

No le oyeron y le ignoraron. Se sentía ignorado y estaba furioso. Y cuando se enfurecía, podia ser vengativo.

Él pidió refuerzos.

Seiscientos húsares, cuatrocientos soldados de caballería, cuatrocientos alguaciles y dos cañones se unieron a la unidad de Archibald. Luego vino el Yeomanry: propietarios de negocios locales con la intención de venganza. Cabalgando a caballo, con machetes y palos en la mano, sacaron a un bebé de los brazos de su madre y cargaron contra las masas.

Los soldados levantaron sus armas.

Durante un milisegundo, el mundo se detuvo. Se sintió como una eternidad. El silencio fue el ruido más fuerte que Hugo había oído alguna vez.

Entonces el pánico se volvió hacia afuera.

Los Yeomanry cargaron hacia adentro, con sus sables desenvainados, abriéndose camino a través de las banderas.

–¡Conducirlos! –gritó un oficial.

–¡Por vergüenza! –bramó Archibald. –¡La gente no puede escapar!

*****

Nuestros tres héroes no estaban al tanto de la presencia del otro, sin embargo, sentían a sus amigos de la manera más insoluble.

Hugo casi se sintió horrorizado y casi se sintió envalentonado, sin sentir ninguna emoción en absoluto. Se sintió obligado a ayudar, pero incapaz de hacerlo.

Archibald no se sintió obligado a ayudar, aunque pudo. Se sentía obligado a permanecer con sus camaradas, no con los manifestantes.

Pero Archibald sintió la desesperación de Hugo, y fue incapaz de resistir el tierno poder de esa emoción. Levantó su espada y bramó.

«¡Vergüenza! ¡La gente no puede escapar!»

*****

Mayer vio a la multitud invadir su ventajoso punto. Creyendo que su tiempo había terminado, también sintió la desesperación de Hugo.

Esa desesperación se convirtió en furia, lo que dio paso a una exquisita oleada de dicha. Porque, mientras los soldados cortaban y apuñalaban, rociando clarete sobre el suelo, Mayer vio caer a sus enemigos ante sus ojos; impotente y sin esperanza, flanqueado y dominado.

Fue un asesinato. Los sabers ensartaron cualquier cuerpo que se pusiera de su lado, los caballos pisotearon la carne en el concreto, y los torsos flácidos fueron aplastados y arrojados.

*****

Cuando Archibald lideró el contraataque, se abrió un canal por el cual la multitud pudo escapar.

Al ver este giro de los acontecimientos, Hugo sintió la dicha de Mayer. Se sintió fortalecido.

*****

Archibald, al dirigir esa carga, también sintió la dicha de Mayer. Burbujeaba dentro de él, picante y crudo, como ají para el alma. Se sintió fortalecido; el líder de los hombres; un héroe entre los villanos.

*****

Los tres hombres se deleitaron con el brillo de sus victorias personales.

Archibald y Mayer se fueron.

Hugo caminó penosamente a través de ríos de sangre, con espinillas empapadas y tobillos manchados. Cosió, cosió y salvó tantas vidas como pudo.

La gloria fluyó por sus venas.

Mayer sintió esa gloria mientras bebía champaña con sus clientes. Archibald sintió esa gloria mientras cenaba con Delaney. Pero estaba incompleto; teñido de pena y disminuido por el dolor; diluido por una visión de pérdida infinita, y hecho tóxico por las brasas gaseosas de la muerte.

Esa escena viviría mucho tiempo en la memoria colectiva de nuestros héroes. Cada uno se sentiría responsable.

Todos se estremecieron a la vez.

AQUÍ, ALLÍ Y EN TODAS PARTES

«Viajar es fatal para los prejuicios, el fanatismo y la estrechez de miras».
MARK TWAIN

La «Masacre de Peterloo», como paso a conocerse, indignó a la nación. Aparentemente y según la lógica popular, masacrar a las personas de color en las colonias no era reprobable, pero sí lo era el enfoque militar de disparar primero en casa.

Sir Robert Peel se encargó de formar la primera fuerza policial nacional para mantener el orden de una manera más civilizada. A Archibald le llamaron para unirse a sus filas.

Simplemente no pudo hacerlo. Archibald quería servir a su gente, no contenerlos. Creía en la vigilancia policial tradicional de abajo hacia arriba; desde el pueblo, no por el estado.

La «policía».

A Archibald le parecía ridículo como patrullaban las calles con esos estúpidos uniformes. Hasta el nombre parecía patético: la "Po-licía". «Po» como popo. ¡Uf! Archibald se estremeció.

Archiblad no fue el único. Toda la nación se opuso. La clase alta temía que acabara pasando como en Francia, donde los *policers* espiaban para Napoleón. Las clase baja tenía miedo de que este nuevo cuerpo de seguridad estatal sofocara sus protestas y impidiendo que estos mejoraran su situación. Hugo temía que de esta forma se engendrara un número infinito de Jonathan Wilds.

Archibald todavía ansiaba poder, pero estaba decidido a usar su poder para el bien. Quería convertirse en un hombre justo, digno de Lola y quería el *honor* y la *dignidad* que le habían prometido durante su entrenamiento militar. Unirse a la policía estaba dentro de las opciones, al igual que tampoco lo estaba volver a la India o convertirse en banquero. Solo había un problema: Archibald no tenía otras opciones.

*****

Los humanos tenemos la costumbre de repetir nuestros errores. Volvemos a restaurantes que no nos gustan. Nos enamoramos siempre del mismo tipo de persona que no nos combiene. Échamos la culpa a los demás de nuestros problemas en el trabajo.

Archibald, inmerso dentro de la arrogancia de los bien intencionados, no aprendió de sus errores. Estaba seguro de que podría cambiar el ejército británico desde adentro y él y Delaney se volvieron a alistar. Para ellos suponía la opción menos mala dentro de una serie de malas opciones.

Archibald todavía quería convertirse en un caballero de brillante armadura para Lola, todavía anhelaba poder real y aún creía que podía ganar ese poder, evitando su malevolencia, y encontrándolo en el más pequeño de los actos.

Creyó haber aprendido de sus errores, incluso ahora que los repetía.

*****

Archibald y Delaney navegaron hacia Vandemonia, actual Tasmania, junto a Van Diemen's Land Company; una corporación mercantil con una carta real para convertir esa isla en una colonia de lana. Atravesaron el desierto, escalaron montañas y vadearon ríos, después empezaron a usar presos para construir infraestructuras, cultivar alimentos y criar ovejas.

Hubo un gran problema.

Entre los colonizadores había alrededor de diez hombres por cada mujer. El deseo sexual de decenas de miles de presos, esclavos a todos los efectos, no paraba de crecer.

Un grupo de pastores persiguió a dos mujeres aborígenes, las arrastró hasta el bosque y allí las violó. Ellas se desmayaron, pero las violaciones continuaron. Las necesidades sexuales seguían insatisfechas y las mentes de estos hombres aún exigían amor carnal.

Los aborígenes respondieron. Arponearon a un cautivo en el muslo y luego mataron cien ovejas.

Los pastores respondieron matando a treinta aborígenes.

Cuando los animales salvajes empezaron a escasear, los aborígenes padecieron hambre y atacaron de nuevo matando a las ovejas en los territorios que utilizaban para cazar.

Los colonos respondieron con asesinatos en masa.

Los nativos buscaron venganza: se consideraban un movimiento de resistencia contra una fuerza de ocupación.

Los colonos también buscaron venganza: se consideraban una fuerza civilizadora contra un enemigo salvaje.

Las muertes aumentaron, el miedo aumentó y el Vicegobernador declaró la ley marcial, la cual otorgaba inmunidad a cualquiera que hubiera asesinado a un nativo y ofrecer recompensas por su captura. Lanzó lo que se denominó como la "línea negra"; un cordón humano en movimiento de cientos de kilómetros de ancho que desplazó a la población nativa a la esquina noroeste de la isla.

Estaba condenado al fracaso y Archibald no hizo nada para impedirlo. Hizo la vista gorda al pasar junto a un aborigen y le daba su almuerzo a otro. Para Archibald, esto era una forma éxito, era un nuevo tipo de poder: el poder de desobedecer.

Sin embargo, fue fugaz. Archibald necesitaba ayuda, un salvador; alguien como George Augustus Robinson...

*****

Todo lo que rodeaba a Robinson daba impresión de vértigo. Tenía una cara extremadamente alargada y llevaba un sombrero que por la forma en la que se lo ponía parecía ridículo. Llevaba un unos pantalones que le llegaban por el ombligo, un abrigo que le llegaba hasta los dedos de los pies y un paraguas diez centímetros más largo que la media, por lo que podría ser utilizado como un bastón

Robinson trabajaba como constructor y se trasladó a Vandemonia en busca de fama y fortuna. En cambio, se encontró a Archibald.

En una taberna polvorienta, en una calle fantasmal, en un rincón olvidado de la ciudad bajo el efecto de demasiadas ginebras y deshidratado por uno muy pocos tónicas intento hacerse entender.

—Yoo segñor. Hip. Yo le he. Hip. le he vizto antes. Hip. Es como yop.

Con los ojos nublados por el licor, Archibald vio a un hombre tan alto que su cabeza parecía tocar el techo y sus pies parecían estar enterrados bajo tierra.

—¿Como usted?

—Sí, señor. Hip. Cree que loz nativoz tienen razón.

—No me digas lo que pienso.

—¡Sabe que digo la verdad!

—Maldito infeliz.

—Tenemoz que hacer algo.

—Haré lo que me de la gana.

—¡Sí, señor!

*****

A medida que esa conversación era cada vez más incomprensible inspiraba una resolución colectiva. Esos hombres sintieron un nuevo tipo de poder, el poder en los números, lo que les permitió formar un plan...

Paso uno:

Se acercaron a la oficina del Teniente Gobernador; un edificio manchado de carbón que descansaba en una pendiente indigente, cerca de emúes dormidos y hierba blanqueada por el sol. Sus paredes de madera habían sido pintadas de blanco brillante, para representar la lana que los primeros colonos habían esperado producir. Cuando esa empresa fracasó, esa cabaña comenzó a desvanecerse. En el espacio de tres años, se pintó de amarillo, cuando alguien intentó cultivar trigo y verde cuando alguien intentó cultivar lechuga. Cuando ambos proyectos fallaron, la oficina del Teniente Gobernador se quedó sin pintar y ya no se puede decir que posea ningún color discernible en absoluto.

En el interior, la imagen del teniente gobernador, con un uniforme apretado tan brutalmente que tenía bordes filosos como cuchillas, fue suficiente para resucitar en Archibald el tormento de las largas carreras de la mañana, la atroz disciplina de los ejercicios militares, el silencio monótono de centinelas y las imágenes macabras que una vez habían usurpado sus sueños.

Archibald se sorprendió, entonces, cuando sus sentidos juzgaron al Teniente Gobernador de una manera que sus preconceptos no habían permitido; viendo la mirada romántica de ese hombre, que no se parecía a sus tendencias militaristas; repleto de un ojo errante que carecía de la disciplina por la que era famoso. Archibald se dio cuenta de que el Teniente Gobernador estaba más inclinado a escuchar que a hablar; reaccionando a sus llamados sin ni siquiera una palabra, pero con una gran cantidad de gestos, parpadeos, guiños, ceños fruncidos, parpadeos, chasquidos, tensiones, espasmos y espasmos.

La lluvia sonaba como diamantes cayendo del cielo.

Archibald sonaba grandilocuente.

—Debe darnos permiso para alimentar a los nativos. Un estómago satisfecho es una mente satisfecha y una mente satisfecha no buscará conflicto.

El vicegobernador meneó la nariz.

Robinson dio un paso adelante:

—Creo que los nativos de la isla de Bruny se mostrarían receptivos tras el cambio.

El teniente gobernador se acarició la barbilla.

—¿Señor?

El teniente gobernador asintió.

*****

Segundo paso:

Nuestros tres héroes renegados se dirigieron a Bruny Island, donde establecieron una choza de racionamiento, aprendieron el idioma local y observaron a los nativos. Vieron como las niñas que masajeaban los pies callosos de ancianos, los adolescentes recorrían kilómetros en busca de agua y las mujeres silbaban a los pájaros. Esos pájaros silbaron hacia atrás, lo que alentó a los marsupiales a pincharse las orejas y las flores para que se balanceen.

El sol parecía tener un matiz diferente cuando se veía desde ese lugar; ligeramente más verde y menos agresivo. Toda la isla parecía tararear. El océano estaba tan despejado que Archibald pudo alcanzar y agarrar peces con sus manos. El sol se refracta en la teoría del caos; reluciente en las piscinas, aún por encima del coral, turquesa cerca de las calas, y la armada cerca de las cuevas.

Delaney insistió en que el océano estaba hecho para mirar.

—Si Dios hubiera querido que nadaramos, nos habría dado aletas —pero Archibald no le hacía caso y se zambullía en el mar siempre que podía . Se hizo uno con el ritmo de esa isla, ganándose la confianza de los nativos y alentando a trece de ellos a rendirse. Le escribió al Teniente Gobernador, alegando que podía asegurar la rendición de toda la población.

«No solo nos va a beneficiar sino que tambien es lo cristiano».

*****

Paso tres:

Decididos a salvar a los nativos de la extinción, Archibald y Delaney atravesaron Vandemonia, establecieron chozas de racionamiento y persuadieron a los aborígenes para que se rindieran prometiéndoles comida y seguridad. Luego les enviaron a un refugio en la isla de Flinders.

*****

Para Archibald, el agua de Vandemonia sabía a bosque, las bayas a naturaleza y la fruta a libertad.

Él disfrutó de una patética felicidad sofocandose bajo el asfixiante sol y empapado en sudor, pero solo a unos pocos pasos de la verdadera satisfacción. Creyo, una vez más, que tenía poder, que podía cambiar el destino de la gente y que estaba reescribiendo la historia. Solo que esta vez estaba actuando de forma correcta; a pesar de ser poderoso actuaba justamente.

Para Archibald, la ignorancia era felicidad.

Esa felicidad duró tanto como lo hizo su ignorancia.

Primero, descubrió que habían transformado sus barracas de racionamiento en puestos militares y que los soldados los habían usado para lanzar ataques.

En segundo lugar, descubrió que tres cuartas partes de los aborígenes en la isla de Flinders habían perecido, devastados por la neumonía y la gripe.

En tercer lugar, descubrió que había esclavizado a los sobrevivientes en un campo de concentración. Les obligaron a vestir ropa europea, a usar nombres europeos, estudiar el cristianismo, aprender a leer, escribir, cultivar y coser. Se habían vuelto melancólicos y dejaron de tener hijos.

Después de diez mil años de feliz aislamiento, el genocidio fue completo.

Estos datos devastaron a Archibald desde el primer momento en que se enteró en una habitación sin luz, en la oficina del gobernador, en una conversación por casualidad, en el más amargo de los inviernos.

Cayó al suelo, se abrazó las rodillas y pidió a Dios que le perdonara.
*****

De vuelta en Gran Bretaña, Mayer recordó la idea que tenía muchos años antes:

«En toda la historia de la humanidad, nunca ha habido algo tan mortal como hombres simples con un par de buenas intenciones».
*****

Los aborígenes vandemonios se había extinguido, pero los colonos no pudieron sacar provecho. Se perdió la cosecha, los suministros se agotaron , los convictos se rebelaron y los trabajadores se fugaron.

Las cosas apenas eran mejores para la Compañía de Van Diemen. Perdió miles de ovejas, se vio obligado a reducir la producción de lana y vio caer el precio de sus acciones en un 60%.

A Archibald las cosas no le fueron mucho mejor. Intento calmar el mal de amores y la culpa medicándose. Se despertaba todos los días antes del amanecer, se frotaba el whisky en las encías para calmar el dolor de muelas, tragaba morfina para calmar su dolor de estómago y bebía tintura de opio para aliviar su dolor de corazón. Tomó pastillas durante todo el día, siempre en secreto, porque no quería que el mundo lo supiera. Tomó medicamentos que creía necesitar y drogas que sabía que no necesitaba. Bebía una mezcla de pociones cada vez que quería morir y masticaba chiles secos cada vez que quería sentirse vivo.

Archibald pasó una década en esa isla, en una especie de neblina estupefaciente, marchando hacia la mediana edad. Sus cejas se volvieron escasas, el pelo le creció en las orejas, una pequeña grieta se formó en sus lentes, sus músculos comenzaron a doler, su grasa corporal se redujo, y su piel se volvió delgada. Empezó a gemir cada vez que se inclinaba, perdía el sentido del olfato, hacía crucigramas como si fueran una religión, bebía jerez y se sacudía.

Todavía soñaba con Lola.

Todavía codiciaba el poder; un nuevo tipo de poder que aún no había experimentado. No sabía qué forma tomaría ese poder, o cómo lo conseguiría, pero sabía que no lo encontraría en Vandemonia. Entonces, cuando supieron de una apertura en el HMS Hyacinth, él y Delaney se hicieron a la mar. Pasaron varios años explorando la costa australiana, y luego se dirigieron a China.

*****

Los europeos llevaban importando té, porcelana y seda de China desde hace muchos siglos. Los chinos, sin embargo, no habían importado de Europa. Esto significaba que la plata, utilizada para comprar productos chinos, había fluido de Europa a China sin haber regresado nunca.

La Compañía Británica de las Indias Orientales decidió hacer las paces; produciendo grandes cantidades de opio, que vendieron en China. A cambio, ganaban suficiente plata para comprar más té que antes.

Cuando la Compañía Británica de las Indias Orientales perdió su monopolio comercial, una gran cantidad de otras empresas británicas comenzaron a vender opio en China.

Millones de chinos llegaron a depender de dos plantas; arroz para mantenerlos vivos, y opio para hacerlos olvidar. Sus vidas se vivieron día a día, sin energía en el momento, ni dinero para el futuro. La productividad disminuyó, la economía china fracasó y el recuento de muertos aumentó.

Los chinos se defendieron. Mataron a traficantes de drogas nativos, incautaron suministros de opio, cerraron el Canal del Río Perla y destruyeron el opio en el exterior.

Los comerciantes británicos reunieron a políticos británicos, muchos de los cuales tenían acciones en empresas productoras de opio. Sus llamadas fueron respondidas. El poder fue enviado para rescatar dinero. Archibald fue a la guerra.

*****

Flotando sobre aguas cristalinas, con la sal del océano en el pelo, Archibald y Delaney cargaron sus cañones.

Las nubes pasaban desapercibidas, las aves se deslizaban en formación y las ondas lamían el casco. Archibald escuchó el chirrido de una hamaca sin usar, pero poco más. Sintió como si el tiempo hubiera olvidado existir.

El capitán levantó su brazo, lo sostuvo en alto y lo derribó con furia:

—¡Fuego!

¡Boom!

Una línea de balas de cañón emergió de una línea de cañones; separando las nubes, enviando pájaros en direcciones dispares, y convirtiendo aguas somnolientas en olas tsunámicas.

El sajón real se sacudió sobre las aguas ondulantes.

Ese buque británico había firmado un bono, acordando no intercambiar opio. Considerado traidor, la armada británica estaba interviniendo para proteger el libre comercio.

Más allá del horizonte, los chinos vieron espumosas vistas de crescendos blancos y húmedos de azul. Vieron a un barco aliado ser atacado; sacudido por el fuego y chamuscado por las llamas.

De vuelta a bordo del Hyacinth, Archibald vio que sus yates saltaban sobre el agua, como un enjambre de insectos, con velas que aleteaban con la brisa.

Errando sus banderas rojas por una declaración de guerra, el capitán de Archibald levantó su brazo:

—Apuntad a los barcos. ¡Esperad! Esperad... ¡Fuego!

Una balsa china se hundió, arrojando cuerpos indefensos a olas indiferentes. Su proa y popa se dispararon para besar el cielo, mientras que su medio fue tragado por el océano. —

Esperad ... ¡Fuego!

Otra balsa estalló, enviando chispas en todas direcciones.

—¡Fuego!

Un bote chino se atomizó frente a los ojos de Archibald.

—¡Fuego!

Un cuarto barco llevó dos balas de cañón a su puerto. Se tambaleó, como si no estuviera seguro de qué hacer y luego se hundió en cámara lenta retirándose a una tumba acuosa con los gemidos más mansos.

Rodeados de fuego y fracaso, los chinos se retiraron a la orilla.

Sintiendo un contraataque, los británicos regresaron a Macao.

*****

Los productores británicos de opio exigieron que el gobierno chino les compensara por sus ganancias perdidas, pero sus llamadas cayeron en saco roto. Entonces lanzaron la Guerra del Opio, decidida, de una vez por todas, a asegurar el acceso a los mercados chinos.

El mar se abrió de par en par.

Armada con un magnífico arsenal de armas, la flota de Archibald batió un amplio camino; cepillando las embarcaciones chinas a un lado y hundiéndolas en lo más profundo del océano.

La madera cayó como la lluvia. Velas aleteadas, sin control, como las alas de pájaros dementes. Miembros enredados y torsos destrozados se despidieron del mundo con un beso asombrado.

Esta escena se extendió por dos años, sin control por los caprichos de la noche y el día. Las batallas se fundieron en batallas, las balas de cañón golpearon incesantemente, las ciudades cayeron, y los británicos salieron triunfantes; obtener una compensación para sus comerciantes, asegurar el acceso a los mercados chinos y tomar posesión de Hong Kong; un territorio costero que se transformó en una base para los traficantes de drogas británicos.

Por encima de todo, ganaron un premio simbólico: Poder.

Archibald se deleitó con el resplandor reflejado de esa omnipotencia. Pero, en el fondo, sabía que era solo un espejismo; todavía estaba sirviendo al dinero, luchando en las guerras de los banqueros y no estaba facultado para sí mismo.

Se hizo mayor y más sabio, pero no creció contento.

*****

Sus cincuenta años vieron a Archibald envejecer a un ritmo acelerado. La piel debajo de su mandíbula se combó, formando una hipotenusa entre su barbilla y la manzana de Adán. Las arrugas salieron de sus ojos, marcharon por sus mejillas y se deslizaron hacia sus labios. Su calva, enrojecida por el sol, mostraba un archipiélago de manchas hepáticas; puntiagudo como Chipre, con forma de garra como Cuba, y ovoide como Cerdeña. Bellas venas grises cruzaban sus manos.

Archibald todavía tenía una figura impresionante, con hombros anchos y pechos de hierro; todavía se veía robusto, mundano, desgastado por la batalla y brutal; y todavía soñaba con el poder.

Todavía soñaba con Lola. Además de dibujar su imagen, él escribió sus poemas, cartas e historias. Luego encerró esas cosas en un juego de cajones, arrojó esos cajones por la borda y comenzó de nuevo.

*****

Archibald, Hugo y Mayer pensaron en Lola al mismo tiempo, mientras hacían lo mismo: leyendo un libro sobre tapices. Los tres dejaron su libro. Mientras que Hugo contó noventa y siete pelos en el brazo de Lola, Archibald y Mayer se imaginaron el pelo en su cabeza. Mayer contó trescientas hebras, pero Archibald llegó a mil.

Se volvió adicto a contar. Contó los tablones de madera en su barco, los delfines en el océano y las estrellas en el cielo nocturno. Luego, después de treinta días y tres horas, el tiempo que contó, juró nunca volver a contar.

Sin esta distracción, el reloj de la vida sonó fuerte en la mente de Archibald. Así que, corriendo en humo, en la esperanza en lugar de las expectativas, decidió perseguir un último hurra. Sabía que era un ahora o nunca.

Una cosa lo impulsó: la imagen de sí mismo de niño, golpeado y maltratado y magullado. Había perdido a Raymondo y Ruthie, había visto derrumbarse su pueblo y se enfrentaba al desalojo de su tienda.

Archibald quería poder mirar esa joven versión de sí mismo a los ojos y decir: «No pasa nada. Llegará el día en el que seas fuerte. Un día tendrás poder. Algún día podrás decirle al mundo: ¡Míradme! ¡Lo he conseguido! Y, cuando eso suceda, Lola será tuya».

Empacó sus maletas y navegó a África, donde se le dio el control de una gran franja de tierra desconocida. Podía saborear el poder; se alojó entre sus dientes y le humedeció los ojos.

Se puso a trabajar, inspeccionando su reino, decidido a llevarlo a lo más alto.

*****

Archibald y Delaney se encontraron con tres grupos de personas en África: ciudadanos, gente que vivía en tribus y cazadores-recolectores.

Los ciudadanos vivían en ciudades-estado, obedecían las leyes británicas y usaban dinero británico. Los miembros de la tribu eran agricultores, que vivían en aldeas, creaban sus propias leyes y rara vez usaban dinero. Los cazadores-recolectores vivían en el bosque y no regían ni por leyes ni por dinero.

Los ciudadanos llevaban peinados extrabagantes que rozaban la locura, chales estampados, pendientes de hueso, anillos con piedras preciosas, anillos con piedras baratas y un aire general de contención. Las tribus usaban ropas diferentes según su tribu, género y posición. Los cazadores-recolectores apenas usaban nada.

*****

Archibald recordaría siempre la primera vez que vio al primer miembro de la tribu. A pesar de que estaba familiarizado con los aborígenes, la imagen de esa mujer todavía le cortaba los ojos.

Salió de la jungla y luego se quedo petrificada mirando a Archibald que también la miró fijamente. La pintura roja cubría su rostro y una envoltura de cuero cubría su cintura, pero sus pechos colgaban sueltos y bajos. Su cuerpo estaba cubierto con cuentas multicolores, pulseras y brazaletes. Olía a carne asada.

Esa mujer volvió al bosque. Archibald y sus hombres se quedaron congelados en el lugar.

*****

La familiaridad genera comprensión. Cuando Archibald se familiarizó con la gente de la tribu, comenzó a entender su cultura.

Vio a los niños convertirse en ancianos venerados con tanta rapidez que desafió la explicación. Vio a personas durmiendo cuando y donde quisieran. Vio niños desnudos rodando en charcos y adultos desnudos rodando sobre la hierba.

Algunas tribus huían de los ojos. Un grupo de nativos atacó a sus hombres, quienes fueron forzados a matarlos. La mayoría, sin embargo, ofreció una gran variedad de regalos; conchas de cauri, abalorios, tela, carne, ornamentos y pintura. Archibald sonrió. La gente de la tribu sonrió. Luego reclamaron esos regalos haciendo uso de la fuerza si era necesario.

Al principio, Archibald no pudo determinar si esas personas eran hospitalarias u hostiles. Si estaban actuando como anfitriones o tratándolo como rehenes. Con el tiempo, sin embargo, se dio cuenta de que era su cultura compartir todo lo que tenían; dar de acuerdo a su capacidad de dar y tomar de acuerdo a sus necesidades. Al dar y recibir esos regalos de Archibald, lo trataban como si fuera uno de los suyos intentando integrarlo a su grupo y establecer relaciones pacíficas.

Solo una persona estaba arriba de este sistema, el jefe del pueblo. Por lo general, poseían menos cosas que las personas a las que gobernaban. Daban todo lo que recibieron tan pronto como lo recibieron, para ganar el afecto que necesitaban para mantener su posición. Sabiendo que podían ser derrocados en cualquier momento, usaron su riqueza para mantener su poder, dejándoles casi sin riquezas.

*****

Archibald se acercó a esas personas en sus aldeas con la seguridad de que podría utilizar sus armas siempre que lo necesitara. Acercarse a los cazadores-recolectores fue más un desafío. Se escapaban cada vez que se acercaba, lo que lo obligaba a observarlos desde lejos; escondido por un oscuro océano de hojas y ensordecido por chirridos de insectos invisibles, los gritos de batalla de diminutos mosquitos y el golpeteo de las colas de los cocodrilos.

Los observó cazando juntos. Vio como perseguían rebaños de animales en barrancos estrechos para luego matarlos en masa. Los observó reunirse; recogiendo bayas, desenterrando raíces, cosechando hojas y recolectando hongos. Los observó cocinando juntos, comiendo juntos y lavando juntos. No poseían nada, pero lo compartían todo.

Esas personas pasaron menos tiempo trabajando que cualquiera que Archibald haya visto alguna vez. Vivían el momento, sin trabajar para el futuro. A diferencia de las personas que vivían en pueblos y ciudades, los cazadores-recolectores no tenían nada que defender, por lo que no necesitaban construir defensas. Estaban felices de dormir en cuevas, por lo que no necesitaban construir chozas. No cultivaban, por lo que no necesitaban sembrar semillas, despejar el terreno o arar campos.

Pasaron la mayor parte de su tiempo relajándose, hablando, contando historias o jugando con sus hijos. Eran tan juguetones como cachorros y tan despreocupados como los gatos.

Mientras que su descendencia a menudo murió en la infancia, sus adultos vivieron más tiempo que otros africanos. Se beneficiaron de una dieta variada; cenando en diferentes delicias todos los días, sin formar una dependencia de arroz o granos. Y, sin propiedad para defender, estaban dispuestos a huir cuando eran atacados, por lo que generalmente evitaban el conflicto.

Los cazadores-recolectores eran talentosos, sensibles a los sonidos más silenciosos y al menor movimiento; eran ágiles, capaces de moverse con el mínimo esfuerzo y se doblaban de la manera más improbable; y eran sexuales, durmiendo con todos en su grupo.

*****

Después de haber inspeccionado vastas extensiones de tierra, trazado de mapas e informado a la capital, Archibald recibió la orden de recaudar un "impuesto Hut" de cada hombre en su región.

No importaba cuánto lo intentara, no podía conseguir que los cazadores-recolectores pagaran. No tenían dinero, no les interesaba el dinero y huían cada vez que se acercaba.

Las cosas eran más simples con los aldeanos.

Tampoco solían tener dinero, eran autosuficientes y nunca necesitaron dinero, pero eran estáticas y tenían posesiones...
*****

Archibald sostuvo una pancarta, atada con hilo de oro, que mostraba el escudo de armas real y la cruz de Jesucristo.

«¡Camaradas! Sigamos la señal de la santa cruz con fe verdadera, y a través de ella conquistaremos».

Sus hombres usaban rostros inexpresivos.

"¡Aliados, escuadrones, indisciplinados, cosas repulsivas! Puedes guardar un cinco por ciento de tu saqueo ".

Esta oferta tuvo el efecto deseado. Sus hombres lo siguieron hasta la primera cabaña de su lista, donde fueron recibidos por un aldeano de cuello toro que tenía alumnos mal alineados.

—Tienes que pagarnos seis peniques, para que podamos permitirnos protegerte.

El miembro de la tribu no se inmutó.

Archibald volvió a repetirlo haciendo pausas.

—Tú.

Señaló al miembro de la tribu.

—Tienes que darnos.

Se señaló a sí mismo.

—Seis peniques.

Levantó seis dedos.

Para protegerte.

Y abrazo al hombre.

El miembro de la tribu miró a Archibald.

Archibald miró la cabaña. Era pequeño, redondo, hecho de barro, con piso de tierra y techo de paja. Seis rocas rodeaban los cenicientos restos de un millar de fuegos y cuatro niños acurrucados en un rincón, cerca de tres taburetes, una guadaña y una olla.

Archibald señaló uno de los taburetes.

—Tres peniques por uno —dijo mientras sostenía tres dedos y señalaba el taburete.

Señaló a la guadaña y pensándoselo mejor negó con la cabeza.

Señaló la olla.

—Seis peniques —dijo sosteniendo seis dedos.

Miró al niño más grande, hizo una pausa y levantó seis dedos.

El miembro de la tribu se congeló, se descongeló, miró fijamente, cerró los ojos, se tambaleó, se recuperó, corrió con el pie por la tierra y luego palmeó esa tierra nuevamente. Nunca había puesto un valor a sus posesiones, y no podía entender cómo alguien podría tener una filosofía tan retorcida; considerando que esta cosa vale tres dedos, y esa cosa vale seis.

Delaney levantó su arma.

El miembro de la tribu entró en pánico.

Cruzó a toda velocidad la choza, holló el hollín, ahuyentó a su familia, se agachó y abrió las palmas para presentar los taburetes. Uno de los hombres de Archibald recogió dos banquetas y se alejó. Archibald abrazó al miembro de la tribu y sonrió.

—Nosotros —dijo señalando a sus hombres.

—Tú —dijo señalando a la familia.

—Proteger —dijo haciendo un círculo con sus brazos, flexionando sus músculos y levantando los pulgares.

*****

Fue un trabajo fácil.

Divididos durante siglos por conflictos y la desconfianza, las diferentes tribus nunca se rescataron mutuamente. Retrocedieron, permitiendo que los hombres de Archibald marcharan de un pueblo a otro; convirtiendo a las comunidades autónomas en distritos subordinados de un estado distante, y obligando a los aldeanos a obedecer las leyes que no tuvieron voz en hacer.

En la mayoría de los casos, la mera amenaza de violencia era suficiente para imponer el control. Ocasionalmente, los hombres de Archibald se vieron obligados a actuar; atar un disidente a un árbol y azotar a otro.

Normalmente, Archibald tomó posesiones como pago del impuesto Hut. De vez en cuando, se encontraba con un pueblo que usaba monedas. Después de varios meses, conoció a un hombre que hablaba inglés.

Al igual que el resto de su tribu, ese hombre vestía un taparrabos de cuero, teñido de amarillo, doblado alrededor de sus caderas, y crescented entre sus piernas. A diferencia del resto de su tribu, también usaba sandalias. Se había enderezado el cabello, cortado las uñas y cortado las ventanas de su nariz. Olía como un señor dandy.

Cuando Archibald solicitó su Hut Tax, ese hombre asintió, sabiamente, y recibió el pago de todos en su clan.

Archibald estaba aturdido.

—Una última cosa —dijo el miembro de la tribu con un impecable acento de Surrey. —Por favor sea tan amable de decirme: si necesita plata y oro para pagar a sus tropas, ¿por qué no desenterrarlo?

Archibald dio un pequeño paso hacia atrás.

—Nuestra nación es rica en plata y oro. Escabarlo sería un juego de niños.

Los ojos de Archibald se volvieron blancos como la leche; un color que era la ausencia de todo color. Él no pudo responder. Durante varios segundos, ni siquiera pudo hablar. Luego recordó algo que le habían dicho durante su entrenamiento.

Él lo repitió en voz alta.

«Nuestro deber no es el preguntarno el por qué. ¡Nuestro es hacerlo y morir!»

*****

Su respuesta, aunque fue tan abrupta como para terminar esa

conversación, no resolvió la mente de Archibald:

'«¿Por qué no podríamos extraer el oro? Sería mucho más fácil que rastrear esta tierra olvidada de Dios».

Él era reacio a admitirlo, pero sintió que no tenía otra opción: Ese salvaje tenía razón.

*****

Cuando regresó a la ciudad, la mente de Archibald estaba inundada de pensamientos como estos. Así que acordó reunirse con el Gobernador General, entró en la oficina de ese hombre, se quitó el gorro y esperó permiso para hablar.

El Gobernador General parecía estar hecho de granito. Su porte prodigioso estaba cubierto de escamas de saurio, aunque sus palmas eran tan suaves como la piel de un gatito, su bigote olía a melaza y su voz retumbó como el carro de un minero. Hablaba a medio galope mientras masticaba tabaco; solo se detiene para estornudar o tragar su chartreuse. Había consumido tres vasos de licor verde antes de que Archibald tuviera la oportunidad de hablar.

Explicó su situación y esperó una respuesta.

Una respuesta nunca llegó.

El Gobernador General levantó una campanilla tan pequeña que habría hecho que un gnomo pareciera un gigante, la sostuvo entre sus dedos pulgar e índice y la tocó hasta que un niño entró corriendo en la habitación.

El chico saludó, pateó el pie y esperó órdenes.

—Busca un carruaje para el Oficial Archibald. Lo llevarán a la Casa de Bronze.

Archibald saludó, se fue y se subió a su carruaje. Pasó junto a chabolas pintadas con colores psicóticos, mercados repletos de comercios, casas cubiertas de mosaicos, una mujer con gatos en los bolsillos, trece monos de cara rosada y una avestruz.

Tan pronto como llegó a la Casa de Bronze, dos porteros abrieron las imperiosas puertas de madera. Archibald entró en un atrio que era tan grande y tan vacío que le llevó setenta y tres pasos atravesar.

Él entró en una oficina.

En el extremo opuesto de esa habitación, un hombre calvo estaba sentado de espaldas. Esperó a que Archibald se acercara, y luego giró la silla.

—Hola, hermano, te he estado esperando.

Archibald se congeló.

Mayer soltó una carcajada.

EL EFECTO MARIPOSA

«Los estados crearon los mercados. Los mercados necesitan al estado. Ninguno de los dos podría continuar sin el otro».

DAVID GRAEBER

La habilidad de Mayer para crear dinero le hizo rico, pero también inspiró a otros orfebres a hacer lo mismo. Esto creó una burbuja y esa burbuja estalló.

Un importante banco del norte quebró y tuvo que ser rescatado por el Banco de Inglaterra. Como consecuencia las reservas de oro mermaron y esto obligó al estado a pedir prestado oro a Francia. En Estados Unidos debido a un colapso financiero casi mil bancos entraron en la banca rota dejaron sin pagar los préstamos y las notas se volvieron inútiles. De la noche a la mañana, los inversores vieron como sus fortunas se esfumaban.

Las tasas de interés aumentaron, los precios aumentaron y el gobierno se vio obligado a actuar. Sir Robert Peel, en ese momento el Primer Ministro, aprobó la "Ley de la Carta del Banco", según la cual estaba prohibido que los bancos imprimieran dinero.

Parecía que los buenos tiempos habían terminado.

*****

—Se han acabado los buenos tiempos —suspiró el señor Bronze. —Al final todo se ha ido al traste.

El señor Bronze se había vuelto tan viejo que no tenía edad.

Un monóculo dorado todavía colgaba de una cadena atada a su chaqueta y seguía llevando los mismos trajes de siempre. Los había arreglado, cosido, lavado y planchado tantas veces que era un milagro que siguieran siendo ponibles. Su cabello blanco como la nieve y su piel dura como el caucho le hacían parecer antiguo, aunque nadie podía recordar un momento en el que se hubiera visto diferente.

El señor Bronze había intentado jubilarse varios años antes. Pero al día siguiente, se despertó a la misma hora de siempre, salió de casa en el momento en que siempre salía de su casa y llegó a abrir su banco a las siete en punto. Le tenían tanta estima que su equipo no se atrevió a cuestionar su presencia y así continuó, como si el tiempo no hubiera pasado. Sus trabajadores, a su vez, habían asumido que nunca se retiraría.

—No —respondió Mayer. —Los buenos tiempos no se han acabado.

Por primera vez en su vida, Bronze olvidó tomar su taza de té de las once en punto. Mayer miró su reloj trece veces sin entender qué pasa. Seguro de que el mundo se había detenido.

—¿Té, mi querido hombre?

—Se acabó.

El señor Bronze parecía relajado, el señor Bronze siempre parecía relajado. Nunca estaba nervioso. Parecía un poco preocupado, pero no más;

sus emociones nunca lo abrumaron.

—Me temo que se ha acabado.

—No, no se ha acabado.

—¿Pero el Gobierno...?

—Si el gobierno nos impide imprimir billetes de banco, crearemos otras formas de dinero.

—¿Otras formas de dinero?

—Sí, mi querido hombre, otras formas de dinero. Antes de ganar dinero con papel, usábamos tally sticks de madera. En otras naciones, la gente ha ganado dinero con dientes de ballena, cuerdas anudadas, conchas de cauri, cuentas, plumas y sal. El dinero se puede hacer de cualquier cosa. Si no podemos hacerlo desde el papel, simplemente usaremos otra cosa.

—¿Otra cosa?

—Sí, otra cosa.

—Sí, pero ¿el qué?

—¿Quién sabe? ¿Quién quiere saberlo? La ignorancia es mucho más intrigante que el conocimiento. Es la ignorancia la que inspira la búsqueda del conocimiento, mientras que el conocimiento simplemente se esconde.

—No importa qué tipo de dinero creamos; solo que lo creamos Y los banqueros siempre crearán dinero; danos un poco de crédito! Por qué, ya escuché de una nueva invención llamada 'Cheques'. Esos podrían despegar. Tal vez algún día creemos dinero simbólico, dinero electrónico o dinero gastado en tarjetas de plástico.

—¿Eh?

—No importa. Sea cual sea el dinero que creamos, estoy seguro de que será algo muy provechoso. De todos modos, no creo que tengamos ningún problema si de momento nosotros contuinuamos como hasta ahora.

El señor Bronze se tocó el labio.

—Eso sería ilegal.

—La ley es inaplicable. Las personas son criaturas de hábito; ellos confían en nuestro dinero, y entonces continuarán usándolo. El gobierno no podrá hacer nada.

El señor Bronze asintió, dio unas palmaditas en la espalda de Mayer y realizó su verificación de existencias a las seis en punto.

*****

La Ley de la Carta del Banco no fue un obstáculo para el señor Bronze; bancos como el suyo siguieron emitiendo billetes durante muchas décadas. Con el tiempo, Bronze's Bank se fusionaría con un grupo de bancos locales. Con más tiempo, se fusionarían con otros grupos similares. Formarían cadenas nacionales, con nombres como "HSBC" y "Barclays".

Pero el Acta de la Carta del Banco tuvo un efecto importante: creó una tienda cerrada. Los dueños de bancos como el Sr. Bronze pudieron mantener sus posiciones, pero personas como Mayer fueron cerradas para siempre.

Los sueños de Mayer se esfumaron.

Sus cejas se volvieron ralas, el cabello le creció en las orejas, se le agrietaron las gafas, le empezaron a doler los músculos, se le redujo la grasa corporal y se le adelgazó la piel.

Todavía soñaba con Lola.

Todavía soñaba con dinero.

—Si no puedo establecer un banco aquí —se dijo a sí mismo. Tendré que buscar en otro lado.

Miró hacia África.

*****

Dejar Londres fue lo más difícil que Mayer hizo. Abandonar a sus conocidos supuso un duro golpe y decir adiós al señor Bronze le provocó una lágrima en el ojo.

Antes de irse, pasó una última noche en brazos de Nicola.

Durante todos los años que habían pasado juntos disfrutando del silencio con sabor a vainilla, esos dos amantes nunca habían pronunciado una sola palabra. Antes de irse, Mayer se volvió hacia Nicola, vio a Lola en sus ojos y pronunció dos.

—Te amo.

Sus palabras hicieron eco.

Te amo. Te amo. Te amo.

*****

Mayer se fue por dos razones: esperanza y miedo.

Temía una revolución. Los camaradas de Hugo estaban ganando terreno.

Tenía la esperanza de crear su propio banco y de teber el control monetario sobre una nación. Creía que acumulando riqueza ganaría el corazón de Lola. Planeaba volver tan pronto como Hugo muriera. Estaba suscripto a todos los periódicos de Londres y leía las columnas de obituario con fervor religioso.

*****

Mayer navegó las olas crepitantes.

Llegó a una gran variedad de aromas peregrino: El olor del humo ceniciento escupió en el aire de la tarde; los olores de clavo de olor dulce y leche quemada, el ozono y la quema de arcilla sin cocer.

Llegó a una escena de esplendor y la miseria; la semilla de una ciudad por nacer; un castillo en una colina, dentro de un palacio, y torretas pinchando el cielo; barrios pobres y chozas y chabolas; barro y ladrillo y piedra.

Llegó a la oficina del gobernador general.

—Haz que empiezen a usar dinero —le dijo ese hombre. —Si lo consigues, te concedo su convenio para establecer un banco.

*****

Mayer fue en una misión de reconocimiento.

Se acercó a la Lele, una tribu que adornaba máscaras que borraron sus identidades, hacía que los grandes parecieran pequeños, a lo femenino parecer masculino y lo sabio simple.

Mayer se entusiasmó al ver que los Leles utilizar longitudes de tela tejida, hecha de palmas rafia, como si fueran dinero. Vio a un niño dar su padre veinte telas cuando se convirtió en un hombre, un marido darle a su esposa treinta paños cuando dio a luz, y un joven dar un rival diez paños para curar una fisura.

Esas telas pasan de un lado a otro, lo que ayuda a mantener el orden, para consolar a los dolientes y organizar matrimonios. Mayer nunca vió que nadie los utilizará para comprar los artículos reales, físicos.

Confundido y con necesidad de más información, Mayer observó a la tribu con la que se reuniría Archibald más tarde. Vestido con taparrabos, sus pechos se cajoled por la brisa, sus pantorrillas estaban tensos, y su piel era tan oscura que brillaba.

Observó sus intercambios de regalos e intento involucrarse. Le regaló una vaca a un aldeano. El aldeano aceptó la vaca, la degolló y compartió la carne con los de su tribu. Luego le dio un pato Mayer.

Imperturbable, Mayer regresó a los pocos días. Señalo la pulsera de la mujer y sonrió. Antes de darse cuenta siquiera del brazalete, la mujer señaló a la ropa de Mayer y Mayer acabó tan desnudo como su madre le trajo al mundo.

Mayer decidió no volver por tercera vez. En cambio observó los tiv, una tribu que llevaba una túnica adornada con rayas de cebra.

Mayer no pudo evitar fijarse en una mujer. Era tan llamativa que parecía ser un campo gravitacional en sí. Tenía los pechos montañosos, ojos de volcán y aliento de fuego.

Mayer la siguió. No tuvo elección. Sus pies empezaron a moverse al mismo ritmo que los de ella y sus ojos no apartaban la mirada de la cesta de huevos de su cabeza.

«¿Qué hará con ellos? ¿Los cocinará, vendera o intercambiará?»

No paso nada de eso. La mujer se había dirigió a otro pueblo, donde se encontró con otra mujer con el aroma de animal salvaje y unos ojos que llegaban al alma. Después de una hora bebiendo té, se fue sin los huevos.

Mayer volvió al día siguiente y vio a la segunda mujer dar la primera nueve huevos.

Esta escena se repitió: La primera mujer dio tres peces y la segunda mujer volvió con cuatro. La primera mujer dio doce mangos y la segunda mujer le devolvió dos. No había equilibrio.

Perplejo, Mayer volvió a la ciudad en busca de una explicación.

*****

Como era su estilo, Mayer fue la construcción de un círculo de conocidos. Entre ellos se encontraba un académico conocido como Jumble; un hombre que podía lírico acerca de casi cualquier sociedad en el planeta, contar su historia, y luego se pierden en una maraña de palabras; un hombre que era un tapiz de olores a humedad, coderas, Tweed, tuberías de marfil y sandalias.

Sólo dos cosas sobresalían de la cara de Jumble: una verruga notable y una nariz sin complicaciones. De la nariz, no hay nada más que merezca la pena añadir. La verruga, sin embargo, merece investigación adicional. Visto desde un ángulo, parecía cónica, como un barril. Visto desde otro, parecía esférica, como una grosella espinosa. Se echó una larga sombra, que gira alrededor de la cara del revoltijo. Se había dado lugar a diecisiete pelos; cada uno más gruesa que la anterior, y cada más resistente al desplume.

—Los tiv, ¿dices?

Jumble se enjuago con su vermouth.

—Ah, sí, los tiv.

—Estaba diciendo que sus intercambios no son congrugentes.

—No, no lo son.

—¿Por qué?

—Deuda.

—¿Cómo que deuda, querido hombre?

—¡Así es! Y es algo bastante bueno, aunque no quiera admitirlo.

—¿Por qué?

—Su forma de hacer las cosas está bastante bien.

—Pero ¿por qué?

—¿Por dónde iba? Ah, sí, la deuda tiv. Ellos nunca intercambian ocho huevos por ocho huevos, devuelven siempre un poco más o un poco menos con el fin de mantener una deuda.

—¿Para qué?

—Para que haya una razón para reunirse de nuevo.

—Hmm.

—Es realmente muy simple. No pagar nada sería explotación y devolver la cantidad exacta sería un insulto. Lo segundo podría interpretarse como que no hay otra razón para volver a quedar con la persona. Sí pagan un poco menos de lo que se debe, tienen que volvera quedar con la otra persona para por lo menos devolver la diferencia. Se crea una sociedad. Y un alegre buen espectáculo es demasiado!

Mayer estaba a punto de hacer una pregunta, pero se detuvo a pensar.

«Abe y yo segiríamos en contacto si no hubiera tenido que pagarle la deuda»

Jumble, sin embargo, no se detuvo a pensar. Era locuaz a un fallo.

—A los Gunwinggu, una tribu aborigen en Australia, solo necesitan encontrarse con alguien y decirle que zapatos más bonitos para que la otra persona se los dé sin pensarselo.

—Los árabes tienen una costumbre similar. Pero tienen una vía de escape. Si quieren mantener algo, van a decir, «sí, ¿verdad? fue un regalo».

—¿Donde estaba? Oh, sí, los inuit. Se niegan a hacer juicios de valor. Consideran comparar, medir o calcular como una forma de exclavitud de los hombres.

—Los indios usan un sistema de castas. Todo el mundo tiene un papel que desempeñar; un producto a producir. Esos productos se distribuyen según una jerarquía.

—Los iroqueses, los nativos de Estados Unidos, disponen las cosas de forma comunitaria. Almacenen sus productos en grandes casas, donde los consejos de las mujeres distribuyen según las necesidades de cada persona.

Revoltijo detuvo para tomar aire.

–¡Ya vale! –gritó Mayer. –La cabeza me da vueltas.

Jumble se rió.

–¿Otra copa?

–Otro día.

*****

Mayer había cometido el más común de los pecados: juzgar a otros según sus propios estándares. Había juzgado a los aborígenes como si vivieran en un estado y su economía como si utilizaran dinero.

La conversación con Jumble le había abierto los ojos.

Se dio cuenta de que la gente de las tribus tenían economías: producían, consumían y los productos pasaban de mano en mano. La diferencia se encontraba en que sus economías se basan en las relaciones, en el amor y no en el dinero.

Para crear una economía impersonal, en la que se operara con dinero, Mayer se dio cuenta de que iba a tener que pasar por alto esos lazos de amor. Si era necesario, haría uso del poder, del ejército ocupante, pero primero quiso intentarlo por sus propios medios...

*****

Mayer le regaló a una de las mujeres de la tribu un cuchillo decorativo y le enseñó cómo usarlo. Unas semanas más tarde volvió con cinco cuchillos más y con la esperanza de venderlos. Para ello llevó consigo unas cuantas monedas de Bronze que pretendía intercambiar por grano. De esta forma, los aldeanos tendrían las monedas que necesitaban para comprar sus cuchillos y les introduciría en la mecánica del dinero británico.

Para su gozo, Mayer vio que el cuchillo había demostrado ser popular. Lo encontró chorreando sangre al lado de un kudú muerto.

Cuando lo vieron venir, los aldeanos señalaron al cuchillo y luego a Mayer y sonrieron de oreja a oreja.

Mayer vio como una mujer usaba el cuchillo para despeletar un animal, antes de pasarselo a otra que lo uso para cortar las zanahorias y que al terminar se lo pasó a otra que lo utilizó para cortarle el pelo a su hija. Cuando alguien necesitaba hacer uso del cuchillo, simplemente lo cogían.

Pero cuando Mayer les ofreció intercambiar las monedas por el grano, se encogieron de hombros. Los aldeanos nos las querían porque no les veían ningún fin. Las monedas de Mayer no eran lo suficientemente bonitas como para usarlas como joyas, ni lo suficientemente prácticas como para verles alguna utilidad. Mayer también intentó hacer trueque con sus otros cuchillos, pero los aldeanos se volvieron a encoger de hombros. No entendían por qué su pueblo querría más de un cuchillo.

*****

Mayer dio cuenta de que para introducir los mercados y que los negocios funcionaran iba a tener que crear una demanda de cosas que la gente no quiere o no necesita. No era suficiente que una comunidad compartiera un cuchillo. Tenía que conseguir que cada uno quisiera tener su propio cuchillo, aunque este se fuera a pasar la mayor parte del tiempo en un cajón sin usarse.

«Ah, sí, vamos a tener que venderles cajones. Vamos a tener que meterles miedo. Alguien podría asesinarles con un cuchillo. Luego, les diremos que necesitan uno para protegerse, bolsas de cuero para guardarlos y cinturones para llevarlos siempre colgados. Walla! ¡Trabajo hecho!»

Mayer se dirigió a la selva, reclutó gente de cada tribu, les enseñó a hablar Inglés y les devolvieron a sus casas con ropa occidental.

–¡Jaja! ¡Mírate! –Dijeron esos hombres a la gente en su tribu. –¡Pero si vas desnudo! Pareces un salvaje. ¿Por qué no usas ropa como yo?

Rara vez funcionaba. Los aldeanos superaban en número a estos agentes de Mayer y por lo general se burlaban de ellos. Sin embargo, en algunas raras ocasiones consiguieron que se interesaran en los bienes occidentales y en el dinero.

Mayer animó a sus agentes a seguir intentándolo.

–Dile a los aldeanos que sean más individuales. Diles que no siempre tienen que hacer lo que hacen los mayores. Amigos, decidles que sean fieles a sí mismos, que hagan caso de lo que les diga el corazón. ¡Que se atrevan! Luego vendedles más ropa de la que puedan necesitar y después les venderemos armarios.

*****

Por esta época Mayer estaba ya en los cincuenta. Pasaron a un ritmo acelerado. A Mayer se le hundió la piel debajo de la mandíbula y le salieron patas de gallo y en su calva enrojecida por el sol empezaron a salirle manchas de la edad.

Era demasiado viejo para salir detrás de las mujeres y para que ese tipo de cosas le quitaran el sueño, pero seguía siendo lo suficientemente joven como soñar con Lola y con dinero. Había establecido su propio banco y sus agentes fueron a dar beneficios, pero quería más.

Así Mayer fue a encontrarse con revoltijo en el club de su caballero favorito; un lugar a rancias lleno de libros encuadernados en cuero y sillas tapizadas de cuero.

–Bueno, ya ves – empezó a explicar Jumble. –El dinero se ha utilizado como unidad de cuenta para el cálculo de los impuestos durante cuatro milenios. Pero las monedas sólo se han utilizado como medio de intercambio desde el 600 aC.

–Ahum. Sí. Las primeras monedas las produjeron familias griegas ricas. Competían por la supremacía política. Estamparon en ellas sellos y lemas y las repartieron como regalo en un intento de ganar apoyos.

–¿Lo ves? Esas familias aspiraban a la autosuficiencia. Para ellas recurrir al comercio hubiera sido una señal de fracaso. No buscaban utilizar las monedas para comprar o vender cosas. ¡Oh no! Estas monedas se parecían más a medallas militares que a las actuales monedas modernas.

–Lo que esas familias griegas codiciaban era poder. Se unieron para formar una ciudad estado y se rodearon de jueces y soldados para proteger su poder en el país y ganar poder en el exterior, respectivamente.

–Estas personas, esos servidores del estado tenían que recibir un salario y para pagar los salarios, los impuestos subieron. Se acordó que recibirían monedas de oro y plata.

–Las familias se vieron obligadas a vender cosas como comida o ropa. Era la forma que tenían de conseguir esas monedas y así pagar los impuestos. Los servidores públicos, a su vez, tenían que darles a las familias por los productos que estas se habían visto obligadas a vender. Ese algo fueron por supuesto estas nuevas monedas y así fue como se crearon los primeros comercios y como el dinero comenzó a fluir de mano en mano. ¡Qué maravilla! Los impuestos obligaron a la gente a vender cosas y a comprarlas y a las monedas a funcionar.

Jumble se dejó caer en la silla arrugada. Tomó un sorbo de jerez y se perdió en el grandilocuente ambiente del lugar.

—Todavía no has respondido a mi pregunta —dijo Mayer.

—Oh, sí que lo he hecho —respondió Jumble. —Harumph-grumph. Jolly palos de hockey. Ra, ra, ra!

*****

El gobernador general estaba encogido en esa silla que estaba pensado para un hombre mucho más pequeño. Llevaba una increíble variedad de accesorios en lo que habría sido de otro modo una hosca chaqueta.

Medallas multicolores emplumados una faja rayada, que se mantiene en su lugar gracias al cinturón blanco y un pasador de plata. Llevaba hombreras, puños, estrellas, botones, hebillas, pepitas, y un collar que cubría su cuello.

Mayer se puso a su encuentro, se quitó los guantes de piel de conejo y le dio la mano.

—¿Cómo están sus geranios?

—Muertos.

—Ya siento escuchar eso. Hmm. Supongo que se debe al tiempo que hemos tenido.

—Probablemente.

El gobernador general se había encariñado con Mayer, quien lo había procurado regalándole una botella de *chartreuse* cada mes, y por lo que estaba dispuesto a permitir que hable.

—Necesitamos imponer un «impuesto moralizador»; un «impuesto por cabaña» y forzar a los indígenas a utilizar el dinero británico. Se funcionó en la antigua Grecia y sé que también va a funcionar aquí. Ay, mi querido amigo, va a ser maravilloso.

—¿Qué? ¿Cómo demonios dices que funcionaría?

—Vamos a imprimir dinero.

—¿Y después que?

—Les diremos que nos lo tienen que devolver.

—¿Para qué?

—Para financiar a nuestros jueces y soldados.

—¿Cuando?

—En la época de la cosecha. Este impuesto hará que la gente sea más productiva. Tendrán que crear un excedente para vender en el mercado. Por eso va a ser un «impuesto por la moralidad»: les vamos a enseñar a los nativos el valor del trabajo duro.

—Vamos a utilizar nuestros ingresos fiscales para comprar sus alimentos en el mercado, a continuación, vamos a utilizar esa comida para alimentar a nuestras tropas, que nos ayudará a recaudar el impuesto.

El gobernador general hizo una pausa, golpeó el pie, charlaba los dientes, se mordió una uña, inclinó la cabeza, sin título que, cepillado algo invisible de la manga, y luego sonrió:

—¡Wouh! Los nativos son más salvajes que las bestias.

—Sí que lo son, mi querido amigo, sí que son.

—He oído que matan a los bebés que nacen sin pelo.

—Y yo que abandonan a sus ancianos.

El gobernador general se tocó el labio inferior:

—¿Qué vas a necesitar?

—Soldados.

—Dalo por hecho.

*****

Los soldados de Mayer obligaron a la población nativa a pagar los impuestos británicos.

Los africanos tuvieron que trabajar más duro que nunca: cultivaron, la ganadería, el tejido, la siembra y la construcción; A pesar de todo esto, muchos de ellos todavía no eran capaces de pagar.

Si tenían cultivos para vender, los agentes de Mayer los compraba y vendía lucrándose.

Si no tenían cultivos para vender, los agentes de Mayer les prestaban dinero y luego les cobraron intereses. Cuando se retrasaron en el pago, les expulsaron de sus comunidades y les obligaron a trabajar en las minas en la extracción de oro, plata y diamantes. O les trasladaron a plantaciones de caucho, de madera o deaceite de palma. Ellos trabajaron día y noche convirtiendo los recursos africanos en riqueza británica.

Así comenzó el ascenso de Mayer.

Su banco prestaba dinero a los empresarios para establecer minas y plantaciones. Préstamos cargados de intereses. El dinero de esos intereses los convirtió en más prestamos y así cosechó más intereses.

Se volvió rico y, en cierto modo, también feliz. Era el propietario del banco con el que siempre había soñado y de una mansión que la mayoría de la gente ni siquiera podía imaginar. Organizó este lugar de la forma en que creía que la misma Lola lo hubiera hecho. Adoptó la forma de un palacio de princesa con un walk-in closet, un spa privado, una habitación para el maquillaje y un salón de baile. Tenía esos cuartos repletos de macetas, listos para Lola para llenar y los más elegantes trajes que había visto siglo. Pero esas habitaciones se mantuvo en un estado de duelo: acumulaban polvo esperando la noticia de la muerte de Hugo, día en el que viajaría a Londres y regresaría con Lola de la mano.

La suya era la casa más grande del país, deslumbrantemente blanca y con una hiedra que acariciaba las columnas. La casa parecía sacada de un cuento de hadas. El patio formaba un laberinto de esculturas y estatuas, de fuentes con peces. Tenía más habitaciones de las que podía contar y tantos sirvientes que nunca sería capaz de recordar todos sus nombres.

A pesar de estar rodeado de esas personas, Mayer seguía sintiéndose solo. A pesar de su riqueza, seguía sintiéndose pobre. Tenía dinero y poder, pero le hacía falta amor. Había perdido a Nicola y rogaba para volver a ver a Lola una vez más.

«Antes había algo, entre tú y yo».

Las palabras de Lola resonaban en su cabeza de forma constante e intermitente. Invadieron lo más profundo de su ego.

Mayer empezó a caer en picado

Veía la cara de Lola en todas partes. La evocaba en la niebla, en las nubes y en el vapor del café de la mañana. Un espejismo. Un espíritu. Un enigma. Un silbido. Un zumbido que se reía de él en un juego que parecía no tener reglas.

Una vez, Mayer hubiera jurado ver una versión de Lola comprando un agapornis en el mercado. Se precipitó al otro lado de la calle, llevándose a la gente por encima, para llegar a la parada y darse cuenta de que ella no estaba allí.

En otra ocasión, pensó que la vio comprando un rayador. Creyó ver su sombra a través de un reflejo. Estaba tan convencido de que la había visto en un café que gritó su nombre:

—¡Lola! ¿Lola? ¡Lola!

Esas visiones aparecieron con regularidad cada vez mayor. Mayer tuvo que pellizcarse y abofetearse sólo para mantener sus pies en el suelo. Era todo lo que podía hacer para no volverse loco.

«Ella no es real . Ella no está ahí. Ella no es real. Ella no está allí».

La voz seguía retumbando en su cabeza:

«Antes había algo, entre tú y yo».

«Podríamos haber sido especiales».

*****

Como burlándose de su riqueza, Mayer llevó una rutina austera, influido probablemente por la personalidad del señor Bronze. Mayer, sin embargo, insistía en que esta rutina era su propia invención original. Una rutina que había desarrollado para intentar huir de sus visiones.

Todas las mañanas se levantaba a la misma hora, a las cinco cuarenta y cinco. Desayunó siempre lo mismo, pescado ahumado y huevos escalfados. Bebía al menos cincuenta tazas de té al día y se pasaba toda la noche solo, en su patio de mármol, a la sombra de los árboles de mango y flores.

Se le ocurrían las mejores ideas en la quietud del anochecer, en el silencio solo perturbado por los gritos lejanos de los vendedores ambulantes y los perros callejeros, seres omnipresentes que se dedican a la política tan pronto como el sol empezaba a ponerse. Esos perros muestran con orgullo las cicatrices de los debates que ganaron, de los debates que perdieron y los debates que acabaron en mordeduras y peleas. Llevaban las orejas mordidas y el pelo con calvas como si de muestras de distinción se tratase. Si es que alguna vez lograron hacerlo más allá de las cercas, zanjas, torres de vigilancia, guardias de seguridad y funcionarios de Mayer, Mayer siempre era seguro que les recompensa con una golosina y un abrazo. Eran los mejores amigos que tenía.

Mayer se sentía tan solo como lo había hecho en las Buckingham Towers y de igual forma buscó refugio en los libros. Había leído esos clásicos de los que todo el mundo había oído hablar pero que en realidad nadie había leído, libros oscuros de los que nadie ha oído hablar y tomos inéditos que nadie había leído. Leyó los periódicos para mantenerse en contacto con la realidad y trabaja de la ficción de olvidar imaginando que los personajes de esas historias eran personas que conocía en la vida real. Cada vez que leía una novela romántica, se imaginaba a sí mismo y Lola como dos amantes. Pero esto solo empeoró las cosas, estas ilusiones fomentaron que su subconsciente para crear aún más visiones de Lola que antes. El deseo de que Hugo muriera aumentó.

*****

Este era el estado de Mayer cuando Archibald irrumpió en su oficina.

Mayer, cuyo rostro se curvó en una sonrisa, llevaba un traje almidonado de una época pasada. Archibald, cuyo rostro se comprimido, llevaba su uniforme del ejército.

—Dime, si necesitamos plata y oro para pagar nuestras tropas, ¿por qué no lo escavamos? Por el amor de Dios, esta tierra está llena de recursos.

Mayer se balanceó en su silla, una vez ligeramente hacia delante y otra hacia atrás. Se apoyó, sirvió dos aguardientes y sonrió.

—Es un día precioso, ¿verdad?"

Los ojos de Archibald se crisparon.

—El tiempo aquí siempre es perfecto. Cielo azul y un sol redondo, como me gusta decir.

Archibald abrió sus palmas de las manos al borde de la desesperación.

—¡Pero por dios! ¿Por qué no excavamos el oro directamente?

Mayer se rió entre dientes.

—¿Esa es tu primera pregunta? Ni un qué tal, ni que haces tú por aquí.

—¡No!

—Hmm. Muy bien. Respondiendo a tu pregunta, sí que estamos extrayendo el oro. De hecho, nos estamos ocupando muy bien de él, pero gracias, muchas gracias! Pero un ejército no puede comer oro o llevar la plata. Necesitamos que los nativos produzcan alimentos y ropa para nuestras tropas. Es por eso que el Impuesto por cabaña funciona tan bien. Obliga a los nativos para vender alimentos y tela a nuestras tropas y así ganan el dinero que necesitan para pagar nuestros impuestos.

Archibald miró, hizo una mueca, un puchero, frunció el ceño, levantó las cejas, levantó la barbilla, levantó su dedo e hinchó el pecho.

—Por todos los demonios. ¡Estamos en el mismo lado!

—Somos hermanos. Siempre hemos sido.

Mayer señaló con un gesto el brandy de Archibald y luego continuó.

—Lo siento por ti, hermano, de verdad. Dios sabe que sí. Tu territorio está escasamente poblado. Por eso no lo hemos civilizado antes. Tú les estás intentando enseñar una nueva forma de pensar. Tú estás introduciendo el concepto de estado y de dinero a gente libre. Va a llevar un tiempo, pero confía en mí: vas a cambiar la vida de esas personas y ellos llegarán a creer que nuestro camino es el único.

Archibald no parecía muy convencido.

—Continúa.

—Echa un vistazo de vuelta en Blighty. Pregúntale a cualquier persona allí sobre la policía y te dirán que ha estado ahí desde siempre, que sin ella la sociedad se derrumbaría. Los dos sabemos que no es cierto. Pero la verdad no importa ni allí ni aquí. La gente comenzará a pagar nuestros impuestos, utilizarán nuestro dinero y seguirán nuestras reglas. Antes de darse cuenta, se olvidarán había otra manera.

Archibald respondió con una sola palabra.

—¿Cómo?

Mayer respondió con varias palabras

—Mitos, mi hermano, mitos! Las verdad es terriblemente insípida. Los mitos por el contrario son jugosos. La gente no puede dejar de creer esas historias.

Archibald frunció el ceño.

—Vamos a crear una serie mitos con un orden estipulado. Diremos que los estados son grandes porque lo digamos nosotros, sino porque Dios así lo ha ordenado. Diremos que las economías monetarias son grandes no porque lo digamos nosotros, sino porque son una ley inmutable de la naturaleza. ¿Quién se atrevería a discutir con eso? ¿Quién se atrevería a cuestionar la voluntad de Dios y de la naturaleza? Nadie, hermano, que es quién! Ni siquiera los nativos.

Mayer puso su brazo alrededor de Archibald y lo condujo a la puerta.

—¡Qué bueno verte!

Archibald asintió.

—Vamos al pub.

—¡Venga!

*****

Las puertas se abrieron de par en par y Archibald y Mayer salieron a la plaza del mercado.

Había un brillo estático. El sol se reflejaba en los techos de plata, envuelto solamente por el resplandor opalescente de mil fuegos amistosos. Los colores brillantes colgados de la bruma; iridiscente, en proceso de cambio, vivo.

Los edificios se empujaban para la posición.

Cuerpos se empujaban para la posición.

ritmos rimbombantes golpean desde los tambores africanos. Banners, empujado por la corriente subliminales, parecían besar las nubes arriba. Pisotearon los pies, manos aplaudieron y voces sonaron en voz alta:

—¿Qué queremos? ¡Libertad! ¿Cuándo lo queremos? ¡Ahora!

—No más impuestos! No más del estado! No más del gobierno! No más odio!

Archibald y Mayer movieron sus cabezas al unísono, antes de fijar su mirada en un hombre blanco que se había levantado para hacer frente a la multitud. Su cuero cabelludo era calvo, enrojecida por el sol, y cubierto de una amplia gama de manchas del hígado.

—¿Hugo? –susurraron. —No, no puede ser. Imposible.

EL JARDINERO DE DIOS

«Toma la carga del hombre blanco,
Envia a una raza superior.
Y manda a sus hijos al exilio,
a servir las necesidades de tus cautivos».
RUDYARD KIPLING

Las hijas de Hugo parecían crecer por cuotas. Al principio eran bebes que mamaban. Más tarde pequeñas criaturas que gateaban de un lado al otro. Un instante después, ya se habían convertido en niñas y luego en adolescentes. En un abrir y cerrar de ojos se habían convertido en adultas.

Habían crecido tan rápido... rollitos: fuera! Piernas: más largas! Cabello: corto! Luego largo. Despúes corto. Más tarde largo.

Los cambios en sus caras se veían ahora como en lapsos fotográficos.

Sus pechos habían asomado ya en sus.

Sus vidas se llevaron a cabo en constante movimiento; en la gordura continuación delgadez, sonrisas y luego las lágrimas, luego salta salta, este color entonces que uno, este vestido y luego otro, y luego otro.

Hugo se rascó la cabeza. No podía entender lo rápido que había pasado el tiempo. Para él, esas mujeres seguían siendo sus bebés. Lola les había apodado «bebodultos».

*****

En el espacio de un año, los padres de Lola murieron y sus hijas se mudaron.

Emma, que continuaba sin decir una palabra, se hizo monja. Maddie, que sólo hablaba cuando se le habla, se casó con un hombre que le hablaba mucho. Sylvia, que sólo hablaba cuando no le hablaban a ella, se fugó con un hombre que apenas hablaba. Peta, que respondió a las preguntas que iba para ella, se había ido a descubrir Europa con un hombre curioso. Natalie, que cuestionaba todo, se casó con un hombre que tenía un montón de respuestas.

—¿Por qué has venido medio borracho?

—Porque me quedé sin dinero.

—¿A qué se pusó fin en 1811?

—A 1810.

—¿Puedo hacerte una pregunta?

—No.

*****

El ruido constante de la vida de Hugo se había visto sustituido por un silencio aún más estridente que el ruido. Sus cejas se convirtieron ralas, le creció el pelo en la parte superior de las orejas y apareció una pequeña grieta en la esquina de las gafas. Lola le compró un nuevo par de gafas e intentó aliviar su edad masajeando su dolor muscular y frotando la crema en sus erupciones; el almacenamiento de su armario con levita, botas largas y sombreros distinguidas; viéndolo con ojos diferentes de todos los demás, y haciendo todo lo posible para asegurarse de que el resto del mundo lo vio de la misma manera que lo hizo.

Lola seguía vistiendo a Hugo, pero lo hacía solo cada dos días. Hugo vestía a Lola en los días en el medio. Habían caído en esta rutina fuera de una idea romántica del amor igualitaria, que habían seguido a cabo de una fuerza de la costumbre, y nunca lo había cambiado porque no podían concebir ninguna otra manera de actuar.

*****

A lo largo de este periodo, tres cosas dominaron la vida de Hugo.

En primer lugar el activismo.

Hugo asistió a los disturbios de Swing, donde manifestantes exigían salarios más altos para los trabajadores de las fábricas que habían sido forzados a abandonar sus tierras. Fue un miembro fundador del movimiento cartista, que abogaba porque todos los hombres a tuvieran derecho a voto. Asistió al levantamiento de Newport y elaboró una petición. Asistió a los manifestantes durante la huelga general y protestó contra los aranceles del grano.

Su activismo marcó una diferencia. Los trabajadores de las fábricas recibieron salarios más altos, los hombres obtuvieron el derecho a voto y se abolieron los aranceles sobre el grano. Su generación inspiró a futuras generaciones de activistas. Las sufragistas que más tarde lograron el derecho a voto de las mujeres y los sindicalistas que mejoraron las condiciones de trabajo, con un fin de semana de dos días, la prestación de maternidad, la paternidad de pago, las vacaciones pagadas y más cosas.

En segundo lugar estaba la caridad.

Hugo consiguió sacar adelante a San Nick. Gracias a la ayuda de las donaciones de los antiguos residentes, Lola y él fueron capaces de abrir una población de niñas en Barkingside, en la que sus hijas ayudaron a llevar adelante.

En tercer lugar estaba el matrimonio.

El amor de Hugo hacia Lola había madurado con el paso de los días. Era fuerte, pero no estuvo exento de baches. Hugo se sentía frustrado cuando Lola murmuraba nombres en sueños: «R». «Archibald». «Papá». «Mayer». Que se olvidara de fechas importantes sacaba a Hugo de sus casillas y había momentos en los que sentía como una oleada de odio le abrumaba. Pero esos momentos pasaron y fue como si nunca nada hubiera ocurrido. Hugo volvía a amar a Lola tanto o más que antes.

Seguían demostrándose amor en las pequeñas cosas de todos los días. La forma en la que Lola le untaba la tostada con mantequilla dejando una esquina con mucha mermelada. Como Hugo abrazaba a Lola por detrás, poniendo los brazos alrededor de su cintura meciéndola si llovía. En cómo se bañaban juntos, salpicándose el uno al otro, lanzándose agua con la boca y frotaban las espalda del otro. Su amor se respiraba en la forma en que paseaban juntos de la mano y se ayudaban con cualquier tipo de obstáculo que se encontraban por el camino.

Lola seguía yéndose a comer cada vez que quería poner fin a una conversación. Comió pastel escocés, queso yarg, salchichas enrolladas en bacón, conejo galés, rumbledethumps, pastel de sardinas stargazy y cordero guisado. A pesar de su gula, mantuvo su figura juvenil. Pero una noche, todo el peso que tendría que haber ganado a lo largo de varios años le cayó de golpe.

Como si fuera contagiosa, Lola entró en la vejez. Su pelo se volvió gris, sus ojos perdieron la luminosidad y su piel adquirió un olor agrio. No fue un problema para Hugo, que siguió viendo a su esposa a través del prisma del amor. Para él, seguía igual de guapa. Su peso era el adecuado para ella. Hugo se complacía en los pliegues de la piel arrugada de Lola, en los contornos irregulares de sus huesos y en la elasticidad de sus pechos. Pero la forma rolliza de Lola no podía llenar el vacío dejado por las salidas de sus hijas. Su casa se sentía como un nido vacío.

—Ultimamente nunca nos vemos—se quejó Lola. Siempres estás fuera.

Hugo agarró el muslo de su esposa.

—Te amo.

— Y yo te amo a ti.

—Me gustaría que pasáramos más tiempo juntos.

—¿Cómo?

—Podríamos jubilarnos.

—Sí, podríamos envejecer bajo el sol.

—Vendamos esta casa y mudémonos a África.

—¿África? ¡¿Te has vuelto loco?!

—En parte, pero la locura es una virtud y la verdadera locura es junto a la piedad ".

Lola se rió.

—Está bien a África. He oído que allí hay unos mangos riquísimos. Hablando de eso, vamos a comer unos guisantes hervidos.

Lola salió de la habitación y Hugo se quedó dormido, sosteniendo su taza de té.

Lola regresó y le cogió de la mano.

Hugo se sobresaltó.

—¿Qué pasa con los arándanos? Solo estaba descansando la vista.

Lola se rió, le colocó la corbata a Hugo como si fuera un babero y luego comió salsa de verduras encurtidas.

*****

En África, Lola coleccionó tres cosas: rascaespaldas, periquitos y plantas.

Compró su primer rascaespaldas por la genuina necesidad de rascarse la espalda. El segundo lo compró porque era mucho más bonito que el primero y el tercero porque no le gustaba ser dueña de dos cosas. Para Lola, el dos era el número de la mala suerte.

Tras la compra de tres rascadores de espalda en tres días, Lola no vio ninguna razón para dejar de hacerlo. Hábitos, supuso, sólo deben romperse si son dañinos. ¿Y qué mal hay en tener unos cuantos rascadores de espalda? ¿O unos cientos?

El cuarto se lo compró a un vendedora ambulante llamada Kali. La cara de kali era casi perfecta, a excepción de una mancha que de haber estado un poco más arriba o un poco más abajo, un centímetro a la izquierda o uno a la derecha le hubiera dotado de una cara de diosa. Sin embargo, la posición actual le daba un aspecto algo ridículo.

Kali visitaba a Lola todos los días. Lola le invitaba a su casa, le preparaba té, le daba un plátano a cada uno de sus hijos y luego le compraba un rascador.

Incluso cuando Hugo empezó a utilizarlos para prender leña, el entusiasmo de Lola por ellos no se apagó. Continuó como si nada hubiera sucedido.

A Lola no le interesaba ser la dueña de inmensas cantidades de rascadores de espalda, solo quería comprar uno nuevo cada día. La emoción estaba en la novedad, en tener cosas nuevas, nuevas conversaciones, nuevos amigos, nuevas tazas de té y nuevos plátanos. No importaba lo que fuera siempre y cuando fuera nuevo.

Esto puede explicar la obsesión de Lola con los agapornis.

Se enamoró de estos pájaros mientras caminaba por el mercado y miraba los distintos puestos de placer pausado. Se quedó cautivada por el encantador de serpientes que intentaba venderle pociones mágicas y por el esclavo fugitivo que pintaba jeroglíficos. Tomo muestras de hojas aplastadas y se envolvió a sí misma en telas estampadas. Compró lo que necesitaba y la compra de también lo que no, cualquier cosa mientras las palabras de los vendedores de plátano frito y lustrabotas siguieran acariciando el aire.

El puesto que vendía mascotas tenía siempre de seis de cada animal: seis iguanas, seis periquitos, seis ratas de Gambia, seis cerdos hormigueros, seis lemures, seis de esto y seis de lo otro, pero por lo menos sesenta agapornis si no eran seiscientos. Estaban aglutinados todos juntos dentro de una jaula con sus pequeños cuerpos verde pálido, las alas verde oscuro, el pecho amarillo y la cabeza color naranja mandarina.

Tan pronto como los vio, un repentino deseo de liberar a esos pájaros se apoderó de Lola. Sin embargo, solo compró uno. Le llevó a casa, le alimentó, le acarició el pecho y después lo liberó, cruzando los dedos para que volviera.

No volvió.

Así que continuó. Todos los días, Lola compraba un nuevo agaporni, lo cuidaba lo mejor que podía y luego los liberaba. Y todos los días, cuando veía que no iban a volver, se sentía decepcionaba.

*****

Hugo y Lola vivían en un *bungalow* fuera de la ciudad.

Escogieron ese lugar por una razón: el espacio. Espacio en el que poder respirar, vivir y cultivar.

Lola exploró el terreno, guardado muestras de todas las plantas que encontró, las regó y cuando crecieron, las plantó dentro y fuera.

Las vides empezaron a extenderse por las paredes de cantos rodados y formaron pórticos, donde antes no había nada. Crecieron toldos de lona de color verde sobre el blanco. Estantes llenos de tierra convirtieron a su casa en una biblioteca de plantas y flores. Las paredes se tiñeron de verde, no hubo superficie que pudiera escaparse del toque de una hoja curiosa o de un tallo torpe. El aire era un popurrí de polen y perfume, una auténtica maravillas aromática que tentaba a los olfatos.

Sin embargo, fue en el exterior donde el jardín de Lola realmente causó un impacto. A medida que pasaban los años, el jardín se expandió en oleadas. La hierba ideó formas onduladas, los árboles crecieron por encima de los arbustos y las suculentas plantas se extendieron por todo el territorio.

Esas plantas anduvieron con pasos cortos, delicados y silenciosos, como ladrones en la noche. Se movieron con cautela, intentando evitar llamar la atención, con un dedo sobre los labios y de puntillas hacia la aldea más cercana.

Preparados y listos se pusieron a la espera, sumergidos bajo una artificiosa alfombra. Lanzaron el ataque en la hora de las brujas. La amplia variedad de colores vivos robaron toda la atención; el millar de tonos azul neón, los verdes fluorescentes, amarillos eléctricos, los rojos jazz y las manchas sabor a limón de las Rafflesia Arnoldii, las flores más grandes del mundo, los rosas ardientes de las Proteas aristatas, las bocas clarete de la mosca de Venus Trampas y los pétalos de fuego de las Gazanias.

Ese delicioso mar de colores atrajo los ojos de todos los que pasaban por allí. Sacó a los pasajeros de su camino en su abrazo floral e intoxicado por el dulce perfume. Las personas que se encontraron con Shangri-La rara vez eran capaces de abandonar aquel lugar.

Esa comunidad creció convirtiéndose de aldea a pueblo y de aldea a ciudad.

Sin darse cuenta, sin buscar dinero o poder, Lola se había convertido involuntariamente en la reina de un reino mágico.

*****

Hugo se había convertido en un visitante perdido en una tierra extraterrestre.

En busca de un algo que todavía no conociera, se fue a explorar la nación en sus trajes georgianos, hasta que el sol infernal fue demasiado para él. Volvió a casa, quemó toda la ropa que Lola le había llegado a comprar y la reemplazó por túnicas africanas con patrones increíbles e imágenes de elefantes. Cambió sus zapatos por unas sandalias y reemprendió la búsqueda.

*****

Una tarde templada de febrero cuando el sol acariciaba el horizonte, Hugo vio a una mujer de una tribu afectada por neumonía. Un moco verde le besaba los labios y el sudor frío cubría su piel, mientras se abrazaba las rodillas y murmuraba palabras inteligibles.

Hugo se puso manos a la obra. Emitió una forma improvisada de lenguaje de signos ayudándose por un joven que hablaba algo de inglés. Hugo la cogió en sus brazos, la llevó y acomodó en su cabaña, le limpió la frente, le alimentó y le dio medicina. Le cogió la mano y le susurró palabras dulces.

Después de tres horas, la mujer empezó a recuperarse. Después de tres horas más, la mujer ya se tenía en pie.

Cuando Hugo trató de dejar el pueblo, un grupo de miembros de la tribu le bloqueó el paso. La mujer se acercó, señaló el anillo de bodas de Hugo y sonrió.

Hugo le devolvió la sonrisa.

La mujer frunció el ceño.

Hugo frunció el ceño.

La mujer agarró el anillo.

Hugo tiró hacia atrás.

El joven que habla Inglés gritó.

—¡Bien hecho! Los blancos no tienen vergüenza.

*****

Hugo estaba confundido. Quería ayudar, pero no quería volver a pasar por una situación de ese tipo.

«Voy a tener que ir de incógnito» divagaba Hugo. «Bueno, le funcionó a Santa Claus, patrón de los ladrones y le funcionó a Robin Hood. ¿Por qué no me va a funcionar a mí?»

Cogió su bolsa y se coló en la noche.

Sentía una emoción fantasmagórica, una emoción juvenil. Había retrocedido en el tiempo a cuando se colaba en los jardines para robar ropa o trepaba a las naves para robar palos de conteo, huyendo de la ley, huyendo de la vejez y huyendo de la ligereza de la vida.

¡Se sentía vivo!

Se sentía vivo cuando se deslizaba en una cabaña y oía de fondo los ronquidos y el concierto de silbidos de la noche. Se sintió vivo cuando vio el color rojo púrpura de la malaria en la piel de una niña pequeña y mientras le colocaba un poco de loción por su mano. Se sintió vivo mientras colocaba una cuchara de madera en el pote de esa familia.

Murió.

Sintió como se le paraba el corazón cuando una mano le agarró el hombro, se dio la vuelta y se encontró con dos ojos brillantes, tan brillantes como estrellas y más grandes que los planetas.

—Señor -susurró aquel hombre. —¿Qué demonios se cree que está haciendo?

*****

Ese hombre respondía al nombre de Moha.

Y Moha era exactamente como se puede esperar de él. Su pelo afro ni corto ni largo se ajustaba perfectamente a la forma de su cabeza. Su torso esbelto combinaba perfectamente con sus delgadas extremidades. El suyo no era un cuerpo especialmente bonito, pero era agradable a la vista. Transmitía una sensación cálida.

Moha fue uno de los primeros hombres reclutados por Mayer. Le había enseñado a hablar Inglés, a comer con cubiertos y a actuar como un caballero Inglés. Ahora vestía ropa occidental, se guiaba por la etiqueta inglesa y abrazaba la cultura inglesa.

Cuando cumplió dieciocho, Moha viajó a Cambridge para estudiar derecho. Regresó a África con traje y corbata y se subió a un carruaje de primera clase. No se movió. Los cascos de los caballos no se levantaron un milímetro del suelo y las caras fijaron en diferentes grados de enfado.

Entonces un hombre señalo el signo sobre su cabeza.

No para gente de color.

Moha se quedó quieto, miró fijamente a cada uno de los pasajeros con desdén y se bajo del carruaje. Regresó a su pueblo natal y volvió a ponerse la ropa que llevaba antes y a usar su lengua materna.

No pronunció una sola palabra en inglés hasta que pilló a Hugo en la cabaña de su tío.

*****

La leyenda cuenta que fue un dios en medio de un enfado el que lanzó el primer árbol baobab a la tierra, dejando sus ramas en el suelo y sus raíces en el aire.

Hugo y Moha se sentaron debajo de un árbol de este tipo. Encima de sus cabezas había unas ramas que más bien parecían raíces enredadas que jugaban con la luz de la luna cortándola en fragmentos.

Hugo le explicó lo que le había pasado

—Estoy completamente confundido —concluyó. —¿Por qué esa mujer me quitó el anillo? En todo caso, tendría que haberme dado ella algo a mi por salvarle la vida.

Moha hizo una mueca y luego sonrió.

—Nuestros caminos son diferentes a los vuestros. Ni mejor, ni peor, simplemente diferentes.

—¿Qué quieres decir?

—Aquí cuando alguien salva la vida de otro, se convierten en hermanos. Se unen por sangre. Y bueno, en nuestro pueblo, los hermanos y las hermanas lo comparten todo. Cuando uno de los dos tiene más que el otro, se lo entrega.

—Cuando esa mujer señaló tu anillo, lo que ella quería era tratarte como a un hermano. Confirmar su bono. Cuando te negaste, la repudiaste e insultaste a todo su clan.

—Aquí no puedes esperar que te paguen. ¡Estarías ladrando al perro equivocado! Aceptar algo a cambio sería como decir que no quieres tener nada que ver con la persona a la que has salvado. Tienen que mantener siempre una deuda.

*****

Hugo había hecho un amigo. Visitó Moha tan a menudo como Kali visitaba a Lola, bebían la misma cantidad de tazas de té y compartieron la misma cantidad de conversaciones. Moha le habló a Hugo de la cultura de su tribu, de sus costumbres y de la religión. Le enseñó su lengua. Luego le enseñó otras tres lenguas africanas y más tarde otras dos más.

Fue solo después de varios años de amistad, cuando Moha finalmente se atrevió a hablar sobre el impuesto por cabaña.

—Es una bestialidad, una fruta podrida. Para pagarlo, tenemos que vender la mitad de nuestros cultivos cuando los precios están a la baja. Cuando se acaba nuestra comida, tenemos que pedirles que nos devuelvan la cosecha por el doble del precio que recibimos. Para pagar, tenemos que pedir préstamos sobre los que nos cobrarán intereses. Para pagar esos préstamos, tenemos que enviar a nuestros hijos a trabajar en las plantaciones. Es una situación delicada. Es una peste que se extiende. Es la pescadilla que se muerde la cola. Nuestros niños terminran llevando la ropa del hombre blanco, consumiendo los productos del hombre blanco, usando el dinero del hombre blanco y practicando la religión del hombre blanco.

Moha negó con la cabeza.

—Están matando nuestra cultura, viejo amigo. Nos está atacando por todas partes.

Hugo puso su mano sobre el hombro de Moha.

—En Inglaterra hemos soportado algo similar. La gente se vio obligada a trabajar en fábricas por las Enclousure Acts o las actas de cercamiento. Perdieron su tierra, la libertad y la cultura.

Moha hundió la mirada.

—Por todos los dioses, ¿qué hicisteis?

—Contraatacamos.

—¿Y funcionó?

—Algo.

—¡Maravilloso! En ese caso nos puedes enseñar cómo defendernos.

*****

Hugo le habló a Moha sobre las manifestaciones y lo que consiguieron. Luego atravesaron el territorio intentando convencer a los nativos para que se levantaran.

Al salir de las sombras, Hugo se convirtió en el guía de un pueblo olvidado. El poder le vigorizó. Sintió que toda la vida se había estado preparando para ese momento. Era su hora, su crescendo, su hurra final.

Al pasar tanto tiempo viajando de un lado a otro, tenía menos momentos con Lola.

Lola estaba orgullosa de su marido. Estaba orgullosa de la forma en que lo había transformado, pasando de un simple charlatán a una persona con buen corazón. Le encantaba el poder que ejercía sobre él; los bailes, la organización benéfica, como se había convertido activista y dar a sus hijos.

Ahora Lola sentía como el poder que ejercía sobre él se deslizaba entre sus dedos. Le había animado para mudarse a África y que pudieran pasar más tiempo juntos. Lejos de sus compañeros. ¿Y qué había hecho? Había encontrado un nuevo grupo. Una vez más, había elegido pasar más tiempo con ellos que con ella. Había quemado la ropa que le había comprado y había ignorado sus necesidades.

Y como antes, las ausencias prolongadas de Hugo dejaron Lola sintiéndose como un perro abandonado. Como antes, perdió el apetito, habló con sarcasmo y empezó a pasear por ahí como un tigre enjaulado. Al igual que hizo la otra vez, empezó a preguntarse si no habría sido más feliz si hubiera casado con Archibald o Mayer.

«¡Imagina en qué clase de persona podría haber hecho de ellos! Imagina a un Mayer más humano: podría haber dado todo su dinero a la caridad. Imagina lo que podría haber hecho de un Archibald más humano: podría haber usado su poder para mejorar las cosas. Seguramente a mi me iría mejor y el mundo sería también un lugar mejor».

Lola soñaba con Mayer y Archibald. Murmuraba sus nombres en sueños y les veía en la multitud cada vez que iba a la ciudad.

«¡Elegí al hombre equivocado!»

Su amor por Hugo empezó a apagarse.

Las flores empezaron a marchitarse y se les cayeron los pétalos y a sus árboles las hojas. Las vides empezaron a deshacerse y a caerse de las paredes y su jardín se volvió marrón.

Las personas abandonaron su ciudad.

Lola abandonado la esperanza.

*****

Gracias a Hugo surgió una ola de esperanza.

Una ola de manifestantes atravesó la nación. Recorrieron la ciudad, a la sombra de los árboles cubiertos de hierba cantando acompañados por el canto de los pájaros. Las montañas hicieron eco y el suelo tembló.

La ciudad se espesó a medida que progresaban, apilando las estructuras de cada lado; con paredes blancas y paredes en colores festivos; cobwebby, letárgico y Arcadian; bañado por la luz de otra época.

Un incendio de magnesio dio la bienvenida a su llegada a la plaza del mercado. El sol brillaba en los techos de plata, envuelto solamente por el resplandor opalescente de mil fuegos amistosos. Los colores brillantes se colgaban de la bruma; iridiscente, en proceso de cambio, vivo.

Los edificios se empujaban para la posición.

Cuerpos se empujaban para la posición.

Ritmos rimbombantes golpean desde los tambores africanos. Banners, empujado por la corriente subliminales, parecían besar las nubes arriba. Pisotearon los pies, manos aplaudieron y voces sonaron en voz alta:

—¿Qué queremos? ¡Libertad! ¿Cuándo lo queremos? ¡Ahora!

—¡No más impuestos! ¡No al estado! ¡No al gobierno! No más odio!

Hugo se subió a un carro para hacer frente a la multitud.

—Es la hora de volver a una sociedad de deuda. Es hora de eliminar el impuesto de cabañas. Es hora de recuperar las calles. El momento es ahora. El ahora es nuestro. ¡Nosotros escribimos la historia! ¡Somos uno!

La gente se desangró en aplausos y gritos. Antes de que pudiera continuar, dos de los hombres de Archibald agarraron a Hugo por los hombros y la cabeza a caer de nuevo en el aire, y sus pies para levantar fuera de sus sandalias. Sostenida por una brisa indiferente, que estaba a punto de aterrizar en medio de una mezcla de pieles de plátano y panfletos, cuando un soldado se acercó y lo cogió.

Llevándose a Hugo como un novio lleva su novia, el soldado ignoró a las masas de gente allí reunida, indiferente a sus gritos. Navegó últimos llamas libres en las puertas, el revuelo de hojas en los canalones, y el estruendo de los fuegos artificiales en un cielo sin estrellas.

Mientras le llevaban por la fuerza, Hugo miró a los ojos de sus aliados. Se sintió defraudado por la flojedad de su entrega. Aunque rodeados de soldados como estaban y atado de manos, no había nada que pudiera hacer.

Hugo sintió como su poder se desvanecía, como el sudor se escapaba a través de los poros de su piel. Se sentía uñas cavar a través de su carne, al presionar los músculos contra los huesos, ya que su vergüenza se convirtió en la desesperación, desánimo, angustia y, por último, la renuncia.

En el momento en que había sido abandonado, sangrienta y magullada, en las profundidades subterráneas de una celda de prisión, Hugo estaba tan agotado que no se sentía nada en absoluto.

GIRA Y GRITA

«Dominar otros es fuerza. El dominio de sí mismo es verdadero poder».
LAO TZU

«Carpe Diem», se dijo Archibald a sí mismo. «Aprovecha el momento».

Había dado la orden de que detuvieran a Hugo y llevaba encerrado semanas.

«Es ahora o nunca. Lola *va a ser* mía».

*****

Archibald había espiado a Lola través de una mirilla todas las mañanas cuando visitaba a Hugo.

La vio arreglada de día, con el estómago hinchado y unos pechos descarados. La vio con los zapatos apropiados para una ocasión solemne, vestidos inadecuados para una prisión y con collares de perlas. La vio sin imperfecciones. Vio su pelo fino y gris que se apoyaba sobre una mejilla arrugada, áspera y carnosa.

La vio regañando a Hugo, sentada y mirándole en un silencio atemporal.

Para Hugo, ese silencio era oro.

Para Archibald, era el color de la esperanza.

*****

Archibald fue de puntillas hacia el *bungalow* de Lola con diez mil retratos, que habían sido el fruto de décadas de trabajo y de una decadencia de amor.

Era la hora de la puesta del sol, la luz tenue pintó el cielo de tonos rojizos. Las vides proyectaban la sombra de un esqueleto a través de las paredes agrietadas. Brillaban de color ámbar, cálida y melancólica. Las flores se alejaron en un sueño silencioso. Sólo la mosca de Venus trampas hizo un sonido; encajándose a presión en el aire pantanoso.

Archibald tuvo un *deja vu*.

Estancado por la presencia abrumadora de la casa de Lola, se puso en cuclillas y colocó sus bocetos a sus pies.

Fue un paso atrás en su juventud; un adolescente, una vez más, que se paseaba por la calle Hill, armarse de valor para llamar a la puerta de Lola. Superado por la ansiedad, sintió un repentino deseo de correr.

«¡No, Archibald, no! ¿Es que no has aprendido nada? ¿Es que no has logrado ni un poco de poder? ¡No! El momento es ahora. Ahora o nunca. Nosotros escribimos nuestra historia! ¡Somos uno!»

Archibald respiró profundamente y alzó el puño.

Toc, toc.

Fue un golpe lento, le había costado cincuenta años dar el paso. No había sentido la necesidad de precipitarse. Todo lo que había hecho, cada atisbo de poder le había conducido a ese lugar. Era su destino. Le estaba llamando. Era su momento.

Toc, toc.

Una criada abrió la puerta y le dio la bienvenida de tal forma que parecía haber estado esperándole. Recogió los bocetos de Archibald y desapareció.

Archibald entró en una habitación sumergida en la embriagadora fragancia de las flores en fusión con el calor.

Lola entró y se quedó pálida. Parpadeo de forma involuntaria mientras su mente procesaba la información que sus ojos procesaban.

—Ah... ¿Archibald?

—¡Lola!

Lola recuperó el color. Para Archibald, parecía una diosa. Él no vio a una anciana con arrugas y el pelo gris. Vio a la misma chica que conoció una vez en el Covent Garden, con la piel llena de luz, curvas insinuantes y las cejas y un cabello perfectamente cuidado. ; la forma en que un rizo de pelo que rozó el hombro y luego se recuperó; la redondez perfecta de su rostro, los ojos y la nariz; la sutileza de su vestido sin peso, el cordón de la humedad en el labio, y la perla que adorna su oreja.

—¿Archibald?

—¡Lola!

Lola puso las manos en las caderas, las quitó, inclinó la cabeza, lo enderezó, sacudió, se sonrojó, sonrió y exclamó.

—¡Archie!

—¡Lola!

Archibald hizo una pausa. Clavó sus ojos en los de Lola, casi rozando su espacio personal. Su nariz casi tocaba la nariz. Su respiración se fusionó.

—¡Archie!

—¡Lola!

Sus corazones se agitaron, sus manos temblaban, su piel se estremeció, sus dientes castañeteaban, y sus fosas nasales llenos del aroma de la canela; ese aroma, que, para ellos, era la esencia del verdadero amor.

—¡Archie!

—¡Lola!

La imagen le sorprendió Lola, era una visión: Archibald en un café en el Covent Garden. Archibald en una tienda en Lambeth. Su cuerpo rasgado, sus abultados músculos, el corazón palpitante de Lola, esa sensación de la atracción animal, esa sensación de plenitud.

Lola vio esos mismos músculos dentro de los contornos de la piel de Archibald. Vio el mismo torso que había imaginado con deseo, esos mismos labios que temblaban de miedo y esos mismos ojos inundados con amor.

Entonces vio algo con una claridad como nunca antes.

Lola estaba de vuelta en Hyde Park. Había llegado hasta allí guiada por un sendero de cisnes de papel. Estaba confusa. No entendía porque nadie había aparecido a su encuentro.

Alguien estaba sentado detrás de un periódico. No podía verle, pero estaba empezando a tener una idea de quién era aquel hombre.

«¿Podría ser? ¿Sería posible? No, no, seguramente no».

—¡Archie! —gritó. —¿Archie? ¿Eres tú?"

—¡Sí, Lola! ¡Soy yo!

Lola sintió la misma punzada de atracción que sentía Archibald. Sus brazos querían abrazarle, sentía un hormigueo en los dedos de los pies y una sensación eléctrica recorrió su nuca.

¡Había encontrado a su alma gemela! Él también tenía una personalidad adictiva. También intentó controlar a otras personas y también se dejó llevar por el aroma a canela.

Ya no quedaba nada del hechizo de Hugo.

¡Por fin había llegado a su hombre!

—¡Archie!

—¡Lola!

Archibald le arrancó los guantes de Lola.

—Esto va por todos los retratos.

Le quitó la blusa.

—Esto por todas las cartas.

Le quitó el corsé.

—Y esto todos los cisnes.

Le arrancó el vestido.

—Te amo.

Le quitó sus medias.

—Siempre te he amado.

Le quitó la ropa interior.

—Y siempre lo haré.

Respiraciones profundas. Suspiros profundos. Profundos gemidos. Miradas profundas.

Cayeron en el profundo abrazo de un sofá.

Cuerpos cayeron en los cuerpos; reventando como neutrones y explotando como estrellas. Archibald tomó la cabeza de Lola, lo apretó y lo sujetó hacia abajo. Presionó sus dedos por su cabello fino, incoloro y raspó la superficie de su cuero cabelludo.

Lola elimina las gafas de Archibald, con delicadeza, como si fueran amantes sin edad que habían sido unidos por eones.

Archibald encerrado en sus labios Lola. carne agrietada se reunió la piel floja, poros abiertos, poros cerrados, y las lenguas acariciaron lenguas en un baile frenético; explorar nuevos terrenos; girando, girando, chupando y remolinos; impulso cada vez mayor, el aumento de la fuerza, el contacto cada vez mayor; alimentada por impulsos monárquicas que no parecen tener un principio, medio o al final.

Ni Lola ni Archibald habían sentido tanta necesidad, codiciado o vivo. Ellos se sorprendieron al descubrir que otra persona podría desear tanto.

cuello de pavo de Lola se abrió y se balanceaba, sus pechos se agitaban contra la cintura y pliegues formó en su vientre.

Los dedos de Archibald se colaron en su vagina, que estaba deliciosamente húmeda. Su pulgar presionó su clítoris en círculos. Sus dedos se movían con el ritmo empático; la construcción hacia un rapto.

Su lengua se refleja dedos.

Jadeaban en el tiempo.

Lola se estremeció y se quedó sin aliento. Sus pezones se endurecieron, su cuerpo se convulsionó, sus puntos oscuros se iluminaron, y su piel enrojecida con el resplandor de la juventud. Era la píldora más dulce; un bocado de picadura; un hedonismo gusto volvió a carne.

Archibald plantó palma de su mano sobre el pecho de Lola. Arqueando la espalda, metió su pene en la vagina de Lola. Él llegó a su clímax en la entrada. Décadas de marinero reprimido y espermatozoides llegaron a brotar, fluyeron durante trece segundos, y luego se detuvo.

Archibald sacó, suspiró y miró a Lola.

Al igual que en las imágenes de sus sueños, su rostro se puso rígido adoptó el contorno de granito de la mejilla de Delaney, la nariz tomó la forma de la nariz de Delaney, sus hombros se ensancharon y sus pechos se endurecieron.

Le dejo kao, como un gancho a la mandíbula. Había comprendido que no había amado a Lola. El amor que siempre había sentido era el de Hugo o el de Mayer, pero no el suyo.

El sexo le había liberado.

Sus palabras salieron a borbotones.

—Soy homosexual... ¡Un sodomita! ¡Un catamita! ¡Un marica!¡Estoy vivo!

—Gracias, Lola. Me has liberado de hasta la última gota de la heterosexualidad de mi miserable cuerpo. Te quiero.

Recogió su ropa y se tapo con ella. De repente le daba vergüenza estar desnudo delante de una mujer.

«Ella es mi príncipe azul». Se dijo a sí mismo. «¡Y yo soy su damisela en apuros!»

Lola sonrió.

—Es lo que hago, tonto. Ayudo a los hombres a que sean las personas que están destinadas a ser.

—Oh.

—Me gustaría un trozo de tarta de mermelada. El sexo siempre me da hambre.

—Sí, bueno, probablemente debería irme.

Archibald se subió los pantalones, tropezó con su dobladillo, se estabilizó y continuó. Se vistió de tal manera que su camisa se mantuvo fuera del pantalón y sus caderas quedaron expuestas.

—¿Archie? –le llamo Lola. —Prométeme una cosa.

—Lo que quieras.

—Por favor, suelta a Hugo.

Archibald asintió, dio media vuelta y se fue.

Lola se despertó de la ilusión del Archibald de su juventud; un Adonis masculino, deportivo e irreal.

*****

Todo el mundo tiene un ángulo desde el que se ve trascendental. Hasta los más feos tienen un ángulo así. Mirales a ellos, al estar de pie en el lugar correcto, en la luz correcta, y usted cree que ha visto un ángel.

Archibald vio hermosa ángulo de Delaney.

Mirándolo desde atrás y desde abajo, en la penumbra del atardecer, su rostro parecía tan suave, fuerte y sensual, que parecía un error compararlo con otras caras. David de Miguel Ángel y de Leonardo da Vinci Mona Lisa no tenían un encanto como:

—¿Delaney?

—¡Archie!

Archibald se arrojó a Delaney; agarrándolo, abrazándolo y besándolo con fuerza.

Sentía los cuatro tipos de amor:

Philia: habría muerto por protegerle.

Pragma: llevaban siendo socios desde hace años.

Eros: le quemaba las entrañas.

Philautia: Archibald fue finalmente capaz de amarse a sí mismo.

Se dio cuenta de que su ansia de poder y su adicción al sexo fueron ambos síntomas de su homosexualidad reprimida. Al final había entendido el verdadero significado de poder: el poder de ser él mismo. No le importaba si el mundo le llama *marica*. No le importaba lo que los demás pudieran decir. Se sentía cómodo en su propia piel. Y eso, se supo, fue todo lo que había querido alguna vez.

—Te amo —gritó. —Te amo. Te amo. Te amo.

—Yo también te amo. Siempre lo he hecho.

—¿Llevas esperando todo este tiempo?

—Sí.

—Y... ¿ahora?

—Ha merecido la pena.

PERDÓN

«El débil nunca es capaz de perdonar. El perdón es el atributo de los fuertes».
MOHANDAS GANDHI

Hugo tropezó fuera del recinto de la prisión con los pies vertiginosas. Un lavado aceitosa de colores barrió a través de su córnea. Se balanceó la izquierda, luego a la derecha, luego a la izquierda.

Con un brazo tembloroso, llamó a un taxi para llevarlo a casa.

Con una mano temblorosa, buscó a tientas con su llave.

Se estremeció. Podía sentir que algo había sucedido; todo parecía un tono más oscuro, y la mayoría de los lirios de Lola había muerto.

Hugo entró en su *bungalow*, buscó Lola en tres habitaciones diferentes y luego la encontró en la cama, desnuda, rodeada de un montón de ropa.

*****

Cuando Lola se despertó, Hugo estaba de rodillas.

Voces pusieron sitio a su mente:

«Me engañó. Nunca me escribió estas notas o dibujó esos retratos. El muy cabrón me la coló. ¿Cómo podría seguir queriéndole? ¿Llegue a quererle alguna vez? ¿Debería romper mis ataduras?»

« ¿He hecho algo mal? ¡Sí, me he acostado con otro! Oh maldita sea. ¡Me avergüenzo de mí! ¿Me perdonará? ¿Seré yo capaz de perdonarme?»

«Le odio. Es un falsante. Le odio».

«¡No! No debería odiarle. Nunca debería haberle traicionado».

Miró a Hugo con los ojos hinchados.

Hugo le dijo al oído.

—No pasa nada, pan de miel. Ya estoy aquí para ti. Se va a solucionar.

Lola cerró los ojos.

Pensó en los días alegres. El día en que se comprometieron. El día que se casaron. El día que abrieron San Nicolás. El nacimiento de sus hijas.

Hugo era protagonista en todos ellos.

«No es un tramposo. Es mi amor».

Un capullo se convirtió en una rosa.

El jardín de Lola comenzó a florecer.

*****

Las revueltas fracasaron.

Esto se debió a dos razones: el poder de Hugo desapareció y el amor ocupó su lugar.

Hugo y Lola estaban sentados en la mesa de la cocina. Estaba hecha de madera a partir de un ataúd sin usar. Estaban rodeados por una colección de jaulas de pájaros. Cada una tenía una colección de aves disecadas. También había un tablero de ajedrez con una partida a medio terminar, un frasco con pipas de marfil que había dejado allí un hombre senil, un estante de libros todos sin leer y un florero hecho a partir de rascaespaldas con flores que olían a cítricos, cera, azúcar y hierba.

Las moscas roscados en un cristal de ventana polvorienta.

Una vela pestañeó.

—Tú no dibujaste esas imágenes.

—No.

—Ni escribiste esas notas.

—No.

—Ni hiciste esos cisnes.

—No.

—Hiciste trampa, me engañaste y me robaste el corazón. Fue algo vomitivo.

—Sí.

—Te perdono.

—¿Ah sí?

—Sí.

—¿Por qué?

—Porque supongo que siempre lo supe. En el fondo, las señales siempre estuvieron allí. No sabes dibujar. Tu forma de escribir no es ni parecida a la de esas notas. El cisne que me diste estaba mal plegado. Lo acepto. Tú claramente me amabas y yo claramente utilice mi poder sobre ti.

Lola levantó los ojos.

Hugo levantó su dedo.

—¿No te sientes engañada?

—Sí, pero el amor es siempre una forma de engaño: un engaño a la racionalidad, a la perspectiva y de las buenas costumbres.

—¿No estás molesta?

—¿Cómo podría? Si te hubieran atrapado, que le hubieran colgado. Arriesgaste tu vida para ganar mi corazón. Ha sido lo más bonito del mundo.

—¿Bonito?

—Sí, tonto. De todas formas, yo misma no soy tan inocente.

—¡Sí lo eres!

—No .

—¡Sí! Para mí siempre vas a ser perfecta.

Lola hizo una mueca, bajó los ojos y habló desde la culpa.

—Me acosté con Archibald.

Hugo se inclinó hacia delante. Se rió con tanta fuerza que se escupió por todo el suelo.

—¿Con Archibald? Pero si le gustan los hombres.

—¿Lo sabías?

—¿No era obvio?

—Bueno, supongo.

—Estaba más claro que el día y la noche.

Lola se tiró un pedo.

Hugo lo ignoró.

—Le dije, justo antes de irse a la India, que tenía que ser fiel a sí mismo. Nadie escucha nunca al viejo Hugo.

Lola frunció el ceño.

—¿Y eso es todo?

—¿Cómo qué?

—Tu respuesta. Te acabo de decir que tuve un delis con otro hombre.

—Sí.

—¿Y?

—Te amo.

—¡Me acosté con otro!

—Te perdono.

—¿Por qué?

—Tú también me has perdonado.

*****

Al día siguiente, Lola encontró un pedazo de papel en su puerta.

Se agachó para recogerlo con una mano ayudaba su espalda y la otra mano se balanceaba como la trompa de un elefante.

En los segundos que le tomó coger esa nota, su corazón se agitó con un ritmo enérgico, acentuando cada tercer latido que aparece a acelerar sin cambiar el ritmo.

Lola volvió a su juventud. Sentía la emoción de la persecución, de pretendientes sin máscara, historias no contadas y amor sin cadenas. Efervescencia fluctuó entre sus nervios, y se cubrió la piel en pequeñas fisuras.

Sus manos temblaban mientras se desarrollaban ese pedazo de papel.

Sus ojos se humedecieron, ya que deleitaron con el retrato interior.

No fue tan sutil como los bocetos de Archibald. Las líneas eran menos delicadas y los contornos eran rudos. Pero lo que le faltaba en el arte, lo compensó en el corazón. Decía «perdóname, lo siento. ¡No dejes de quererme, por favor!

Lola se puso roja como un tomate.

«Me quiere de verdad. De verdad que me ha tocado el gordo».

—¡Maridito!

Le abrazó, le agarró por la corbata y le llevó a su habitación. Facultado por una oleada de energía vestal, lanzó a Hugo sobre la cama, le arrancó la ropa y le cabalgó como nunca antes.

Hugo, liberado de sus mentiras, fue capaz de dejarse llevar por completo. Lola había dejado atrás la fase de la negación, fue capaz de asimilar.

Tuvo tres orgasmos.

A Hugo le faltaba el aire.

*****

Lola encontró un nuevo retrato todos los días. Sus imágenes eran gruesos, la fusión de líneas cinceladas con tonos que pican; una sinfonía de lápiz violenta y el amor sin cadenas. Los diseños eran primitivos.

Cada vez que se encontraba con un retrato nuevo, Lola arrastraba a Hugo hasta la cama.

Y cada vez que hacían el amor, llegaba al orgasmo con más fuerza que nunca.

*****

Lola encontró una nota en su puerta. Ella se inclinó para recogerla, pellizcó su esquina y leyó el mensaje.

«Estás todavía más guapa que cuando nos vimos por primera vez».

Lola arrastró Hugo a la cama.

Durante las semanas que siguieron, esas notas reemplazados retratos, pero la reacción de Lola seguía siendo la misma.

«Lola es mi palabra favorita».

«Eres tan perfecta que parece irreal».

«Me quitas el aliento».

«Tu me completas».

*****

El amanecer era de color topacio, una mañana ámbar. Era el olor de rocío y el concierto de los pájaros. Era una hoja en la brisa. Era una estrella solitaria. Era un gusano de barro besado. Era una espiral de humo. Era una paz sin edad.

Era su aniversario de boda.

Lola salió, miró hacia abajo y vio un cisne de papel por la punta del pie.

Ella se rió. Era una risa cursi o juvenil, pero lo suficientemente feliz para evocar un sentido de la inocencia perdida.

Desplegó el cisne y leyó el mensaje en el interior:

«Me diste DIRECTO al corazón. Ahora corre a mis brazos».

Lola corrió en línea recta.

Se encontró con un segundo cisne.

«Mi corazón SEGUIRÁ latiendo por ti».

Lola siguió.

«Te quiero cada día. Te amo cada noche. Te mereces ese amor y que te traten a DERECHAS.

Lola se giró a la derecha.

Ella saltó de un cisne en otro; saltando sobre las ramas desmenuzadas, charcos en el olvido, y sus hojas indiferentes de hierba. Ella atravesó campos, bosques, matorrales, jardines y arboledas; cubriendo millas como si fueran yardas.

Ella llegó a un claro, que daba a un lago de abrir y cerrar. Sus aguas habían capturado a un millón de fragmentos de sol; sus orillas onduladas; sus costas iban y venían.

Por ese lago era un grupo de árboles, por esos árboles había una mesa, y en esa mesa era un hombre.

Lola se dirigió hacia él.

–Hu… –empezo a decir, seguro de que era Hugo.

No pudo terminar.

Su boca se abrió, ella entornó los ojos y susurró.

–¿Mayer?¿Eres tú?

ES UNA VIRTUD

«Todas las cosas son difíciles antes de que sean fáciles».
SAADI DE SHIRAZ

Mayer andaba a paso lento e inciertos hacia el *bungalow* de Lola.

Era una hora después del atardecer. Una luz suave, de color rojo se retira de la marcha en sentido contrario de la oscuridad. Las vides no proyectaban ninguna sombra. Flores habían caído en un sueño silencioso.

Mayer estaba a punto de llamar a la puerta, pero algo lo detuvo. Al principio, no podía estar seguro de lo que era. Entonces lo oyó.

–¿Archie?

–¡Lola!

Sus dedos comenzaron a caminar de puntillas antes de que su mente tuviera la oportunidad de pensar.

Desde un ángulo estrecho, con el lado de la ventana, vio las imágenes en el espejo.

Oyó las voces en el viento.

–Esto va por los retratos

–Esto por las notas.

–Esto por los cisnes.

Mayer sucumbió a una perinola de distracción:

«¿Los retratos? ¿Las notas? ¿Los cisnes?»

Hizo una mueca al ver a Archibald quitarle la ropa a Lola, su pin abajo, y plantar sus labios en los de ella. Se ahogó en su lengua, dio la vuelta y se fue por donde había venido.

*****

Archibald entró en la oficina de Mayer.

Mayer se llenó de rabia. Su rostro se volvió de color rosa, a continuación, salmón, rojo, marrón y púrpura. Sus dedos se clavaron en sus calcetines y su estómago se tensó.

Archibald sonrió.

–Estoy enamorado.

Mayer estuvo al precipicio de la guerra.

–De Delaney.

Mayer se congeló, derretido, se echó a reír, gritó y saltó de alegría.

–¿De verdad, hermano? Bueno… ¡eso es una maravilla! ¡Qué bien, cómo me alegro por ti. Hip hip hurra. ¡Te lo mereces!

Archibald se quedó de piedra.

–Um… bueno, sí. Gracias.

Mayer abrazó a Archibald con tanta fuerza que casi le ahoga.

Archibald habría sonreído si la piel de su cara no hubiera estado tan estirada. Se tomó su tiempo y esperó a que a Mayer se le pasase el entusiasmo. Solo después continuó.

–La cosa es, bueno ya lo sabes… dos hombres viviendo juntos. No es el tipo de cosa que está permitida. Puede llegar a castigarse con la muerte y todo.

El discurso de Archibald había retrocedido de nuevo en su estado pre-beligerante. Su cuerpo se había hundido. Archibald ya no se parecía al hombre que había irrumpido en la oficina de Mayer pocos meses antes. Podía sentir los movimientos de sus órganos internos: el nudo en su estómago, la espuma en su sangre y la forma cambiante de sus pulmones. Se sentía transparente.

La cara de Mayer se trasformó en el vivo retrato de la preocupación.

–Así que… –continuó Archibald. Creo que deberíamos dejar el ejército.

Mayer asintió.

–Y, bueno… hemos estado pensando que igual a ti no te importaría interceder unas palabras con el Gobernador General para que nos libere. Creo que os llevabais bien.

Mayer estaba dándole vueltas al asunto.

–Hmm. Creo que podría ayudarte. Quizás hasta pueda encontrar un refugio seguro fuera del alcance del estado. Hay con una tribu que acepta la homosexualidad.

–¡Gracias! Oh Mayer. No sabes lo que eso significaría para nosotros.

–Todavía no he dicho que vaya a hacerlo.

–Oh.

–Hmm.

–Por favor. Significaría tanto.

–Si de eso me he dado cuenta. Sólo hay una cosa. Cuánto más viejo me hago, más decidido estoy a ser joven. Me veo convirtiéndome en un niño geriátrico. Bueno, si fuera a ayudarte, tú estarías en deuda conmigo y las deudas tienen el horrible hábito de hacer que las personas envejezcan. Estoy seguro de que entiendes mi dilema.

–¿Hay una solución?

–Siempre la hay.

–¿Cuál es?

–Que no sea una deuda, que me lo devuelvas de inmediato.

–¡Pídeme lo que quieras!

Mayer se rió entre dientes.

–Quiero que me hables de los retratos, las notas y los cisnes.

–Pero... ¿Para qué?... Quiero decir, ¿por qué?... Por supuesto que lo haré, pero...

Archibald sintió que el aire se volvía espeso, le costaba respirar y que se ponía rojo. Llevo su mano a la barbilla y cerró la boca. Inhaló. Exhaló. Luego le contó a Mayer todo lo que había hecho a los ojos de Lola.

Cuando terminaron, Mayer puso brazo por encima del hombro de Archibald.

–Vamos a tomar algo esta noche, como cuando éramos jóvenes. Hugo, tú y yo, como hacíamos antes.

Archibald sonrió.

–¡Por los viejos tiempos!

*****

Mayer le dibujó retratos a Lola varias veces y luego se los dejó en su puerta. También hizo un sendero con una colección de notas y cisnes.

Lola siguió este caminito.

–¿Mayer? ¿Mayer? ¿Eres tú?

Mayer se dio la vuelta.

El sol bajo proyectaba la sombra de su cara. No era una sonrisa, tenía un tono más suave, era más bien satisfacción.

–¿Mayer? Pero, ¿qué haces aquí?

Mayer ladeó la cabeza.

–¿No es este el momento perfecto para sentarse al sol? No da mucho calor, pero tampoco hace fresco.

–Algodón de azúcar y caballitos de mar. Venga, Mayer, ¿qué haces aquí?

Mayer miró a Lola a los ojos.

–Te quiero.

Hizo una pausa.

–Siempre te he querido.

Esbozó una sonrisa.

–Y siempre lo haré.

Lola frunció el ceño.

–Pero eres un banquero.

Mayer levantó las manos.

–¡Culpable! Pero antes de ser un banquero, fui un hombre. Todavía tiene que quedar algo de mi humanidad.

Lola se fue la deriva a través del tiempo.

Estaba en el Covent Garden rodeada de los pretendientes más aplicados. Estaba en un baile rodeada por los pretendientes más aplicados. Estaba en el Covent Garden encandilada por la inocencia de Mayer. Estaba en un baile de máscaras riéndose tontamente. Estaba en su casa llorando por los reproches de su padre. Estaba en una cita en un carruaje, en una azotea, enamorada.

«No, no puedo ser. No. Es imposible. ¡No! ¡No! ¡No!»

–¡Estoy enamorada de Hugo! No de ti, de Hugo!

Las lágrimas se precipitaron de los ojos de Lola como una lluvia torrencial. Su cara era un monzón. Su cuerpo estaba envuelto en niebla.

Mayer se inclinó hacia delante, agarró la mano de Lola y derramó una lágrima. Aterrizó en la rodilla de Lola, donde se fusionó con una de las lágrimas de Lola. Centelleaba, efímera, y se fundió.

–Al igual que todas las mujeres, tú tiene una capacidad infinita de amor. No pongo en duda su amor por Hugo, pero no creo que afecte al amor que sientes por mí. ¿Por qué dijiste que podríamos haber tenido algo especial? Por qué entonces te has preguntado cómo hubieran sido las cosas si no te hubieras ido de nuestra cita.

Lola negó con la cabeza.

–No me quedé. Me entendiste mal esa noche. Tu *noconversación* me puso de los nervios.

Mayer miró fijamente a Lola a los ojos.

–Me engañaron.

Lola apartó la mirada.

–¿Te engañaron? ¿De Verdad?

–¡En serio! Hugo me engañó! Se las arregló para que yo oyera a dos niños que decían lo mucho que te gustaban las plumas y las ostras. Por eso te compré esas cosas. Mi plan eran flores y carne asada.

–Me encanta la carne asada.

–¿En serio?

–Es mi plato sabourito, pero sigo sin creerme tu historia.

Mayer se pensó lo que iba a decir y luego habló.

–Hugo organizó el atraco.

Lola se estremeció.

Lola estaba de vuelta en el callejón cerca de la casa de sus padres. Una figura andrajoso salió de la oscuridad, llevaba una enorme americana llena de agujeros de gusano y unos pantalones llenos de polvo.

Lola podía inhalar el aire rancio de Londres y sentía la lluvia sobre su piel.

–No lo creo. Hugo no hace daño a sus amigos.

–¡Créelo! Los chicos que te asaltaron fueron los mismos de los que oí que te gustaban las plumas y las ostras. Volví a verles y les pagué para que me dijeran la verdad. Dijeron que no tenía nada contra ti, que todo había sido una treta.

Lola tenía los ojos vidriosos.

–Hugo también se atribuyó los bocetos, las notas y los cisnes de Archibald.

Lola se tomó su tiempo para reflexionar. Miró al suelo, levantó la mirada y miró hacia el cielo y hacia el lago. Después encontró la fuerza para mirar a Mayer a los ojos.

–Te creo. Ahora todo se ve tan claro. Oh, dios. Toda mi vida ha sido una mentira gigante. Debería haberte casado contigo. Me hubiera casado contigo, si Hugo no hubiera saboteado nuestra cita. Podría perdonarle por lo de los retratos de Archibald, pero no por eso. ¡Joder! Me gustaría que Hugo estuviera muerto.

Mayer se estremeció.

–Hugo es una buena persona.

–Es un cobarde y un estafador.

–Lo es.

–Te quiero.

–Y yo te quiero a ti.

FIN

«Los finales no siempre son malos. La mayoría de las veces son solo principios disfrazados».
Kim Harrison

Los británicos tienen el hábito de reconstrucción de Gran Bretaña en donde quiera que vayan.

Con esto en mente, volvamos ahora al primer capítulo de este tomo.

Nuestros tres héroes están sentados en un pub británico tradicional. Este pub no se encuentra en Gran Bretaña. Está en un callejón de arena esparcida, cerca de una plaza del mercado de una ciudad africana, a miles de kilómetros de las calles de Londres que una vez llamaron hogar.

Hugo está dándole sorbos a su cerveza. Él todavía va por la segunda, a pesar de sus amigos ya lleven cuatro.

Archibald se extiende a través de la cabina. Ocupa más espacio que Hugo y Mayer juntos.

Mayer se está bebiendo una copa de clarete mientras le da vueltas a un anillo con diamantes incrustados alrededor de su dedo índice.

Estos tres hombres fueron una vez tres bebés, que nacieron en tres camas adyacentes con solo tres segundos de diferencia. Fueron una vez tres niños pequeños que vivieron en tres casas adyacentes. Fueron también tres adolescentes.

Estos hombres dejaron hace mucho de ser niños pequeños o adolescentes. La edad les ha marchitado, arrugas serpentinosas cortan los barrancos escarpados de su piel, el gris ha sustituido el color y la calvicie ha sustituido el pelo.

Tampoco están unidos.

Unidos por el destino, pero separados por las diferentes circunstancias acabaron persiguiendo tres objetivos muy diferentes: dinero, poder y amor.

El camino ya está hecho.

Brindan y se abrazan. Hugo y Mayer se despiden de Archibald riéndose de la idea de que Archibald fuera a vivir con los nativos para huir de la autoridad a la que llevaba sirviendo toda su vida.

Mayer se vuelve hacia Hugo.

–Hermano, ya sabes que yo quería a Lola tanto como tú.

Hugo asintió con la cabeza.

–Y sigues haciendolo.

–Mmm.

–Es cierto, al igual que yo, nunca has dejado de quererle. Nuestro amor ha sido siempre el mismo. Lo hemos sentido de la misma manera, en los mismos lugares y al mismo tiempo.

Mayer se ríe, pero es una risa incómoda que esconde un gemido. No había visto venir esa respuesta, ha destrozado su guión y ahora se siente incomodo.

Cambia de táctica.

–¿Te acuerdas de cómo capturé a Jonathan Wild? Eso te dio la libertad suficiente para ir detrás de Lola. También te presenté al señor Orwell: él te dio la educación suficiente como para poder gustarle. También te presenté a Bear: él te convirtió en cirujano, el tipo de persona que podría ganar la aprobación de su padre. Se podría decir que nunca hubieras podido casarte con ella si no fuera por mí.

Hugo asintió con la cabeza.

–Dijiste que estabas en deuda conmigo, que harías todo lo posible por devolverme el favor.

Hugo asintió otra vez.

–Me temo que tenemos los días contados. Así que, si queremos liquidar nuestra cuenta, tenemos que hacerlo antes de que sea demasiado tarde.

Hugo no ha dejado de asentir.

–Tienes razón. Tú me lo has dado todo y sólo hay una manera de devolvértelo. Me haré a un lado para que puedas estar con Lola. Yo ya he experimentado el amor en todas sus facetas, ya es hora de que puedas hacerlo tú también.

Mayer se agarró el pecho, como si a través de una puñalada con una hoja:

–¡No, hermano, eso no es justo! No puedes simplemente entregarla. Lola es tu esposa. Poner un hombre lucha! Defiende su honor!

Hugo sonríe.

–Te quiero.

Abraza a Mayer.

–Te quiero.

Le acaricia el hombro a Mayer y se aleja.

*****

No es la reacción de Mayer había estado esperando. Casi hace que se sienta culpable por envenenarle o por comprarle ese veneno a un brujo tribal con la cara pintada de blanco y un cráneo de león a modo de corona. Casi se siente culpable por echar el veneno gota a gota en la cerveza mientras que Hugo estaba en el bar. Casi se siente culpable para ver su disipan color y su olor ráfaga de distancia.

Mayer decidió envenenar a su amigo de la infancia cuando fue golpeado por la constatación de que Hugo no moría.

«Puede que viva más tiempo que Lola o más que *yo*»

El deseo de evitar que esto suceda le impulsó a actuar.

Mientras que para Archibald morir por amor era un signo de valentía, para Mayer era algo totalmente ingenuo.

«*Matar* por amor es mucho más pragmático».

«Tengo que aprender de mis errores. No puedo esperar para que los planetas se alineen. Tengo que hacerlo yo mismo».

Pero le asaltan las dudas.

Respira profundamente y luego pasa a intentar justificar sus acciones.

«Es mejor prevenir que curar. Y de todos modos, Hugo *se* merece morir.

Él es el malo de la película. Engañó a Lola, la acoso y la manipuló. Lola se estaba enamorando de *mí*. Habría sido mía, habría purificado mi alma y habría hecho de mí una persona decente. Todo lo que Hugo es, todo lo que tiene y lo que ha llegado a hacer, su amor, el afecto y la caridad debería haber sido mío. Yo debería de haber sido el cariñoso, el caritativo y el activista. Me robó mi propia vida. Es escoria y merece morir. Ojalá lo hubiera matado cuando era joven. Tendría que haberle matado por Lola, para liberarla. Ya he sido suficientemente paciente y bueno».

Sonríe.

«¡Lola será mía! Me hará mejor persona y me ayudara a espiar este pecado».

«Lola será mía y me ayudará a volver a amar».

DESPEDIRSE ES UN DOLOR DULCE

«Un día bien invertido trae un sueño feliz, así que una vida bien vivida trae una muerte feliz».
Leonardo da Vinci

Hay una vieja historia que puede que sea cierta o no...

Había una vez vivía una niña que quería más a su perro que a nada en el mundo. Sin embargo, cuando su perro murió no derramó ni una lágrima.

Esto es lo que dijo a sus padres.

–Venimos a la tierra para que podamos aprender a amar. Mi perro ya había aprendido, así que no había necesidad de que se quede aquí con nosotros por más tiempo.

Podría decirse que es el mismo sentimiento que tuvo Hugo: Ya había aprendido a amar. No había necesidad de que se quedara más tiempo.

*****

Hugo volvió a casa y se quedó dormido borracho.

No se despertó nunca más.

Si le viera un médico diría que murió por un fallo del corazón. La aorta se había estrellado contra ventrículo y los nervios habían comprimido la carne.

Nosotros tenemos más información.

Sabemos que Hugo murió con el corazón feliz.

Muere en un estado de gracia.

En cuestión de segundos, los pétalos de las orquídeas entraron por la ventana abierta y en cuestión de minutos, comenzaron a enterrar su cuerpo.

Cuando Lola volvió, la habitación se había trasformado en una flor gigantesca, en un popurrí de colores que la humanidad conoce.

No hay forma de ver a Hugo, pero el aroma a la canela le dice a Lola que la esencia de Hugo sigue ahí.

Lola se sienta en el suelo, se siente mareada. Entonces ve a uno de sus pajaritos volver y posarse en su rodilla. Un segundo se posa en su hombro.

Para el anochecer, todos sus agapornis han vuelto.

Sus cantos le mecen en un sueño feliz.

¡HURRA!

Lola dedicó una hora a cada una de las siete etapas del duelo. Una hora negando la muerte de Hugo. Una hora culpándose a sí misma, otra hora culpando a Hugo. Una hora dándole vueltas al tema en su cabeza en desesperación. Una hora recuperándose. Una hora organizando sus ideas y otra hora para aceptar la situación. En ese momento se dio cuenta: había pasado siete horas pensando en Mayer, no en Hugo.

«Hugo me envenenó. Nunca me habría enamorado de él de no ser por el atraco o por las notas de Archibald. Me habría enamorado de Mayer, si Hugo no hubiera saboteado nuestra cita. ¿Cómo consiguió Hugo ese retrato que me dio en Hyde Park? Era uno de los retratos de Archibald, ¡estoy segura! La única opción que se me ocurre es que entrara en mi habitación y lo cogiera. ¡Menudo gusano! ¡Vaya una patata podrida! Me engañado para que me casara con él, me tuvo como prisionera durante años y me violó cada noche».

«¡No! Siempre fue Mayer. Al que de verdad quiero es a Mayer. ¿Cómo no he podido darme cuenta? Tengo que arreglar las cosas».

*****

Una hora más tarde, Lola estaba en la terraza de Mayer.

Mayer se congela un poco, ahoga un poco, y sopla un poco. Se ríe nervioso.

–Apuesto a que está lloviendo de nuevo en Londres.

Lola sonríe. Sin necesidad de que le pregunte, se explica cómo puede.

–Bueno, ya hemos esperado medio siglo. Sería mejor si no esperamos más. Podríamos morirnos en cualquier momento.

Mayer sonríe y lleva Lola interior. Él le enseña la casa y las habitaciones que ha preparado para ella, el spa y el recibidor. El salón de baile le recuerda a Lola al baile de apertura del ALMACK Rooms. Luego piensa en el Covent Garden.

–Mi amor por ti es como Eolo –se burla Lola. –El dios griego del viento que encerró a su hijos en una cueva.

Mayer se ríe.

–Creo que han sido imaginaciones tuyas. Tu amor no nace de la naturaleza, lo has creado de la nada.

Mayer está ahora de vuelta en el Covent Garden, con la boca abierta. Siente que su boca le ha traicionado y no es capaz de decir más de tres tristes palabras.

–¡Sé mi novia!

Lola le responde tan borde como la otra vez.

–No.

–¿Eh?

–No, tonto, no voy a ser tu novia. Tú no eres tú. No ahora. La persona que está delante de mí no es un hombre, es una idea, una manifestación de dinero. Eso es todo lo que eres: dinero.

–Pero… –tartamudea Mayer y su cabeza colapsa.

«¿Me quiere… pero a la vez no? ¿Quiere estar conmigo… pero no puede? ¿No soy yo, solo soy dinero? ¿Quién soy y qué y por qué? '

Mayer estaba rígida, inexpresivo e impotente.

–Tú antes fuiste amor –explica Lola. –Y yo te quise, todavía lo hago.

Una sonrisa maliciosa asoma por la cara de Mayer.

–Entonces… –tartamudea otra vez. Su cabeza está hecha un lio.

–¿Debería protestar o pretender ser la misma persona? ¿Sigo siendo *amor*? ¿Llegue a serlo alguna vez? ¿Puede una persona ser *amor*? ¿Qué es el *amor*? ¿Por qué amamos? ¿Para qué?

–Así que –continuó Lola. –Deberías dar tu dinero a la caridad.

–¿Todo, todo?

–Sí, es una oportunidad de intercambio. Puedes cambiar el dinero por el amor.

Mayer no reacciona, ni tartamudea, ni siquiera piensa. Está aquí en un estado de *rigor mortis*.

Lola sigue.

–Tienes que entender que me enamoro de hombres rotos. Mi amor puede curarles, les ayuda a convertirse en las personas que siempre estaban destinados a ser.

Lola se acariciaba el pelo.

–Da tu dinero, entregarte a mí y yo te ayudaré a llegar a ser uno mismo.

Mayer abre la boca listo para aceptar, pero es Lola quien sigue hablando.

–No eres rico, eres simplemente un hombre pobre con dinero. Para ser rico, no necesitas una gran cantidad de riqueza, sólo tiene que contentarte con lo que tiene. Lo que necesitas es amor. Y comida… quiero un poco de pudding.

--- FINAL ---

EPÍLOGO

«Los bancos crean la mayor parte del dinero de nuestra economía en forma de depósitos bancarios: esos números que aparecen en tu cuenta. Cada vez que hacen un préstamo crean dinero nuevo. El 97 % del dinero en la economía de hoy es el que crean los bancos, mientras que el 3% es el que crea el gobierno.

El dinero que los bancos crean no es el papel con el logotipo del banco propiedad del gobierno de Inglaterra. Es el depósito de dinero electrónico que parpadea en la pantalla cuando se comprueba el saldo en un cajero automático. En este momento, este dinero (depósitos bancarios) representa más del 97% de todo el dinero en la economía. Sólo el 3% de dinero todavía está en esa anticuada forma de dinero en efectivo que se puede tocar.

Los bancos pueden crear dinero a través de la contabilidad que utilizan cuando hacen préstamos. Los números que ves cuando se compruebas el saldo de tu cuenta, se asienta de asientos contables en los ordenadores de los bancos. Estos números son un 'pasivo' o un pagaré en tu banco. Sin embargo, cuando utilizas tu tarjeta de débito o de banca por Internet, puede pasar estos pagarés como si fueran billetes de 10. Mediante la creación de estos pagarés electrónicos, los bancos pueden crean un sustituto del dinero».

POSITIVE MONEY
www.positivemoney.org/how-money-works/how-banks-create-money

Printed in the USA
CPSIA information can be obtained
at www.ICGtesting.com
LVHW041019150324
774367LV00005B/877